No morirás

LA TRAMA

No morirás

Blas Ruiz Grau

Papel certificado por el Forest Stewardship Council®

Primera edición: noviembre de 2020
Primera reimpresión: noviembre de 2020

© 2020, Blas Ruiz Grau
Autor representado por Editabundo Agencia Literaria, S. L.
© 2020, Penguin Random House Grupo Editorial, S. A. U.
Travessera de Gràcia, 47-49. 08021 Barcelona

Printed in Spain – Impreso en España

Compuesto en Llibresimes, S. L.

ISBN: 978-84-666-6858-3
Depósito legal: B-14.540-2020

Impreso en Liberdúplex
Sant Llorenç d'Hortons (Barcelona)

BS 6 8 5 8 3

Penguin
Random House
Grupo Editorial

A Mari, Leo y Kyara, mi familia.
A Dólar, que estaba cuando empezó.
A Gala, que está cuando acabó

Nunca quise que volviera a Gotham. Siempre supe que aquí no había nada para usted, salvo dolor y tragedia.

Nota del autor

Querido lector, espero que no seas de esos que se pasan estas cosas y directamente empiezan con el texto. Más que nada porque, si lo haces, te perderás la advertencia de que no empieces este libro si no has leído los dos anteriores. Este volumen cierra una trilogía que comienza con *No mentirás* y sigue con *No robarás*. Créeme: si quieres disfrutar plenamente de este libro y saber por qué las cosas están así, lee los dos antes. A mí que no me digan luego que no he avisado...

1

«Qué fácil es empujar a la gente, pero qué difícil guiarla.»

La frase, pronunciada por el premio Nobel de Literatura Rabindranath Tagore, resonó en su cabeza. Nunca había leído nada de su obra. No le interesaba, ya que la poesía no iba con él, pero esa frase se quedó un día grabada a fuego en su cerebro y de vez en cuando la recordaba.

Aquella era una de esas veces, quizá porque la ocasión le venía que ni pintada.

Llevaba un buen rato dándole empujones en su espalda.

No quería andar y, en cierto modo, era lo lógico. Era la respuesta más normal frente a una situación como la que se le planteaba. La chica no era estúpida y, aunque no le había revelado el fin de ese viajecito que estaban realizando juntos, seguro que intuía que, de los dos, solo volvería uno.

En uno de esos empujones ella acabó en el suelo. Él, convencido de que no era para tanto, creyó que se había dejado caer, desesperada, así que no tuvo inconveniente en mostrar cierto grado de paciencia para que volviera a ponerse en pie. Tenía y a la vez no la tenía, era difícil de explicar. Siguió mirándola mientras le concedía ese respiro, pero si lo prolongaba demasiado no dudaría en tomarla por las axilas y emplear toda la fuerza de sus brazos para levantarla. No sería un gesto misericordioso, ni mucho menos, sino para demostrar que allí sucedería exactamente lo que él quería que sucediera. Sería absurdo mostrar compasión en aquellos momentos teniendo en cuenta lo que iba a pasar. Mejor guardar ese cinismo para otras ocasiones. Menuda pérdida de tiempo no saborear algo que dejaba tan buen gusto en su paladar sin necesidad de aderezo.

Al final ella se puso en pie sin que él tuviera que intervenir.

«Mejor», pensó.

El frío no era tan intenso como uno esperaba a tan avanzadas horas de la madrugada, sobre todo para ser noviembre. Aunque, a decir verdad, no estaba en posición de afirmar si en realidad no lo hacía o era él el que no lo notaba. El flujo de sangre que recorría sus venas era tan constante y endiablado que llegó a considerar que era eso lo que le proporcionaba esa cálida sensación en el cuerpo. Le hubiera gustado tener delante al que dijo que los psicópatas no eran capaces de experimentar ningún tipo de emoción. No por nada en especial, sino solo para tener un interesante debate acerca de si eso era verdad.

Él sentía cosas. Vaya si las sentía.

Se referían a él como psicópata, pero le hubiera encantado discutir con el primero que le asignó ese calificativo... y también con los siguientes, porque creía que estaban muy desencaminados.

No lo era en modo alguno. La gran cantidad de libros que había leído sobre el tema confirmaban que él no padecía esa anomalía psíquica, ni por su carácter ni por su forma de actuar. ¿Puede que estuviera equivocado? Por supuesto, no era tan estúpido como para considerarse el portador de la verdad absoluta, de la universal, pero asociaba la palabra «psicópata» a una persona que causaba dolor con el único propósito de sentir satisfacción personal. Y por más que lo intentaba, no encontraba esa satisfacción por ningún lado. Sabía que sus actos se podían entender como una necesidad de justicia y venganza que en ningún caso podría verse satisfecha de otro modo. Lo suyo no era matar por matar: todo lo hecho, todo lo que quedaba por hacer, todo escondía un sentido, un propósito, un fin.

Pero si otros necesitaban llamarlo psicópata, que lo hicieran. Ellos eran los expertos, ¿no?

Él se limitaría a seguir con su labor y punto.

Cuando llegaron a las escaleras —tantas veces ascendidas durante las últimas semanas para ir preparando el terreno—, ella se detuvo en seco.

Otra vez. Su paciencia tenía un límite y, aunque ya había previsto que sucediera en más de una ocasión, notó cómo el vaso estaba cada vez más lleno. A punto de desbordarse. Pero no dejaría que ocurriera, no, porque entonces todo perdería su significado.

Ella se volvió y lo miró directamente a los ojos. Las palabras pugnaban por salir de su boca, pero una mordaza se lo impedía. Aun así, él no necesitaba que ella dijera nada para saber que lo que haría sería rogar, una vez más, que no le hiciera daño. O, sabiendo que eso era una quimera, que no lo alargara más y que pusiera fin cuanto antes a aquel suplicio. Que le quitara la vida ya.

Tampoco es que hiciera falta ser un genio para saber lo que sus ojos imploraban... Últimamente había pensado mucho en lo bien que se le daba leer los ojos de la gente. Había escuchado muchísimas veces que todo se mostraba reflejado en ellos pero, hasta que no acabó con una vida con sus propias manos, no lo pudo comprobar. Recordaba esos ojos constantemente. No porque se le aparecieran en sueños y le provocaran pesadillas, no. Ese reflejo que vio en los ojos del carnicero de ese pueblucho alicantino le confirmaron que lo que hacía era justo lo que debía hacer. Que a esa persona le tocaba pagar por sus actos pasados y que sabía que había llegado el momento de que se hiciera justicia.

Todo eso le contaron sus ojos.

Ella no dejaba de mirarlo. Aún reflejaban súplica, rogaban por una clemencia que no iba a llegar.

Trató de contenerse, pero no lo pudo evitar.

Fernando —o como casi todo el mundo lo llamaba: el Mutilador de Mors— dibujó en su rostro una siniestra sonrisa. Una sonrisa que no hizo más que confirmar a la chica que moriría, pasara lo que pasase, pero que aún le tocaba esperar. Puede que no mucho, pero su destino estaba grabado en piedra con martillo y cincel. Fernando había sido más paciente que nunca, esperando un año entero a que llegara este día en concreto, y no se saldría de la línea trazada.

Además, con el ritmo establecido.

Durante los últimos días, las visitas al zulo en el que estaba encerrada Carolina Blanco se incrementaron. Ella, que no era nada ignorante, se dio cuenta de que las cosas ya no andaban bien. Intuía que su intervención en el show era próxima. Y, de hecho, no se equivocaba: estaba a punto de llegar.

Tocaba entrar en escena.

Fernando trató de que su prolongada estancia en el subsuelo, dentro de esas cuatro —no le costaba reconocer que asfixiantes— paredes, fuera lo más plácida posible. ¿Eso era de monstruos? Ella era su rehén. Eso era un hecho indiscutible, la realidad no había sido disfrazada. Eufemismos, los justos. Aunque tenía en sus manos hacer que su estancia durante ese confinamiento fuera más cómoda, ¿por qué no? Para ello la mujer disponía de agua caliente, que él mismo traía en un termo tres veces a diario. Fernando sabía que Carolina la empleaba sabiamente en asearse. Parecía haber aceptado su papel dentro del juego que iba a poner encima de la mesa y eso permitió que él se hubiera podido centrar más en todo lo que estaba a punto de acontecer y que, además, la compensara con otras comodidades por ser tan buena huésped. Incluso le llevó un colchón, no nuevo, eso sí, pero al menos ya no tendría que dormir en el frío y duro suelo. Ella, al ver que su situación —aunque no sabía qué quería exactamente reteniéndola ahí, ya que se negaba a contárselo— mejoraba, consideró que lo mejor era relajarse un poco dentro de lo posible y dejar que los días pasaran. Su actitud varió y abandonó el hermetismo. El resultado fue sorprendente, ya que hasta charlaban de vez en cuando.

A Fernando esa nueva situación le provocaba curiosidad. Y aunque decían que eso fue lo que mató al gato, era de las pocas cosas que le producían cierta satisfacción. Siempre fue reticente a dejarse conocer por otras personas, aunque no le importó con Carolina. Evocó sus primeras conversaciones, cómo él sentía por dentro una especie de lucha interior —que luego catalogó como vana— en la que se negaba a abrirse a la muchacha. Lo que tenía claro era que en ninguna de esas charlas hablaría del inspector. Ni siquiera de pasada. Le daba igual que ella hiciera sus cábalas acerca de por qué permanecía allí abajo privada de libertad; puede que hasta acertara el motivo. No le importaba. No hablarían de él. Sabía que les acarrearía un enfrentamiento tan lógico como innecesario, pues, con toda seguridad, los dos tendrían una visión diferente del bueno del inspector Valdés. Mejor dejar el tema aparcado. De lo que sí hablaban era de libros. Él se sorprendió gratamente cuando empezó a llevarle revistas para que estuviera entretenida y Carolina las rechazó argumentando que, aunque le gustaba leer, no era ese tipo de publicaciones por las que más predilección sentía. Cuando él le preguntó acerca de sus gustos sobre novela, descubrió que eran muy similares a los suyos. Incluso ella le llegó a recomendar alguna que Fernando leyó ávidamente y que le encantó, le dejó un muy buen sabor de boca.

Lo malo de aquello era que, de algún modo, todo tenía su fin y en los últimos días tuvo que ir cerrando ese grifo de las conversaciones, pues se generaba, a través de ellas, una especie de vínculo con la muchacha que solo dificultaba el plan que estaba a punto de comenzar. No es que sintiera nada extraño, pero antes de que pasara era mejor cortar por lo sano.

Todo era más sencillo así.

Lo malo fue que Carolina se percató. De hecho, Fernando la notaba inquieta durante sus últimas visitas. No lo llegaron a hablar, pero percibía que la muchacha sabía que, fuera lo que fuese lo que iba a suceder, había llegado el momento.

Salió de todos estos pensamientos e indicó con la mirada a la chica que debía comenzar a subir las escaleras. Ella pareció dudar, quizá no por lo que le esperaba, sino porque la oscuridad era tal que apenas se lograba ver nada. Fernando consideró que no era excusa y le dio un nuevo empujón. Otro más. Uno que le indicaba que, pasara lo que pasase, su plan seguiría adelante.

Resignada, comenzó a subir los peldaños.

La observó mientras lo hacía. Le era difícil discernir si sentía o no frío. Tiritaba, pero, claro, en la situación en la que se encontraba también podría tiritar en una cálida noche de julio tras una jornada de cuarenta grados a la sombra. El miedo era lo que tenía.

O eso creía que tenía.

Él también ascendía, pero a una distancia prudencial de la chica —sobre todo por si a ella le daba por cometer una estupidez—. Se fijó en sus manos, perfectamente atadas a su espalda con una soga fina pero resistente. El inspector Valdés vino de nuevo a su mente. No era tan raro que lo hiciera en un momento así. Había pasado poco más de un año desde los incidentes en casa del juez Pedralba. Después de encontrar un nuevo refugio seguro, siguió con atención lo que la prensa contaba acerca del caso. Los medios que merecían la pena, no esas tertulias mañaneras que le provocaban ganas de vomitar, claro. Los serios apenas contaron nada de lo que sucedió aquella noche. Evidentemente, no iban a hablar de que el juez murió por omisión de socorro del inspector. No contarían que su negligencia costó la vida a dos inspectores y a un juez. A la Policía Nacional no le interesaba que se hablara así de uno de los suyos y ocultaron toda la verdad a los ciudadanos. Tampoco le extrañó. Les era mucho más fácil contar que el Mutilador había hecho de las suyas y que, tras una encarnizada lucha, murieron todos a los que ahora se les consideraba héroes. Y el espectador, por supuesto, se lo tragó todo. Con patatas y sin bebida. Lo del país de pandereta y tal. Nada se dijo tampoco, por supuesto, de que al inspector lo suspendieron de empleo y sueldo y de que este, en un arrebato infantil, se montó en el coche y se largó. Huyendo, como un maldito cobarde. A él le costó creerlo. Estaba bien informado de lo que sucedía en la Unidad de Homicidios y Desaparecidos de Canillas y así creyó que era cierto, pero antes de convencerse llegó a pensar incluso que era una maniobra para que él se relajara y así se pudieran echar encima de él al menor descuido, pero las semanas fueron pasando y el inspector no aparecía por ningún lado. Al parecer era cierto. Huyó con el rabo entre las piernas. Menuda decepción.

La peor de todas.

Aunque eso le hizo replantear ciertas partes de su plan que no había conseguido encajar antes. No le vino tan mal. Ni mucho menos.

Mientras averiguaba si era cierto o no esa huida, pudo ver —más cerca de lo que a ellos les hubiera gustado— al amigo del inspector y a su hermana, Alicia. Cuando lo hizo se sintió extraño. Tampoco es que hubiera pasado tanto tiempo para que sus ganas de estrangularlos hubieran decrecido. Pero, a pesar de ello, su mente pasó de odiarlos con todas sus fuerzas, a no sentir absolutamente nada. ¿Cuál era la razón? Ni él mismo se la explicaba, pero no sentía nada. ¿Quizá porque toda su rabia estaba enfocada hacia el inspector Valdés?

Quizá.

Y a lo último, aunque creía que sí, tampoco conseguía darle una respuesta cien por cien segura. Lo único que sí tenía claro fue el momento en el que todo se redirigió hacia su persona: cuando vio caer a su madre al suelo, sin vida.

Esa ira que se apoderó de él. Esas ganas de apretar los ojos del inspector con sus pulgares empleando toda su fuerza. Esa obsesión por verle sufrir hasta que muriera porque se había consumido por dentro. Todo eso es lo que pasó por su cabeza cuando la vio caer.

Además, su forma de ver la misión, su cometido, también cambió.

Creyó en más de una ocasión que su madre era la voz que le decía que frenara cuando esa reconocida impulsividad que a veces lo guiaba aparecía. Y hasta puede que fuera necesaria en aquellos momentos, en ese punto de su obra. Pero ahora no lo veía del mismo modo. De hecho, se veía a sí mismo como hacía ocho años, cuando todo comenzó en Mors. Incluso el infierno que iba a comenzar —para algunos— a partir de aquella noche, se podía llegar a parecer a lo vivido durante aquellos días en el pueblo. La gente tan lista que lo analizaba constantemente lo vería como una vuelta a los orígenes. Y hasta puede que así fuera. El caso es que pensaba que había encontrado el punto tan buscado en el que actuar sintiéndose libre, desatado, por decirlo de algún modo, pero sin llegar a perder ese norte tan necesario para llegar al fin de su empresa.

¿Que el inspector se había escondido debajo de cualquier piedra, a saber dónde?

No pasaba nada porque volvería. Vaya si lo haría.

Siempre creyó en el dicho de que si Mahoma no iba a la montaña, la montaña iría a Mahoma. Él se encargaría de sacarlo de su agujero. Y más le valía. Más aún si apreciaba a esa gente que antes permanecía junto a él.

Estaba tan metido en sus cavilaciones que ni se dio cuenta de que habían llegado arriba. Antes de comenzar a andar echó un rápido vistazo al paisaje que se veía desde su posición. Todo precioso, sí. Unas vistas idílicas de la capital madrileña. Aunque nada era comparable a las que él ofrecería con su intervención.

Fernando indicó a la muchacha, con un nuevo movimiento de la cabeza, el lugar al que quería que se dirigiera. En esta ocasión ella ni dudó, puede que quisiera no demorar más su muerte.

Continuaron andando atravesando la zona de césped y se adentraron en la asfaltada. Él la guio hacia el punto exacto en el que quería que ocurriese todo. Una vez allí, la empujó agarrándola del trasero para que subiera la pequeña pared que servía como base del famoso monumento. Ella no se inmutó —sabía perfectamente que el interés del Mutilador podría ser cualquiera, menos sexual, ya se lo había demostrado con creces— y, sumisa, empleó su cuerpo para arrastrarse ya que no podía utilizar las manos para trepar el obstáculo. Él sí hizo uso de ellas, cubiertas por unos guantes de nitrilo que impedirían que dejara sus huellas en la escena —algo absurdo para muchos, pues se sabría de sobra que el autor era él, pero era una manía que no conseguía abandonar: la de no dejar más rastro del que él mismo quisiera—. Tras este gesto también sorteó el pequeño muro. Ya estaban arriba. Ya habían llegado al punto justo donde su nueva obra comenzaría. Su obra definitiva.

La más impresionante de todas.

Miró una última vez a su alrededor. Todo despejado.

Nada raro debido a la hora que era. Hubo un tiempo en el que un vigilante de avanzada edad deambulaba sin mucho que hacer por los alrededores, pero puede que por el gasto innecesario o, quizá, porque nunca pasaba nada fuera de lo habitual, la Comunidad de Madrid decidió que ese lugar no necesitaba a una persona paseándose por ahí con las manos en la espalda.

Craso error.

Y no porque fuera a mancillar el lugar, que también, sino por lo que sucedería.

A partir de la mañana siguiente las cosas se pondrían interesantes.

Se descolgó la mochila y comenzó a extraer los ingredientes para el plato que iba a preparar. Escuchó cómo la respiración de la chica se aceleraba considerablemente. También emitió gritos ahogados. Él sonrió. Ya no le importaba no mostrar respeto alguno por el ser vivo que tenía delante. Pronto dejaría de serlo.

Cuando sacó de la mochila la herramienta, ella comenzó a patalear y trató de levantarse de una manera un tanto brusca. No sirvió de mucho, pues un certero golpe en la parte baja de su pierna sirvió para que volviera a caer al suelo y quedara a su merced.

Ella se giró tratando de volver a ponerse de pie. Él le colocó sobre la nariz un pañuelo que hizo que, con el paso de los segundos, dejara de sentir de manera gradual, quizá no con la rapidez que solía mostrarse en la ficción, la mayoría de sus músculos. Fernando tuvo que hacer fuerza durante un tiempo para que aquello surtiera efecto. Los ojos de la muchacha comenzaron a cerrarse cuando su cuerpo apenas obedecía ninguna orden. La última imagen que observó fue la más siniestra, sin duda, que vio jamás.

Fernando sonreía como si no estuviera en sus cabales.

2

Miércoles, 8 de noviembre de 2017. 9.07 horas.
Madrid

No quitaba ojo de lo que trasteaba el técnico.

Siendo sinceros, no era que le interesara demasiado lo que miraba, ni muchísimo menos, era que, como tantas y tantas veces, estaba poniendo en práctica ese nuevo superpoder que había adquirido. Y es que en los últimos meses había desarrollado la extraña capacidad de mirar fijamente algo, fingiendo que le prestaba atención, cuando en verdad no le importaba una mierda. Visto desde cierto ángulo, podría ser considerado como algo muy útil, pues le permitía seguir en su mundo —por llamarlo de algún modo— mientras todo seguía girando; no obstante, no tardó en suceder lo que él consideraba un gran inconveniente: que le hablaran, lo que descubría su gran engaño.

Y ahora le estaba pasando.

—¿Me ha escuchado, inspector? —repitió el muchacho con un acento que, a pesar de haberlo oído unas cuantas veces ya, él no supo identificar. Parecía sudamericano, pero no lo tenía tan claro.

Esto consiguió que saliera levemente de su ensimismamiento. No demasiado, aunque sí lo suficiente como para repasar de arriba abajo a la persona que estaba a su lado.

Estimó que aún no habría llegado a cumplir los treinta años. Aunque lo cierto era que quizá sería aventurarse demasiado porque a su lado podría tener, perfectamente, el caso del típico adulto encerrado dentro del cuerpo de un niño. Para llegar a esta conclusión se fijó en la forma en la que vestía. Sin ninguna duda, su indumentaria no contribuía demasiado para dotar de madurez a su persona. Las camisetas de temática heavy eran su santo y seña. Al inspector en concreto le importaba poco, pero no hacía falta ser un lince para fijarse en que los más puritanos de aquel lugar miraban al muchacho de reojo mientras cuchicheaban a sus espaldas. El inspector Alfonso Gutiérrez no era de los que juzgaban a la gente, pero entendía que en un sitio así lo hicieran, más cuando el chico alimentaba las habladurías todavía más luciendo pantalones cortos, por debajo de las rodillas, todo el año. Daba igual si el calorcito madrileño lo requería o afuera se podría practicar la pesca en hielo sobre el lago artificial que estaba enfrente del edificio donde trabajaba la Sección de Análisis de la Conducta (SAC): él siempre iba con ese largo de pantalones. Además, o tenía muchos iguales o siempre llevaba el mismo, cosa que a él no le preocupaba porque el chico, desde luego, mal no olía. Las botas marrones enormes con las que calzaba sus pies no eran el último elemento en el que uno solía fijarse, ya que el pañuelo azul con calaveras blancas que lucía se llevaba todas las miradas por lo general. Ni siquiera la larga perilla, rematada con dos minitrenzas muy vistosas, ni sus ojos siempre maquillados con un potente perfilador negro, conseguían que uno no mirase el pañuelo. Alfonso no entendía por qué, pero era así.

Él lo observaba porque llamaba la atención, pero al menos no imitaba a sus compañeros, que se reían de sus pintas cuando el muchacho no los oía para, más tarde, acabar convirtiéndose en presidentes de su club de fans cada vez que el ordenador se les escacharraba.

La hipocresía de siempre.

Un nuevo carraspeo por parte del chaval le hizo volver al planeta Tierra. Su gesto denotaba la impaciencia tras haber requerido varias veces su atención sin éxito. Ahora parecía que sí.

—¿Perdón? —soltó sin más.

—Le he dicho varias veces que ya está —contestó el técnico informático tratando de mantener la compostura.

Aunque parecía haber vuelto al mundo de los vivos, Alfonso necesitó de unos segundos más para poder procesar lo que el joven le intentaba decir. Se sorprendió. ¿De verdad se había ausentado mentalmente tanto como para ni siquiera saber de lo que le hablaban? Vale que en los últimos tiempos no estaba demasiado centrado, pero eso quizá era excesivo.

Cuando por fin fue consciente sintió algo de vergüenza, aunque trató de que no se le notara.

—¿Entonces ya va?

—Sí. No quisiera yo decirle lo que tiene que hacer, pero le recomiendo que la próxima vez me llame cuando tenga algún tipo de problema con su ordenador, más que nada para que no lleguemos a este punto. Tengo que dar explicaciones de cada pieza de hardware que reemplazo y me va a costar explicar lo que ha sucedido aquí.

Alfonso miró el teclado. Le faltaban varias piezas y se veía una enorme raja en la parte inferior derecha. Cuando lo estampó contra el suelo nunca hubiera supuesto que sería tan endeble. ¡Menuda mierda de piezas, que se rompían ante el menor arrebato de ira!

Tomó aire y trató de no emitir las palabras que le subían por el esófago, pero no pudo contenerse.

—Puedes contar la verdad o lo que te salga de las pelotas. Para otras mierdas sí que hay dinero —repuso el inspector saliendo malhumorado del despacho y dejando al chaval sin ningún argumento.

Continuó andando, sin detenerse, hasta que llegó a la máquina de café. Estaba ubicada justo enfrente de la sala de reuniones. Metió la mano en el bolsillo y sacó una moneda de un euro. La miró embobado mientras recordaba cómo su relación con aquella máquina pasó del odio al amor. De hecho, no se le borraba de la memoria la primera vez que tomó un sorbo de uno de esos vasitos de plástico blanco. En cómo, a pesar de que se abrasaba el paladar, mantuvo el líquido en la boca hasta que llegó al aseo y lo escupió dentro del váter. Se vio a sí mismo jurando que jamás volvería a echarse semejante porquería a la boca y, ahora, sin embargo, podía beberse unos cuatro o cinco al día. Tampoco es que hubiera cambiado al cien por cien de opinión en cuanto a su sabor, pero sí era cierto que la necesidad de mantenerse despierto dentro de aquel complejo lo reconcilió con aquel café. Ahora mantenía con él una dependencia rara y enfermiza.

Echó la moneda por la ranura y, descansando su brazo izquierdo encima del gigantesco aparato, esperó a que su bebida estuviera lista. Nada más apoyar la cabeza sobre el brazo y emitir el quinto resoplido en una hora —aunque todavía le quedaban unos tropecientos más ese día—, pensó que se había pasado mucho con el pobre muchacho. No era su culpa. Nada tenía que ver con el mal momento que estaba atravesando. Cada vez le hacía menos gracia tener que pasarse gran parte de su jornada disculpándose por sus cada vez más frecuentes salidas de tono y, como acababa de suceder, arrebatos de ira. Ese era su día a día. Pedir perdón. La parte positiva era que su conciencia, a pesar de la apreciable apatía, seguía funcionando. A su ritmo, pero todavía trabajaba. Ahora el que había pagado el pato era el técnico informático del que disponían para solucionar incidentes, pero otras veces les tocaba a otros inspectores, subinspectores, agentes e, incluso, hasta alguna limpiadora. La excusa de no dormir apenas por las noches, si bien la aceptó a regañadientes al principio, ya no le valía de nada. Lo peor de todo es que era consciente del problema, de cuál podría ser la solución, pero no había ni un músculo de su cuerpo dispuesto a moverse lo más mínimo para que aquello se acabara de una vez por todas.

Lo único que conseguía calmarle un poco, cosa que descubrió casi de manera fortuita, era salir a caminar. La de veces que se rio de su amigo, o examigo, ya no sabía, el inspector Nicolás Valdés por estar siempre tan obsesionado con el ejercicio físico y ahora se veía a él mismo haciendo eso y no se reconocía. Se dio cuenta el día en el que su queridísimo coche —él decía que era *vintage*, pero lo cierto era que era más viejo que los calendarios— casi pasó a mejor vida y decidió no arrancar. Suerte que se trataba de un simple problema de escobillas, pero lo importante fue que no le quedó más remedio que recorrer a pie la distancia que separaba su casa del trabajo —tampoco demasiada, pero sí más de lo que él se hubiera planteado caminar en su vida— y se percató de que durante el trayecto no pensó en absolutamente nada. ¿Por qué? No lo sabía, pero hacía eones que no conseguía que su cabeza estuviera tan quieta. Intrigado, ya con su coche funcionando de nuevo, decidió dejarlo aparcado en la puerta de casa y repetir. Lo mismo. La cosa evolucionó hasta tal punto que volvió a recorrer esa distancia en coche, pero antes de acudir al trabajo, cada mañana, salía a dar un paseo de más o menos media hora. Era su momento. El único que lo libraba del caos.

Aunque durante el resto del día volvía a ser el demonio en el que se estaba convirtiendo, lleno de rabia, con unas ganas de gritar que ya eran habituales.

Ganas que, por otro lado, debía contener a toda costa.

Más que nada porque, bueno, cuando uno tenía razón —o creía tenerla—, se podía aceptar que de vez en cuando la ira imperara por encima de todo, pero que el navegador de internet no mostrara como él quería las páginas que estaba consultando, quizá, no era motivo para haber cogido el teclado y haberlo estampado contra el suelo. Como no se contuviera un poco, sus problemas —que ya empezaban a cuantificarse considerablemente— podrían ser mucho mayores.

La inspectora Gràcia Forcadell, una de las dos nuevas incorporaciones de la Unidad de Delincuencia Especializada y Violenta (UDEV) —en concreto de la Unidad de Homicidios y Desaparecidos— que llegó después del desastre, era casualmente una de las que más veces lo vio hacer el imbécil allí. Cierto era que Alfonso se encontraba ahora mismo en un punto en el que le daba igual todo lo que opinaran de él, pero una parte de sí mismo se seguía preocupando de que, en una de esas, se quedara sin el único trabajo que se le daba bien. Al menos, antes.

Recordaba aquel tiempo con cierta melancolía. Le gustaba ser ese «tocapelotas *cuñao*», como muchos le llamaban. Estaba un poco harto de la irritabilidad que se había convertido en su fiel compañera, aunque no sabía cómo dejarla de lado y recuperar parte de su verdadera identidad.

Ni siquiera los intentos del comisario Brotons para paliar la situación provocaban en él un efecto sedante; al contrario, su humor empeoraba. Unas vacaciones no eran lo que él necesitaba o, mejor dicho, lo que él quería. No tenía la cabeza para turisteos ni viajecitos sin sentido. Mucho menos para quedarse en casa sin hacer nada. Además, las cosas allí tampoco es que funcionaran mucho mejor que en el trabajo. La relación con su compañera de piso, con Alicia, no pasaba por su mejor momento. Desde que Nicolás se fue, ambos apenas se hablaban. Y, cuando lo hacían, era para discutir por cualquier tontería banal, luchando por obtener la victoria en el enfrentamiento, a pesar de ser sabedores de que probablemente ninguno de los dos tenía razón. Puede que tuvieran personalidades parecidas, de ahí que chocaran tanto, pero la convivencia estaba siendo toda una aventura de la que Alfonso no se atrevía a vaticinar el final, aunque no pintaba bien. Y quizá lo peor de todo era el acuerdo silencioso entre los dos para no hablar acerca de Nicolás. Como si el tema les doliera demasiado y no lo quisieran sacar. Alfonso entendía que esto podría ser uno de los causantes de las tiranteces entre ambos, pero, aun así, no le entusiasmaba ponerle una solución.

Otra vez la desidia.

Aunque si algo dolía al inspector Gutiérrez y que tenía muy claro que hacía fatal era no mostrar el orgullo que Alicia merecía por la forma en la que había encarrilado su vida profesional. Todo lo vivido por la muchacha en los últimos años podría haber destrozado a cualquier persona. Era lo normal, no algo extraordinario, pero con ella nada pudo. Al revés: se echó el mundo a la espalda y siguió caminando, a pesar del peso soportado. Y durante ese trayecto fue a por todas y cumplió con la que dijo era la ilusión de su vida: ingresar en la Policía Nacional. La oposición la aprobó con, además, una nota brillante. No solo en la prueba escrita, sino que superó con creces la física también. Lo sorprendente, quizá, es que realizó la prueba justo después de marcharse Nicolás. Alfonso pensó que era algo precipitado, pero no sabía que la chica se había estado preparando para ella durante más tiempo del que admitía y andaba sobrada en esos momentos. Los nueve meses de rigor en la Escuela Nacional de Policía en Ávila pasaron satisfactoriamente y ahora se encontraba en su período de prácticas. Pese a que en su momento se lo pidió a Nicolás sin pelos en la lengua, Alicia se cerró en banda respecto a ese tema y no aceptaba la ayuda brindada, de corazón, por Alfonso para realizar las prácticas obligatorias en el destino que ella anhelaba —que no era otro que la Unidad de Homicidios y Desaparecidos, de la que él formaba parte—, así que las estaba realizando en la 1.ª Unidad de Intervención Policial (UIP) de Madrid, en Distrito Centro. Quizá cuando acabase sí se dejaría ayudar para acabar allí. Por ahora le iba bien, hasta donde sabía.

Sobre lo que sí que no sabía nada era acerca de Nicolás. Aunque tampoco tenía del todo claro que quisiese saber nada de él. El que llegara todos los meses, de manera puntual, una transferencia a su cuenta bancaria con la mitad del alquiler como importe no es que le dijera mucho acerca de si estaba bien o no. Esto podía hacerse de manera automatizada. Acerca de asegurarse de cómo estaba, le bastaba con una llamada a la Unidad Central de Ciberdelincuencia (UCC) para que rastrearan el mensaje que un día se dignó a enviarle con su teléfono móvil, en el que también añadía un nuevo número al que podría llamar en caso de emergencia extrema. Un número que, por qué no admitirlo, Alfonso se vio tentado en varias ocasiones de marcar. Pero de eso ya hacía mucho. Demasiado. Ahora no quería ni oír su nombre.

Tema aparte era Noelia, la experta del Jardín Botánico de Madrid con la que incluso llegó a esperanzarse en su momento, aunque la relación entre ambos no pudo haber empezado peor. Pese a que ella entendió el abandono repentino en su primera cita, tras recibir la agónica llamada en la que se le anunciaba el hallazgo del cuerpo sin vida del inspector Ramírez en el edificio en el que residía el Mutilador, ya no pudo remontar todo lo que vino a continuación. Que Fernando se llevara a la inspectora Fonts y que también corriera la misma suerte que Ramírez no ayudó. Y es que todo cambió tras los hechos de aquella noche. Él nunca volvió a ser el mismo, aunque tampoco es que lo hubiera intentado. Quedó con Noelia un par de veces más, pero le era inevitable ver reflejado en su rostro todo lo sucedido, ese fracaso tan estrepitoso que puso la vida de muchas personas patas arriba. Ella no tenía culpa, no había discusión, pero no conseguía mirarla y no verlo. La peor imagen, con la que todavía incluso soñaba, fue la del maldito entierro en el que una viuda desconsolada lloraba a un marido al que le estaban poniendo medallitas de mierda una vez muerto; la imagen de esos hijos que parecían no entender la magnitud de los hechos y que estaban abrumados ante tanta condolencia falsa e innecesaria de gente a la que ni siquiera conocían. No lograba quitárselo de la cabeza. Le hubiera gustado estar hecho de otra pasta y apartar todo aquello, pero no era capaz. Y ahora Noelia no estaba. Podría haber sido algo bonito. Ya nunca lo sabría.

Tomó el vaso humeante al tiempo que recordaba también cómo, durante todo ese tiempo, logró evitar hablar con Sara. Aunque no todo el mérito de esa gesta era suyo, ya que tenía bien claro que la inspectora jefe de la SAC había hecho también todo lo posible para ni siquiera coincidir con él. Desde la marcha de Nicolás apenas se cruzaron un par de veces en las que se enviaron un tímido gesto en señal de saludo. Nada más. Mejor así.

Cuando entró de nuevo en el despacho, café en mano, vio que estaba vacío y que el nuevo teclado estaba encima de su mesa. El técnico se había marchado sin ni siquiera quitarle los plásticos que lo protegían por su parte superior. Debía de haberse enfadado bastante por su reacción. Era comprensible. Luego lo llamaría para disculparse.

Tomó asiento y se preguntó dónde estarían sus compañeros. Gràcia le caía bien a pesar de no haber hablado demasiado con ella. Solo lo justo como para una relación profesional cordial. Había llegado desde Barcelona hacía cosa de un mes y se adaptó sin problemas. Por lo que sabía Alfonso de ella, había cumplido treinta y cuatro años y su hoja de servicios en Homicidios, en la UDEV, era intachable. Recordó cómo cuando le hablaron de ella y de su excelente labor en la Ciudad Condal, se hizo una imagen muy equivocada en su cabeza. Se la imaginó como una lameculos redicha que contestaba por todo y cuya palabra era ley. Por suerte, estaba muy equivocado. Gràcia era una mujer que sabía escuchar, con unas ganas tremendas de seguir aprendiendo y con una humildad propia de quien está empezando, no de quien lleva ya unos cuantos años a sus espaldas, como era su caso. Se hubiera llevado a las mil maravillas con Nicolás. En la forma de afrontar los casos se parecían bastante. Era una policía estupenda y, aunque no se lo dijera, se sentía afortunado de tenerla como compañera.

Además, no podía negar que en lo físico le atraía bastante. Al mirarla no pensaba de ella que tuviera una belleza de esas que paralizaba a quien pasara a su lado. No era exactamente así, sino que desprendía algo que embelesaba. Al menos a él. No tenía claro si era su dulce —pero firme— tono de voz o sus ojos color avellana. Ni idea. Lo que sí sabía era que con una cabeza más despejada se habría fijado en ella más allá de en sus excelentes aptitudes como policía. Aunque, para ser justos, si tuviera la cabeza despejada lo más seguro era que sus pensamientos estuvieran centrados en Noelia. Esa chica le gustaba de verdad.

¿Por qué narices había sucedido todo así?

Si Gràcia era así, todo lo contrario era Germán Rossi, el otro inspector que había entrado en la Unidad tras el incidente. Un hispano-italiano que, pese a rozar ya los cuarenta años, era peor que un niño pequeño. Con el técnico informático tenía un ejemplo claro de que no por vestir de una determinada forma se era de un modo u otro, pero con Rossi sí se cumplía ese prejuicio a la perfección. Sus camisetas de videojuegos y personajes animados reflejaban fielmente su comportamiento el ochenta por ciento del tiempo. Contestón, caprichoso y faltón. Alfonso y él no tardaron en tener su primer encontronazo debido a la personalidad de Rossi, aunque, a decir verdad, sirvió para que el inspector Gutiérrez tuviera muy claro por dónde llevarlo para evitar esos roces innecesarios en el futuro. Germán no parecía acatar demasiado bien las ideas de los demás y siempre intentaba que las suyas imperaran por encima de las del resto. A Alfonso le recordaba algo a Ramírez en ese sentido. Siempre debía tener él la última palabra. No obstante, el veinte por ciento restante ya le había demostrado que merecía el puesto que ocupaba en la Unidad y era lo único que debía importar. Si era un gilipollas con el que no se podía mantener una conversación adulta, allá él. Tampoco es que se fuera a ir de cañas con él al terminar la jornada de trabajo. Bueno, ni con él ni con nadie.

Trató de dejar a un lado todos esos pensamientos inútiles y centrarse en lo que intentaba hacer en el momento en el que perdió los papeles y destrozó el anterior teclado. Abrió de nuevo el navegador y probó otra vez a cargar la información que buscaba. Por suerte, ahora sí se cargó todo como él quería. Trabajaba en un caso de poca monta. Quizá eso, en una unidad como de la que él formaba parte, era demasiado decir, pero es que en verdad se trataba de un caso de los que no quería nadie porque era de los que ellos mismos catalogaban como de «avance lento». Uno de los que la Unidad de Homicidios de turno se había cansado por su pesadez, por lo que pidió ayuda a Homicidios y Desaparecidos en Canillas. Del mismo tipo llegaban muchos, que se solían rechazar porque en ese grupo solo daban cabida a casos verdaderamente difíciles, pero Alfonso no tenía la mente para puzles complicados y le venía de perlas. Y lo mejor era que Brotons no ponía pegas con tal de tenerlo ocupado con algo.

Movió el ratón por la pantalla sin ninguna pretensión real. Necesitaba otro trago de café, pero la suerte no estaba de su lado porque, sin darse cuenta, se terminó ya el que acababa de traer.

Maldiciendo, volvió a levantarse de su asiento. No le importaba cuántos llevara ya esa mañana. Quería otro. Cuando fue a salir del despacho, se topó de bruces con Gràcia Forcadell. Su cara hizo que se despertara algo en su sistema de alarma.

—¿Estás con algo? —preguntó la inspectora sin andarse con rodeos.

Alfonso se limitó a negar con la cabeza. Hacía demasiado tiempo que no estaba con nada de verdad.

—Creo que deberías venir conmigo.

—¿Estás segura de que quieres que vaya yo? —repuso escéptico.

—Créeme. Si alguien tiene que venir, eres tú. Vamos.

Alfonso temía esta respuesta. Todas las noches le costaba conciliar el sueño intuyendo que el momento iba a llegar. No necesitaba que le contara nada más para que un incómodo escalofrío le recorriera la espalda.

Tiró el vaso vacío en la papelera de al lado de la puerta y, sin decir una palabra, siguió a la inspectora.

3

Miércoles, 8 de noviembre de 2017. 10.43 horas.
Madrid

Condujo Gràcia.

No se lo quiso decir tal cual, pero consideró que era una buena idea que fuera así. La razón fue que, mientras llegaban al lugar, observó su brazo, que descansaba sobre su muslo derecho, y comprobó que temblaba. Quizá no fuera tan malo, pues el simple hecho de sentir algo distinto a lo acostumbrado en los últimos tiempos se podría considerar como positivo, pero Alfonso no lograba ver nada de eso en el creciente nerviosismo que se iba apoderando de todo su cuerpo. Parecía un flan.

Hasta que no abrió la puerta del coche no fue consciente del revuelo que se había formado en las inmediaciones de la escena del crimen. No culpó a los curiosos de querer empaparse de lo sucedido, ya que no todos los días pasaba un hecho así en un lugar tan concurrido como aquel.

Levantó la cabeza y echó un vistazo hacia el cielo. Cuando salió de casa, hacía más o menos tres horas, ni se fijó en los nubarrones que decoraban el cielo de la capital. Quizá, incluso, se hubieran ido formando con el paso de las horas. La amenaza de lluvia no casaba nada bien con un escenario al aire libre, por mucho que en apenas segundos fueran capaces de montar una carpa para preservar los indicios que pudieran hallarse, evitando, así, que se perdieran a causa del agua caída del cielo.

Ojalá no sucediera.

No le gustaba tener una niñera encima de él, pero agradeció que la inspectora estuviera sobre cada una de sus reacciones. Le recordó a él mismo velando por su amigo en aquellos momentos tan duros que vivieron en la anterior investigación. Pensó en si Nicolás habría sido consciente como lo estaba siendo él ahora de que había alguien, de algún modo, pendiente de él. No era tan mala sensación, desde luego. Como tenía la seguridad de que lo miraba, Alfonso hizo una señal con la cabeza que indicó a Gràcia que ya se sentía preparado para proceder. Cuando la captó, ella comenzó a andar. Él la siguió.

Pasar entre el tumulto de los alrededores de la entrada que les interesaba del Templo de Debod no fue sencillo. La fortuna estuvo en parte de su lado, pues de momento solo había congregadas personas de a pie, no periodistas, aunque los dos intuían que no tardarían en aparecer. El ansia de cualquier carroña que pudieran echarse a la boca siempre les superaba.

Antes de comenzar a subir por las escaleras, Alfonso dio gracias por la suerte de que el lugar contara con unos accesos tan definidos y claros. Eso hizo que el trabajo de los agentes encargados de acordonar la zona para evitar el paso de la gente hubiera sido relativamente sencillo. Les garantizaba, además, una zona superior del todo despejada y a resguardo de los ojos curiosos. A veces no estaba mal trabajar sin la presión del morbo de otros apretándote.

Tras la pertinente acreditación frente a uno de los agentes, comenzaron a subir los peldaños.

La forma de caminar de ambos, mientras ascendían las escaleras, no podía ser más diferente. Gràcia pisaba cada uno de los escalones con la determinación y la firmeza propias de alguien seguro de sí mismo. Sus pasos eran firmes, decididos. Los de Alfonso eran justo lo contrario. Sus piernas temblaban demasiado y parecían no poder soportar el peso del resto de su cuerpo. Producto también, quizá, del nerviosismo, incluso llegó a creer que no sería capaz de llegar hasta la cima.

Pero llegó.

Eso sí, antes de hacerlo se vio tentado de sacar del bolsillo de su chaqueta la cartera, rebuscar en el lugar predeterminado para las monedas y meterse debajo de la lengua, por primera vez desde que el médico de cabecera se lo recetó, un diazepam para que lo ayudara a sobrellevar aquella situación.

Al llegar al conjunto monumental, tuvieron que identificarse de nuevo frente a otro agente que custodiaba la entrada.

Antes de comenzar a andar, Gràcia se volvió hacia Alfonso sin ningún disimulo. Él no se cortó tampoco y esbozó la que, quizá, fue la sonrisa más fingida de su vida. La inspectora estuvo a punto de reprochárselo, pero comprendió que él tal vez necesitaba eso para dejar atrás un letargo que le habían comentado decenas de veces que no era normal en él. Ella no lo había conocido de otra manera, pero si toda la Policía Judicial insistía en que no era así, tenían que tener razón.

Sin más titubeos comenzaron a andar hacia donde yacía el cuerpo.

Alfonso sentía cómo, cada vez, la presión en el pecho era mayor. ¿Por qué era tan gilipollas y no se metía la maldita pastilla en la boca? ¿Prefería un infarto o algo peor? El aire entraba con dificultad en sus pulmones y ya comenzaba a sentir un preocupante mareo, pero él quería seguir manteniéndose firme, pese a todo. No iba a hacerlo delante de todos, pero cuando se quedara solo iba a darse dos cabezazos fuertes contra la pared por no estar haciendo bien ni siquiera eso.

Llegaron al punto fatídico. Desde su posición apenas se distinguía el cadáver, pero no podían acercarse más a él, ya que un equipo de Científica estaba trabajando en busca de posibles indicios. O, mejor dicho, a ella, porque la única información que manejaban era que se trataba de una chica.

A él no le preocupaba, pero Gràcia sí que miró a su alrededor para comprobar si la comisión judicial ya había hecho acto de presencia. Todavía no. No ocultó su frustración maldiciendo en voz baja. Al juez en sí no lo necesitaba, pero sentía mucha curiosidad por saber el motivo por el que la Brigada de la Policía Judicial que acudió al primer aviso consideró que debía llamarlos a ellos y seguro que el forense se lo revelaba como nadie.

Con traje estéril y mascarilla era irreconocible, pero el modo en que los miró y se separó del resto del equipo para acercarse a ellos delató a Leonard Brown, el inspector jefe hispano-inglés de la Policía Científica. El hecho de que estuviera él en persona en la escena ya le decía mucho a Alfonso. No es que seleccionara sus casos, pero sí sabía que intervendría en primera persona en cada una de las muertes en las que estuviera implicado el Mutilador de Mors. A Alfonso le caía demasiado bien ese hombre. No solo por su forma de ser, que emitía un no sé qué cautivador y magnético difícil de explicar, sino porque era lo que el inspector llamaba un policía de la vieja escuela. Uno al que no le importaba ensuciarse las manos aunque pudiera trabajar cómodo en su despacho mientras dirigía a su equipo desde allí. Brown no era así. La suerte de tenerlo cerca era inmensa porque, además, sus conocimientos en materia científico-criminal eran deslumbrantes. Ojalá se quedara mucho tiempo por allí, cerca de ellos.

Cuando llegó a la posición de ambos inspectores, fue Gràcia la que se adelantó en el saludo. Además, lo hizo de una manera directa:

—Buenos días, inspector jefe Brown. ¿Qué se sabe?

—Muy buenos días, inspectores. —Brown se quedó mirando unos segundos a Alfonso—. ¿Estás bien, Gutiérrez?

Él se limitó a asentir, pero lo cierto era que no. El mareo era cada vez mayor y ya comenzaba a temer que no pudiera seguir erguido durante mucho tiempo más. Sin duda la falta de color de su rostro era lo que alertó al inspector jefe. Este, que lo conocía ya de hacía algunos años, intuía que no decía la verdad, pero se dijo que, si no quería hablar, allá él.

—Bueno —siguió hablando con su casi inexistente acento sajón—, tenemos a una mujer joven, suponemos que de unos treinta y pocos años. Medirá alrededor de un metro sesenta y es esbelta. Su cabello es de color castaño y su rostro está completamente desfigurado.

—¿Cómo que desfigurado? —preguntó Gràcia.

—Ahora lo veréis, aunque en realidad no he podido verlo en todo su esplendor por la posición del cuerpo. Esperad un poco hasta que tengamos la certeza de que os podéis acercar al cadáver sin comprometer ningún posible indicio. Hay salpicaduras de sangre en la pared del templo, algunas de ellas dispersas, pero hay un rastro de estas que sigue una dirección. Ahora mediremos la distancia exacta que hay desde el suelo, pero a primera vista estarán más o menos a un metro.

—Entonces, ¿podríamos decir que se habrían producido tras un degollamiento? Además, a un metro... la víctima estaría de rodillas. ¿Una ejecución?

—Es la primera hipótesis con la que trabajo. No quiero aventurarme, pero según la posición de caída del cuerpo y la trayectoria de la salpicadura me atrevería a decir que el homicida es diestro. —Miró de reojo a Alfonso, sabiendo que esperaba cualquier dato que confirmara lo que ya suponían—. Otra cosa es que la posición no es muy natural, cabría pensar que el atacante ha movido el cuerpo, girando su tronco por la cadera. No es habitual que alguien caiga así tras un ataque. La dirección sí, pero la posición no. Es raro.

—¿Crees que es porque quería que la encontráramos de una forma determinada?

—Eso pienso. Y cuando un asesino modifica, por poco que sea, un escenario...

—Es porque quiere mandar un mensaje. —Terminó la frase Gràcia, que ya no necesitaba al forense para saber por qué los de la Brigada Judicial los llamaron.

—Efectivamente.

—¿Algo más que reseñar?

—No por el momento. Sabemos que ha sido encontrada a primera hora de la mañana por unos *runners*. —Hizo una pausa—. Ahora los llaman así, ¿no?

Gràcia asintió. Alfonso seguía en su mundo.

—Es curioso, porque ya habían pasado varias personas cerca corriendo también, pero ninguna se dio cuenta. Supongo que la gente está demasiado agilipollada y ya ni se fija en lo que hay a su alrededor. Van más pendientes de que su lista de reproducción tenga el orden correcto que de si los atropella un coche.

—No lo supongas, es así.

—Hasta que no venga el forense no podremos hacerlo, pero cuando giremos el cuerpo podremos verle mejor el rostro y comprobar qué le ha hecho ese perturbado; por lo poco que se ve, la ha dejado prácticamente irreconocible. Aunque si consideramos sus asesinatos de hace un año ya no me extraña nada.

Gràcia cerró los ojos unos segundos antes de hablar:

—De todos modos y, aunque acepto que la modificación de la posición del cuerpo podría ser un indicador, ¿no deberíamos echar el freno a la hora de atribuir el crimen a Fernando? Voy a ser sincera, he repasado los informes del caso mil veces y esperaba otra cosa hoy aquí. Parece que falta parte de su firma.

—Sí, es cierto que *a priori* falta parte del sello personal del

Mutilador, pero la brutalidad del acto en sí es suya. Estuve en cada una de las muertes de hace un año y esto es cosa suya. Lo he sabido nada más verlo.

—Vale, vale, acepto eso, pero no podemos movernos por corazonadas, son los indicios los que deben hablar...

—Es el lugar elegido —dijo de pronto Alfonso, que parecía haber vuelto al mundo de los vivos.

Gràcia lo miró expectante, como buscando una respuesta con su mirada.

—El muy imbécil solo quiere llamar la atención —siguió hablando el inspector—. El lugar elegido pone a la víctima ante los ojos de todos. Por si fuera poco, el cuerpo está en la plataforma junto al templo, para que se vea más. Algo así como un escaparate. Podría haber acabado con ella en los aledaños aun habiendo elegido el mismo lugar. Y no quiero que nadie me venga ahora con rituales egipcios porque no me lo trago. No hay nada más tras la elección del lugar que querer exhibirla. No le importa que los focos empiecen a dar vueltas como locos para encontrarlo. Es más, lo quiere. Lo necesita.

Alfonso se sorprendió a sí mismo cuando se escuchó hablando como lo haría Nicolás. O como Sara. Él nunca consideraba los aspectos psicológicos de un asesinato. No es que no le importara el porqué, era que se centraba más en qué había hecho y qué indicios quedaban para poder echarse encima de él pronto. Nicolás estaba hecho de otra pasta. Quizá por eso era tan bueno en lo suyo, aunque él, en sus mejores tiempos, tampoco es que se quedara corto.

—Es una locura igualmente —sentenció Gràcia—. ¿No se os ocurre la posibilidad de que pueda haber más de un psicópata? Que Madrid es muy grande. Sí, sería una asquerosa casualidad, pero es que corréis con las hipótesis como si no hubiera un mañana.

—Quizá no lo haya —soltó Alfonso de sopetón.

—En serio, ¿por qué seguís insistiendo? Es como si quisierais que fuera él a toda costa. Como si lo necesitarais. ¿Sentiríais decepción si fuera otro perturbado y no el asqueroso del Mutilador de Mors?

—Yo sí —respondió Alfonso a la vez que se daba la vuelta. Brown los miraba a ambos con los ojos muy abiertos.

Gràcia iba a contestar. Los ojos maternales desaparecieron para dar paso a unos que querían decirle cuatro cosas a Alfonso. La llegada de la Comisión Judicial lo impidió. Por fin.

—Buenos días, señoría —saludó Brown.

—Buenos días a todos —contestó el juez Díaz.

Alfonso miró al hombre de pelo blanco, con mil y un casos a su espalda. Lo conocía de sobra. Al principio, a su llegada a Madrid, tuvo un par de encontronazos con él y llegó a creer que se trataba de un idiota de cuidado, pero el paso del tiempo —y los casos— le demostraron que no, por lo que el magistrado contaba ahora con todos sus respetos. El juez también olvidó aquellos leves enfrentamientos y también tenía al inspector en alta estima. No tanto como a su excompañero, Nicolás, al que hubo un tiempo que hasta lo llegó a poner en un pedestal, pero al menos lo suficiente para facilitarle las cosas cuando requería algo de él más o menos especial.

A su lado llegaba el doctor Álvaro Herrero, médico del Instituto Anatómico Forense de Madrid con el que Alfonso comenzó a tratar, por primera vez, en la anterior oleada de asesinatos de Fernando. Al parecer, era él el especialista de guardia en la institución. Alfonso pensó que era un golpe de suerte, pues, según comprobó él mismo, el forense, a pesar de no llevar muchos años en la profesión, era un fuera de serie.

Brown utilizó los siguientes tres minutos en contar al juez y al forense todo lo que conocían hasta entonces. Ningún rastro visible. Solo el cuerpo de una mujer con la cara ensangrentada y, de momento, sin identidad. El doctor Herrero pidió permiso al juez para subir donde estaba la víctima y examinar el cuerpo en la medida de lo posible.

Tras obtenerlo, se colocó un traje estéril, unas calzas, un gorro, guantes y una mascarilla. Una vez ataviado, procedió. Lo primero que hizo al subir fue realizar la pregunta de rigor de si ya se había realizado el reportaje fotográfico. Sabía que sí, pues era lo primero que se hacía, pero él siempre preguntaba. Tras la respuesta afirmativa, se acercó todo lo que pudo al cadáver y trató de realizar sus pesquisas sin tocarlo todavía. Para ello extrajo una grabadora de bolsillo que llevaba siempre consigo y que Alfonso ya había visto en otras ocasiones.

—Mujer blanca de unos treinta o treinta y cinco años. A simple vista unos ciento sesenta centímetros y puede que unos cincuenta kilos de peso. Viste un pantalón vaquero, unas zapatillas de deporte Adidas blancas y verdes y un jersey de color naranja. Su ropa está sucia, como si llevara mucho tiempo sin ser lavada. Su posición es poco natural, mezcla de decúbito lateral izquierdo, y con la parte abdominal en contacto con el suelo. No descarto algún hueso roto, lo que explicaría la posición antinatural que tiene ahora mismo. Su rostro apunta hacia el suelo y se aprecian varias laceraciones en él, que supongo que se extenderán por toda la cara, aunque en la posición en la que está no lo puedo ver bien. Es posible que ya haya comenzado el proceso de *rigor mortis*, lo que sin duda ayudaría a mantener la posición que tiene el cadáver. Hay salpicaduras en la pared que hay junto al cuerpo, pero son pocas y muy dispersas. Casi con toda seguridad pertenecen al movimiento del arma del homicida mientras le laceraba la cara; la falta de gran cantidad de sangre en suelo y paredes me llevan a creer que las heridas se infligieron *post mortem*, pero con saña por parte del atacante. Hay un charco de orín considerable debajo del cuerpo, en la zona lógica, que me hace pensar que su vejiga estaba llena a la hora de la muerte. No parece un acto impulsivo por parte del agresor. Procedo a girar con cuidado el cadáver para poder verlo de frente. Si se puede y sin comprometer el cuerpo ni los posibles indicios que contenga.

Apagó la grabadora y se irguió. Buscó con la mirada a dos de los técnicos que lo acompañaban. Ninguno de los inspectores se había percatado de ellos, pues permanecían al lado de las escaleras. Estos se acercaron con celeridad —ataviados también de manera correcta— y accedieron al lugar en el que los esperaba el doctor Herrero. Recibieron las pertinentes órdenes por parte del forense y procedieron a mover el cuerpo tal como él quería. No demasiado.

Esperó paciente a que los de Científica volvieran a tomar fotos en la nueva posición mientras comprobaba, horrorizado, el número de cortes que había recibido la joven en el rostro. Entre estos y la sangre que brotó de ellos inexorablemente, estaba casi irreconocible. Sacó de nuevo la grabadora del bolsillo.

—Una vez girado el cuerpo compruebo que no hay rigidez en los miembros superiores e inferiores. No al menos de manera evidente, lo que me dice que podría llevar muerta menos de cinco horas. La lividez se localiza en las zonas declives y palidecen a la presión. La coloración es violácea y poco intensa, lo que confirma también que el fallecimiento se produjo hace pocas horas. Un estudio más detallado en la mesa de autopsias determinará mejor el momento de la muerte. —El doctor Herrero se detuvo un momento y miró con atención la boca, pues algo parecía sobresalir ligeramente de ella—. Un momento, ¿qué tenemos aquí? —Paró la grabadora—. Unas pinzas, por favor.

Uno de los técnicos le dio unas a toda velocidad. Desde abajo, los inspectores y el juez miraban sin parpadear al forense. Este se agachó y se acercó lo que pudo hasta la boca de la mujer. Esperó paciente a que fotografiaran en primer plano la boca para después tomar la mandíbula con cuidado y separarla levemente para poder extraer el objeto. Esto también le sirvió para confirmar que no había rastro alguno de *rigor mortis*, lo que situaba la hora de la muerte a menos de cinco horas teniendo en cuenta las condiciones climatológicas de esa época del año. Metió las pinzas y comenzó a extraer el objeto. Se trataba de una cadena de la que colgaba una cruz. No era una cruz cristiana, ya que sus cuatro extremos tenían la misma longitud y su forma era ligeramente curva.

El doctor Herrero miraba la cadena atónito mientras la fotografiaban. Cuando acabaron, se volvió hacia la parte en la que permanecían los inspectores, además del juez, y comprobó cómo también sus rostros denotaban una cierta impaciencia por saber qué era lo que había extraído de la boca del cadáver. Sin más, decidió bajar para mostrarles el objeto.

—¿Qué narices es eso? —preguntó muy inquieto Alfonso.

—Ni más ni menos que lo que se ve, una cadena con una cruz. El asesino se lo ha metido en la boca.

El inspector sintió el impulso de quitárselo de la mano y observarlo de cerca. Pero con el juez ahí al lado —y sin el juez también— sabía que era imposible, ya que primero debía pasar por el laboratorio.

La estuvo mirando sin pestañear durante varios segundos. El doctor Herrero aguardaba impaciente con la bolsa de recogida de indicios preparada en la otra mano mientras lo hacía. Tras el silencio algo pareció cambiar en su rostro: acababa de reconocer el símbolo del colgante.

—Es una cruz patada —soltó—, creo. Si no me equivoco es el tipo de cruz con el que se representa a los caballeros templarios. Pero... ¿por qué la ha dejado aquí?

Todos lo miraron como si estuviera hablando mandarín. La historia y los mitos que rodeaban a la Orden del Temple las habían escuchado todos, lo que no entendían era qué tenía que ver con Fernando.

El forense ya se iba a dar la vuelta para introducir la cadena dentro de la bolsa cuando uno de los técnicos de Científica lo llamó a voces desde la plataforma. Sin dudarlo, echó a correr.

Cuando de nuevo estuvo arriba, solo tuvo que seguir el

dedo del técnico, que apuntaba directamente al bolsillo delantero del pantalón vaquero de la joven. Un objeto apenas asomaba en él. Parecía un papel. Tras esperar a que fuera fotografiado con minuciosidad, se acercó de nuevo a la víctima para tratar de extraerlo.

Las sorpresas comenzaron a sucederse.

La principal fue que no se trataba de un papel cualquiera, sino de una fotografía.

Según la extrajo, lo primero que se veía era su reverso, aunque no le vino mal porque así pudo comprobar que tenía una fecha anotada en él: 8/11/11.

Al doctor Herrero no le costó nada ver lo macabro de la fecha.

—Hoy hace seis años justos... —dijo como para sí mismo.

La giró para poder contemplar la imagen. Se veía a una pareja, chico y chica, posando muy cerca del mismo lugar en el que él estaba ahora subido. Como supuso que la chica debía de ser ella, lo primero que hizo, por instinto, fue fijarse en cómo lucía en la fotografía. Llevaba exactamente la misma ropa que cuando fue tomada la fotografía. Mirando detenidamente, incluso se apreciaba la cadena que encontró dentro de su boca. Supo entonces que los caballeros templarios no formaban parte del juego, sino que simplemente era un colgante que ella misma portaba. La chica era muy guapa, sin duda, nada que ver con su aspecto tras el ensañamiento del asesino. Tras observarla bien, decidió mirar al chico. No necesitó más de dos segundos para soltar una expresión que estaba formada, justamente, por dos únicas palabras:

—¡Hostia puta!

Brown, que de los de abajo era el único que podía acceder al escenario por cómo iba equipado, echó a correr y subió en apenas unos segundos al monumento. Le arrebató la foto de la mano al forense, que seguía en shock. Cuando lo vio comprendió que no exageraba.

Los dos inspectores y el juez se temían lo peor al ver que el inspector jefe también mostraba un evidente gesto de sorpresa. La angustia que sentía Alfonso en aquellos momentos se incrementó hasta alcanzar un estado que ni siquiera tenía una palabra asociada aún. El juez, que tampoco contenía sus emociones, le ordenó que bajara rápidamente para dejarles ver de qué se trataba, qué era lo que hacía que ambos reaccionaran así. Brown lo hizo, pero se tomó su tiempo, lo que desesperó más a los de abajo. Al llegar de nuevo a donde estaban los dos inspectores y el juez, mostró la imagen. Alfonso hacía unos minutos que no sentía el mareo que le acompañaba desde que accedieron a ese complejo monumental, pero de pronto volvió de golpe. Todo le daba vueltas a un nivel que no recordaba haber experimentado en toda su vida. Brown, que vio algo en su cara, se acercó a él sin soltar la foto y lo agarró de los hombros, impidiendo que cayera al suelo de golpe.

Pero Alfonso no se desmayó.

Hubo un impulso que le hizo mantenerse firme. O más o menos.

Un impulso que, además, le llevó a sacar rápido su teléfono móvil y buscar el SMS que él le envió con el número de emergencia.

Mientras esperaba que atendiera el teléfono pensó en que ahora entendía el significado del colgante templario.

¡Menudo hijo de puta!

Esperó dos tonos más.

Él descolgó.

Cuando escuchó la voz de su mejor amigo, un año y pico después, no pudo reaccionar. Mucho menos mientras miraba la foto, en la que aparecían el inspector Valdés y el que fuera el amor de su vida, Carolina Blanco.

4

Miércoles, 8 de noviembre de 2017. 17.07 horas.
Madrid

Colocó las palmas de las manos en su cara, sobre la zona de los ojos. Después las deslizó suavemente, pero con firmeza, hacia arriba, estirando la frente y sintiendo un poco de alivio. Esto lo ayudó a suavizar un poco la tensión.

Apoyó la espalda contra la pared. También la cabeza. En el ambiente se sentía que la calefacción del lugar funcionaba a pleno rendimiento, pero a pesar de ello notaba la pared fría como un témpano. Para cualquier otra persona habría sido una sensación incómoda, pero para Alfonso, que tenía un dolor de cabeza de mil demonios, era todo lo contrario. Algo placentero.

Los pasillos del Anatómico Forense no eran precisamente un bullir de personas corriendo de un lado para otro. Apenas algún mozo, técnico o médico forense pasaba por allí de vez en cuando. Todos lo saludaban. Él, por su parte, les devolvía el saludo con una sonrisa forzada que en esos momentos, más que nunca, le costaba demasiado esbozar.

Su cabeza era un hervidero de confusión. Tanto era así que ni siquiera era capaz de ser consciente de algunos olores típicos que solían impregnar la zona en la que se encontraba: el de «cocido» —debido al método que usaba el departamento de antropología forense para separar tejidos de hueso— y el de desinfectante.

Lo que más repitió en cuanto puso un pie en aquel lugar fue mirar su reloj. Ahora lo hacía de nuevo. La autopsia de Carolina ya debería haber comenzado. No entendía por qué tanta demora. Comprendía que el cuerpo, sobre todo el rostro, llegó en tan lamentable estado que, de algún modo, habría que adecentar antes de empezar, pero, aun así, el retraso era mayúsculo.

No era la primera autopsia a la que asistía. De hecho, ni siquiera podría llegar a considerarse como la más dramática de las vividas, ya que le tocó presenciar autopsias de niños. Pero había un no sé qué en esta que le provocaba un huracán de sensaciones muy difícil de explicar. Y quizá hasta sus pensamientos fueran egoístas, por calificarlos de algún modo, pero saber quién era la persona que yacía en la fría mesa, a punto de ser sometida a un examen *post mortem*, hacía que su alma se descompusiera en mil pedazos.

Y si estaba así, ¿cómo se sentiría Nicolás en ese mismo momento? Una nueva dosis de egoísmo le invadió al alegrarse de no ser él.

Gràcia, que cambió su actitud con respecto a él por decimoquinta vez en una misma mañana, se ofreció a personarse en el examen forense como representante de la Policía Nacional. Creyó que Alfonso no se encontraba en condiciones de afrontar un asunto con tanto componente emocional. Sin embargo, el inspector se negó en redondo. Aducía que debía estar ahí pasara lo que pasase, no porque sintiera que se lo debiera a Carolina —creerlo así era una gilipollez—, ni siquiera a su amigo, mucho menos después de su espantada, pero existía una fuerza que lo empujaba a hacer de tripas corazón y permanecer en primera línea. Ahora tocaba agarrar el toro por los cuernos tras haber hecho el cafre demasiados meses.

Tras la insistencia de Alfonso, la inspectora Forcadell volvió a Canillas para comenzar con todas las diligencias que tocaba realizar ahora.

Que la autopsia fuera a comenzar tan rápido no era lo habitual, pero esa celeridad no se debió al hecho de que Alfonso se lo hubiera pedido al juez como un favor, sino a que fue este quien le otorgó un carácter urgente. A los médicos forenses no les gustaba hacer las cosas así, ya que, de algún modo, duplicaba su trabajo. Ellos preferían esperar veinticuatro horas para dejar que el curso de los fenómenos cadavéricos siguiera y también para ver si aparecía algún signo tardío que demostrara que unas pesquisas iniciales eran erróneas. Aunque ahora no tocaba hacer reproches, con Fernando se corría sí o sí.

Volvió a mirar por enésima vez el reloj. ¿Era cosa suya o los minutos no pasaban? Y si lo hacían era más lentamente de lo normal. Se fijó de nuevo en los asientos que tenía cerca y consideró otra vez sentarse en ellos. La idea lo atraía, sentía las piernas demasiado cansadas, pero sabía que apenas duraría unos segundos en la posición debido al nerviosismo que también notaba en ellas. Además, allí no tendría el frío tacto de la pared que tan buen resultado le daba. Aunque fuera a modo de placebo. Decidió centrarse en lo último, por lo que cerró los ojos y permaneció así unos segundos.

No es que llegara a relajarse, pero al menos dejó de moverse tanto. Aunque no duró demasiado, ya que de pronto se oyó el ruido de unos pasos apresurados provenientes del fondo del pasillo.

Ahí fue cuando comprendió que la mayor fuente de nervios era justo esperar oír eso. No abrió los ojos. Sabía perfectamente de quién eran. La velocidad en que bombeaba su sangre se incrementó tanto que sus venas parecían un circuito de alta velocidad. Llegó incluso a dudar de si quería abrir los ojos o no. De si quería verlo o no. Pero no era un niño y no podía esconderse debajo de una mesa a esperar que la tempestad pasara. Ya oía la respiración apresurada del recién llegado junto a él.

Abrió los ojos.

La persona que estaba a su lado no se parecía en nada a la que él recordaba. Decir esto, habiendo pasado solo un año, quizá sonara exagerado, pero es que el tipo que lo miraba podría haber sido cualquier persona menos su amigo; sin embargo, esos ojos azules, cargados de angustia, le delataban. Lo que sorprendía a Alfonso eran la larga cabellera y una abundante y descuidada barba que tapizaba su rostro.

Parecía un mendigo.

—¿Por qué coño estás aquí fuera? —dijo Nicolás a modo de saludo.

—Hola a ti también.

—No estoy para mierdas, Alfonso. ¿Dónde cojones está? El aludido vaciló unos segundos.

—¿Dónde? —insistió.

—Sala 2.

Nicolás echó a correr hacia allí, pero un grito de Alfonso hizo que se detuviera en seco.

—¿Qué haces? —preguntó desde la distancia.

—¿A ti qué te parece? Voy a verla.

—Ten un mínimo de respeto, coño, y espera a que puedan tenerla más o menos presentable.

Nicolás apretó mucho los puños, hasta el punto de que sus nudillos se tornaron blancos.

—¿Y por qué tendría que hacerlo?

—Porque demasiado es que te dejan permanecer aquí dentro, imbécil. Te recuerdo que ya no eres policía, que estés aquí es un favor personal del que más vale que no se entere nadie.

—Oh, muchas gracias, supongo.

—Vete a tomar por el culo. No tendría ni que haber pedido el favor. No te lo mereces.

—Lo estoy diciendo en serio. Gracias.

Alfonso se quedó mirándolo fijamente. Al cabo de unos segundos habló:

—Si me quieres dar las gracias de verdad no hagas el idiota y ven aquí. Espera a que esté lista y pasarás. Que pareces tonto, hostias.

Nicolás quiso contestar, pero pareció entender que Alfonso tenía razón. También comprendió que se dirigiera a él con ese desprecio.

Aflojó la fuerza de sus puños y volvió al punto en el que estaba el inspector. Se colocó a su lado y también apoyó la espalda, como él. Echó la cabeza hacia atrás ligeramente. Pasaron un par de minutos sin decir nada. Fue Alfonso el que rompió el silencio.

—Es gracioso que ahora sea yo el que ponga la cordura y tú la inconsciencia. ¿Quién me lo iba a decir?

—Supongo que la vida da mil vueltas.

—Supones bien. Yo ahora soy tú: el agonías, el agobiado, el nervioso, el inseguro... A ti hace un año que no te veo, así que no tengo ni idea de quién eres ahora.

—Yo tampoco lo sé.

—Guau... ¿a qué hora firmas tu libro de poesía de mierda intensita de los cojones en la Feria del Libro? Lo digo por ir haciendo cola.

Nicolás no respondió. Sabía que perdería la batalla.

Pasaron unos segundos incómodos en los que los dos miraban al frente, sin más. Justo en la línea de sus miradas había un cuadro de anatomía que posiblemente podría tener más de treinta años. Presentaba un aspecto viejo y descolorido, sin embargo, ahí seguía. La calefacción estaría puesta, pero ahora el ambiente sí era frío. O eso notó Alfonso, que hasta sintió algún que otro escalofrío en su espalda. Aunque no pudo asegurar si no era otra cosa distinta a las bajas temperaturas la que se lo provocaba. No quería dirigirle la palabra al tipo que tenía al lado. El greñudo no merecía ni una paliza por su parte, pero sentía algo en su interior que hacía que las palabras salieran solas de su boca, por mucho que quisiera no pronunciarlas.

—Has llegado relativamente rápido. Me hace suponer que o estabas cerca o has venido a toda hostia con el coche. No sé por qué, me inclino más por la segunda.

—Es que es la segunda.

—Ya, me lo suponía. Claro, ahora que no eres poli, supongo que no te importa infringir todas las normas que puedas, ¿no?

—Mejor no preguntes, no creo que te guste lo que te voy a contestar.

—Vaya, qué malote y qué enigmático te has vuelto... Y, claro, ¿me puedes responder a una pregunta?

—Prueba.

—¿Puedo saber dónde coño te has escondido todo este tiempo?

—¿La has llegado a ver de cerca? —Cambió de tema el exinspector Valdés.

—Sí. Cuando la han bajado de la plataforma y ya se disponían para traerla para acá. Oye, mira, esto es nuevo para mí y no sé cómo funciona.

Nicolás lo miró sorprendido.

—¿Cómo funciona el qué?

—Antes, cuando hablaba contigo, lo hacía con el inspector Nicolás Valdés, ahora que estás fuera no sé si puedo compartir contigo información o no.

—No te puedo decir nada, haz lo que te dé la gana.

—No es solo eso y lo sabes. No me importaría lo de que seas policía o no porque ante todo siempre, y escúchame bien, siempre, cuando hablaba contigo, lo hacía con mi mejor amigo.

—¿Ahora no lo soy?

—Los amigos no desaparecen sin más.

—Los amigos respetan las decisiones de sus amigos.

Alfonso se volvió enojado.

—Dime, ¿no lo he hecho?

—Sí —admitió Nicolás.

—Entonces no creo que puedas tener queja. Yo he cumplido. Pero dime, amigo, ¿te parece normal que todo lo que haya sabido de ti sea ese puto SMS con el número y que me pagaras el alquiler todos los meses? ¿Era esa la señal para saber que, al menos, seguías vivo? Porque, que yo sepa, se puede ordenar que se hagan de manera automática. ¿Es tu idea de ser un buen amigo?

—Bueno, lo del número te ha servido, ¿no?

—Hostias, Nicolás, no me toques los huevos y no me vaciles, que te juro por mis muertos que aún te reviento la cara, me importa tres carajos que estemos aquí.

—Está bien, cálmate. No, no lo he hecho bien. Ya lo sé.

Alfonso rio con ironía.

—Tienes los santos cojones de decir que no lo has hecho bien. Tío, eres un jodido egoísta. ¿Es que no te das cuenta de cuál es tu problema? Que siempre haces las cosas y luego pides perdón. ¡Siempre igual! ¿Te crees que el mundo se ha diseñado para que tú hagas lo que te salga de los huevos siempre y los demás tengamos que permanecer ahí para comprender que eres un pobre desgraciado y que por eso se te perdona todo? Yo, yo y siempre yo. No funciona así, imbécil. Se te pueden perdonar ciertas cosas, pero no puedes pretender pasarte toda tu puta vida haciendo lo mismo. Si no quieres pedir tanto perdón, no hagas tanto el gilipollas. Es que es flipante. ¿Tú te has visto? Parece que aquí nadie sufre, solo tú. Y te importa tanto el resto de la humanidad que te escondes, desapareces y solo vienes porque ocurre algo de esta magnitud. ¿A ti te parece normal? ¿Qué hay de mí? ¿Qué hay de Alicia? ¿Qué hay de Sara?

—¿Qué hay de Carolina?

—¿Ves? Ya estás con lo mismo. Ahora estás con la idea fija de que ella ha muerto por tu culpa. Otra vez yo, yo y yo. Macho, que el planeta no gira por y para ti. Ya está bien de ir de víctima por el universo y empieza a asumir que hay más gente que no seas tú. A mí ya me has hartado, ¿lo comprendes? Desde que te conozco todo ha girado en torno a ti. Que si estás mal por una cosa, que si por la otra... El resto nunca podemos sentir nada, solo tú. Y, claro, pobre inspector Valdés que todo le pasa a él aunque es muy buena gente, así que entendamos todos que haga como un puto avestruz y meta la cabeza debajo de tierra. ¿Ha ido todo bien así, amigo? ¿Ha ido bien? ¿Se ha solucionado tu vida? ¿Te sientes mejor persona por haberte escondido en tu habitación, bajo la cama?

Nicolás no supo qué decir. Durante el trayecto solo pensaba en lo sucedido con Carolina. Ni una sola vez consideró lo que le decía Alfonso y reconocía que en el año y un mes ausente no lo hizo de la forma en la que debiera. Y solo demostraba que Alfonso tenía razón. No era capaz de ver más allá de su ombligo y no estaba precisamente orgulloso de ello.

De todas formas, en esos momentos no conseguía que su cerebro abandonara el monotema. Y, por mucho que dijera Alfonso, era incapaz de no sentir la culpa por lo ocurrido; lo había provocado, de algún modo, él. ¿Por qué otra razón iba Fernando a hacérselo?

El silencio se volvió a apoderar de todo. Nicolás no encontraba palabras que pronunciar. Alfonso, por su parte, le hubiera seguido cantando las cuarenta, pero creyó que no merecía la pena. Más que nada porque estaban en ese pasillo esperando a que Nicolás viera el cuerpo sin vida del que fue el amor de su vida. Si el inspector Valdés no sentía respeto por los que lo rodeaban —o solían rodear—, él sí lo haría.

Un sonido irrumpió en el incómodo silencio. La puerta de la sala 2 de autopsias se abrió y por ella salió el doctor Herrero. Habitualmente, el médico de guardia no hacía autopsias durante el día que le tocaba serlo, pero Herrero pidió permiso para participar en ella. Ya sabía que Nicolás aparecería por las dependencias de un momento a otro, pero lo que no esperaba, ni por asomo, era encontrárselo con aquellas pintas de hippy.

Aun así fue cauto y decidió no decir nada. Solo afirmó y les dio a entender que podían pasar.

Comenzaron a andar y, sin poder evitarlo, Alfonso miró a Nicolás. Toda la chulería con la que llegó se había esfumado de repente. Ahora solo veía en él a una persona con una verdadera angustia frente a lo que iba a presenciar. No meditó lo que hizo, tan solo se limitó a dejarse llevar y le puso una mano en el hombro, sin detenerse.

—¿Cómo lo hacemos? Si quieres entro yo primero y cuando estés preparado lo haces tú —propuso Alfonso.

—¿Te importa que entre yo primero solo?

Alfonso se detuvo en seco y lo miró fijamente. Midió sus palabras.

—Nicolás, no sé si será una buena idea, además...

—Por favor...

Sus ojos imploraban. Y lo hacían de verdad. Estaba roto. Verlo así hizo que Alfonso se ablandara como nunca antes lo había hecho. Tragó saliva. Se sentía contra la espada y la pared. Clavó la vista en el doctor Herrero, que ya negaba con la cabeza. Hizo caso omiso y miró de nuevo a Nicolás.

—¿Estás seguro de que quieres entrar completamente solo?

Nicolás no dudó. Asintió.

El médico dejó de negar con la cabeza para hablar:

—¿Hemos perdido la cabeza o qué? No podría entrar solo, inspe... señor Valdés, creía que usted sabía que no puedo acceder a lo que me pide. Y usted, inspector Gutiérrez, ¿qué quiere?, ¿que nos echen a todos a la calle?

—A ver, entiendo lo que me dice, doctor —replicó Alfonso—. Pero hágase cargo de la situación, por favor. No le pido un imposible, solo que concedan a este hombre unos segundos de dolor junto a ella. Por favor. Hágalo por lo que fue el inspector Valdés. Creo que le debemos mucho, a pesar de todo.

Alfonso no se arrepintió de haber pronunciado esas últimas palabras, pero sí era cierto que sintió una voz de alarma que le indicaba que no quería mostrar ningún tipo de sentimiento de agradecimiento ante Nicolás. No se lo merecía.

El médico dudaba acerca de qué hacer mientras dirigía la vista a uno y a otro.

—Está bien —accedió al tiempo que miraba fijamente a Nicolás—. Le pido por favor que no haga ninguna locura. Usted ya no será policía, pero yo amo mi trabajo y me gustaría conservarlo. Si se enteran nos podrían montar una sin precedentes.

—Yo mismo me responsabilizo —añadió Alfonso.

—Gracias, pero no soy ningún niño. Sabré guardar la compostura —sentenció Nicolás.

El forense volvió a dirigirles sendas miradas y dio media vuelta.

—Esperen aquí, ordenaré a los de dentro que salgan.

Ambos asintieron.

Nicolás respiró profundamente y se volvió hacia Alfonso, que lo miró sin titubeos. Observó cómo su boca se movía, como si quisiera decirle algo, pero las palabras no le salieran. Consideró lo raro de la situación, pensó en lo que fueron y en lo que eran ahora. Al final, Nicolás pudo decir:

—Gracias...

—No me las des, es lo menos que podría hacer. Si no sales echando hostias inmediatamente, ya tendré tiempo de reventarte la cabeza contra un bordillo.

—Ya, pero...

—Ya puede pasar —indicó el médico desde la distancia.

Alfonso asintió y Nicolás se separó de él. No pudo evitar pensar que, cuando pasó junto al grupo de personas que acababa de salir de la sala 2, percibió que lo miraban con cara de pena. Salió de su paranoia, se paró junto al carrito que contenía ropa quirúrgica para vestirse de manera correcta para entrar a la sala, se la puso y pasó.

Era imposible contar con precisión la de veces que había estado allí dentro y, sin embargo, aquella vez todo le parecía distinto. La estancia, al contrario de lo que se mostraba en películas y series de televisión, contaba con una iluminación plena. Nicolás hasta se hubiera atrevido a decir que la luz de esa estancia era incluso excesiva para su gusto. Aquello era tan parecido a una sala de quirófano de un hospital que la única diferencia era, precisamente, el tipo de pacientes que trataban unos y otros. El instrumental quirúrgico aguardaba sobre un paño verde que a su vez descansaba encima de un carrito metálico. No miró directamente hacia el cuerpo, aunque el doctor Herrero tuvo la delicadeza de haberlo dejado tapado bajo una inmaculada sábana blanca. Nicolás, que sabía que eso no se solía hacer, supo que el fin no era otro que causar el menor impacto posible en él al entrar, debido a su implicación emocional directa con la víctima.

Al adivinar la forma de Carolina bajo la sábana, notó que una lágrima se deslizaba por su mejilla derecha. Recordó con exactitud cuándo fue la última vez que lloró: tirado, de rodillas, bajo la ventana del juez Pedralba después de que Fernando hubiera logrado escapar tras matar al juez y a la inspectora Fonts. Desde entonces parecía haberse secado por dentro, pero ahora comprobaba que no era así.

Todavía le quedaban lágrimas por derramar. Puede que los pensamientos oscuros que últimamente rondaban su cabeza no tuvieran fundamento alguno, pero... ¿y lo otro? ¿Y lo que pasó donde se estuvo ocultando?

Aunque no era momento para pensar en cosas así, nunca podía evitar que las imágenes le golpearan a traición. Hizo lo que pudo por dejarlas a un lado. Ya habría tiempo de seguir machacándose.

Dio unos pasos y se situó junto al cadáver. Los recuerdos de un tiempo feliz junto a la joven comenzaron a cobrar vida en su cerebro como si de una película se tratara. Vio con claridad el momento en el que se conocieron. Las circunstancias no eran las idóneas, pues el padre de Carolina acababa de fallecer, pero tenía la certeza de que ella no hubiera cambiado nunca ese momento. Tampoco los cortos, pero intensos viajes que realizaron viviendo historias que muchos no creerían. Todo aquello acabó el día en el que decidieron poner punto y final a aquella relación, pero al menos seguían teniendo la posibilidad de volver a verse de nuevo, de charlar y tomar un café. Ahora ya no pasaría. Ese hijo de la gran puta le arrebató la posibilidad. Había matado a la mujer más importante de su vida. La persona que lo marcó. Su gran amor.

Estiró el brazo para comenzar a quitar la sábana. De manera atropellada por el momento, Alfonso le contó por teléfono las circunstancias de la muerte. Una de las cosas que más se repitió a sí mismo mientras pisaba hasta el fondo el acelerador del coche era que tenía que sacar la poca determinación que le quedara para aguantar ver su rostro lacerado de aquella manera. Sabía que Fernando lo había hecho para demostrar la rabia que sentía contra él, pero seguía sin tener claro si se sentía preparado para verlo.

Pero tocaba hacerlo.

Sacó de su interior el último atisbo de valor y cogió la sábana. Lo hizo con fuerza, a pesar de que no fuera necesario. Despacio, comenzó a destapar el cuerpo de Carolina.

Todo eso que se dijo a sí mismo durante el trayecto no sirvió de nada cuando vio su rostro completamente desfigurado por las heridas. Sintió una necesidad imperiosa de gritar con todas sus fuerzas, pero sabía que si lo hacía toda la gente de fuera entraría y él se perdería el momento de soledad que quería vivir junto a su cuerpo. Notó que las piernas le flojeaban, pero trató de mantenerse firme. Se lo debía a ella. Se lo debía a sí mismo. Como aquel masoquista que nunca tiene suficiente, quiso seguir apartando la sábana. Necesitaba comprobar cómo se encontraba el resto de su cuerpo, si ese malnacido siguió vejándola como hizo con su cara. No era la última imagen que quería guardar de ella en su memoria, pero una vez hubo empezado ya no pudo parar. Siguió tirando de la sábana, hasta que la retiró por completo.

Durante unos segundos la estuvo mirando, sin pestañear.

Secó sus lágrimas, respiró profundamente, dio media vuelta y salió de la sala de autopsias.

Cuando lo hizo, todos los que lo esperaban lo miraron fijamente. Querían ver cómo reaccionaba, unos por morbo y otros por verdadera pena. El exinspector no dijo nada. Comenzó a quitarse la ropa quirúrgica para después echarla a la papelera destinada a tal fin. Una vez hecho, se acercó al grupo.

Alfonso hizo una pregunta que él mismo creía que era tonta, pero que tenía que hacer:

—¿Estás bien?

—La de ahí dentro no es Carolina —soltó sin más.

Alfonso suspiró resignado, comprendía aquella posición de negación de la realidad de Nicolás. Aquello iba a ser más complicado de lo que imaginaba. Él la vio y sí era Carolina. No era la típica situación en la que parecía una cosa para luego no serla. No dudaba de que sí era la joven. Ahora faltaba hacérselo ver a Nicolás.

—Entiendo que...

—No, no, no entiendes una mierda, te digo que no es Carolina. No puedo estar más seguro.

—Nicolás, yo la he visto, conozco a Carolina y te aseguro que...

—¡Joder, que no es! Venid y os lo demuestro. —Dio media vuelta y pasó de nuevo a la sala.

Todos, alarmados ante lo que pudiera hacer Nicolás, lo siguieron rápido.

Se paró a unos pocos centímetros de la mesa.

—Si no os fiais de mí, no tocaré nada —dijo Nicolás poniendo las manos tras su espalda—. Mirad bien el cuerpo.

Todos lo hicieron, pero no sabían a qué se refería el exinspector.

—Mirad su abdomen.

Seguían sin tener ni idea.

—Partamos de que ella odiaba los tatuajes, no sabéis hasta qué punto, pero no solo es eso —expuso Nicolás muy seguro de sí mismo—, lo que sí que no haría en la vida sería dibujarse en la barriga un conejo de Playboy.

—Ya, Nicolás —contestó Alfonso sin dejar de mirar hacia la mancha de tinta de debajo de la piel—, estoy de acuerdo en que no le pega demasiado a Carolina, pero no es concluyente para...

—¿También se ha tatuado los lunares de aquí? —planteó señalando la zona de su pecho—. Porque antes tampoco estaban.

—Tenía un colgante templario dentro de la boca, intuyo que Fernando lo metió adrede para decirnos que era ella. Creo que, además, se lo regalaste tú, ¿puede ser?

—Sí, yo le regalé un colgante con una cruz patada, pero no significa nada. Joder, Alfonso, que ya conoces el juego de ese maldito cabrón.

Alfonso no supo qué contestar.

—¿Es que no lo entendéis? —preguntó Nicolás mirándolos a todos—. Le ha destrozado la cara para que no la pueda reconocer con el rostro y así sembrar la duda, pero os aseguro que no es Carolina. Se le parece mucho, sí. Iba vestida igual, sí. Llevaba su puto colgante, sí. Pero Fernando lo ha dispuesto todo para que yo crea que es ella. No sé dónde está, pero Carolina sigue viva.

Todos se miraron.

—¿Y por qué iba a hacerlo? —quiso saber un escéptico Alfonso.

—Para que yo vuelva.

5

Miércoles, 8 de noviembre de 2017. 18.08 horas.
Madrid

Alfonso bostezó antes de hablar. Llevaban un rato en silencio, colocados igual que en su reencuentro.

—No tiene ni pies ni cabeza, Nicolás.

—Ya sé que no lo tiene, para variar. ¿Sigues creyendo que soy un egocéntrico y que me estoy inventando esto?

—Anda, mira, si ya hablas como una persona normal y no como un macarra de barrio.

—*Touché*, pero responde, por favor.

—Sí a lo primero, no a lo segundo. Bueno, maticemos lo último: entiendo lo del tatuaje y, hasta lo de los lunares, pero...

—Pero ¿qué?

—Que no sé si es que tienes razón o que, como la quieres tener, estás viendo cosas para justificarte.

—Joder, pareces un puto psicólogo hablando.

—Se me habrá pegado de ti.

—Que no, en serio, que es verdad que me agarraría a un clavo ardiendo con tal que no fuera ella, pero es que no lo es. Te lo garantizo.

—La garantía son unos lunares que solo has visto tú. Vamos, un juez lo toma como válido segurísimo...

—A ver, que entiendo lo que me dices, pero, coño, no sé, es que sé que ahí no tenía nada. Dejémoslo ahí porque no me siento cómodo hablando así de ella en estas circunstancias.

Volvieron a quedarse en silencio. Fue Alfonso el que tomó la palabra de nuevo:

—Vale, te creo. Pero ahora necesitamos demostrar que no es ella sin posibilidad de error. Por mucho que yo te crea, no vale de nada. ¿Se te ocurre alguna forma de hacerlo?

Nicolás, sin despegar la espalda de la pared, negó con la cabeza. Si lo supiera, desde luego, se lo habría dicho ya.

—Bueno, pues piensa... porque menudo marronazo.

El doctor Herrero volvió a asomarse al pasillo. Se hacía cargo de lo peliagudo de la situación, pero el comienzo de aquella autopsia se demoraba demasiado. Tocaba empezar ya.

—Ve, anda. Haz tu trabajo. Yo esperaré fuera del edificio si quieres. Cuando acabes podríamos ir a tomar algo y, ahí ya, si quieres, me partes la boca.

—Ah, pero ¿no vas a salir corriendo otra vez? ¿A qué debemos el honor?

—Tira.

Alfonso se vio tentado de proponerle entrar él también a la autopsia. Pese a que había pasado poco más de un año, la costumbre imperaba al tenerlo cerca. Sobre lo último había algo que lo desconcertaba, y era que no pudiera hablarle como siempre. Ya no trataba de que la persona que tenía al lado no se pareciera físicamente al Nicolás que se fue, sino que no encontraba por ningún lado el *feeling*, por llamarlo de algún modo, que siempre existió entre ellos. Ahora era distinto. Parecía que ambos eran dos témpanos de hielo sin sentimiento alguno, aunque Alfonso estaba convencido de que todo era provocado por una serie de factores que se entremezclaban tanto que hasta les anulaba la capacidad de comprender lo que pensaban en verdad.

Tampoco quería darle más vueltas. El tiempo acabaría hablando y todo, de una manera u otra, se acabaría solucionando.

Los dos se despidieron momentáneamente y Alfonso entró en la sala 2.

Dentro le esperaban el doctor Salinas, forense y director del departamento; el doctor Herrero, que era el que más reflejaba la preocupación en el rostro, una auxiliar y un mozo.

—Bien, ya podemos comenzar —dijo el doctor Salinas nada más verlo cerrar la puerta—. En lo poco que hemos podido adelantar, hemos enviado muestras de sangre y orina al laboratorio de Tóxicos. Como ya ha pasado un tiempo prudente, tenemos un primer resultado de lo que se ha encontrado en la sangre de la víctima. Es interesante, porque hay una leve concentración de benzodiazepina.

—Diazepam, ¿no? —preguntó tratando de matizar Alfonso.

—Así es. Como digo, es interesante dada la escasez de dicha concentración, lo que indica que a la hora de la muerte lo más probable es que los niveles de dicho psicotrópico en sangre no fueran demasiado elevados. Creo que, cuando la asesinaron, sus capacidades no estaban mermadas por la medicación.

—Pero, entonces, supongo que quiere decir que a esa hora ya se esfumó el compuesto de su sangre, ¿no? Porque dudo que le diera una dosis ridícula que no sirve en realidad para nada.

—Así es. Justo es lo que quería decir. Y, precisamente, creo que ya sabe por qué lo recalco...

—Claro. Quiere decir que es probable que aprovechara los efectos sedantes del diazepam, con la dosis correcta, para echarse sobre ella.

—Y para reforzarlo, mire —añadió el forense.

Alfonso se acercó lo que pudo a la cara de la víctima, justo al lado de la boca que era donde señalaba el forense. Incluso llevando mascarilla, el hedor característico que desprendía un cadáver —aunque llevara cinco minutos muerto— lo asaltó a traición. Tampoco le dio demasiado gusto acercarse tanto en el estado que tenía el rostro. Pero al hacerlo lo vio: dos señales moradas alrededor de la comisura de los labios.

—Marcas de haber sido amordazada —expuso en voz alta, pero como para sí mismo.

—Correcto. El cómo la asaltó ya es difícil de saber, pero mi teoría es que le dio la dosis necesaria para poder someterla a su voluntad, pero una vez ya la tuvo esperó paciente a que se le pasaran casi del todo los efectos. Esto no es inmediato. Supongo que el fin no era otro que ella fuera capaz de poner algo de su parte para subir a la plataforma, ya que a él solo le hubiera costado demasiado.

—Sí —afirmó Alfonso—, tuvo que ser así. Lo que me sorprende es que la chica estuviera tan participativa conociendo el final. Supongo que no le quedaba otra alternativa, pero no sé, no me imagino yo en su situación colaborando para ayudarlo a preparar la escena de mi muerte. Hubiera preferido dar mil patadas y que me hubiera matado donde fuera para ahorrarme un sufrimiento inútil.

—Bueno, no sé, supongo que cada uno en una situación concreta...

—Ya, ya. ¿Qué me dice del rostro? ¿Qué hay de las heridas?

—Esto ya es otro cantar. Tendremos que hacer un *peel off* muy riguroso para establecer la morfología del arma empleada y, aun así, nos va a ser muy difícil. Si con una herida ya cuesta...

Alfonso hace un tiempo hubiera tardado en procesar lo que el doctor trataba de decirle, pero eran tantas las veces que había oído ya el nombre de la técnica que iban a emplear que ya lo tenía por algo de su día a día. Aunque él lo llamaba «lo de las capitas», ya que la técnica en sí consistía en ir diseccionando la piel por planos para ver cómo era la trayectoria de una herida sin que ellos provocaran ningún cambio en ella.

—¿A simple vista se ve si las heridas son *ante* o *post mortem*?

—Si en lo habitual tenemos que andarnos con pies de plomo, en este caso particular ya ni le cuento. Podría basarme en el tejido que hay alrededor de las mismas, pero es que es muy peligroso. Quien se va a encargar de la labor es Jenny, nuestra magnífica técnica de anatomía patológica. ¿La conocía?

Alfonso negó con la cabeza. Era una chica joven, no pasaría de los treinta años. Se equivocó al dar por hecho que era una simple auxiliar. Aunque ningún auxiliar fuera simple.

—No. Y puede que parezca un poco inculto a pesar de mi puesto, pero no tengo ni idea de a qué se dedican.

—No le culpo —dijo el doctor Salinas—. Es una figura habitual en los institutos de medicina legal, pero aquí no disponíamos de una porque solamente somos los que más autopsias por muerte violenta hacemos de todo el maldito país. Bueno, eso y que no somos un instituto de medicina legal en sí, aunque pronto lo seremos si las presiones surten efecto. En fin... Resumiendo: Jenny es, y me vas a perdonar, Jenny, por referirme así a ti, nuestra chica para todo. Los técnicos de anatomía patológica siempre suelen acompañarnos en las autopsias y es como si fueran nuestra mano derecha. O a veces hasta las dos manos, pues son los que nos ayudan a tomar muestras haciendo el tallado, nos realizan las aperturas de los cadáveres para su reconocimiento interno... No seríamos nada sin ellos. A mí, de hecho, me ha acostumbrado tan mal que creo que ahora mismo no sabría ni abrir un cuerpo. Será ella la que tome y analice las muestras de tejido en el microscopio. Lo hará cuando comencemos con el *peel off.* Ahí despejaremos unas cuantas incógnitas. Eso sí, como hay tanta herida y tenemos que ir una por una, le ruego paciencia. De todas formas, me ha comentado el doctor Herrero que en el levantamiento no se observó un exceso de sangre, por lo que podríamos pensar que el corazón no bombeaba. Esto ya nos indica bastante.

—En realidad no tengo tanta prisa con los resultados. Yo, con saber la causa de la muerte, la hora y demás... Aunque la causa parece clara...

—De eso tengo pocas dudas. No lo firmaré como tal todavía, pues me puedo encontrar una sorpresa de última hora, pero apostaría mi mano derecha a que se debe a una hemorragia aguda como consecuencia de la sección de ambas arterias carótidas. Vamos, un degüello de toda la vida.

Alfonso miró una vez más a la víctima, ahora sin nombre. Unos minutos antes creía que Nicolás estaba loco, pero ahora mismo ya no dudaba de que la chica muerta de encima de la mesa no era Carolina. Más que nada porque Nicolás podía caracterizarse por muchas cosas, pero una de ellas, quizá la mejor de todas, era que no se engañaba nunca a sí mismo. Al contrario. Así que, si él decía que no lo era, no lo era. Ahora, para ponerle nombre y apellidos tendría que dar parte a la Unidad de Desaparecidos. Una vez hecho, comenzaría a girar una inmensa rueda que, tarde o temprano, acabaría ofreciendo al cuerpo una identidad concreta. Además, si se tenía en cuenta la teoría del forense —que él también apoyaba— de que hubiera desaparecido en las últimas horas, todo se volvía considerablemente más sencillo.

—¿Hay algo más que recalcar? —preguntó el inspector sin dejar de mirar el cuerpo.

—No lo veo demasiado importante, pero fíjese en el golpe en la pierna.

Alfonso lo hizo.

—Juraría que es reciente. Este moretón podría habérselo causado Fernando al darle un golpe.

—Puede que intentara escapar y él la derribara.

—No es descabellado, pues tiene unas ligeras abrasiones en la zona de los brazos. Supongo que al llevar manga larga la cosa no ha ido a más. Si fueran producto de un arrastre, estoy seguro de que serían mayores, por lo que puede que se las hiciera tras caer después del supuesto golpe.

—¿Ahora sí está todo?

—Todo lo que ahora podemos contar con el examen externo, sí. Una vez más les ruego paciencia a la hora de esperar resultados. Someteremos su sangre a análisis más exhaustivos para comprobar si contiene otras sustancias y, bueno, con la cara vamos a tardar un buen rato, aunque no sé hasta qué punto merece la pena.

—Está bien. Creo que por mi parte es suficiente, no soporto ver cuando la abren, con todos mis respetos a la víctima, en canal. Vuelvo a Canillas y quedo a la espera de los informes.

Ambos forenses asintieron. Antes de que saliera, el doctor Herrero quiso decirle algo.

—Una última cosa: debería saber que la inspectora Forcadell nos ha pedido que le enviemos a ella los resultados. ¿Qué hacemos?

—No hacerle caso. Me los envían a mí.

Salió de la sala 2 con la sensación de sentirse de nuevo vivo. Menuda paradoja...

También salió del edificio.

Nicolás lo esperaba apoyado en el capó de su Peugeot 407. Tenía los brazos cruzados y lo miraba expectante.

—¡Qué sorpresa que sigas aquí! —Alfonso no le dio tregua.

—No te cansas, ¿eh? Ya te he dicho que quería tomar algo contigo y, bueno, charlar.

—Ah, no sé, como ahora eres tan hippy, lo mismo has cambiado de opinión. ¿Nos fumamos unos porritos, tron? Cualquiera sabe lo que piensas.

—Si te digo la verdad, ahora solo pienso en Carolina.

—Vaya, este sí se parece al Nicolás de hace años... —Alfonso miró sus manos. Tenía el teléfono móvil en ellas—. Has probado a llamarla, ¿verdad?

—Situaciones desesperadas, medidas desesperadas. Supongo que todavía no puedo analizar nada con claridad. Alguna tontería todavía me sale sola.

—Alguna, dice. Bueno, ¿va esa cerveza o qué?

—Te veo más relajado hablándome. ¿Me has perdonado?

—No.

—Vale, vale. ¿Donde la Paqui?

—Donde la Paqui.

Miércoles, 8 de noviembre de 2017. 19.01 horas.
Madrid

Nada más poner un pie fuera de aquel lugar tomó una enorme bocanada de aire. El acto en sí era curioso, porque de donde salía se respiraba mucho mejor. Lo había comprobado. El tiempo seguía pasando, los acontecimientos desarrollándose y él todavía seguía sintiendo el gusanillo que revoloteaba en su estómago con cada paso que daba. Y que así siguiera.

No era ningún monstruo.

Antes de comenzar a andar analizó el entorno. Como no vio a nadie cerca, se relajó brevemente y hasta se permitió dejar en el suelo la bolsa que portaba. En ese momento fue consciente de los increíbles niveles de dopamina que su cuerpo albergaba. Cerró los ojos durante un par de segundos y se dejó llevar.

Una ligera brisa acarició su rostro. A pesar de no tener fuerza alguna, pudo sentir que venía cargada de frío. Ese mismo frío que se convirtió en un aliado, ya que le permitía vestir el gorro negro sin distintivos que le hacía ser todavía menos reconocible entre la gente. Miró a fondo su atuendo al tiempo que movía los brazos y giraba la cintura. Estaba impoluto, pero eso no era producto del azar, sino que se había cambiado detrás de unos arbustos. Flexionó ligeramente las rodillas para coger de nuevo la bolsa y comenzó a andar. Tenía claro hacia dónde iba. Sonrió al pensar que en pleno año 2017 todavía siguieran existiendo negocios como aquel, aunque a él le venía de perlas. Callejeó algo, más por seguridad que por necesidad, pero pronto llegó al local.

Entró en él.

Era un ciberlocutorio.

No era la primera vez que visitaba uno, aunque no solía repetir por los mismos motivos de seguridad que siempre le llevaban a dar algún rodeo antes de dirigirse a su verdadero destino, pero como cada vez que lo hacía, pensaba en que jamás hubiera pisado un lugar así en caso de no ser de extrema necesidad. Las razones de sí hacerlo estaban bastante claras: el anonimato que le proporcionaba una conexión sin nombre y apellidos, al margen de que los inmigrantes que solían pulular aquellos lugares pasaban de él. Y quizá ese argumento pesara incluso más que el primero.

Pagó el alquiler de un equipo y tomó asiento frente a uno de los ordenadores.

Volvió a notar el gusanillo otra vez dentro del estómago.

No era ningún monstruo.

La razón de sentirlo era bastante clara. La máquina ya giraba, pero ahora iba a coger bastante velocidad.

Antes de teclear se preguntó si él ya habría llegado.

Menuda tontería.

Sabía que sí.

Él lo había hecho regresar.

Miércoles, 8 de noviembre de 2017. 19.21 horas.
Madrid

No había pasado una eternidad desde la última vez que estuvieron ahí sentados, en el mismo lugar de siempre, pero ambos sentían que así era y eso solo añadía un extra de incomodidad a la situación. Ninguno había hablado aún, aunque en verdad no llevaban demasiado tiempo allí. La suerte estuvo de su lado, ya que Paqui, la dueña del bar La Madrileña II, no dudó en acercarse a ellos en el mismo instante en que los vio.

—Bueno, bueno... ¡dichosos los ojos!

—Hola, Paqui —saludó amistosamente Nicolás—, qué de tiempo, ¿eh?

—Y tanto. ¡Madre mía qué pelos me traes! ¿Es que te has vuelto un moderno de esos?

Él sonrió desganado, pero tratando de que no se notara en exceso.

—Qué va, Paqui. Lo que me he vuelto es un descuidado.

—Nada, vas guapísimo. Si es que menuda percha, hijo. Estáis invitados a lo que queráis. ¡Qué alegría tener de nuevo a mis dos policías favoritos!

Alfonso no pudo evitar mirar a Nicolás. El comentario de la dueña del bar no contenía malicia alguna, sin duda, pero sentía una tremenda curiosidad por ver la reacción del expolicía tras escucharlo. Pero no hizo nada. No se inmutó. O ensayó demasiado bien la pose o en verdad no le importaba no ser policía ya. Si lo último era cierto, no solo el exterior era completamente distinto de aquel Nicolás que se fue. Decidió dejarlo atrás todo y pidió:

—Para mí una Estrella Galicia, Paqui, supongo que Nicolás querrá su Nestea de siempre.

La pregunta iba cargada de intenciones.

Nicolás asintió.

La mujer se marchó sonriente.

—Eres único disimulando —soltó de golpe Nicolás.

—¿Qué?

—Te he visto mirarme de inmediato cuando Paqui lo ha dicho. ¿Te da morbo saber qué pienso acerca del tema?

—Morbo no. Curiosidad, sí.

Nicolás pareció sopesar la respuesta.

—Ahora mismo podría hacerme el duro y decirte que nada me importa una mierda. De hecho, me he pasado un año y pico autoconvenciéndome de que era así. Pero no. Todo me duele más de lo que me gustaría.

—Te duele, pero te vas. Y en vez de recular, prefieres quedarte escondido, sin aparecer. Nicolás, no me cuentes historias tristes, que no tengo ganas de llorar.

—Vale, que sí, que te entiendo. Todo lo que me digas lo entiendo, pero ¿no te ha pasado nunca que creías que hacías una cosa mal y, aun así, no podías dejar de hacerla?

—No.

—En serio.

—Sinceramente, ahora no lo recuerdo, pero supongo que sí.

—Pues justamente era eso lo que me pasaba. Te prometo que yo lo sabía, pero no encontraba las fuerzas para venir y enfrentarme a esto. Era como los caballos a los que les tapan los ojos para que solo puedan mirar hacia delante. ¿Me explico?

—Sí, pero no quita que no tenga ganas de estamparte la cabeza contra la barra.

Nicolás iba a responder, pero tuvo que esperar a que Paqui les dejara las bebidas y un generoso pincho de tortilla de patatas.

—Si quieres, puedes hacerlo. Si te hace sentir mejor...

—Lo dudo. Pero no lo voy a hacer por una única y sencilla razón: Paqui no se merece que le monte el espectáculo aquí en medio. Ahora bien, lo que sí podrías hacer es quitarte la puta etiqueta de víctima de todo. Sabes que me revienta. Y no te pega nada, hostia.

—Ya, claro, qué fácil. Creo que uno no elige cómo estar en cada momento. Lo de quitarme la etiqueta esa que dices sería sencillo si fuera impostada, Alfonso, pero me siento fatal. No lo puedo evitar.

—¿Y te crees que yo no? Y no voy llorando por las esquinas.

Nicolás cogió el vaso de tubo con el Nestea y tomó un trago antes de hablar.

—¿Me vas a decir que este año tú has sido la alegría de la huerta? Venga, que nos conocemos.

—Pues no, no lo he sido, pero seguía aquí. Al pie del cañón. Con mi mierda, pero aquí. Y he hecho el subnormal en el curro todo el tiempo, pero al menos estaba. Lo que tú hiciste era demasiado fácil. ¿Te crees que a mí no me hubiera gustado desaparecer? Incluso morirme, fíjate lo que te digo. Pero no. Con mejor humor o peor aquí he seguido. No puedo irme corriendo, sin más. No cuando hago daño a muchas personas con mi espantada.

—Lo sé. Ya te digo, no puedo justificarme. Y no es ir de víctima, es que no puedo.

—¿Te puedo preguntar, al menos, dónde has estado?

—Mejor que no lo sepas. Si no estoy orgulloso de haberme ido, mucho menos de dónde he ido y de lo que he hecho allí. Han sido meses raros. No quiero ni recordarlos, aunque hay imágenes que me asaltan a traición.

Alfonso iba a insistir, pero decidió dejarlo ahí. Si no lo quería contar, tampoco es que fuera a cambiar las cosas el saberlo. Se llevó un trozo de tortilla a la boca. No se percató de ello, pero era lo primero que probaba en todo el día aparte de una cantidad ingente de cigarrillos y cafés. El pincho le supo a gloria. Y no porque tuviera más hambre que Carpanta, qué va, fue porque Paqui hacía unas tortillas de patatas caseras a medio cuajar con su cebolla y todo que quitaban el sentido. Cuando se lo tragó observó a Nicolás. Había algo en él que le inquietaba. Desde el momento de su reencuentro hasta ahora parecía haber disminuido su tamaño considerablemente. Como si se hubiera deshinchado. No veía en él ni un mínimo rastro de la actitud pasota, chulesca y sin duda fingida que trajo. Ahora tenía delante al Nicolás de siempre, al inseguro, al angustioso, al noble... Eso le hizo modificar también su actitud frente a él. No es que dejara de creer que era un imbécil y un impresentable por haber actuado así, es que no le veía sentido a estar martirizándolo constantemente, ya que él mismo parecía hacerlo en su interior. Aun así, quiso hacerle la pregunta fatídica. La estuvo evitando, pero pensó que la mejor forma de normalizar la situación —en la medida de lo posible— era hablando abiertamente sobre ello.

—¿Echas de menos ser policía?

Nicolás no supo qué le llevó a saberlo, pero tenía el absoluto convencimiento de que Alfonso se lo iba a preguntar ya. A pesar de ello, no se sentía tan preparado como creía para contestar a algo así.

No es que quisiera hacerlo de ese modo, pero, ya puestos, dejó que la lágrima que en ese momento resbalaba por su rostro hablara por él.

—No te pienso abrazar, maricona —soltó Alfonso de golpe.

Nicolás levantó la cabeza y sonrió. Era la primera vez que lo hacía con absoluta sinceridad desde que se marchó.

—Va —insistió Alfonso—, en serio. Ya sé que sí, pero cuéntamelo tú mismo. ¿Lo echas de menos?

—Evidentemente. Creo que no sabría hacer otra cosa en mi vida que no sea trabajar como policía. Cada día pensaba en diferentes justificaciones a por qué me fui de aquí, pero la más recurrente era que no podía soportar verme fuera de todo. No quería no ser policía.

—Ya, capullo, pero nadie te dijo que te fueran a echar. Te iban a investigar y, probablemente, sancionar. Pero lo mismo era un par de meses fuera y listo. Ahora seguirías. De hecho, la sanción salió y yo no quise ni saberla. Y lo que más me jodía de todo es que creía que no era injusta, fuera la que fuese, porque te la merecías. Te la merecías por imbécil. Antes de entrar en el bar me he prometido que no te echaría en cara cómo actuaste, no quiero martirizarte más, pero es que te merecías cualquier sanción por haber hecho las cosas con el culo. Y la hostia que me diste te la guardo, no te creas que no. El día menos esperado te la voy a dar sin aviso alguno.

Nicolás no pudo responder. ¿Qué decir si creía que tenía razón?

—Lo que me jode, tío —continuó hablando Alfonso—, es precisamente eso. Que ahora estamos en bragas sin ti. Los inspectores que llegaron no son malos, qué va, pero es que no hay nadie que sepa más de Fernando que tú, hostia. ¡Que eres el puto Nicolás Valdés!

—Bueno. Aquí estoy. Quizá no pueda colaborar como policía, pero puedo ayudarte desde la sombra en lo que quieras.

Alfonso rio ante el comentario.

—¿Ahora qué eres, el poli corrupto apartado del cuerpo que quiere impartir justicia a toda costa sin acatar las normas? El papel no te pega, Nicolás, porque ni fumas ni bebes whisky. Además, qué coño, que no es Hollywood, que tenemos que pillar a ese chalado con lo que tenemos.

—Entonces, ¿no me contarías nada del caso?

—Coño, sabes que sí, pero no es lo mismo. Cuando te cuente las cosas a ti, el hijoputa puede haber matado a dos personas más. Y esa es otra, hay que encontrar a Carolina y saber qué ha sido de ella. Mira, ahí sí que puedes hacer algo. Búscala, búscala hasta debajo de las piedras y asegúrate de que está bien. No sé qué estás haciendo que no sales corriendo para encontrarla.

—Básicamente porque ahora mismo no tengo ni idea de cómo hacerlo; ha pasado todo demasiado rápido, pero lo que sea se me ocurrirá.

Alfonso bebió un trago de cerveza. Pidió otra a Paqui y esperó a que se la sirviera para hablar.

—Lo primero que tendrías que hacer es quitarte las pintas de Melendi que me llevas. No me creo que donde estuvieras no hubiera una puta maquinilla de afeitar o un barbero, que tenías dinero para hacerlo. No sabes lo que pareces.

—Vale, mamá. Oye, ¿qué tal está Alicia?

—Madre mía, doña Alicia me pone nervioso. Casi no hablamos porque cada vez que lo hacemos nos enganchamos en una pelea. Estamos tirantes desde que te fuiste. Pero si alguien ha cambiado es ella. A mejor, claro. Si fuera un tío te diría que se sacó la oposición con el cipote. Ya ha acabado en la División de Formación y Perfeccionamiento y está con las prácticas. He hablado con Brotons varias veces para que la incorpore a nuestra unidad en cuanto se pueda. La cabrona tiene madera y vale mucho, ¿sabes?

—Joder, se le veía. Sabía que lo lograría —comentó nostálgico.

—Mira, llorón, si quieres hablo con Brotons para que tú...

—Ni de coña —lo cortó tajante—, ¿tú te imaginas la situación? Ya no es orgullo, es que no tiene ni pies ni cabeza intentar volver. Además, que no me dejarían, qué cojones.

—Como quieras... ¿Y por Sara no preguntas?

El largo silencio de Nicolás dijo más que mil palabras. Al final se decidió a hablar:

—Me da miedo preguntar. No me imagino lo que pueda pensar de mí.

—Pues si te digo la verdad, no lo sé. Ya sabes que no la aguanto, ni ella a mí, así que hemos encontrado la excusa perfecta para no dirigirnos la palabra. Yo, encantado; ella, también. Todos felices. No tengo ni idea de cómo está ni cómo se quedó con tu marcha. No sé si te hará sentir mejor o peor, pero...

—Yo qué sé... Ahora mismo me siento saturado. No puedo dejar de darle vueltas a dónde estará Carolina.

—Vale, recapitulemos, ¿qué fue lo último que supiste de ella?

—Poco. Que salía con un compañero de trabajo y que vivía fuera del país. No sé si en Italia o en Israel.

—O en algún sitio que empiece con i, ¿no? —preguntó socarrón.

—No, joder, pero es que nunca he querido pensar demasiado en ella. Con saber que estaba bien me bastaba. Y ahora que no lo sé, me estoy reconcomiendo por dentro. Aunque sea una gilipollez, lo primero que voy a hacer es pasarme por su casa en Chueca. Ojalá me abra la puerta y todo sea un vacile de Fernando para que yo vuelva y ya está.

—Vale, no se me había ocurrido. En cuanto llegue al curro me voy con una patrulla para allá. Y sobre lo de que sea un vacile... me encantaría decirte que sí, Nicolás —Alfonso prefirió contarle lo que pasaba por su cabeza—, pero con este cabronazo de por medio...

Nicolás iba a contestar, pero el teléfono móvil de Alfonso comenzó a sonar. Resopló a la vez que lo sacaba de su bolsillo. Consideró el no cogerlo, pero reconoció el número y tuvo muy claro que no podía pasar de la llamada: era el jefazo.

—El que me faltaba ahora —dijo antes de presionar el icono de color verde—. ¿Sí?

—Gutiérrez. —La voz de Brotons se oía por todo el bar sin necesidad de altavoz—. Quiero que deje las putas cañas y que venga a mi despacho, a la de ya.

—Comisario, estaba llegando. Me tiene allí en cinco minutos.

—¿Está con usted?

—¿Quién?

—Vamos, que no soy imbécil. ¿Está o no está?

—Sí...

—Pues dígale que venga también. Y que se ponga un anti-balas, por si acaso le vacío un cargador en el pecho en cuanto lo vea.

Alfonso se puso blanco. ¿De verdad el comisario le había pedido que Nicolás también fuera? ¿Sería para que volviera o porque de verdad le iba a morder la yugular por lo que hizo?

—Vengan a toda velocidad. —El comisario colgó sin darle oportunidad de réplica a Alfonso, aunque, en verdad, no te-nía ni idea de qué decir. Se sentía perplejo.

Pese a que Paqui les dijo que los invitaba a tomar lo que quisieran, Alfonso sacó un billete de veinte euros y lo dejó encima de la barra.

Miró a Nicolás, que tampoco supo qué decir, y lo instó:

—Vamos.

6

Miércoles, 8 de noviembre de 2017. 20.02 horas.
Madrid

Nicolás caminaba por los pasillos de la tercera planta asignada a la Unidad de Homicidios y Desaparecidos, dentro del edificio de la Policía Judicial. El edificio en sí databa de los años sesenta y antiguamente formaba parte de los dormitorios de la Academia de la Policía Armada. El paso de los años habían hecho mella en él y, aunque se realizaron algunas reformas —tales como la inclusión de un ascensor exterior que se detuviera en las cuatro plantas, la instalación de aire acondicionado y, por fin, la mejora de las ventanas dotándolas de doble acristalamiento—, daba la impresión de ser cualquier lugar menos en el que trabajaba la, quizá, más importante unidad de homicidios del país. De hecho, había que fijarse con atención para encontrar en aquellos despachos el más mínimo distintivo policial que los diferenciara de los, por ejemplo, funcionarios de Hacienda. Nicolás, al lado de Alfonso, caminaba con la mirada puesta en cada una de las personas con las que se cruzaba. Nadie, sin excepción, ocultaba su sorpresa al verlo allí. No sabía si fue por la intensa paranoia que desarrolló en el corto trayecto recorrido desde el bar hasta el complejo, pero tenía la sensación de que hasta quienes no conocía de nada lo miraban fijamente sin creerse que estuviera allí. El pensamiento lógico de si habría sido la comidilla de toda la Judicial vino a su mente, aunque parecía estar bastante claro que sí.

Alfonso no había dicho una sola palabra desde que Brotons lo llamó. Esto solo consiguió que Nicolás se pusiera mucho más nervioso, ya que el que fuera su mejor amigo —ahora no era capaz de decir en qué punto se encontraba su relación— no se callaba nunca, ni siquiera bajo el agua. Ese silencio por su parte denotaba además un elevado grado de nerviosismo que se unía al suyo propio. Las cábalas acerca de qué querría decirle el comisario lo copaban todo. Quizá iba a echarle la bronca a Alfonso por haber permitido que él entrara a la sala de autopsias en medio de una investigación judicial, ya que no tenía ningún derecho, pero también supuso que, en caso de ser así, se lo hubiera reprochado en privado. Él ahí no pintaba nada. El resto de las elucubraciones, como era lógico, caían por su propio peso.

Dejaron atrás la máquina de café. Alfonso la miró de reojo. ¿Tan yonqui era de esa mierda que hasta en una situación así hubiera parado para sacar uno?

Continuaron caminando por un pasillo que se recorría en segundos pero que a ellos se les antojaron días, hasta que por fin llegaron a la puerta tras la que trabajaba el comisario general de la Policía Judicial: Félix Brotons.

Alfonso golpeó la madera con sus nudillos.

—Pasen —respondió una voz profunda desde dentro.

Antes de abrir, Alfonso miró a Nicolás: resoplaba. Se fijó en sus manos y vio cómo las movía sin parar, pasándoselas por el pantalón cada pocos segundos, seguramente debido a lo que le sudaban.

No quiso alargarlo más y abrió.

Cuando lo hizo, observó cómo Brotons dejaba de mirar la

pantalla de su ordenador portátil y clavaba los ojos en ellos. El comisario era bastante especial a la hora de trabajar. Una de sus manías era la de traerse su viejo cacharro portátil desde casa en vez de realizar sus tareas en el que el Ministerio del Interior les proporcionaba. Si alguien llevaba de cabeza al informático del edificio, ese era Félix Brotons. Casi una semana tardó en poder adecuar su aparato a los protocolos de seguridad necesarios para que pudiera trabajar de manera segura en su oficina y en su domicilio. Muchos temían a cómo reaccionaría el día en el que el destartalado ordenador dijera basta.

Los dos esperaban cualquier tipo de reacción por parte de Brotons, pero lo que hizo, desde luego, no entraba dentro de las suposiciones de ninguno. Se levantó de su asiento y fue directo a Nicolás, al que le tendió la mano.

—Me alegra verle de nuevo por aquí, Valdés. ¿Nuevo look?

Desconcertado, Nicolás aceptó el saludo, pero no supo qué responder. En su lugar, esbozó una sonrisa que él mismo hubiera catalogado como la de un imbécil.

El comisario no varió su gesto durante el saludo; tampoco es que fuera raro para alguien a quien todos apodaban *iceman*. Nicolás, sin embargo, notó algo raro en la poca determinación con la que le estrechaba la mano. Incluso creyó ver el labio superior un tanto tembloroso, aunque no supo si en verdad eran imaginaciones suyas.

Su primera sospecha fue que Félix Brotons llevaba un tiempo padeciendo del corazón. Nicolás no conocía exactamente qué era lo que le sucedía en realidad, pero sabía que tenía visitas médicas regulares y que no le quedaba más remedio que cuidar su alimentación para que todo fuera como debía. No obstante, parecía haber más que esos problemas coronarios.

Alfonso, que no quería perderse detalle de cada reacción que tuviera su jefe al tener enfrente a Nicolás, también se percató del detalle.

—Tomen asiento, por favor.

Así lo hicieron.

—Supongo que ambos estarán sorprendidos por mi petición. Antes de nada, me gustaría que supieran que no sé muy bien cómo abordar la situación... no... no tengo ni idea...

Las dudas de si estaba o no nervioso se disiparon de golpe. Incluso el sudor comenzó a perlar su frente. Se aflojó un poco la corbata.

—¿Qué pasa? —preguntó Alfonso contagiado por el nerviosismo.

Brotons se aclaró la voz.

—Lo mejor es que vaya al grano: hará una media hora, más o menos, he recibido un email que, sinceramente, nos pone a todos contra las cuerdas.

Ni Alfonso ni Nicolás hablaron, tantas pausas los mataban.

—Es de Fernando Lorenzo.

Bombazo. Ninguno de los dos pudo procesar lo que el comisario les acababa de revelar. Hubieran esperado cualquier cosa, pero un email del Mutilador de Mors desde luego que no. La nueva pausa de Brotons creó un momento dramático único. No supieron si lo hizo adrede para eso o para que ambos asimilaran la información, pero lo primero había salido genial.

—No sé ni cómo explicarlo —continuó—. De hecho, creo que lo mejor es que lo vean ustedes mismos. Es un vídeo. Antes de nada, Valdés, he de decirle que todavía tengo ganas de meterle un tiro entre ceja y ceja por lo que hizo, así que no me dé motivos para hacerlo reaccionando indebidamente a lo que verá. Ahora lo entenderá.

Giró el portátil para que pudieran ver la pantalla. El vídeo ya se podía reproducir, así que no dudó en pulsar el botón que lo ponía en funcionamiento.

La iluminación y la calidad de imagen no eran las mejores.

Se apreciaba algo así como una sala vacía, de paredes desnudas. La habitación estaba pobremente iluminada por una bombilla que colgaba desde el techo. Apenas pasados unos segundos se abrió una puerta que ni vieron en una de las paredes. La puerta era simple, de aspecto austero. Por ella apareció Fernando. Al verlo, el corazón de Alfonso empezó a latir a un ritmo endiablado, pero es que el de Nicolás iba a uno sobrehumano.

Fernando miró a cámara y sonrió. Había sido colocada, a juzgar por el ángulo, en una de las esquinas del techo de la habitación. Fernando se dio la vuelta y salió de nuevo por la puerta. Regresó enseguida con una silla. Parecía de madera, aunque en la imagen no se apreciaba con claridad. La colocó en el centro exacto de la sala y volvió a salir.

Alfonso y Nicolás aprovecharon la nueva pausa para mirarse. Ambos sudaban como si estuvieran al sol en pleno agosto. No hacía falta ser un genio para adivinar lo que iba a suceder a continuación. De hecho, no se equivocaron.

Regresó a los pocos segundos empujando a alguien. Ahora Nicolás no tuvo duda alguna de que sí era ella.

Era Carolina.

El exinspector apretó tan fuerte los puños que hasta le dolieron. La calidad del vídeo era nefasta, pero no existía posibilidad de equivocación: era Carolina. La cara sí se le apreciaba bien. Sin embargo, la imagen que veía de ella era muy distinta de la última que guardó él en su mente, del día en que ambos dejaron de verse. Estaba mucho más delgada, con unos pómulos exageradamente marcados y con unos ojos que parecían salirse de la cara. Tenía una mordaza en la boca.

Fernando la obligó a sentarse en la silla para después atarla a ella.

Nicolás se temió lo peor. Esperaba que de un momento a otro Fernando hiciera una de las suyas. Pero no, sacó de su bolsillo un pequeño micrófono de solapa con un cable visiblemente largo y se acercó hasta la cámara. Durante unos segundos solo veían el pecho de Fernando pegado al objetivo. Después se alejó y dio varios golpes al micro con la palma de su mano. Se lo acercó a la boca y comenzó a hablar:

—Supongo que se me escucha. Pensaré que sí. Muy buenas tardes, comisario. Doy por hecho que sentirá una enorme sorpresa por varios motivos, pero entiendo que el primero será que me esté dirigiendo precisamente a usted. Todo tiene su explicación, claro. Hasta el día de hoy no habíamos tenido el placer de hablar y, aunque no tenga oportunidad de réplica, me gustaría decirle que lo admiro mucho como policía. He revisado su trayectoria e impresiona. No es el típico enchufado a un puesto de poder, y eso me gusta. En segundo lugar, como estoy seguro de que desea una explicación de lo que aquí está pasando, se la voy a dar. ¡Qué menos! —Rio—. La muchacha que aquí me acompaña es Carolina Blanco, hija del ilustre don Salvador Blanco, quien, supongo que estarán al tanto, falleció en trágicas circunstancias. Le juro que yo no tuve nada que ver. Por si no lo sabía, Carolina fue pareja de nuestro querido y prófugo inspector. La muchacha, en un principio, formaba parte de un juego que preparé y que, dadas las circunstancias, no he podido mostrar. Pero hace tiempo que aprendí que debíamos adaptarnos a las eventualidades, por lo que he decidido cambiarlo todo. Hacer que Carolina sea parte activa de una cosa, créame, todavía mucho más grande. Pero ¿qué pasa? Que no tiene gracia con el inspector oculto Dios sabe dónde. Y, créame, igual que le he dicho que lo admiro, también le diré que siento una enorme decepción por haber permitido que se esconda así. ¿Qué clase de profesional es usted si no pone a su mejor hombre tras mis pasos? Por suerte tiene solución.

Fernando hizo una breve pausa. Miró a Carolina durante unos segundos. Ella apenas se movía. Parecía resignada a su papel en toda aquella historia. El Mutilador volvió a mirar a cámara, sonriente, y prosiguió:

—Antes de nada, entiendo que el inspector Valdés ya habrá regresado al creer que el amor de su vida está encima de una fría plancha metálica en la morgue. Por cierto, no vea lo que me costó encontrar a una muchacha idónea para interpretar el papel. Una vez con Nicolás de vuelta, no voy a ser tan estúpido de exigirle que lo readmita en el cuerpo sin más. Lo cierto es que lo que hizo es tan cobarde que entendería que no quisieran hacerlo. Ahora bien, siempre hay soluciones y me va a permitir que le cuente algo: un grupo de personas muy concreto va a morir. Ya formaban parte de mi plan inicial, en eso no he variado nada, pero sí es cierto que me he permitido introducir una pequeña modificación en él: si el inspector Valdés no vuelve al cuerpo, en la misma situación en la que trabajaba antes, no morirá solo ese grupo de personas, sino que comenzaré a asesinar indiscriminadamente. Por las que ya tengo en mente no pueden hacer nada, pero por las otras que no tienen culpa de nada, sí. Así que usted mismo. ¡Anda!, sin darme cuenta he hecho lo que le he dicho que no haría: lo estoy obligando a readmitir al inspector. Evidentemente, como tendrá ya claro, soy una persona a la que le gusta pensar en los detalles y, aunque crea que lo que le cuento puede tener algunas lagunas, créame que no las tiene, pues lo tengo todo bien atado. ¿Cabe la posibilidad de que el inspector ahora sea un alma solitaria que no quiere saber nada del universo que lo rodea? Él no es así, me extrañaría, pero por si acaso estaría bien que supiera que su querida Carolina será la última de mis víctimas. Es decir, le brindo la oportunidad de salvar su vida si consigue llegar a mí antes de que yo termine mi plan. Qué bien, ¿no?

Una nueva pausa. Alfonso notaba cómo le temblaban las piernas. Nicolás ni siquiera sentía su cuerpo, como si no estuviera vivo.

—Por cierto, comisario —habló de nuevo—. Como ya le he dicho, soy un tipo bastante detallista y no quiero que piense que usted puede jugármela de algún modo. ¿Qué pasaría si, en un arrebato de locura, usted ocultara el vídeo, para ahorrarse todo el follón con Nicolás y no me diese lo que quiero? Que yo también he visto películas en las que dicen que no negociarán con terroristas... No pasa nada, si el inspector vuelve o no, lo acabaré sabiendo. Y como yo sepa que no ha vuelto, pasarán dos cosas de manera inmediata. La primera es que difundiré las imágenes a cuantas cadenas de televisión se me ocurran. Así tendrán claro que la policía pudo hacer más y no fue así. Sobre todo usted, comisario Félix Brotons. Y la segunda es que grabaré otro vídeo, que también enviaré, descuartizando a la muchacha. Déjeme ponerme un momento serio para advertirle que conmigo no se juega, así que usted verá. No me importa la forma, no me importan las excusas, quiero a Nicolás ya oliendo mis huellas. Y para que vea que no todo van a ser malas noticias, en el mail le paso también la localización exacta en la que podrán encontrar el cuerpo de mi primera víctima. Suerte, porque la van a necesitar. El tiempo comienza a correr ya. Tictac, tictac...

Fernando se acercó otra vez a la cámara y el vídeo se detuvo.

Alfonso intentó levantarse, pero no podía. Por debajo de su cuello lo sentía todo paralizado. Miró a Nicolás. Si él se encontraba así, ¿cómo se sentiría su amigo? Tampoco se movía. De hecho, ni pestañeaba. Miraba la pantalla del ordenador, que ya solo mostraba una imagen negra sin movimiento alguno.

Brotons, que entendía la reacción de ambos, decidió concederles unos segundos. Cuando lo creyó conveniente habló, aunque su voz seguía sin sonar con su determinación y firmeza características.

—¿Entienden ahora la situación en la que me encuentro?

Y una cosa es lo que parece, pero otra muy diferente la realidad. De todas las gilipolleces que ha dicho, en lo que más razón tiene es en que no podemos aceptar las peticiones de terroristas. No puede venir a exigirme que readmita a una persona que, como un niño de dos años, salió corriendo a esconderse debajo de la mesa. Readmitirlo, si son un poco inteligentes, sabrán que no es cosa mía. ¿Qué clase de confianza podríamos tener en él? Me da igual que hubiera detenido al mismo Osama Bin Laden, no puedo confiar en una persona así. ¿Lo entiende, Valdés?

Nicolás fue incapaz de decir nada. Un fuerte escalofrío recorría toda su columna. Además de eso, oía las palabras del comisario como si se las estuviera pronunciando a decenas de metros de distancia. Él no se veía, pero estaba convencido de que estaría blanco. Alfonso, en cambio, no pudo evitar reaccionar ante las palabras de Brotons:

—Comisario, no puedo creer lo que estoy oyendo. ¿Lo de los terroristas lo dice en serio? Me da igual el nombre que le quieran dar a ese hijo de puta, si asesino en serie, psicópata, terrorista o su puta madre, pero tenemos la oportunidad de detener una barbarie sin precedentes. ¿Cuántas veces nos han advertido de que van a matar a un grupo de personas indeterminado y que podemos ponerle remedio? A mí tampoco me gusta la idea de hacer concesiones, pero usted acusa a Nicolás de haberse comportado como un crío y ahora es usted el que se enrabieta por un error que cometió y...

—¡Cállese! ¿Yo he dicho que no vaya a readmitirlo? He dicho que no confío en él. Y esto sí es una verdad absoluta. No puedo después de lo que hizo. ¿Es consciente de lo que tuve que mover yo con la esperanza de que pareciera un pequeño arrebato sin importancia? Le cubrí las espaldas alegando una solicitud de excedencia por su parte motivada por el estrés al que se vio sometido por el caso. Incluso conseguí que los de Asuntos Internos aceptaran el descanso voluntario como el tiempo en el que usted permanecería apartado del cuerpo sin sueldo. ¿Sabe cuánto lo castigaron al final? Tres meses. ¡Tres putos meses! Ellos querían que usted siguiera al frente de la investigación porque, a pesar de los errores cometidos, nadie más en este país podía seguir de cerca a ese demente. El mínimo castigo para que todo el mundo quedara contento tras su negligencia. Pero, claro, no pudo ser un hombre y quedarse a aguantar el mínimo chaparrón que le iba a caer. No, prefirió echarlo todo por la borda y correr como un niño. Y lo que más me fastidia es que ha vuelto porque creía que la muchacha ha muerto, no porque haya decidido asumir sus errores, aunque sea tarde. ¿Entiende ahora por qué no confío en usted?

Nicolás, que poco a poco iba recuperando el control de su cuerpo, solo pudo asentir.

—Entonces —continuó hablando el comisario—, dígame ahora qué coño hago. ¡Dígamelo, porque yo no tengo ni idea!

—¿Puedo hablar yo? —intervino Alfonso.

—No. Le estoy preguntando a usted, Valdés. Le doy la maldita oportunidad de dar un paso al frente y de poner los cojones sobre la mesa. De decir: aquí estoy yo. Pero no reacciona. ¿Va a espabilar o no?

Entonces Nicolás lo comprendió. Hasta el momento se sentía un poco desconcertado por cómo reaccionó el comisario, aunque, a decir verdad, no iba desencaminado. Decidió dar un paso al frente.

—Ante todo querría pedirle disculpas por lo que hice. No creo que haga falta darle muchas vueltas al tema, no lo hice bien y ya está. Después, quiero que me explique bien eso de la excedencia.

—¿Qué quiere que le cuente? ¿Que oficialmente podría volver? ¿Que solo unos pocos sabemos lo que en verdad sucedió tras su espantada? Pues sí, podría volver ya mismo, pero sigo insistiendo en lo de la confianza. Usted es consciente de la situación en la que trabajábamos, ¿no? Era mi mano derecha aunque tuviéramos al inútil del inspector jefe. ¿Ahora cómo quiere que lo mire? ¿Cómo quiere que sienta tranquilidad?

—Porque soy el mismo de siempre. El mismo que era capaz de aguantar tormentas como las que teníamos encima y el mismo que fue capaz de huir cuando no pudo más. Si confió en ese Nicolás, debería ser capaz de hacerlo con este. No soy otro.

Brotons lo miró de arriba abajo.

—Entienda que me cueste creer en usted con la pinta de perroflauta que me trae. Parece Jesucristo.

Nicolás no sonrió, aunque de no haberse sentido tan tenso lo hubiera hecho.

—Firmará la renuncia a la excedencia —claudicó el comisario—, pero lo hará bajo una serie de condiciones.

—Usted dirá.

—Lo normal sería que volviera para limpiar los retretes durante dos años, pero como me jugué el cuello al mentir por usted, deberíamos seguir como antes. Esto no significa que confíe en usted, por lo que deberá darme cuenta de cada maldito paso que dé. Me importa tres mierdas si se siente presionado. Me tiene que entender usted a mí. Así que liderará de nuevo al equipo, pero, ya digo, estará muy vigilado por mí.

Nicolás asintió.

—También necesito que me garantice que no va a salir corriendo a la primera de cambio. Entiendo que la situación es dura, muy dura, pero lo necesito echándole cojones. ¿Me ha oído? Co-jo-nes. Si va a funcionar a medio gas prefiero que no esté, pese a las consecuencias.

—No, le prometo que daré todo lo que pueda de mí.

Brotons no dijo nada. Miró durante unos segundos a Nicolás. Se le notaba que la amenaza de antes, la de meterle un tiro entre ceja y ceja, no iba en broma. Habló:

—Habrán oído lo de la primera víctima. He enviado a Brown y a su equipo al escenario del crimen. Comiencen a trabajar ya, me da igual la hora que sea. Valdés, pase por Recursos Humanos y recoja su placa; ya he hablado con ellos. Mañana podrá pasar por Armería y recuperar su arma. No hable con nadie acerca de lo de su readmisión. Cuente que ha decidido volver tras un descanso y ya está. Yo, por mi parte, hablaré con los de la UCC para ver qué pueden averiguar sobre el envío del correo. Si ha conseguido mi dirección podría hacer cualquier cosa.

—Perdone —intervino Alfonso—, pero ¿su correo no viene en la web de la Dirección General de la Policía?

—Me lo ha enviado al correo personal. No tengo ni idea de dónde lo ha sacado.

Los dos asintieron. Alfonso fue el que anotó la localización que venía escrita en el mail de mano del propio Fernando y se levantó. A Nicolás, que todavía no había sido capaz de asimilar lo sucedido en aquel despacho, le costó unos cuantos segundos más. Ambos dieron media vuelta, dispuestos a comprobar qué les había preparado Fernando en el nuevo escenario. Antes de salir, Brotons les reclamó la atención una última vez:

—Una cosa más.

Los dos se volvieron.

—Negaré haberlo dicho, pero la próxima vez que lo tengan delante no vacilen y vuélenle la tapa de los sesos. No lo quiero ni siquiera en la cárcel, no merece vivir. Váyanse.

Volvieron a dar media vuelta y salieron.

7

Miércoles, 8 de noviembre de 2017. 20.53 horas.
Madrid

Acudieron al lugar como en los viejos tiempos: en el coche de
Alfonso. La principal diferencia respecto a esos días radicaba
en que su amigo no encendió la radio para que sonara alguna de esas cintas compradas en gasolineras. No es que lo
echara de menos, pero a Nicolás se le hizo raro que José Luis
Perales no amenizara un desplazamiento junto a Alfonso.
Las palabras tampoco interrumpieron el incómodo silencio
que se generó en el interior del vehículo. Por la cabeza de
ambos desfiló la idea de hacer algún tipo de comentario, aunque fuera una frase hecha, pero seguro que sonaría tan forzada que quizá fuera mejor permanecer callados. No quisieron
darle importancia al hecho de que todavía no se sintieran có-
modos el uno junto al otro, ya que estaba claro que los dos
necesitaban un tiempo para asimilar que, en apenas unas horas, su vida había dado un nuevo giro de ciento ochenta grados. Más aún teniendo en cuenta que era la enésima vez en los
últimos ocho años. Incluso ya comenzaban a sentirse marea-
dos por tanta vuelta. Los dos iban metidos en sus cosas. Alfonso no paraba de pensar cómo en menos de veinticuatro

horas habían pasado tantas cosas. Y, sobre todo, cómo él mismo pasó de la desidia a una creciente necesidad de aportar todo lo que pudiera para, por un lado, pararle los pies a ese psicópata y, por el otro, ayudar a que Carolina saliera sin un rasguño de todo aquel embrollo. Había pensado en muchas ocasiones que si le diera por relatar todo lo sucedido desde que ambos inspectores, novatos ellos, llegaron a Alicante podría vender una trilogía que seguro sería un éxito de ventas. Lástima que él no supiera escribir. Nicolás, por su parte, trataba de asimilar lo sucedido en el despacho de Brotons. La falta de pinchazos en el estómago le confirmaba que su cerebro todavía no era consciente del secuestro de Carolina, al menos no como debería de serlo a estas alturas. Sabía que en algún momento el mazazo llegaría. Además, había pasado en un pispás de creer que la fastidió y que nunca volvería a trabajar en su pasión a recuperar su puesto y estatus, por lo que sentía una especie de mareo que hacía que pareciera que estaba viajando en una nube. Como si estuviera ausente. Ajeno a todo aquello. Pero más le valía espabilar cuanto antes, ya no solo para liberar a Carolina, sino por el bien de las potenciales víctimas de Fernando.

Tenía una constante sensación de *déjà vu*, parecía que no se iría nunca.

Alfonso aparcó en la calle Enrique d'Almonte. Bajaron del vehículo y lo primero que hicieron los dos fue mirar a su alrededor.

Nicolás respiró profundo antes de comenzar a andar, algo que a Alfonso no le pasó desapercibido.

—¿Te sientes preparado? —quiso saber.

El inspector Valdés se encogió de hombros.

—No sé si me acordaré de hacerlo.

—La hostia, ni que te hubieras pasado dos vidas fuera. Ha sido un año y no te creas que yo he movido mucho los dedos durante este tiempo, así que se podría decir que estamos empatados. Y lo bueno es que, mirándote con esas pintas, por fin soy el más guapo de los dos.

Nicolás lo miró y esbozó algo muy parecido a una sonrisa. Era lo máximo que su tensión le dejaba, pero no por ello no agradecía que, pese a las circunstancias y el seguro enfado que aún tendría, siguiera siendo tan capullo como para animarlo con sus bromas.

Alfonsito siempre cuidando de él.

Caminaron unos metros hasta plantarse en la entrada del parque Quinta de la Fuente del Berro. Situado a orillas de la M-30 —aunque lo correcto sería decir que esa carretera fue la que se metió dentro del terreno reduciendo su tamaño en casi media hectárea en la década de los setenta—, el parque se extendía a lo largo de casi siete hectáreas y media. Albergaba una amplia selección de árboles, aunque los que más llamaban la atención eran los ejemplares de olmos, cipreses, secuoyas, tejos, pinos, avellanos, hayas y madroños. Aparte, destacaba en él su estanque, que muchos comparaban con un espejo debido a sus cristalinas aguas.

Pero ellos no habían ido allí para recrearse en la belleza del parque.

Dos agentes de uniforme custodiaban el acceso al recinto amurallado, revestido con un llamativo ladrillo de color rojo.

Alfonso y Nicolás se identificaron para a continuación pasar.

Caminando, dejaron atrás una estatua de Gustavo Adolfo Bécquer y llegaron a una escalinata de piedra rodeada de arbustos. Desde allí se podía descender a otro nivel en el que la belleza del conjunto no disminuía ni un solo grado.

Era la primera vez para ambos en el lugar y, aunque no lo dijeron abiertamente, los dos creyeron que, a pesar de las circunstancias, era un agradable descubrimiento.

Alfonso sabía que Nicolás estaba muy nervioso. No se le notaba que le temblaban las piernas, como en realidad sucedía, ya que caminaba con determinación; no obstante, como siempre que se ponía tenso, movía mucho las manos y se secaba el sudor en el pantalón.

Continuaron caminando hasta que llegaron junto a un grupo de personas ataviadas con prendas de un blanco inmaculado que trabajaban a la luz de dos grandes focos. Como si fuera la señal que esperaban, ambos sacaron unos guantes del bolsillo y se los colocaron.

Como cada paso que daban se escuchaba con claridad debido a la ingente cantidad de hojas secas que alfombraban el suelo, uno de los técnicos que trabajaba en la búsqueda de indicios levantó la cabeza y dejó lo que hacía para acercarse a ellos. Por su complexión ya sabían quién era. Ese cuerpo solo comparable al de un insecto palo no dejaba lugar a dudas. Cuando llegó hasta donde se encontraban, el inspector jefe Brown se apartó la mascarilla de la boca y se la colocó en la frente.

—Cuando me ha llamado Brotons para contarme que venías casi lloro, te lo juro. ¿Cómo estás? ¿Qué tal el descanso? —preguntó el hispano-inglés.

Nicolás mostró media sonrisa a su compañero antes de hablar.

—Bien. Muy bien —mintió—. Siento ser tan directo, pero ya nos pondremos al día donde la Paqui, cuéntame cosas.

—Te cuento que debería estar ya en casa después de haberme pasado todo el día en el maldito templo ese para al final no encontrar nada, pero, como ves, no lo estoy. Nuestro amigo ha decidido matar dos veces en un mismo día. ¡Y al aire libre las dos!

—Ya, y es lo que más me escama de todo. Fernando siempre ha intentado valerse de la intimidad que le ofrece el domicilio de la víctima. En Mors actuó dos veces al aire libre, pero fue por necesidad pura y dura. Aunque es cierto que lo hizo buscando un poco el amparo de la madrugada. El año pasado, si os fijáis, se volvió más práctico. Me mosquea demasiado. Tiene mucha confianza en sí mismo.

—Yo no sé si la tiene o no, inspector, pero aquí desde luego nos la ha liado bien grande. Bueno, os cuento: mujer de rasgos latinoamericanos. Calculo que de unos treinta y pocos años. Hay signos de forcejeo cerca de donde ha aparecido el cuerpo, en esa zona de ahí. Todavía estamos delimitando el perímetro para ver qué sacamos en claro. No es un escenario nada fácil. Nos vamos a volver locos.

Nicolás se asomó por encima del hombro de Brown poniéndose de puntillas. Notaba un desasosiego que no se calmaba ni aunque la descripción de la víctima se alejara bastante de la de Carolina. Tampoco lo hacía el hecho de que Fernando hubiera dado su palabra de que no la mataría hasta el final. Y eso que tenía bastante claro que el Mutilador no solía mentir en esas cosas. Aun así, necesitaba ver con sus propios ojos que no era ella. Desde su posición no se apreciaba del todo bien, pero se distinguía un cabello demasiado oscuro para ser el de ella.

Tragó saliva y trató de reorganizar los múltiples pensamientos que se sucedían en su cerebro.

—Bueno, vayamos por partes. Enséñanos primero donde dices que hay evidencias de forcejeo.

Brown asintió y los acompañó al lado de unos arbustos. No les hizo falta fijarse demasiado para comprobar que, en efecto, se veían marcas que indicaban lucha, como varios setos destrozados y una señal de arrastre en el suelo que comenzaba ahí y que acababa donde la víctima yacía. Todo esto lo vieron un poco desde la distancia, debido a que no se podían acercar demasiado por aquello de no contaminar la escena.

—¿Por qué no la mató aquí mismo? —Nicolás señaló donde se intuía que empezó la resistencia de la víctima—. ¿Por qué arrastrarla hasta ahí para después matarla?

—¿Cómo estás tan seguro de que no la mató aquí mismo y arrastró el cuerpo? —preguntó Alfonso.

—Fíjate en las señales del suelo. Pierden uniformidad. Pataleaba mientras la llevaba de un lugar a otro.

—Es lo primero que hemos considerado —convino Brown—. Buena observación, inspector. Evidentemente no tengo la respuesta.

—Bueno —intervino de nuevo Alfonso—, con Fernando ya sabes cómo funcionan las cosas. Si el cuerpo ha aparecido ahí es porque quería que ahí fuera donde apareciera. Suena a tópico, pero con él nada se deja al azar.

—Justo a eso me refería. A que por alguna razón eligió este punto en concreto. Habrá que averiguar por qué. Brown, ¿tenemos identidad?

—No, su bolso está ahí, tirado todavía y no es prioridad en la escena, como comprenderás. En cuanto tengamos bien claro que no hay indicios importantes alrededor, nos dedicaremos a ello. Por cierto, hablando de indicios, hay una zona libre para acercarse al cuerpo. La tengo preparada para el forense. Necesito que veáis una cosa. Vestíos.

Nicolás y Alfonso obedecieron, presos de gran curiosidad. Se colocaron los trajes protocolarios y accedieron al perímetro detrás del inspector jefe, que les marcaba los pasos que dar.

—Mirad su cuello.

Lo hicieron. Nicolás fue quien inmediatamente habló:

—Estrangulación antebraquial... anoxia anóxica, vaya. Esto sí que se sale por completo del *modus operandi* de Fernando. Si no me equivoco es la primera vez que mata sin sangre de por medio.

—Así es, yo también he pensado en la anoxia anóxica como la causa de la muerte. No es que juegue a ser forense, pero al no haber marca de pulgares alrededor del cuello y al tener enrojecida parte del lado derecho, casi llegando a la laringe, creo que no hay dudas. Además, el tono morado que tiene la chica no creo que sea del frío, precisamente. Pero, contestadme a algo: ¿de verdad no habéis visto lo otro?

Nicolás y Alfonso no entendían de qué hablaba el inspector jefe hasta que dejaron de fijarse en el cuello de la víctima y lo hicieron en la cara. Más en concreto en sus ojos.

Los dos necesitaron cerciorarse de que lo que veían era real.

Le faltaba un trozo de párpado a cada uno de ellos.

—Pero ¿qué coño? —acertó a decir Alfonso tras un silencio causado por el shock.

—Así me he quedado yo. No entiendo el fin, pero es horripilante. Parece que te está mirando aún muerta.

—¿Puedo? —preguntó Nicolás señalando la cara de la víctima.

Brown aceptó a regañadientes. Nicolás sabía que no se podía acercar demasiado al cadáver hasta que llegara el forense. Esperó que tuviera cuidado.

El inspector se agachó y se acercó todo lo que pudo respetando una distancia prudencial. Necesitaba verlo de cerca.

—Joder... es de una precisión milimétrica. Le ha cortado los párpados para dejar el iris al descubierto. Supongo que será *post mortem*, no se me ocurre cómo hacerlo tan firmemente con la víctima viva.

—Espero que sí, por su bien —comentó Brown—. El caso es que me da mucha cosa mirarla a la cara, en serio; no entiendo el fin, pero por lo macabro ya no me cabe duda de que es obra de Fernando.

Una voz los sacó del silencio que se generó mientras los tres miraban el rostro de la chica.

—La comisión judicial ha llegado —advirtió uno de los técnicos del equipo de Brown.

Dieron media vuelta y regresaron a donde ya los esperaban el juez Díaz y el forense de guardia, que volvía a ser el doctor Herrero.

El juez fue el primero en hablar:

—Vaya, vaya, Valdés, está usted irreconocible, pero le queda bien ese aspecto. Esta mañana he tenido el convencimiento de que volvería de sus vacaciones pronto y me alegra no haberme equivocado. Espero que al menos haya podido descansar.

En el tono que empleaba el juez al hablarle notaba algo fuera de lugar. Como si supiera en realidad que la excedencia no era tal y que en verdad huyó como un cobarde. Aunque quizá era cosa suya y sus palabras no denotaban tal cosa. Puede que fuera momento de guardar la espada y de quitarse la coraza.

—Gracias, señoría. Sí, he descansado, la verdad —mintió—, aunque me parece que ya se ha acabado la paz para mí. La cosa pinta mal.

—Sí que pinta, sí. Sobre todo para mí, ya que mi mujer está que se la llevan los demonios porque la he dejado compuesta y con una cena para dos en casa. Pero creía conveniente venir yo mismo.

—No se lo tome a mal, me alegra que así sea.

—¿A mí no me dices nada? —preguntó sonriendo el doctor Herrero.

—Pero si te he visto hace unas horas...

—Ya, pero antes eras un simple civil, ahora vuelves a ser el inspector Valdés. La cosa cambia.

Nicolás sonrió, pese a las circunstancias.

—¿Todavía de guardia? —quiso saber Alfonso.

—«Recortes», esa es la maldita palabra. «Recortes.» La odio.

—En fin —dijo el juez—, que está muy bien todo esto, pero no estamos aquí para charlar. ¿Qué ha pasado?

—Tenemos una idea bastante clara, pero casi es mejor que

nos lo cuente el doctor Herrero —dijo Nicolás señalando hacia el cadáver.

El forense miró al juez, que asintió. Tras ponerse el equipo pertinente, se aproximó al cuerpo.

Sacó la grabadora del bolsillo y pulsó el botón para comenzar a hablar.

—Mujer, unos treinta años. Entre uno sesenta y cinco y uno setenta. Posibles rasgos latinoamericanos. En posición de decúbito dorsal. No hay signos de sangre ni en el cuerpo ni cerca de él, apenas un poco alrededor de la zona ocular.

Se agachó y miró el cuerpo más de cerca.

—No hay marcas de dedos alrededor del cuello, pero hay un evidente uso de la fuerza en la zona derecha de este. Posible anoxia anóxica. Me acerco bien para ver el rostro, más en concreto la zona ocular, donde, como he dicho, hay algún resto de sangre. Hay incisiones paralelas que coinciden con el diámetro de los iris, de modo que parece que la víctima tiene los ojos abiertos, cuando no es así.

Se volvió un momento y extrajo una linterna de su maletín.

—Aunque estoy utilizando una linterna, la iluminación de la zona es insuficiente para poder observar petequias, por lo que no puedo confirmar el estrangulamiento como causa de la muerte, a pesar de un evidente tono morado en el cadáver incompatible con una posible lividez. Dejo para mesa de examen.

Comprobó que no hubiera nada que pudiera contaminar y tomó con sus dedos índice y pulgar los pómulos de la víctima; con la otra mano, dejando la grabadora sobre su rodilla —ya que estaba en cuclillas—, agarró los hombros de la muchacha.

—Como las circunstancias son favorables, procedo a comprobar si el *rigor mortis* ha hecho acto de presencia.

Movió el cuello con sumo cuidado.

—No hay signos de que haya comenzado, permaneceremos atentos a cuando aparezca para tratar de establecer, analizando también otros fenómenos cadavéricos, la hora aproximada de la muerte. Dejo en manos del juez el levantamiento.

Apagó la grabadora.

Con cuidado salió de nuevo de la zona acotada para volver donde esperaban los dos inspectores junto con el juez. Tras contarle sus conclusiones, este dio su autorización para que los asistentes del Anatómico Forense que llegaron junto a ellos procedieran a meter el cuerpo de la mujer dentro de la bolsa mortuoria. Todo ello tras poner en sus manos bolsas de papel protectoras para evitar la pérdida de posibles rastros bajo las uñas del cadáver. El equipo de Científica seguía a lo suyo mientras hacían el trabajo.

Tras intercambiar unas cuantas impresiones más, el juez comprendió que allí ya no pintaba nada.

—Me marcho a casa. Quizá mi mujer me perdone la vida si llego ahora. ¿Necesitan algo más? ¿Quieren hacer la autopsia en caliente o esperan a mañana?

—Mejor mañana, llevamos un día muy largo y también hay que descansar —respondió Alfonso.

—Está bien, pues...

—En realidad sí —dijo Nicolás cortando de golpe al juez—, una orden.

—¿Para?

—Supongo que Brotons le ha puesto al corriente del secuestro de Carolina Blanco. Necesito entrar en su casa para ver qué ha pasado.

—¿Cree que pudo haber sido raptada allí?

Nicolás se encogió de hombros. A decir verdad, no lo sabía, pero también era cierto que no se le ocurría nada mejor y, aunque ya tenían a una víctima —sin contar la de la mañana—, no quería dejar a Carolina de lado.

El juez lo pensó.

—Está bien. Páseme la dirección por correo electrónico y mañana a primera hora la tendrá.

—En realidad, señoría, le pediría que fuera esta misma noche. Creo que no hay tiempo que perder.

—Joder, Valdés, ya me estoy arrepintiendo de haberme alegrado de su vuelta. De acuerdo, avisaré al secretario judicial de guardia para que la prepare y se la lleve. ¿A qué dirección?

—Plaza de Pedro Zerolo, 6, 3.°A.

—Bien. Supongo que también necesitarán un cerrajero. Enseguida lo tienen todo allí. Me voy, que si no, me tienen aquí toda la noche.

El juez dio media vuelta y se marchó por donde vino. Nicolás vio cómo antes de desaparecer sacaba su teléfono móvil y, al parecer, daba las indicaciones para la orden.

Alfonso miró a Nicolás y comenzó a quitarse el traje estéril.

—Pues sí que has vuelto tú con energía.

—No puedo dejarlo, Alfonso, entiéndelo.

—No, si ya... en fin, ¿vamos?

El inspector Valdés asintió.

8

Miércoles, 8 de noviembre de 2017. 22.43 horas.
Madrid

Alfonso no pudo creer la suerte que había tenido al encontrar un hueco donde aparcar enfrente del hostal San Lorenzo, ubicado justo al lado de la plaza. Tampoco es que le hubiera sido imposible dejar el coche cerca, pues tenía el parking subterráneo de la propia plaza a su disposición, pero nada comparado con la satisfacción de dejar el coche gratis cerca del lugar deseado. Aunque la alegría les duró poco, porque creían que ya los estarían esperando debido a que ellos postergaron un poco su partida del escenario del crimen, pero en cambio allí no vieron ni rastro de la patrulla que supuestamente habrían enviado. Mucho menos del secretario judicial ni del cerrajero.

El trayecto fue un tanto diferente al realizado hacia el parque y, aunque Nicolás seguía echando en falta a José Luis Perales, al menos sí hablaron un poco. No de temas personales, ya que la incomodidad seguía estando presente, pero sí que intercambiaron algunas impresiones acerca del crimen de la muchacha del parque. Los dos coincidían en lo mismo: por mucho que con Fernando debía esperarse cualquier cosa, aquello era totalmente impensable, les generaba un gran desconcierto. Y lo peor era que, cuando alguien como Fernando desconcertaba, era que algo terrible se avecinaba. Lo de que hubiera actuado al aire libre les trajo amargos recuerdos de su época en Mors. Evocaron cómo el juego que mostró ante ellos parecía sacado de una enrevesada novela negra, muy alejado de la realidad a la que solía enfrentarse un investigador criminal, pero tan crudo y palpable que casi tuvieron que tirar la toalla superados por el devenir de los acontecimientos. Solo imaginar que estuviera pensando en retomar ese particular pulso hacía que sintieran enormes escalofríos.

Pasados cinco minutos desde su llegada, dos zetas hicieron acto de presencia. Por fin. De uno de ellos bajaron dos agentes uniformados; del otro, otro agente, además del secretario judicial y el cerrajero que esperaban.

Tras los pertinentes saludos decidieron llamar a cualquier timbre del edificio para que uno de los vecinos les franqueara la entrada. De esto se encargó el secretario judicial.

Ya dentro, se dividieron en dos grupos para acceder unos por las escaleras y los otros, por el ascensor. Nicolás y Alfonso fueron de los que subieron por las escaleras, pese a las quejas del segundo.

Ya frente a la puerta del 3.º A, lo primero que hizo el inspector Valdés fue fijarse en que la cerradura permanecía intacta. No había signos de haber sido forzada, aunque, con Fernando de por medio, no quería decir gran cosa, pues ya sabían de sus habilidades abriéndose paso donde le placía.

El secretario judicial le pasó la orden al inspector para que la firmara; después lo hizo el cerrajero. Tras revisarla de nuevo a fondo, el funcionario hizo un gesto con la cabeza para que el hombre realizara su trabajo. Nicolás se fijó en él por primera vez desde que lo vio abajo. No tenía muy claro si se cuidaba tan mal que aparentaba mucha más edad o que, simplemente, rozaba la jubilación con la yema de los dedos. Su pelo era tan blanco como un manto de nieve y su cara presentaba decenas de surcos. Su cuerpo, además, era tan fino que Leonard Brown parecía tener sobrepeso a su lado. Eso sí, si alguien esperaba ver en su rostro algún indicio de nerviosismo por realizar ese tipo de trabajo al lado de la Policía Nacional, se iba a llevar una gran decepción. Parecía estar acostumbrado a recibir llamadas desde el juzgado.

Después de manipular la cerradura durante unos minutos con las herramientas que había traído en un maletín, consiguió abrir la puerta.

Nicolás dio la orden a uno de los agentes de que acompañara al hombre abajo, tras darle previamente las gracias. No fue consciente de lo nervioso que se estaba poniendo hasta ese momento.

Como Nicolás no tenía aún un arma, tuvo que pedir, por motivos de seguridad, a Alfonso y a uno de los dos agentes que quedaban que accedieran ellos primero a la vivienda. Tras ellos dos iba él, después el secretario y, cerrando la comitiva, el otro agente.

Alfonso buscó con la mirada a Nicolás. Necesitaba su aprobación para proceder. Él se la dio. Así, comenzó a caminar por el interior de la casa. También era un manojo de nervios. Tragaba saliva con más frecuencia de la que a él le hubiera gustado. Controlaba su respiración, pero, aun así, la sentía agitada. Intentó dejarlo todo atrás y centrarse en recuperar la determinación que necesitaba. La que se esperaba de él.

Nicolás caminaba detrás del agente mirando a un lado y a otro. En el trayecto en coche se imaginaba a sí mismo sintiendo punzadas en el estómago mientras caminaba por el pasillo. Ya no solo por el nerviosismo propio de una situación así, sino por la de recuerdos que debía de evocarle cada metro cuadrado del piso. Pero nada de eso copaba su mente. Las cábalas con lo que podría haber sucedido para que Fernando se hubiera echado encima de ella se entremezclaban con las imágenes de un día unas doscientas veces más intenso de lo que pudo imaginar la noche anterior, al acostarse a dormir. Pero si un sentimiento imperaba sobre el resto, era el miedo de encontrar cualquier rastro de sangre en el pasillo por el que ahora caminaban en fila india. Había visto a Carolina y, a juzgar por su aspecto, no parecía haber sufrido más daño que una evidente malnutrición, pero la idea de que Fernando le hubiera infligido cualquier tipo de daño le dolía más que si se lo estuviera haciendo a él.

No tenía ni idea de cuánto llevaba secuestrada, pero rememorando la imagen de una Carolina tan desmejorada, no parecía ser poco. A la vez, eso le planteaba muchas más preguntas, como: ¿Nadie la echó en falta todo este tiempo?, ¿no estaba conociendo a un chico, hasta donde él sabía? Y con respecto a su trabajo, ¿nadie notó que no iba y no lo notificaron a las autoridades?

O quizá sí lo hubieran hecho, pero, al ocurrir en un país extranjero, en España permanecían ajenos a los avisos.

Aún pensando en lo último, llegaron al final del largo pasillo. Durante el recorrido fueron descartando anomalías en las habitaciones que iban dejando atrás: todo permanecía en su sitio, al parecer. La última que quedaba por mirar era la más grande de todas, la que hacía la función de salón comedor.

La puerta estaba cerrada, algo que no sucedía con las otras habitaciones. El sentido de alarma de todos se disparó, como era lógico.

Alfonso volvió a mirar a Nicolás. No dudó en asentir. El agente se colocó en posición de actuar y Alfonso tomó el pomo dorado. Lo accionó y abrió la puerta.

El hedor les golpeó directamente haciendo que todos, sin excepción, dieran un paso hacia atrás y se pusieran la mano sobre la nariz y la boca. Todos excepto el secretario, que no pudo contener la arcada y salió corriendo en busca del cuarto de baño, donde no tardó ni dos segundos en vomitar. Podría parecer una reacción exagerada, pero es que el olor a descompuesto era inaguantable.

Cuando Alfonso ya vio que sus fluidos estaban bajo control asomó la cabeza dentro del salón. La oscuridad lo anegaba todo, hasta el punto de que era imposible distinguir nada en su interior. Sin dejar de taparse las vías respiratorias, metió una mano y comenzó a tantear por la pared en busca del interruptor. Localizó uno y lo pulsó, pero la luz no se encendía. Tras comprobar que el resto de la vivienda sí disponía de luz, el hecho de que en el salón comedor no hubiera respondería a un motivo concreto.

—Una linterna, rápido —pidió Alfonso.

El agente obedeció y le dio la que él mismo llevaba en su cinturón.

—Espere aquí, por favor —le pidió Nicolás al secretario. Al agente que iba detrás no hizo falta decirle nada para que se ofreciera a quedarse con él.

El primero en acceder a la estancia fue Alfonso. Lo seguían el otro agente y Nicolás. El último echó un vistazo rápido a lo poco que se veía gracias a la luz que entraba desde el pasillo y no pudo evitar fijarse en que un sillón parecía fuera de su sitio. Al no haber accedido al inmueble durante tanto tiempo, puede que sonara a demasiado presuponer, si no fuera porque estaba en el centro justo sin motivo aparente y de espaldas a ellos. El segundo detalle que llamó su atención fue que el olor a podrido se transformó y dio paso a uno que todavía le gustaba menos, que no era otro que el mismo que se apreciaba en los talleres donde se trabajaba con metales: a hierro. Y el olor, por desgracia, era el que siempre le recibía cuando llegaba a una escena de crimen. Lo malo era que también sabía que tendía a desaparecer con el paso del tiempo; por tanto, la sangre que hubiera en la habitación tendría que ser reciente.

Alfonso miró a Nicolás antes de rodear el sillón. Ahora no necesitó un asentimiento para hacerlo. Él fue por la izquierda y el agente por la derecha. Nicolás quedó a la espera por si era una trampa y lo pillaban desarmado. Cuando Alfonso enfocó con la linterna la parte delantera del sillón, la que Nicolás no podía ver, la dejó caer y salió corriendo con la esperanza de no contaminar aquello con su vómito. Nicolás, con el corazón en un puño y con la seguridad de que no le iba a pasar nada malo, cogió la linterna y enfocó a lo que hizo que Alfonso reaccionara así. No se dio cuenta, pero el agente también había salido a respirar un poco de aire menos viciado. Estaba blanco.

Nicolás lo estuvo mirando un rato sin pestañear. Ya no percibía el hedor. Ya no percibía nada. De hecho, llenó de aire sus pulmones antes de salir de la habitación.

El secretario, que no entendía nada —junto al agente que lo cuidaba—, lo miraba estupefacto. Nicolás, lejos de dar una explicación inmediata, se dirigió a su compañero, que venía limpiándose la boca del cuarto de baño.

—Llama a Canillas, que envíen a los de Científica que queden libres. Que no le digan nada a Brown porque, si acaso no sigue todavía en el parque, me gustaría que descansara un poco en casa. Que traigan bombillas para poner en el salón o lo que les dé la gana para tener luz. —Se volvió—. Secretario, llame al juez Díaz, al de guardia y a su puta madre. Que venga todo Cristo aquí.

—Pero ¿qué...?

—Que vengan.

Aguardó unos minutos hasta que Alfonso hubo dado el aviso y se dirigió hacia él.

—¿Estás bien? —preguntó.

—Me ha pillado de improviso, hostia. Y me lo tendría que haber esperado.

—¿Te sientes con fuerzas de entrar otra vez?

Alfonso se vio tentado de contestar que no deberían entrar hasta que llegara el equipo de Científica. Así lo dictaba el protocolo. Y, en verdad, hasta se sintió orgulloso porque su vena de buen policía fuera la que se hubiera impuesto. Pero también comprendió que la cabeza de Nicolás debía de ser un hervidero de preguntas que necesitaban una respuesta más o menos inmediata, así que no dijo nada y se limitó a asentir.

Ambos accedieron de nuevo, aprovechando que el secretario había salido al rellano a realizar las llamadas pertinentes.

Se colocaron delante del sofá. Ya no les produjo tanta impresión como unos segundos antes, aunque seguía siendo una imagen escalofriante.

—¿Quién coño es este? ¿O esto? —dijo Alfonso.

—Creo que es el novio de Carolina. O lo era.

Alfonso se fijó bien en el cuerpo. Su reacción anterior no fue para nada exagerada teniendo en cuenta el estado del cadáver. Había presenciado escenas con putrefactos y no era agradable nunca, pero no dudó en que jamás había visto uno como el que tenía delante. Ahora no se apreciaba casi rastro de la persona que seguramente un día fue, ya que lo que se veía era un esqueleto con ropa y piel pegada a los huesos. Aunque quizá ni era acertado emplear el término «piel» para lo que él veía: más bien era una especie de cartón seco y duro. Se fijó en sus brazos. La zona donde se apreciaba el cartón raro se veía llena de agujeros y zonas oscuras. Su tono, por definir algún color, oscilaba entre el marrón y el verde oscuro. Si había algo que sobresalía por encima de todo, eran los dientes. Se veían blancos e impolutos. Siguiendo con su rostro, los globos oculares estaban secos y su cabello parecía más un ovillo de hilo sucio enmarañado que otra cosa. Sus manos tampoco se quedaban atrás. Sus ahora huesudos dedos mostraban unas uñas impresionantemente largas. Alfonso había oído hablar de que a las personas les seguían creciendo el pelo y las uñas una vez fallecían, pero una forense llamada Ximena y que trabajaba en el IML de Almería, le explicó que para nada era así, que lo que pasaba es que el cuerpo se retraía por la falta de hidratación y daba la sensación de que crecían. Observando las uñas del cadáver entendía el porqué de esa creencia popular.

Nicolás, en cambio, no se fijaba en los mismos detalles que Alfonso. Él no lograba mirar hacia otra zona que no fuera la de su cuello. Pese al estado de la piel, se veía con toda claridad una herida que partía un poco más abajo de la oreja izquierda y que se prolongaba hasta la derecha. Había una gran cantidad de tonos oscuros bajo la herida que sin duda eran de la sangre que brotó de esta. Cómo murió ya no era ningún misterio para el inspector, quien, en cambio, sí se planteaba si el ataque se produjo por sorpresa, estando la víctima de espaldas, sentada en el sillón, o el cuerpo había sido colocado ahí para que lo encontraran así. En cualquier escenario se hubiera decantado por la primera opción, pero siendo Fernando el autor del crimen, cualquiera sabía.

Los dos inspectores comprendieron que poco más se podía hacer y, como no debían tocar absolutamente nada de la escena, decidieron que lo mejor era salir porque el aire ahí dentro se notaba verdaderamente cargado. La falta de luz tampoco ayudaba a que aquello fuera un lugar acogedor.

Esperaron unos veinte minutos a que el equipo de Científica llegara a la vivienda. Con el turno de noche vino un subinspector al mando que ni Nicolás ni Alfonso conocían. Se presentó ante ellos como Gabriel, al tiempo que les contaba que hacía menos de una semana que había comenzado a trabajar en Canillas tras liderar durante cinco años la Policía Científica de la comisaría provincial de Castellón. A ambos inspectores les sorprendieron sus rasgos faciales, pues parecían ser una mezcla de latinos y caucásicos. Evidentemente, ellos no podían saberlo, pero era debido a que era hijo de un alemán y una uruguaya.

Alfonso no tenía ni idea de en qué casos había trabajado desde su llegada, pero no pudo evitar pensar que no podía haber tenido peor estreno.

Al pasar a la escena, lo primero que llamó la atención del subinspector era el olor a sangre que se percibía allí. Por la información que manejaba, aquello era imposible pues el cadáver, según le dijeron, estaba en estado putrefacto.

¿Por qué olía así?

Nada más entrar comprendió que el primer paso, el más lógico, era iluminar bien aquella estancia. Así que volvió a salir y pidió todas las bombillas que habían traído, ya que no sabían si necesitaban una de rosca pequeña o grande. Alumbró a uno de sus técnicos mientras este sustituía una por otra: la que necesitaban era de rosca pequeña.

Una vez hecho esto, pidió que encendieran la luz.

La claridad lo inundó todo de repente, una claridad que les provocó una ceguera instantánea. Nicolás observaba desde la puerta y reconoció de inmediato la disposición de los muebles del salón. Todo permanecía como él recordaba salvo el sillón, y de inmediato supo por qué estaba fuera de lugar.

Miró al subinspector de Científica que, junto al técnico que había cambiado la bombilla, no se movía en el centro de la habitación. Los dos miraban hacia un punto fijo. Y no era, precisamente, hacia el cadáver.

Nicolás no entendía qué hacían, pues desde su posición no conseguía ver qué era lo que miraban, así que no dudó en dar dos pasos al frente y traspasar el umbral de la puerta para verlo.

Ya sabía dos cosas. Una, qué miraban y dos, por qué olía a sangre a pesar del estado momificado de la víctima.

Sintió cómo sus rodillas se volvían de goma y comprobó que era incapaz de pestañear mientras tenía la vista clavada en el mensaje que Fernando le dejó escrito en la pared, con unas grandes letras, entre rojas y negras, que goteaban.

Alfonso asomó la cabeza sin dudarlo al ver la reacción del inspector y leyó el mensaje sin creérselo: «Bienvenido a casa, Nicolás».

9

Jueves, 9 de noviembre de 2017. 1.07 horas.
Madrid

Nicolás necesitó de unos segundos para dar el paso. A muchos les parecería una tontería, sobre todo considerando que aquella seguía siendo su casa, pero la sensación de sentirse un extraño en el lugar al que iba a acceder no se la podía quitar de encima. Tomó aire, creyó que era mejor dejarse de idioteces y entrar.

Alfonso lo miraba desde dentro. Nicolás tenía la sensación de que rebajó un poco su más que comprensible escudo contra él. No es que notara que todo volvía, de pronto, a ser como antes entre ellos, pero sí era cierto que hacía tan solo unas horas lo hubiera fulminado con su mirada. Ahora parecía otra cosa. O eso quería pensar.

Y de hecho no iba demasiado desencaminado. Durante el trayecto de vuelta desde la plaza de Pedro Zerolo hasta su casa, Alfonso caviló mucho. Evidentemente, aún quería aplastar la cabeza de Nicolás contra el suelo tras su cobarde espantada, pero también tenía claro que, a pesar de que él declaraba firmemente que no hubiera huido como su amigo, a la hora de la verdad, viéndose en una tesitura así, no tenía ni idea de cómo hubiera actuado. Y lo peor de todo era que acababa de llegar y el cabronazo ya lo fustigaba sin apenas respiro. Así que tomó la decisión de hacer todo lo que estuviera en sus manos para mejorar la situación con Nicolás. No merecía la pena seguir machacándolo. De sobra sabía que, aunque su amigo no dijera nada, por dentro lo haría él mismo. Ya le bastaba con eso. Además, una de las cualidades de Nicolás era la de mantenerse en sus trece cuando creía algo con firme convencimiento y que hubiera admitido tan pronto su arrepentimiento tras su marcha decía mucho de él. De un momento a otro no iban a volver a ser lo que fueron, pero estaba seguro de que en un par de días ya estarían como siempre. Él haciendo el imbécil y Nicolás llorando por las esquinas lamentándose de que todo le pasaba a él.

—¿Quieres que te coja en brazos y te meta como si fuéramos una pareja de recién casados? —planteó de golpe Alfonso. Desde luego que iba a poner todo de su parte para volver a la normalidad.

Nicolás sonrió levemente y negó con la cabeza. Entró en la vivienda. Al cerrar la puerta comprobó que todo lo que veía seguía como el día en que se marchó. Tampoco era tan raro habiendo pasado tan solo un año, pero a él se le antojó una vida entera.

Al llegar al salón Alfonso se detuvo en seco.

—Siéntate, anda. Alicia no tiene ni idea de todo lo que ha pasado hoy y, cuando te vea, va a alucinar. Si no se lo cuento ya mismo mañana es capaz de matarme.

Nicolás asintió a la vez que tomaba asiento en el «viejo sillón de la abuela», como él lo llamaba.

Alfonso desapareció.

Mientras esperaba, reclinó su cabeza en el sillón mientras cerraba momentáneamente los ojos. Hasta que no lo hizo no fue consciente de lo cansado que estaba. No era para menos. No recordaba un día así en toda su vida, ni siquiera cuando la investigación de Mors se intensificó hasta tal punto de que apenas dormía un par de horas cada noche. Lo más curioso de todo aquello, aunque era la enésima vez que le venía a la cabeza, era cómo su vida había girado ciento ochenta grados de aquella manera en apenas unas horas. Hacía veinticuatro horas exactas se acostaba, como cada noche, en los asientos traseros de su coche, aparcado en aquella vieja fábrica. Su cabeza volvió a traicionarlo y las imágenes de aquel fatídico día de junio acudieron a ella de nuevo, pero ahora con más fuerza que en anteriores ocasiones. Puede que su vuelta al lado de los «buenos» influyera en que todavía le doliera más todo lo que pasó.

Apretó los ojos con fuerza y trató de pensar en otra cosa. ¿Dónde estaba su iPod? ¿Lo trajo o lo dejó olvidado en aquel lugar dejado de la mano de Dios? El aparato no es que fuera gran cosa, pero eran tantos los años a su lado que ya le había tomado cariño. Puede que estuviera en la guantera de su coche, que también acababa de recordar que estaba aparcado donde la Paqui, cuando fue a tomarse un simple Nestea con Alfonso, antes de que se precipitara todo.

Él aún estaría en casa de Carolina si Alfonso no le hubiera obligado a marcharse y dejaran al equipo de Científica realizar su cometido. Se preveía una labor muy complicada, que requeriría muchas horas, así que no tenía sentido que los dos permanecieran allí. En un principio, él, preso de la desesperación por saber dónde estaba la chica y, sobre todo, cuál sería su estado, no lo vio así, pero la insistencia de su compañero le hizo entender que sí, que lo mejor era descansar en la medida de lo posible porque se avecinaban días complicados.

De pronto recordó dónde guardaba el pequeño aparato musical: en la chaqueta que colgó en una de las sillas que había junto a la puerta. Se levantó y fue a por él, dado que necesitaba una dosis de su droga particular, aunque fuera minúscula.

Volvió a sentarse en el mismo lugar y encendió el iPod. Apretó el botón que servía para que el MP3 se pusiera en modo aleatorio, expectante de ver con qué le sorprendía.

Los acordes de guitarra del principio de la canción le hicieron reconocer una pieza que escuchaba últimamente con mucha frecuencia y que ahora le venía al dedillo. Se obligó a olvidar la paranoia de que el dichoso aparato le espiaba de alguna manera para conocer qué canción reproducir en cada momento y se dejó llevar por la voz de Tete Novoa interpretando *Sin saber nadar*.

> *Otra vez, muriéndome,*
> *Por entender*
> *Lo que hice mal o hice bien.*
> *Ando perdido cuando tú no estás,*
> *Tan aturdido sin tu respirar,*
> *Sin un sentido, ido, en mi nave espacial.*
> *Fue tan difícil poderte explicar,*
> *Que no es lo mismo querer que amar,*
> *Y estoy perdido, ido,*
> *Solo en este mar, sin saber nadar.*

Llevar los EarPods en las orejas le impidió escuchar los pasos apresurados que, de repente, se aproximaban hacia él. Eso sí, nada más ver entrar a Alicia en la habitación se quitó los auriculares y los dejó encima del sillón, sin poner en pausa el aparato. Se levantó como un resorte y se dejó abrazar por ella, que casi dio un salto para echarse sobre él.

Al inspector le faltaba el aire debido al ímpetu del abrazo. Alfonso los observaba desde la puerta tratando de disimular una más que evidente emoción por la escena que presenciaba. Alicia se separó unos instantes de Nicolás y lo miró a la cara. A él, de golpe, le vino a la mente la típica escena de reencuentros en las que uno de los dos abofeteaba al otro por haber desaparecido sin dar explicaciones, pero no fue el caso, pues Alicia no dudó en volver a abrazarse al inspector.

Así pasaron un buen rato. Cuando por fin se separaron, ella tenía los ojos anegados en lágrimas.

Nicolás sonreía, ahora con sinceridad. Reconocía que el abrazo le insufló una buena dosis de vida. Tomó asiento de nuevo en el sillón y Alicia hizo lo propio en el sofá de al lado.

—Vaya, vaya. —Fue Nicolás quien decidió romper el hielo—. Alfonso me ha contado que hay novedades con usted, señorita agente de policía.

—Déjate de historias, Nicolás. ¿Dónde narices te has metido todo este tiempo?

—Es una historia difícil de explicar, Alicia. Y quizá ahora no sea el momento.

Un nuevo flash de lo que sucedió allí le vino a la cabeza. Al menos fue efímero y pudo centrarse en seguir viviendo un momento que de verdad le alegraba el alma.

—Vale, vale, pero ¿me vas a explicar, al menos, qué coño te has hecho en la cabeza? Pareces Melendi en sus peores días.

Alfonso rio desde su posición. Era lo mismo que le dijo él.

—Digamos que han sido semanas en las que en lo que menos pensaba era en mi aspecto físico.

—Bueno, no es que te quede mal, pero estás más guapo con el pelo y la barba cortos. Así parece que te vas a poner a hacer malabares en un semáforo.

Alfonso rio de nuevo. De pronto la chica volvía a caerle bien.

—¿Y tú cómo estás? —preguntó Nicolás desviando de él la atención.

—Ahora mejor, no te voy a mentir, aunque no he estado mal. No me preguntes por qué, pero cuando te fuiste empecé a generar un miedo terrible a lo que pudiera sucederme con mi hermano pero, según he ido avanzando en la Policía Nacional, lo he ido perdiendo. Es como si me hubiera dado confianza.

Nicolás sonrió.

—No quiero parecer un *coach* de esos, pero la confianza ya vivía en ti. Te aseguro en primera persona que este trabajo no da confianza en uno mismo. En mi caso es al revés. ¿En el tuyo, Alfonso?

Negó con la cabeza desde su posición.

—Si él dice que no... imagina —continuó—. Así que o se tiene o nada. Y yo ya sabía que tú valías para esto. Más que yo o este... Ahora te toca demostrarlo.

—No sé, ya veremos. Por cierto, «este» no me ha querido contar por qué has vuelto. ¿Ha pasado algo?

Los inspectores se miraron. Nicolás empleó los siguientes cinco minutos en relatar a Alicia la situación actual.

Ella necesitó un par más para poder asimilarlo.

—Lo siento... —acertó a decir.

—Nada, no te preocupes. Está exprimiendo todos los recursos que tiene a mano, lo hizo también con la madre de Sara. Supongo que ya deberíamos verlo como una cosa habitual, aunque suene monstruoso.

—Pero... ¿no me contaste que Carolina vivía fuera de España? ¿Cómo la ha secuestrado? No me entra en la cabeza.

—Ojalá pudiera decírtelo. Lo acabaremos averiguando. Siento ganas de marcharme ya para Canillas y ponerme con lo que de verdad importa, que es la investigación. Hoy, con las visitas a las escenas del crimen, ha sido imposible dar un paso.

—Joder, ojalá pudiera irme con vosotros.

—¿No me había dicho Alfonso que ahora no querías ni hablar de venirte a Homicidios?

—Bueno, ahora la cosa cambia.

—Gracias, ¿eh? —dijo un irónico Alfonso desde la puerta.

—Joder, que no lo decía por eso. Era un poco por el desánimo que me produce cómo sucedieron las cosas. Pero de todos modos aún me queda para que me liberen y me destinen. Ahora has conseguido que me entre el ansia.

Nicolás la miró fijamente, le venía una pregunta a la cabeza y quería conocer la respuesta cuanto antes.

—Pero ¿así, en general, o porque tu hermano está de nuevo en activo?

—Creo que es evidente. Quiero ayudar a pillarlo.

El inspector carraspeó antes de hablar:

—Echa el freno y no te dejes llevar por tus sentimientos, Alicia. Estás implicada emocionalmente y no tengo del todo claro que te dejaran entrar en el caso así como así. Desde luego que no sería lo habitual.

—¿Yo implicada? ¿Y tú?

—No es lo mismo.

—Si tú lo dices...

—Vale, vale. Quizá sí lo sea, pero...

—Pero ¿qué? Soy una novata, ¿verdad?

—Pues mira, no iban por ahí los tiros, pero sí. Lo eres. ¿Tú sabes cómo puedes acabar tras un caso de semejante envergadura?

—Espera, espera, ¿soy igual de novata o más que cuando tú llegaste a Mors y te topaste con él?

—Alicia, por Dios, que yo era novato como inspector, pero ya tenía el culo pelado de trabajar en la UDEV como agente. Y te recuerdo que estuve en un caso jodido con otro asesino en serie que casi acaba conmigo.

—Bueno, tú lo has dicho: «casi». Vale, puede que tengas razón, pero aunque la tengas no voy a hacerte caso. Ya verás cómo me acabas buscando tú y pidiendo ayuda. Si no, al tiempo.

Nicolás sonrió.

—Ojalá sea así, pero de momento entiende por qué te lo

digo todo. Sé cómo afecta la implicación en un caso a la hora de centrarse en lo que de verdad importa, así que te puedo aconsejar.

—Consejos vendo que para mí no tengo —añadió Alfonso en voz baja, aunque lo suficientemente alto como para que Nicolás lo oyera—. Bueno, yo me voy a la cama, que no puedo más. Jesucristo, en el cuarto de baño te dejo lo que me has pedido. En un rato nos vemos para irnos a Mordor.

Salió bostezando.

Nicolás miró a Alicia.

—¿Tú no te vuelves a la cama?

—¿Para qué? No voy a dormir de la emoción. No sabes la alegría que me has dado al volver. Ya no podía soportar a Alfonso. No te lo dirá, pero ha estado muy jodido desde el día en que te fuiste.

—Sí que me lo ha dicho, sí. Supongo que traspasé todas las barreras al salir corriendo de aquí.

—No sé, Nicolás, yo no lo creo así. Yo me pongo en tu situación y creo que habría hecho una locura.

—No lo digas ni en broma.

—Te lo juro. No sé, no veo tan mal que cogieras el coche y te largaras de aquí. A veces necesitamos tiempo para recomponernos.

Nicolás lo meditó.

—Es posible. Lo malo es que yo no he vuelto por iniciativa propia.

—¿Dudas de si deberías estar o no aquí?

—Qué va. No. Quiero estar aquí, quiero ser policía, quiero seguir ayudando en lo que pueda en todas las investigaciones que vengan. Lo que me fastidia es haber necesitado un mazazo así para tomar de nuevo el coche y volver. Me encantaría que hubiera salido de mí.

—Gilipolleces, Nicolás. Si tuviéramos que darle vueltas a todo lo que nos empuja a tomar una decisión, sea buena o mala, nos pasaríamos todo el tiempo pensando y no disfruta-ríamos de nada. Mira lo que pasó en Mors. ¿Tú crees que entonces yo me veía como policía? ¿Piensas que alguna sola vez en toda mi vida me lo planteé? Ya te digo que no. Y sí, la decisión llegó tras la muerte de unas cuantas personas. ¿Te imaginas el nivel de satisfacción que siento ahora por lo que estoy consiguiendo? ¿Debería agachar la cabeza y no sentirla porque tuvo que haber toda esa catástrofe para que yo llegara hasta aquí?

—No, desde luego que no.

—Pues con lo tuyo, igual. Entiendo lo que debes sufrir por dentro tras lo de Carolina. Y a eso le añadimos que sigue muriendo gente. Lo sé. Créeme. Pero estás aquí, es lo único que importa. Tienes la oportunidad de enmendar tu error. ¿Cuántas personas han disfrutado a lo largo de su vida de un segundo intento?

Nicolás se echó a reír de repente. Alicia se extrañó ante la reacción.

—¿Qué pasa?

—¿Qué edad tienes? Porque parece que me sacas diez años. Es increíble en lo que te has convertido. Recuerdo a esa joven asustada, con un par de ovarios, pero asustada, que conocí en las peores circunstancias. Ahora eres una mujer con una madurez asombrosa. Ojalá yo tuviera la cabeza tan bien amueblada como tú, te lo digo de verdad. No puedo imaginar dónde llegarás en unos pocos años. Creo que vas a ser una de las mejores investigadoras del país.

Ahora fue ella la que sonrió a la vez que se sonrojaba.

—Ya, pero no me quieres cerca en Homicidios.

—Creo que no lo has pillado, lo que quiero es que te mentalices de cómo serán las cosas si no te mentalizas. Cuando lo hagas te quiero en mi equipo de por vida.

—Buen juego de palabras, sí señor.

—Venga, ve e intenta descansar. Voy a comer algo y yo

también me voy a la cama. No me quiero ni imaginar lo que me espera en Canillas a partir de que se haga de día. Si creemos que el año pasado fue duro, me da que lo consideraremos un camino de rosas en relación con lo que viene.

Ella asintió y se levantó de su lado. Se acercó a él, lo besó en la frente y salió del salón.

Nicolás no se levantó de inmediato. Su cabeza era un hervidero de ideas, conjeturas, hipótesis y disparates varios tal, que necesitaba pasar un tiempo más allí para ver si lograba apaciguar su mente. En vista de que no lo conseguía, pasados unos minutos, guardó de nuevo el iPod en el bolsillo, se levantó y fue directo a la cocina.

Rebuscando en los armarios encontró un paquete de magdalenas valencianas. No eran un manjar propiamente dicho, pero con el hambre que se gastaba no le importaba lo más mínimo qué echarse a la boca.

Salió de la cocina dándole grandes bocados a una magdalena. Entró en su habitación. Seguía como el día en que se marchó, pero con los armarios casi vacíos. Tenía en el maletero del coche las dos maletas que se llevó aquel día y que apenas llegó a deshacer, ya que casi siempre vestía igual donde estuvo. Rebuscó entre lo que quedaba en su armario y encontró algo que ponerse al día siguiente más o menos decente. Quizá hasta sería buena idea donar toda su ropa y llenar de nuevo el mueble con prendas nuevas.

Como si comenzara otra vez.

Dejó preparada la cama y salió para entrar en el cuarto de baño. Necesitaba una ducha como nunca en su vida. Y no por lo estresante del día, sino porque hacía más de un año que no disfrutaba de una en condiciones. Miró el lavabo. En efecto, allí estaba lo que le pidió a Alfonso.

Al quitarse la ropa se miró en el espejo. Su cuerpo se veía visiblemente más delgado que antes. Mucha masa muscular se había esfumado. No es que se considerara un esclavo de su imagen, pero sí era cierto que le gustaba su aspecto de antes. Debía ganar peso y volver al gimnasio.

Aunque primero tocaba otra cosa.

Tomó el aparato que descansaba sobre el lavabo y lo encendió. Empezó a pasarlo por su pelo, después lo haría por la espesa y larga barba.

Desde sus respectivas habitaciones, tanto Alicia como Alfonso oyeron el sonido tan característico y sonrieron. Ahora sí que el inspector Nicolás Valdés estaba de vuelta.

10

Jueves, 9 de noviembre de 2017. 9.02 horas.
Madrid

Lo último que hubiera imaginado era dormir como lo hizo cuando se acostó tras la ducha. Tampoco es que fuera una cosa tan inusual debido al cansancio acumulado y, además, sabiendo que por fin se pudo tumbar encima de algo cómodo, muy distinto a los asientos del Peugeot 407 —y, sobre todo a la esterilla en la que durante un tiempo durmió—, al que cogió tirria. Los primeros días no le pareció demasiado incómodo, pero, según fueron pasando los meses, cada vez le costaba más conciliar el sueño siempre en la misma posición, sin apenas posibilidad de movimiento. Así que volver a su cama era casi como flotar sobre una nube.

La primera imagen que vio tras salir de su habitación consiguió que en su rostro se dibujara una enorme sonrisa. Y es que ver a Alicia vestida con el uniforme de la Policía Nacional le provocó un orgullo similar al que debía de sentir un padre por un hijo, o un hermano por una hermana teniendo en cuenta la edad de ambos. A pesar de lo que le estuvo diciendo hacía unas horas, durante su reencuentro, deseaba con muchas ganas que acabara su formación para trabajar junto a ella. Creía que aportaría una visión muy fresca a la Unidad, aunque Alicia podía ser a veces un caballo desbocado que le recordaba mucho a un eslogan de un anuncio de neumáticos de televisión: «La potencia sin control no sirve de nada».

Alfonso ya había regresado y se estaba duchando tras su ahora habitual paseo matutino. Nicolás no creía lo que veían sus ojos cuando lo vio aparecer, antes de meterse en la ducha, con ropa más o menos cómoda y viniendo de lo que venía de hacer. Era como si en vez de regresar a la misma realidad de la que partió, lo hubiera hecho a una dimensión completamente diferente.

Como tantas y tantas veces se decía a sí mismo: «Vivir para ver».

Antes de comenzar la jornada, como era costumbre siempre que los dejaban, desayunaron donde la Paqui. Tampoco varió lo que pidieron, ya que Nicolás se tomó su característico bombón con hielo y Alfonso, su café con leche de siempre. En lo que sí variaron fue en el acompañamiento que le dieron a sus bebidas. Esta vez se decantaron por un par de cruasanes recién calentados. Nicolás se pasó todo el rato esperando la típica broma de Alfonso contándole su teoría sobre de dónde creía él que provenía la leche condensada, pero no la hizo. Todavía necesitaba tiempo para que la situación se normalizara entre ambos, pero desayunar juntos ya era un paso enorme. Algo que también había cambiado fue que, durante ese ritual diario, antes no solían hablar de trabajo. No obstante, quizá la situación era tan excepcional que, sin decirse nada, acordaron postergar lo que para ellos era tan sagrado para cuando el río volviera a su cauce.

Evidentemente, sin querer menospreciar a las otras víctimas, el tema estrella fue el secuestro de Carolina. No es que consiguieran sacar una idea clara de sus cabezas, pero, pese a ello, los dos sentían que necesitaban decir lo que pensaban, aunque no tuviera sentido.

Después partieron a Canillas.

Tal como había sucedido la tarde anterior, todos, especialmente con los que no habían visto todavía por allí al inspector Valdés, lo miraban como si de un perro verde se tratara. Además, la imagen que veían ahora de él no se parecía en nada a la del día anterior. Se había rapado el pelo al dos y su barba ya no parecía la de un chivo, sino que presentaba el aspecto semidescuidado de siempre.

En una jornada común, con investigación de homicidio en curso, lo primero que hacía el inspector al llegar a su puesto era visitar el despacho del comisario Brotons. Además, si como él dijo, volvía en la misma situación en la que estaba antes, era lo que tendría que haber hecho; en cambio, decidió entrar en el despacho de los inspectores. Se moría de ganas por conocer a sus nuevos compañeros.

Aunque ya sabía un poco sobre ellos gracias a lo que le contó Alfonso durante el trayecto desde el bar hasta el complejo, prefirió abandonar los prejuicios y comenzar de cero con ambos, sin ninguna idea preconcebida.

Rossi y Forcadell ya sabían de la vuelta del inspector. Era *vox populi* no solo en el edificio de Judicial, sino en el complejo entero. Aun así, cuando Alfonso y él entraron en la sala no pudieron disimular su sorpresa cuando lo vieron aparecer. A pesar de su juventud, el inspector Valdés ya era una especie de leyenda dentro del cuerpo y tenerle delante era algo excepcional. Comprobaron, sin embargo, que era un simple hombre vestido con un pantalón vaquero y una camiseta negra ceñida al cuerpo. No brillaba, ni levitaba ni nada parecido.

El silencio que se generó a su alrededor fue bastante incómodo, así que fue Alfonso el que decidió romperlo.

—Hola, chicos, este es el inspector Nicolás Valdés, supongo que ya sabéis quién es. Nicolás, ellos son los inspectores Germán Rossi y Gràcia Forcadell.

Estos se levantaron rápidamente de su asiento y le estrecharon la mano.

—Encantado, inspector Valdés —dijo Gràcia sonriendo.

—Por favor, llamadme Nicolás. Lo prefiero.

—Está bien, a mí Gràcia.

—Yo soy más de apellidos —intervino el otro inspector—, si no te importa llámame Rossi. Estoy acostumbrado.

—Así lo haré.

Alfonso no debía haberse sorprendido, pero lo hizo. Era consciente de lo que se hablaba de Nicolás dentro y fuera de la Unidad, pero lo que nunca imaginó fue ver a un fanfarrón como Rossi menear el rabo como un perrito contento de ver a su amo.

—Bueno, me vais a perdonar, pero me toca ir al despacho de Brotons. Espero que entendáis que voy todavía perdido, por lo que cualquier ayuda será bien recibida.

Ellos asintieron y, tras eso, Nicolás volvió a salir del despacho para entrar, ahora, en el del comisario jefe.

Antes de hacerlo, como siempre, golpeó con sus nudillos.

Nadie contestó.

Repitió la acción.

Esperó unos segundos sin respuesta.

—Buenos días, Valdés. —Nicolás se volvió y observó que Brotons llegaba por detrás—. Perdone, pero llevo desde las siete de la mañana con follones. El comisario general se ha reunido con el ministro del Interior con carácter de urgencia y a mí me ha tocado acompañarlo. Y, sí, a veces los ministros se levantan temprano.

Nicolás asintió mientras se apartaba para que su jefe abriera la puerta con la llave.

—Veo que usted ha decidido volver a ser usted —comentó mientras esperaba a que Nicolás pasara.

—Lo he hecho para que no me miraran demasiado y no ha salido del todo bien.

—Entienda que es normal. El revuelo no solo se ha montado entre los agentes y oficiales; por arriba también están las cosas revueltas.

—¿Han puesto algún problema?

—Eso es cosa mía. Ahora mismo solo importa detener a ese psicópata. Siéntese.

Nicolás obedeció.

—Está bien. Cuénteme todo lo que vio ayer, que ya sé que no es poco.

Nicolás le hizo un resumen amplio de lo que sucedió desde que abandonara el despacho con cara de imbécil junto a Alfonso. Como era lógico, el comisario ya estaba al tanto de todo, pero siempre le gustó escuchar por boca de Nicolás los hechos.

Una vez relatado todo, el comisario se echó hacia atrás en su asiento. Parecía pensativo.

—¿Por qué cree que ha actuado de manera diferente?

—Manejo distintas hipótesis, pero, con sinceridad, ninguna me llega a convencer. Supongo que necesito comenzar con la investigación propiamente dicha para decantarme por una cosa u otra.

—Bien, bien, mejor no nos aventuremos y no digamos tonterías. Como dato le diré que anoche, a las once casi y veinte, se conoció la identidad de la víctima. Su nombre es Laura Sánchez del Horno. No he llegado a ver las fotos del escenario todavía, no me ha dado tiempo, pero me dijeron que sus rasgos eran sudamericanos, ¿no?

—Sí, a mí me lo pareció.

—Pues no lo es. Es española de nacimiento. Puede que sea de origen latino, sí, pero nació aquí en España.

—¿Han avisado a sus familiares?

—Sí, durante la madrugada se ha hecho. Creo que ahora mismo están en el Anatómico Forense esperando para la identificación del cuerpo. No sé si tienen intención de hablar con ellos, pero denles un poco de margen, no quiero que su dolor interfiera en su declaración.

—Lo sé, comisario. Ayer nos marchamos cuando vimos todo lo que le quedaba aún al equipo de Científica en el piso de Carolina Blanco. ¿Le han pasado algo?

El comisario asintió y abrió una carpeta que había en el lado derecho de su escritorio. Sacó un informe.

—Todavía no hay demasiado. Había un pasaporte encima la mesa del salón. Al parecer su nombre era Marco Draxler. ¿Era su novio?

Nicolás hizo memoria.

—Creo que sí. Recuerdo que Carolina me dijo que estaba conociendo a alguien de nombre Marco. Tiene que ser él. Sería lógico. Trabajaban juntos.

—¿Era también arqueólogo?

—No hasta donde yo sé. Creo que él era informático. Al parecer los necesitan también en las excavaciones para no sé qué cosas. No entiendo cómo Fernando supo que estaban aquí.

—Yo tampoco, pero ya ve cómo han acabado los dos. Se ha buscado su nombre en la lista de desaparecidos de la Europol y nada.

—No me entra en la cabeza, comisario. ¿Cómo puede una persona permanecer durante un año ausente y nadie darse cuenta?

Brotons se encogió de hombros.

—Investíguelo. Aparte no tenemos nada más. El equipo de Brown ha tomado el relevo esta mañana porque a la inspección ocular aún le quedan unas cuantas horas. Ojalá haya suerte. Seguimos sin conocer la identidad de la primera víctima, la del templo de Debod. Quiero que también pongan énfasis en eso.

Nicolás asintió, aunque su rostro reflejó una inseguridad que no pasó desapercibida para el comisario.

—¿Qué pasa? —quiso saber.

—Sé que ayer ya hablamos, pero necesito preguntarle una cosa.

—Dispare.

—¿Quiere que monte un equipo como el año pasado? Verá, es que no me siento cómodo todavía con la situación, no dejo de ser un recién llegado y no sé si acatarán...

—Tonterías —lo cortó—. Ayer ya fui lo suficientemente claro con usted. Y vuelvo a insistir en lo de mi confianza: no la tiene, pero no la va a recuperar llorando cuando aparezca lo que usted considere un problema. Su situación solo la conocemos unos cuantos. Para el resto de la Unidad, usted sigue siendo el mismo inspector que ha necesitado de unas vacaciones para volver con fuerzas. Punto. Aunque hay más...

—¿Qué?

—Se trata del inspector jefe. La reunión con el ministro del Interior no solo ha sido por la vuelta del Mutilador, ha sucedido algo.

Nicolás lo miró impaciente. Odiaba que lo hiciera, pero el comisario Brotons era muy de dejar pausas para añadir dramatismo a cualquier cosa que les contara.

—Resulta —continuó— que el pájaro nos ha salido demasiado inteligente. Hacía tiempo que teníamos esa sospecha, pero yo mismo quería creer que era infundada. ¿Recuerda el caso del constructor marbellí?

Nicolás hizo memoria. No le costó demasiado acordarse del caso, pues salió en todos los medios, no en vano fue el segundo constructor que aparecía asesinado en un descampado por el método de la corbata colombiana. Fue un caso que se quedó sin resolver porque no pudieron relacionarlo con ningún narco de la zona, aunque Nicolás siempre sospechó que aquello escondía más, ya que cuando los sicarios utilizaron ese método no lo hicieron perfectamente. Como si los que cometieron el delito no fueran profesionales.

Tras recordarlo, el inspector asintió.

—Pues ya hay un culpable y, lo más gracioso, es que creíamos que por el patrón seguido sería la tercera víctima.

—Espere... ¿el empresario del bigote?

—Así es. Él fue el que los mató para eliminar la competencia. Y no es lo más grave, la Unidad de Delincuencia Económica y Fiscal (UDEF) ha detectado movimientos extraños en su cuenta y nos han llevado, a su vez, a la cuenta del inspector jefe.

Nicolás abrió mucho los ojos. Recordando el caso ya se había olvidado de que el comisario quería comentarle algo acerca de su exsuperior.

—¿En serio?

—Como lo oye. Es tan imbécil que ni siquiera ocultó los pagos. Lo vamos a tratar de llevar con la máxima cautela posible, pero nuestro amigo ocultó varias pruebas que nos hubieran llevado mucho antes al empresario. Yo era partidario de mandarlo directamente a la cárcel, pero el ministro ha insistido en algo que ya sabemos, en lo que le sucedería si pisara cualquier cárcel española. Tengo tantas ganas de aplastarle la cabeza que me daría igual, se lo juro, pero tiene razón. Le vamos a ofrecer una salida digna, eso sí, perdiendo *ipso facto* todos los beneficios que conlleva una jubilación anticipada. He pedido que sea otro comisario el que le explique la situación, porque si me lo encuentro de frente le muerdo la yugular.

Nicolás lo creía, aunque seguía sin dar crédito a un par de cosas: la primera, que los hubiera engañado durante tanto tiempo dándoselas de tipo íntegro y hasta indignándose en aquellas ocasiones en que se habló de casos de corrupción policial; la segunda, que no fuera a recibir su merecido —no se refería a que se lo cargaran en la cárcel, sino a que, al menos, la pisara como le correspondía por ser un delincuente— y se fuera a ir, prácticamente, de rositas. Aunque lo peor de todo era que, en el fondo, sabía que era la mejor solución porque en prisión iba a durar dos días.

—Lo malo —continuó el comisario— es que ahora necesitamos a un inspector jefe. Hay que cubrir el puesto.

—Yo no...

—¡Cállese! Yo tampoco quiero. De hecho, aunque no queramos, sobre todo para no apartarle de sus labores, un ascenso sería un premio que no merece. Pero eso solo lo sé yo. Para el resto, como le he dicho antes, usted se tomó un descanso necesario y sigue siendo el todopoderoso inspector Nicolás Valdés. Incluso para el ministro del Interior.

—Pero, es que...

—¡Le he dicho que se calle! Lo he hablado con él y lo he convencido de algo: usted será el inspector jefe en funciones, pero solo para ocupar la vacante. Buscaré bien hasta encontrar a uno que merezca la pena, pero, mientras, usted ejercerá el cargo. No tiene que hacer nada, no hará todas las funciones que se esperan de un inspector jefe. Seguirá como hasta ahora. Yo seré la cara visible de la Unidad. Usted dedíquese a lo que sabe.

—¿Y no podrían serlo cualquiera de los otros inspectores?

—¿Quién? ¿Gutiérrez? Ya lo fue y ya vimos cómo acabó la cosa. Además, espero que con su vuelta espabile, porque lleva un año medio tonto por aquí. Lo he respetado porque en el fondo le tengo cariño, pero no valía ni para pillar un resfriado. Luego está el inspector Rossi, que con la cabeza que tiene le digo yo que es mejor dejarlo donde está. Y luego Forcadell. Sinceramente, yo quería que ella fuera la inspectora jefe, pero el ministro lo ha preferido a usted. Y sí, es porque es un puto machista de mierda, pero ya lo sabíamos. Así que la situación es la que es. Fíjese qué pedazo de estrella tiene en el culo. Puede cagarla como lo hizo y volver por todo lo alto.

El rostro de Nicolás no manifestó expresión alguna tras el mandoble que acababa de asestarle el comisario. Aguantó el tipo. No es que quisiera hacerse la víctima, pero merecía cualquier cosa que le dijera su superior. Levantó la cabeza y mostró justo la imagen que se esperaba de él.

—Haré de inspector jefe lo mejor que pueda, comisario.

Brotons no sonrió, pero estuvo tentado. Era lo que quería oír y, al parecer, Nicolás no espabilaba.

—Está bien. Pues no hace falta que le diga lo que toca ahora. Organice un equipo y tráigame resultados. Muchos, pocos, me da igual, los que sean. ¿A qué hora le han citado en el Anatómico Forense?

—Me dijeron que alrededor de media mañana. Están hasta arriba de trabajo y han colado las autopsias por donde han podido. Me llamarán.

—Perfecto. Pues hale.

Dicho esto, agachó la cabeza y encendió su ordenador. Como su portátil estaba en la UCC para que revisaran la intrusión de Fernando, no le quedaba más remedio que trabajar con el «oficial». Cuando Brotons hacía esto significaba que la reunión había acabado. Él nunca se despedía, solía dejar a la persona ahí para que se sintiera incómoda y se acabara largando por pura vergüenza. Nicolás ya lo conocía demasiado bien.

Salió.

Respiró profundamente y trató de mentalizarse de que tenía que tomar el toro por los cuernos. Se acabaron los lamentos. Había demasiado que hacer.

11

Jueves, 9 de noviembre de 2017. 11.22 horas.
Madrid

Existía un lugar reservado para las autoridades en el Instituto Anatómico Forense, emplazado en el complejo de la Universidad Complutense de Madrid. Pese a ello casi nunca aparcaba ahí, ya que esas entradas estaban ubicadas en la parte trasera, que era por donde introducían los cadáveres cuando llegaban. A Nicolás eso no le gustaba demasiado. Puede que a muchos les sonara a tontería, pero a él le daba mala espina la entrada y siempre prefería utilizar la principal. Apagó la radio del coche. Sonaba *Con mano izquierda*, de Saratoga. Aunque no dejó de escuchar música tras su marcha, sí era cierto que volvió a hacerlo como hacía unos años, esto es, solo en situaciones en las que necesitaba calmarse y ninguna otra cosa lo conseguía. No es que le hubiera dado por poner *Carrie* de Europe una y otra vez, como antaño, era que, simplemente, quizá por su estado de ánimo, redujo de forma considerable su consumo de nuevo a esos momentos de necesidad. Ahora volvía a sentir el apremio de escuchar las canciones que más le llenaban siempre que podía y lo consideró como algo muy positivo. La esperanza de volver a ser el que fue brillaba fuerte.

Antes de partir hacia Medicina Legal, celebró una pequeña reunión con los otros tres inspectores de su unidad. En el
corto trayecto desde el despacho de su jefe al que trabajaba
él junto a sus compañeros le dio tiempo a pensar en que no
tenía ni idea de cómo contar lo de su inexplicable ascenso. La
sombra de la tirria que le podrían tomar por acabar de llegar
y ya verse en esas, aunque fuera en aquellas circunstancias,
planeaba sobre su mente. No con Alfonso, claro, pero a él le
tocaba explicarle cómo después de su experiencia personal
pasada en el cargo aceptó el puesto. No le dio tiempo a cavilar
nada más, así que optó por resumir la reunión con Brotons de
la forma más sincera posible.

Nicolás no supo si fue por la sorpresa al enterarse de lo
del ahora ya exinspector jefe, pero desde luego ninguno reaccionó mal cuando les contó que él ahora era su superior temporal. Hasta Alfonso mostraba una especie de gesto que
denotaba un alivio al conocer que era él y no otro el elegido.
Gràcia y Rossi incluso se levantaron de inmediato para estrechar la mano de Nicolás y darle la enhorabuena. El inspector
lamentó no haberlo apreciado al cien por cien, ya que no esperaba la muestra de cariño repentino de gente a la que acababa de conocer. Antes de encomendar tareas para comenzar a
centrarse en el caso del Mutilador, Nicolás quiso saber con
qué estaba cada uno de ellos para conocer su carga de trabajo.
La parte positiva fue que los dos inspectores que menos conocía tenían casos que en la Unidad llamaban «de investigación lenta» que, por resumir de algún modo, eran los que de-
pendían de múltiples factores externos para seguir avanzando
y esos llegaban con cuentagotas. Así que ambos se harían cargo de algo más laborioso. En el caso de Alfonso no trabajaba
en nada más o menos importante, como fue su tónica habitual durante todo este tiempo.

Una tónica que, por cierto, se moría por dejar atrás.

La asignación la hizo dejándose llevar un poco por la lógica. A Gràcia le dio la investigación completa acerca de la primera víctima. Ella estuvo presente el día anterior en el levantamiento del cadáver y en parte de la inspección ocular, así que ya conocía bastantes detalles del caso. Su principal labor era averiguar su identidad, algo que no sería fácil, pues estaban muy encima de las denuncias por desaparición interpuestas en los últimos días y ninguna encajaba con la muchacha. Por qué fue elegida ella y no otra era evidente. El parecido con Carolina, al menos en las partes reconocibles, era asombroso, por lo que no había demasiadas dudas.

Rossi, con sus raíces italianas como máximo argumento de peso, se ocuparía de averiguar todo lo posible acerca de Marco Draxler, el novio de Carolina. A Nicolás le preocupaba sobremanera que Fernando supiera que Carolina y su chico se encontraban en Madrid. Temía que, de algún modo, les hubiera tendido una trampa. Además, cuando se determinara la fecha de la muerte del chico, se establecería más o menos cuándo se produjo el secuestro, lo que les orientaría mejor en sus pesquisas. También quería comprender cómo su nombre no figuraba en ninguna lista de desaparecidos habiendo pasado, presumiblemente, tanto tiempo. Para ello le proporcionó el contacto de su amigo Paolo Salvano, el *assistente capo* de la Polizia di Stato de Roma. Como con Fernando se debía prestar atención a cualquier detalle que uno se encontrara, también quería saber si la sangre empleada para escribir el dichoso mensaje de la pared era humana o animal. En el caso de ser humana, conociendo los juegos del psicópata, incluso les daría una pista acerca de quién sería su próxima víctima.

Por su parte, Alfonso disponía de una gran oportunidad de demostrar que había dejado atrás al mustio inspector que fue el último año ocupándose de la muerte de Laura Sánchez del Horno. Esta, por decirlo de alguna forma, se consideraría la primera víctima «real» del nuevo juego que parecía plantearles Fernando. Ya sabiendo su identidad, la tarea principal de Alfonso sería esclarecer por qué ella fue la elegida. Pero no solo eso, también le tocaba averiguar por qué empleó ese *modus operandi*. A ver si de una maldita vez comprendían sus artimañas para poder anticiparse, aunque fuera medio paso, a él.

Todo sin descuidar el trabajo de la Unidad Central de Ciberdelincuencia, que, según supo, ya intentaba rastrear a Fernando a través de internet, aunque no iba a ser una tarea sencilla.

Y luego estaba él, que cuando acabara su parte en las autopsias que iba a presenciar, se uniría a los tres inspectores para apoyarlos en sus tareas.

Dejó atrás todo aquello para centrarse en lo que ahora le tocaba. Ingresó en el edificio. Tras el saludo de rigor a la recepcionista, comenzó a caminar por el pasillo blanco e inmaculado que daba acceso a las diferentes zonas del complejo. Había quedado con el doctor Salinas en su despacho, por lo que se dirigió a él.

No le hizo falta entrar, pues el forense se encontraba bromeando junto a uno de sus compañeros en la puerta. Cuando advirtió su presencia, se despidió de él y se centró en Nicolás.

—Encantado de tenerle por aquí de nuevo, inspector jefe.

Nicolás se sorprendió a medias de que el forense conociera su nueva situación, ya que Brotons no dejaba nada en el aire nunca y ya habría mandado su habitual mail anunciando los nuevos cambios en la Unidad.

—Veo que las noticias vuelan —se limitó a decir.

—Pues sí, y si me deja hacerle una apreciación personal, creo que son buenas noticias.

Nicolás sonrió.

—Bueno, el tiempo nos lo dirá. Lo cierto es que todavía no me he hecho a la idea.

—Nada, ya se la hará. En fin. ¿Vamos?

El inspector jefe asintió.

Caminaron de nuevo por el pasillo. El doctor Salinas primero quiso poner en situación a Nicolás.

—El cadáver de Marco Draxler nos espera en la sala de putrefactos. No me fiaba demasiado. La buena noticia es que ya le hemos realizado una serie de pruebas en nuestro departamento de infecciosos y parece ser que en este sentido todo está en orden. Así que, si no le parece mal y como es la más tediosa, comenzamos con esta autopsia. Homs se va a encargar de ella, pero me parecía apropiado ver los primeros pasos con el fin de esclarecer algunos datos. ¿Le parece bien?

—Claro, vamos a esa.

Llegaron hasta la puerta de la sala de putrefactos. Como siempre, ambos se ataviaron con las vestimentas quirúrgicas que había sobre el carrito metálico de la entrada. A pesar de las veces que Nicolás había repetido el ritual a lo largo de su carrera, la sensación de verse vestido así seguía resultándole extraña. Era como si fuera un intruso en una profesión que no era la suya.

Antes de colocarse las mascarillas y pasar, se untaron bálsamo de eucalipto debajo de la nariz. El cuerpo del italiano, al haber salido de ese espacio cerrado en el que lo encontraron, ya no desprendía olor por el tiempo transcurrido desde su muerte, pero el tufo que siempre estaba presente en la sala era tan característico como repugnante, incluso para los que trabajaban allí. Ni siquiera el formol —que tampoco es que fuera demasiado agradable— lograba camuflar la peste de la estancia.

Nicolás no pudo evitar recordar la primera vez que entró justo ahí. Ahora era cierto que ya no le impresionaba tanto como antes, pero la habitación le seguía produciendo cierto respeto. Algunos detalles se asemejaban a las salas de autopsias comunes, como la omnipresente mesa junto con sus carritos repletos de instrumental quirúrgico, aunque también detalles diferentes, como la enorme campana extractora que ocupaba todo el centro del techo y que servía para liberar la sala del hedor en la medida de lo posible. Además, existía una zona claramente identificada con rótulos que servía para manipular muestras de forma estéril tras introducir las manos en unos guantes que daban acceso a un espacio sin microbios. Pero, sin duda, lo que más llamaba la atención del inspector —y de cualquiera que entrara ahí— era el enorme arcón congelador ubicado en uno de los rincones. Su función estaba bastante clara, sobre todo teniendo en cuenta que se asemejaba a un ataúd en cuanto a dimensiones. La primera vez que Nicolás vio uno así fue en Medicina Legal, en Alicante, en una sala para idéntico cometido y todavía se acordaba de la sensación que sintió en el estómago. Más cuando recordaba el que tenía su madre en casa. No igual, pero sí bastante parecido.

Y, claro, si la sala ya impresionaba de por sí, cuando encima de la mesa se veía un cuerpo en el estado en el que se encontraba el de Marco Draxler, ya era el no va más.

—Nos hemos pasado buena parte de la mañana tratando de quitarle la ropa adherida al cuerpo intentando no llevarnos en el empeño ningún indicio. Ha sido costoso, pero creo que el resultado ha sido muy positivo.

Nicolás trató de visualizar el acto y sintió un enorme escalofrío.

—Después de eso ha pasado por Fotografía y Jenny ya ha tomado las muestras esenciales antes de comenzar. Bien, echando un primer vistazo al estado descompuesto del cuerpo, me atrevería a afirmar que el cadáver ya se encuentra en pleno proceso colicuativo.

—Lo siento, doctor, pero como comprenderá, yo...

—Lo sé, perdone. Dicho rápido, la siguiente fase es la esqueletización, que me temo que ya está a punto de comenzar. Como puede observar aquí —apuntó con el bisturí hacia uno de los brazos de la víctima—, el reblandecimiento ha hecho que la epidermis se haya despegado de la dermis por completo. Esto nos indica que, al menos, han pasado unos diez meses desde su muerte. También es verdad que no es algo que estemos en posición de determinar al cien por cien, porque cada cuerpo se descompone de una manera debido a sus características. Por ejemplo, si supiéramos su peso aproximado cuando fue asesinado, sería más preciso. Supondrá que no lo puedo saber aún, pero cuando trabajemos su interior quizá separemos los distintos órganos para someterlos a un examen exhaustivo.

Nicolás miró el cuerpo consumido del italiano. No pudo evitar sentirse en parte culpable de que una persona que no tuviera nada que ver con toda esa locura hubiera acabado así solo por encontrarse en el lugar y momento equivocados.

—¿La causa de la muerte es la que parece?

—A simple vista sí. La ropa que le hemos quitado contenía una gran cantidad de sangre adherida. Además, por la altura del corte —dijo señalando su cuello—, seccionó ambas arterias provocando un desangrado rápido. Le hemos realizado también un hisopado subungueal y no hay nada que nos haga creer que hubo una lucha previa. Supongo que por su posición fue atacado por detrás. A simple vista el cuerpo tampoco presenta ninguna otra herida superficial. El mayor problema que tenemos ahora es establecer si el asesino se ayudó de alguna sustancia para cometer el crimen, ya que con el tiempo transcurrido... aun así, lo vamos a intentar con las muestras tomadas por Jenny.

—Entonces deberíamos suponer que fue atacado cuando descansaba en el sillón, sin más. Algo práctico para variar en el *modus operandi* de Fernando.

—Con lo que tengo ahora mismo no puedo pensar en otra cosa. Aunque luego, bueno, todo puede variar.

Nicolás evocó en su mente las imágenes de la escena de

cómo habría sucedido todo. Tenía la certeza de que el sillón no estaba en su lugar habitual, aunque podría haberlo atacado por la espalda. Debió de entrar a altas horas de la noche para asegurarse de que dormían. Quizá su plan inicial fuera matarlo donde fuera que estuviese descansando, pero encontrarlo en el sillón dormido le vino de perlas. Le segó el cuello y movió el sillón a su antojo para dotar de dramatismo el momento en que se hallara el cuerpo. Incluso no descartaba que él mismo hubiera sido el que hubiera roto la bombilla. Conocer si cuando mató a Marco, Carolina estaba o no ya en su poder tendría que esperar, ya que no era fácil de averiguar.

—Está bien. Con esto que me ha contado logro hacerme una idea. Creo que aquí ya es suficiente, si le parece bien, doctor.

Salinas lo miró y asintió. Luego se volvió y dio las pertinentes órdenes para que todo el equipo que se encontraba en la sala se pusiera a trabajar con el cuerpo. Cuando salieron se quitaron los trajes y los arrojaron a una papelera especial para tal fin.

Fueron a la otra sala. Se volvieron a vestir igual y pasaron.

Dentro les esperaba paciente la doctora Miñambres. Ella le dedicó una sonrisa a modo de saludo. Nicolás lo supo por su gesto de nariz y ojos, ya que la boca estaba tapada con la mascarilla.

—Está bien, comencemos aquí, que se nos está acumulando el trabajo —comentó Salinas.

Ella asintió y se colocó al lado del cadáver. Como en el caso que acababan de ver, adelantaron en la medida de lo posible el trabajo. Ya había sido fotografiado y estaba sin ropa y limpio; Toxicología también había tomado muestras de orina y sangre, de modo que el cromatógrafo ya trabajaba a plena velocidad para saber si su sangre contenía alguna sustancia extraña.

—Vale —comenzó a hablar—, como pueden observar, sin

contar lo que vemos en sus ojos, el cadáver no presenta heridas superficiales de ningún tipo, aparte de los dos signos de equimosis en las piernas, que bien podrían deberse al forcejeo de la víctima al tratar de escapar de su agresor. Aunque tampoco es una afirmación incontestable, porque yo también llevo moretones en las piernas y son de simples golpes que me voy dando por ahí.

Pero Nicolás no se fijaba en eso. Miraba sus pechos. No pudo evitar soltar el comentario.

—Sus pezones son anormalmente oscuros, ¿no?

Tanto Miñambres como Salinas se sorprendieron y a él no le pasó desapercibido. Intentó explicarse.

—A ver, no sé si sonaré racista, pero se supone que la chica es española de nacimiento y hay rasgos en ella que la hacen parecer de origen latino. Su cara, el tono de su piel, incluso los pezones...

—Bueno, tampoco es que sea tan raro. Hay muchos latinos de segunda generación que ya son españoles de nacimiento. Además, en caso de no ser así... ¿y si es adoptada?

—Claro, claro, si he pensado en todas esas posibilidades y alguna de ellas podría ser cierta, pero... No sé, de verdad que hay algo que me está haciendo considerar una teoría posible...

Salinas, que ya era perro viejo, entendía por dónde iban los tiros del inspector jefe. Haber estado metido hacía un año y medio en la autopsia que lo desenmascaró todo ayudaba, claro.

—Creo que sé a lo que se refiere, inspector jefe, pero mejor nos centramos ahora en lo que nos atañe y eso ya lo resuelve usted con su equipo.

—Tiene razón, lo siento. Continúe.

La doctora miró a su jefe y este asintió, por lo que ella continuó con su trabajo.

—Bien. Empezando por el tiempo craneal, hay coloración cianótica en su rostro, parte del cuello y pabellones auditivos.

En su labio superior, a lo largo del borde interno, se aprecia apergaminamiento y enrojecimiento de la mucosa. En el labio inferior existe también enrojecimiento de la mucosa y se observa una excoriación apergaminada muy próxima a la comisura labial. Además, como pueden ver, la equimosis en el lado derecho de su cuello se ha hecho evidente. Lo que solemos ver en los asesinatos perpetrados de este modo es una fuerte presión con los pulgares aquí, en la laringe, pero vemos que no está. Y la equimosis es leve, de un par de centímetros a lo sumo. Esto, añadido a los signos que he descrito antes, me llevan a diagnosticar que la causa de la muerte es anoxia anóxica por estrangulamiento antebraquial.

Tal como hizo con el otro cadáver, Nicolás trató de imaginar a Fernando agarrando por el cuello a la muchacha para asfixiarla. Para ello se ayudaba de las caras anteriores de su brazo y antebrazo, puesto que así era como se solían producir las muertes antebraquiales.

—No dudo —continuó hablando la mujer— de la existencia de petequias en sus globos oculares, que confirmarían nuestras sospechas. El problema es que los ojos se deben tratar siguiendo el protocolo de heridas graves y, por ahora, no los voy a tocar. Sí cabe recalcar que el agresor ha realizado tres incisiones en cada párpado, con lo que ha conseguido dar el efecto que el cadáver mira continuamente, pues estas incisiones dejan a la vista los iris. Sigo con su boca —le tomó los pómulos con una mano y, con la otra, presionó la mandíbula hacia abajo para abrirla—. El color de su boca es... ¡Me cago en la puta!

La reacción de Miñambres fue tan natural que todos los allí presentes sintieron cómo sus corazones se aceleraban. Aunque a Nicolás el suyo casi se le detiene. El único que logró moverse de su sitio para asomarse a toda velocidad para ver qué había descubierto la doctora en la cavidad bucal de la víctima fue Salinas.

Desde su posición Nicolás observó que esta no se movía. Miraba fijamente la boca del cadáver.

—¡Rápido, una cámara de fotos! —exigió.

Jenny, la patóloga, salió corriendo de la sala y regresó a los pocos segundos con una en la mano. Se la pasó a la doctora, que ya había recuperado el control tras la impresión inicial. El doctor sujetó la boca del cadáver mientras ella disparaba una y otra instantánea. Después dejó la cámara sobre una de las pilas y se acercó de nuevo a la víctima. El hombre todavía le sujetaba la boca. Introdujo sus enguantadas manos en la cavidad bucal y trató de extraer con sumo cuidado lo que albergaba en su interior. El inspector jefe, expectante por lo que sería, miraba sin perder detalle todos los movimientos. Finalmente sacó un preservativo con un nudo en su parte abierta. Llevaba algo dentro.

Nicolás dio instintivamente dos pasos. Fernando lo había vuelto a hacer. Miñambres dejó el objeto encima de una de las bandejas y corrió de nuevo a por la cámara. El doctor, que ya había soltado la cara del cadáver, fue a por unos testigos métricos que tenían guardados para cosas como esta. Tras las fotografías, ella tomó un escalpelo y realizó una pequeña incisión en el látex. Con unas pinzas quirúrgicas extrajo de dentro un papel doblado. Dejó el instrumento y tomó otras parecidas a estas, solo que llevaban el borde plastificado para no dañar. Con ellas desdobló el papel. El inspector jefe, que no podía más, se colocó incluso delante de los forenses. Necesitaba ver su contenido.

Su primera reacción fue la de no moverse, sino solo mirar lo que ponía en el papel. Desde luego que, si hubiera hecho una apuesta sobre lo que pensaba que podía poner, la hubiera perdido.

Era un poema.

Lo leyó en voz alta.

—«Discernir sobre bien y mal, / apurar una copa rebosante de miedos, / trabajar sin apenas respirar, / olvidar que se consume tu tiempo.»

Un silencio sepulcral inundó la sala, hasta que Nicolás lo profanó con una sonora exhalación de su nariz. Meditó unos segundos antes de decir nada.

—Por favor, para Científica.

Uno de los asistentes se apuró en cumplir lo que el inspector jefe pedía. El silencio siguió dominando el ambiente. Las preguntas se agolpaban en las cabezas de todos, pero ninguno de ellos se atrevía a formularlas. La teatralidad de Fernando seguía presente, pero el problema era que aquello se salía de lo que ya era costumbre y, de ahí, la lógica confusión.

La autopsia debía seguir y, hasta puede que encontraran alguna sorpresa más, pero en esos momentos Nicolás no era capaz de pensar en nada que no fuera el poema dejado por el Mutilador. Así que decidió marcharse.

Salió del complejo y dejó que el aire golpeara su rostro. Cerró los ojos y trató de serenarse. Esta vez no se dejaría llevar por la desesperación.

No es que lo consiguiera, pero creyó que no le convenía perder el tiempo, por lo que se encaminó hacia su coche. Justo antes de incluso abrir la puerta su teléfono móvil sonó. Lo sacó de su bolsillo y miró la pantalla.

El nombre que aparecía en ella era el que menos esperaba.

12

Jueves, 9 de noviembre de 2017. 15.09 horas.
Madrid

Llegaba tarde.

Él no, la persona a la que esperaba.

A pesar del creciente nerviosismo que se dejaba notar en su estómago, antes de acudir al lugar donde lo citaron decidió parar a comer. Lo necesitaba. No es que fuera el mejor de los manjares, pero la hamburguesa con patatas fritas que le sirvieron en aquel bar de mala muerte en el que había estado hacía unos minutos le supo a gloria.

Cuando su vida no era tan caótica, intentaba cuidarse con las comidas, pero no por ello renunciaba al placer de, de vez en cuando, guarrear un poco. Tampoco era necesario obsesionarse, aunque quizá el último año no había sido el mejor en cuanto a su cuidado alimentario. Ya no por no comer todo lo sano que debiera, sino porque hubo días en los que sintió una falta de apetito absoluta y no se echó nada en el estómago. Por suerte ahora aquello quedaba atrás. Lo que sí que no dejó de practicar de una manera más o menos continua fue un poco de ejercicio. No al nivel que le hubiera gustado, pero sí al menos para no perder al cien por cien la forma y el tono muscular, aunque no lo llegó a conseguir del todo.

Tras el bocado se plantó en el lugar en el que había quedado.

Golpeaba con sus uñas sobre la barra imitando el patrón que describía la batería en la intro de *Painkiller*, de sus adorados Judas Priest —aunque mucha gente lo miraba raro cuando decía que a él le gustaba más la versión que en su día hizo Saratoga, con Leo Jiménez a la voz—. Lo mejor de todo es que ni era consciente de hacerlo. Estaba bastante nervioso, la verdad. La sensación, lejos de incomodarlo, lo reconfortaba. Más después del desagradable episodio que vivió durante su escapada, ya que le hizo plantearse muchas cosas y ninguna de ellas agradable. Encontrar esos sentimientos en su interior le recordaba que no era lo que creyó ser. Que no tenía razón. La llama de la vela que lo esperanzaba para un día volver a ser el que fue brillaba con cierta fuerza ya. Respiró aliviado.

El camarero se acercó a él por segunda vez para insistirle en traerle algo de beber. Él, amablemente, volvió a responder que no. Prefería esperarla a ella.

Miró el reloj de su teléfono móvil y, ya de paso, comprobó si tenía cobertura por si ella lo llamaba. No era normal que se retrasara tanto aunque, pensándolo bien, quizá le estuviera fastidiando adrede. Todo lo que ella decidiera estaba más que justificado y ya llegaba más de un cuarto de hora tarde. Y sí, tenía cobertura.

Miró a su alrededor. Era la segunda vez que pisaba aquel lugar y cada vez le gustaba más.

Ubicado en el madrileño barrio de Lavapiés, el bar El Botas era un sitio curioso. Curioso para bien, no en el mal sentido de la palabra. Nada más llegar, el cartel exterior —que parecía sacado de una vieja película del Oeste— anunciaba lo atípico del lugar. Al entrar no es que fuera rompedor, sacado de otro mundo, pero sí era cierto que se respiraba cierto aire atrayente que hacía sentir como en casa a cualquiera que pusiera un pie dentro. Esto, añadido al excelente trato de los que allí trabajaban, lo convertían en un cóctel de muy agradable sabor. Pero si había una cosa que llamaba la atención a Nicolás, por encima de todo, era que el dueño librara una particular lucha en contra de la Sociedad General de Autores Españoles, mejor conocida como la SGAE. Y es que dicha sociedad se encargaba de cobrar un canon mensual para que se pudiera poner música en los locales españoles de los artistas inscritos en ella, que básicamente eran todos los conocidos. No obstante, el dueño de ese curioso negocio se negaba a pagar por la música y, por ende, solo pinchaba a grupos de rock que no estuvieran inscritos en dicha sociedad. Una forma de ser rebelde que al inspector jefe le encantaba.

Volvió a mirar el reloj de su teléfono. ¿Cuántas veces iban ya?

Lo que más le preocupaba de todo aquello, por decirlo de algún modo, era cómo sería aquel reencuentro que estaba a punto de producirse. Lo había visualizado ya varias veces en su cabeza y en ninguna de ellas él salía bien parado. Conociendo a la inspectora jefe Garmendia, y más teniendo en cuenta los acontecimientos anteriores, Nicolás apostaba por una Tercera Guerra Mundial en toda regla. No tardaría en comprobarlo porque Sara acababa de entrar por la puerta y miraba de un lado a otro, buscándolo.

Pese a que apenas llevaba abierto media hora, un buen grupo de personas se congregaban en el bar, pero no le costó localizar a Nicolás.

Se acercó a él con paso decidido. Lo que esperaba que sucediera con Alicia y no sucedió, sí pasó con Sara. El guantazo resonó en todo el bar muy por encima de la música. Muchos de los allí presentes se giraron y clavaron la vista en un impasible Nicolás, que la miraba con ojos comprensivos. Algunos rieron tras la sonora manotada; otros simplemente abrieron mucho los ojos, incrédulos. Ellos no lo sabían, pero intuían que debía merecerla. No se equivocaban, Nicolás también lo creía así.

No quería tocarse la cara. Le ardía, pero quería mantener la compostura sin entender muy bien por qué. La gente ya había vuelto a lo suyo porque lo único que hacían los dos era sostenerse la mirada, no de una manera desafiante, pero sí con determinación. La que rompió esa circunstancia fue ella, que agarró uno de los taburetes y lo puso cerca del suyo. Tomó asiento. Un leve gesto al camarero sirvió para que este fuera directo a por un vaso en el que introdujo dos cubitos de hielo y vertió la cantidad justa de Jack Daniels. Lo colocó frente a ella.

—¿No vas a pedir nada? —preguntó la inspectora jefe sin mostrar ninguna emoción.

—Un Nestea.

Ella cerró los ojos tras haber enarcado previamente las cejas. El camarero regresó con una pequeña botella y un vaso. Lo dejó frente a él y se fue.

—No sé qué decir... —comentó Nicolás.

—Si tú no lo sabes, no esperarás que yo sí lo sepa. Aunque te diría unas cuantas cosas que me vienen de pronto a la mente.

—No te cortes, si es lo que quieres.

—No. No te daré el gustazo de llamarte lo que eres, puto cobarde de los cojones.

—Parece que ya lo has hecho. —Nicolás vertió el contenido de la botella dentro del vaso y dio un pequeño sorbo. Tenía la garganta seca.

—Créeme que no. Es lo mejor que pienso de ti ahora mismo.

—Lo entiendo. De todas maneras, Sara, si lo que querías era insultarme, lo podrías haber hecho en el trabajo. No creo que nadie se hubiera sorprendido por lo que me hubieras dicho. No sé por qué has querido que quedemos aquí.

Sara bebió un sorbo de su bebida mientras lo miraba, ahora sí, de un modo chulesco.

—Porque eres gilipollas, pero yo también lo soy. Estoy preocupada por saber qué ha sido de ti este tiempo. No soy como tú, Nicolás. Me preocupa saber si has estado o no bien. Si lo sigues estando.

¿Qué te puedo decir? ¿Que ha sido maravilloso? ¿Te engañaría?

—No.

—Ahí lo tienes. No. Nada. Nada ha ido bien. No lo hice bien. No lo hago bien.

La inspectora jefe hizo una pausa. La sombra del victimismo planeaba ahora mismo sobre Nicolás y ella no quería contribuir a darle pábulo. Tomó un sorbo más y le lanzó la inevitable pregunta:

—¿Me cuentas dónde te has escondido?

—Ahora mismo no —contestó Nicolás al tiempo que negaba con la cabeza—. No es que la historia sea larga en sí, pero sí que tiene sus puntitos duros que no me apetece revivir ahora. Más que nada porque creo que me descentraría de otras cosas.

—Al menos has vuelto.

—Ya, porque creí que había matado a Carolina. Si no fuera así, seguiría desaparecido.

—¿Es lo que te gustaría?

—No.

—Vaya. Lo has dicho rápido y pareces convencido. No me lo esperaba.

—Me arrepentí en el mismo momento en el que me largué. De hecho, tenía que convencerme fuertemente para no dejar de pisar el acelerador en mi huida. He reflexionado estos dos días y creo que no fui cobarde por irme, lo fui por no haber admitido mi error y volver. El primer impulso era inevitable. El resto es lo que es inexcusable.

Sara no esperaba una confesión tan madura por parte de él. Quizá fue eso lo que hizo que desistiera de su actitud, tan al ataque y a la defensiva al mismo tiempo. Algo que, por otra parte, se hizo prometer a sí misma que no ocurriría.

—¿No dices nada? —preguntó Nicolás al ver que tardaba un rato en responder.

—No me lo esperaba, supongo. Pensé que vendrías con una actitud tipo: «Me importa todo una mierda». Hasta me dijeron que parecía que te habían sacado de los años setenta cuando regresaste el otro día. Aunque ahora no sé si lo haces para que me ablande. Y si fuera así, sí que no te lo perdonaría.

—No. Sé que ahora dudas de cómo soy, pero que también tienes claro que no soy de ese tipo de personas. No me siento capaz de tratar de infundir emociones en nadie. Solo me apetece olvidar todo lo que ha pasado y centrarme en el ahora. Y, bueno, en lo que vendrá. Es egoísta por mi parte, lo sé, no está bien meter la cabeza en un agujero en el suelo y fingir que nada ha pasado, pero, ya digo, solo quiero vivir el presente.

—¿Y qué presente es?

—Uno que parece estar anclado en el pasado. Es como si viviera mi particular día de la marmota. Es una puta mierda constante.

Sara no sonrió ante lo que pretendía ser un guiño gracioso de Nicolás. No por nada, pero es que nunca le hizo especial gracia la película en la que Bill Murray despertaba una y otra vez reviviendo el mismo día. No tenía una buena razón, pero hasta le producía cierta tirria.

—De todas maneras —repuso Sara—, no es algo que estés viviendo tú solo. Te lo recuerdo.

—Ya... llevo dos días tratando de alejar el espectro egocéntrico que me persigue, pero no es fácil. He sido el centro del universo durante mucho tiempo. —Sonrió levemente.

—Tampoco te estoy diciendo eso. En cierto modo sí eres el protagonista de su obra de teatro. No verlo es de imbéciles. Fernando tiene una especial fijación por ti. Te necesita para darle sentido a sus actos.

—Imagina lo que me gusta escuchar lo que me dices.

—No, no lo tomes por donde no es. Sobre todo si no lo has elegido tú. No sé, no creo en el destino ni en todas esas mierdas, pero tú trabajabas en Alicante cuando todo empezó. Pudo ser otro, pero fuiste tú. Que él, a partir de ahí, lo tomara como un pulso personal en el que necesita demostrarse constantemente que está por encima de ti, no es culpa tuya.

—El problema es que sí lo está.

—Siento decirte, como psicóloga, que no es así. La necesidad de demostrarlo es fruto de su propia inseguridad. Una persona que tiene el convencimiento de que es mejor que otras, aunque suene mal decirlo así, no trata de confirmarlo una y otra vez. Ya te lo dije: eres su némesis y todo lo que engloba el concepto es mucho más complejo de lo que te pueda explicar ahora. Necesitaría tres o cuatro más de estos y me parece a mí que no —dijo señalando su vaso.

El inspector jefe comenzó a sonreír.

—¿Qué? —repuso.

—Que me hace gracia cómo ha girado todo. Hace unos minutos has entrado y me has arreado un sopapo. Ahora ya hablamos de trabajo. De Fernando y de sus cosas. Es inevitable.

—Y tanto que lo es. Es que la situación no da para otra cosa. Por cierto... ¿cómo llevas lo de Carolina? A ver, me lo imagino, pero sería mejor escucharlo de tu boca.

Nicolás midió bien su respuesta.

—Contigo puedo ser sincero. No me entiendas mal, no es que con los demás no lo sea, pero siento que puedo contarte al cien por cien lo que pienso. Que tú me puedes entender.

—Adelante.

—No sé lo que pienso. No me mires raro porque es la verdad. Con lo de Carolina me siento muy raro. Como si no estuviera pasando. Como si no fuera verdad.

—Pero, Nicolás, sí lo es...

—Ya, ya. Creo que no sé explicarme bien. Lo que siento es como si todo sucediera lejos de mí, como si no fuera conmigo. Y es muy raro, lo sé.

—Bueno... visto así no es tan raro. Supongo que todavía no eres consciente de lo que está pasando. Como si estuvieras en una especie de fase de negación. No es excepcional si tenemos en cuenta que te quedaste en estado de shock con varias noticias: primero, que murió; luego, que no era ella y, más tarde, que está secuestrada. Son demasiados cambios de chip. No te comas demasiado la cabeza con ello.

Nicolás suspiró. Lo que le acababa de contar Sara ya lo sabía, pero necesitaba oírlo de su boca para convencerse de que no era un loco por no llorar como un poseso por lo de Carolina.

—Supongo que no tengo derecho de preguntártelo, pero ¿tú qué tal este año? —dijo el inspector jefe.

—No sé qué te gustaría oír. ¿Que estuve hecha una mierda? Sí, al menos un tiempo. Pero tampoco te puedo mentir y decirte que mi vida se resquebrajó por completo con tu marcha. No. Te recuerdo que mi madre acababa de morir asesinada y esa ha sido mi mayor pena durante todo el tiempo. Hablar de superación o no no me apetece porque no estoy segura de ello, pero sí es cierto que lo llevo mejor que antes.

Sara hizo una pausa larga tras pronunciar esas palabras. Nicolás se percató enseguida de que parecía pensar algo que la preocupaba.

—¿Qué pasa?

Ella meditó la respuesta. Estuvo a punto de contarle algo, una cosa que en los últimos días le quitaba el sueño, pero prefirió no hacerlo. Ahora no era el momento. Negó con la cabeza y continuó hablando:

—Sí, me jodió que nos dejaras tirados como a perros. No me importa si lo hiciste por unos motivos u otros, el caso es que me jodió. Pero lo que más me ha fastidiado de todo son los ojos con los que me miraba la gente en el complejo. Quedé como una pobre abandonada y me ha tocado mucho la moral. Me ha hecho ponerme una nueva capa sobre las que ya tenía.

—¿Como una pobre abandonada? Si nadie sabía...

—Venga, Nicolás, no me vengas ahora con esas. La gente cotilleaba incluso antes de que pasaran cosas entre nosotros. La necesidad de morbo es innata en el ser humano y en nuestra puta comisaría han ido a recaer los más chismosos de toda la península. Se notaba la atracción entre nosotros. Después fui la abandonada. No soy especialmente paranoica y me di cuenta enseguida. Fíjate, la única persona que no me miraba así fue tu amiguito. Nos hemos cruzado muy poco porque nos evitábamos, pero yo sí veía en sus ojos el abandono que querían ver en los míos.

Nicolás agachó la cabeza.

Tardó unos segundos en volver a alzarla.

—Alfonso dice que me perdona todo lo que pasó, pero no estoy seguro de que sea cierto.

—Sí lo es. No lo conozco, ni tengo intención, ya que es un gilipollas, pero tampoco hay que ser un experto para observar los lazos de amistad que os unen. Un amigo lo perdona todo. Hasta un dolor tan grande.

—Espero que así sea.

—En fin, Nicolás, mi intención no era estar mucho tiempo aquí. Solo quería darte el tortazo y poco más. Además, en un rato tengo una reunión con Brotons y...

—Te recuerdo que yo también voy.

—¡Coño! Es verdad, que ahora ya estás a mi altura en el escalafón. Enhorabuena por el cargo, supongo.

Nicolás se encogió de hombros.

—Sea como sea —continuó— solo pretendía venir y darte la hostia. Y como ya lo he hecho, me marcho para el curro. De todas maneras me alegra que hayamos hablado y solucionado ciertas cosas. Ahora solo me queda decirte que puedes contar conmigo y los míos para atrapar a ese puto chiflado. Es más, me voy a reafirmar en la reunión de inspectores jefe con Brotons. Será un placer que volvamos a trabajar juntos.

Dicho esto, se levantó de su asiento, sacó un billete de diez euros del bolsillo de sus vaqueros y lo dejó sobre la barra. Se acercó a Nicolás y le estampó dos besos. Dio media vuelta y se encaminó hacia la salida, dejando al inspector jefe sentado y sin capacidad de reacción.

De pronto se detuvo en seco y volvió la cabeza.

—¡Ah! Y como sé que ahora empezarás a especular cosas tú mismo, te ahorraré trabajo. Antes de que volviéramos a tener algo más allá de una amistad me arrancaría las veinte uñas, una a una. Nos vemos en un rato en Canillas.

Se marchó.

Nicolás no supo qué cara poner. El camarero reía.

Salió del bar con la esperanza de encontrar a Sara por allí cerca aún, pero parecía haber partido a toda pastilla porque allí no vio ni rastro de ella.

Su teléfono móvil comenzó a sonar. Lo sacó del bolsillo. Era Brotons.

Respiró profundamente antes de contestar. Todavía le quedaba un rato para entrar de servicio y no le gustaban las llamadas inoportunas. ¿Era otro hándicap que resaltar respecto a su nuevo puesto? Porque si iba a ser así...

Descolgó.

—Dígame, comisario.

—Valdés, necesito que venga con la máxima urgencia a mi despacho.

—¿Qué pasa?

—Venga.

El comisario colgó y Nicolás se quedó con cara de imbécil, no entendía nada. Un imbécil que se acababa de poner blanco de la impresión y que se montó tan rápido en su coche como sus piernas le permitieron.

13

Cualquiera que hubiera visto correr a Nicolás por el complejo policial de Canillas hubiera creído que estaba loco. Y él no descartaba la opción, en realidad. Desde que recibió la llamada del comisario desactivó en su cerebro absolutamente todo lo racional. De hecho, ni pensó una sola vez en el poema que dejó Fernando, algo que se alejaba de lo que creía que haría. Además de ello, se saltó todas las normas de circulación del mundo ayudado por la luz azul que puso sobre el techo de su Peugeot 407. Era, creía, la segunda vez que la ponía. Y ya hacía unos años de eso.

Optó por no usar el ascensor. Subía por las escaleras dando unas zancadas que le ahorraban dos escalones cada vez. En apenas unos segundos se plantó en su unidad. No dejó de correr. Quería llegar al despacho de su jefe en un tiempo récord. Se topó de cara con Alfonso. Regresaba al despacho de los inspectores con un taco de folios en la mano. Cuando vio a Nicolás con el rostro desencajado, casi se le sale a él el corazón por la boca.

—¿Qué pasa? —acertó a decir.

Nicolás, que se detuvo en seco, no comprendía qué pasaría para que ni su amigo lo supiera.

—¿Tú no sabes nada? —preguntó.

—¿De qué me hablas? Me estás asustando, hostias.

—No lo sé, me ha llamado Brotons para que viniera a toda leche. Voy a su despacho, luego te cuento.

Y volvió a correr. Alfonso se quedó perplejo, pero con un ritmo cardíaco preocupante en su caja torácica.

Nicolás entró en el despacho de su jefe sin avisar. Si quería que corriera, esto era lo que tocaba.

Cuando pasó, el rostro de Brotons era justo lo contrario al de Alfonso. Se veía verdaderamente preocupado. Y lo peor no era eso, era cómo miraba a Nicolás.

—¿Qué coño ha pasado? —dijo el inspector jefe sin importarle su rango.

—Valdés, necesito que se calme en la medida de lo posible. La señorita Blanco está bien, pero...

—¿Pero?

—Será mejor que lo vea usted mismo.

El comisario giró la pantalla de su ordenador y se la mostró a Nicolás.

—¿Otro vídeo?

—No exactamente, fíjese.

Nicolás lo hizo y vio que la imagen era muy parecida a la de la otra vez, solo que con algunos detalles diferentes. Algunos de ellos, muy preocupantes. Se veía a Carolina sentada sobre un colchón. Leía un libro, al parecer. Fernando no aparecía en la imagen. Hasta aquí todo bien, el problema era una serie de números que se veían en la parte inferior. Más que nada porque parecía una cuenta atrás. En esos momentos lo que mostraba era: 72.43.13. Al lado de la cuenta también se veían cinco figuras humanas pixeladas. Muy parecidas a unos emoticonos, aunque un tanto cutres. La primera de todas se veía tachada. La quinta parecía representar a una muchacha con una corona.

Nicolás respiraba fuertemente observando los números.

La cuenta iba hacia atrás sin que él pudiera pararla. El comisario lo observaba concienzudamente, temiendo su reacción. Una que, por otro lado, hubiera sido lógica, aunque le hubiera dado por destrozar muebles. Aun así, tenía que impedir lo último.

—Entiendo la de cosas que se le pueden pasar por la cabeza, Valdés, pero tiene que refrenarse.

—Estoy calmado —mintió sin dejar de mirar la pantalla.

—Esto lo cambia todo, lo sé, pero reaccionaremos como debemos para lograr atrapar a ese cabrón en el tiempo que nos da.

—Lo sé.

El comisario, que no veía normal la reacción de Nicolás, optó por levantarse de su asiento. Quería contenerlo a toda costa. La puerta de su despacho sonó. Brotons ya sabía quién era.

Mario Pedraza, inspector jefe encargado de la sección de ciberseguridad de la Unidad Central de Ciberdelincuencia entró. Nicolás se volvió para ver quién era y sintió un gran alivio al ver pasar a Mario, con quien mantenía una excelente relación profesional y en el que podía confiar para llegar al trasfondo del asunto.

Mario era un tipo joven y atlético. Forofo del fútbol y fan acérrimo del Getafe. Su imagen distaba mucho de la que cualquier persona generaba en su cabeza cuando imaginaba a un experto informático de su calibre, pues era un hombre muy atractivo que desbordaba confianza en sí mismo, pero sin llegar hasta el extremo de la prepotencia.

El inspector jefe Pedraza no se anduvo con rodeos y se colocó frente a la pantalla del comisario.

—¿Cómo lo ha recibido?

—Un email con el enlace.

—¿Otra vez a su mail personal? No puede ser, nosotros...

—No, ahora al profesional.

—Hijo de puta... sabía que este estaba vigilado. ¿Dice que un enlace? ¿Puedo?

El inspector jefe señalaba su teclado. El comisario asintió. Mario y Nicolás se miraron fugazmente. Todavía no se habían visto desde su regreso, pero ya se saludarían más tarde. Pedraza giró la pantalla y tomó el ratón al tiempo que comenzaba a teclear algo que solo él veía.

Brotons seguía pendiente de Nicolás. Al cabo de un par de minutos el inspector jefe de la UCC a se levantó del asiento del comisario.

—Es *streaming* y sí, en principio se puede rastrear. A ver, no sé qué nivel de conocimientos informáticos tiene el loco este, pero tendrían que ser avanzados para utilizar TOR para crear toda la locura y ocultar al máximo el servidor. La dirección web que nos manda creo que está enmascarada y eso me despista. Hay que analizarlo bien con mi equipo.

—¿Qué narices es TOR? —replicó el comisario.

—TOR es un navegador que sirve para acceder a la Dark Web. Pero ya digo que, para hacerlo bien por ahí, pero bien bien, tendría que ser bastante bueno y no sé por qué no me lo imagino. Supongo que habrá tirado de tutoriales, que los hay, y lo más normal es que haya utilizado algunos servidores VPN alojados en diferentes países.

—¿Y eso, traducido en tiempo?

—Unos días. Ya veo que dispongo de tres como mucho y nos va a obligar a correr como nunca. Si mis cuentas no fallan, cada VPN estará en un país distinto. Pues nos toca, con cada uno de ellos, pedir una comisión rogatoria internacional para que nos dejen realizar un volcado de esos servidores y, a partir de ahí, llevar a cabo un análisis forense.

—Joder, me cago en la puta. ¿Sois capaces en menos de setenta y dos horas?

—Utilizando a todo el personal y dividiendo bien el trabajo, quizá... Depende de los países y si disponemos acuerdo con ellos. Con muchos de Europa del Este no podemos. Es complicado, pero...

—Mario... —insistió Nicolás.

—Vale. Me voy. El acceso al *streaming* es público, ya me he reenviado el link. Por favor, hay que hablar con el juez del caso y que solicite de inmediato el uso de todos nuestros medios para que ayuden. Si no es así, me temo que va a ser imposible.

—Eso es cosa mía —afirmó Brotons—. ¿No se puede hacer algo más aparte? Bajo manga.

—Lo siento, comisario. Ya sabe cómo funciona. Hay que pedir los permisos, que luego con cualquier tontería nos lo tumban todo en los juicios.

—¡Hostia! Me dan igual los permisos, lo único que quiero es salvar su vida.

—Lo sé, comisario. Aun así no lo arreglaríamos todo en unos minutos. Hay que ver cómo y de dónde viene la señal. Con su ordenador ha demostrado que al menos conoce cómo moverse. Le ruego paciencia.

Brotons soltó un bufido exasperado y asintió con desgana. El inspector jefe Pedraza se levantó y se acercó a Nicolás. Le puso la mano sobre el hombro. No dijo nada, pero con ella demostraba que comprendía por lo que debería de estar pasando y que, de alguna forma, contara con él.

Una vez hecho esto salió.

Brotons volvió a tomar asiento en su silla y se puso las manos detrás de la cabeza al tiempo que apoyaba los codos en la mesa.

—Esto es demencial. ¿A qué coño juega?

—¿Puede ponerme otra vez la señal en directo, por favor?

El comisario giró de nuevo la pantalla.

Nicolás miró una vez más a Carolina. Parecía ajena a todo lo que sucedía. Se preguntó si sería consciente de la cuenta atrás. Seguramente no. Era imposible que estuviera ahí tan tranquila, leyendo, si supiera que en menos de setenta y dos horas ese maníaco pretendía acabar con su vida. Tampoco pudo evitar imaginar cómo pudo ser su último año ahí encerrada, en el zulo. Entonces fue consciente de que él había vivido situaciones duras, pero nada era comparable a permanecer más de un año metida entre esas cuatro paredes, sin tener claro qué iba a ser de ella al día siguiente, si viviría un nuevo amanecer. Sintió una necesidad imperiosa de estar ahí, junto a ella. De abrazarla y prometerle que todo iba a salir bien. Lo malo es que ni él mismo se lo creía. Y lo peor era que seguía sin sentir la punzada en el estómago que le advirtiera de que todo aquello era real. ¿Por qué? ¿Qué ocurría en su interior? Tenía la explicación de Sara, pero no le valía. O no quería que le valiera.

Miró el reloj en la esquina inferior del ordenador. Faltaba todavía media hora para la reunión programada para los inspectores jefe y que fue convocada por el comisario jefe. Se levantó de su asiento.

—¿Adónde va? —preguntó Brotons.

—Ya ve, el reloj corre. No hay tiempo que perder. Voy a contarle las novedades a los otros inspectores y a rezar para que ellos me cuenten cualquier cosa a mí. Nos vemos en media hora en la sala de reuniones.

El comisario asintió y Nicolás salió de su despacho.

Se dirigió con premura al que compartía con los otros inspectores, el cual no cambiaría por uno propio, a pesar de que ahora le correspondía por ser inspector jefe.

Inevitablemente, en el primero en quien se fijó fue en Alfonso. Estaba sentado frente a su mesa de trabajo con cara de pocos amigos y con una pierna cruzada sobre la otra. Al lado de su teclado había lo que quedaba de un bocadillo de calamares. Gràcia y Rossi trabajaban con sus respectivos ordenadores, ajenos a lo que acababa de suceder.

Nicolás no perdió tiempo en contarles todo lo que había

visto en el despacho del jefe. Cuando lo hizo, ninguno de ellos pudo ocultar su preocupación por el nuevo giro del caso. Al que más se le notaba era a Alfonso, que hasta respiraba nervioso.

—Por favor —continuó hablando Nicolás—, no nos dejemos llevar por la presión añadida y trabajemos igual, solo que sin perder un segundo en tonterías. Parece que no, pero todavía tenemos tiempo.

Alfonso se sorprendió frente al alarde de optimismo de su amigo. Tenía claro que no era real, que era impostado, pero al menos se esforzaba para no salir corriendo de allí, como seguramente le apetecería. Igual que a él.

—Bien. Antes de contaros lo que he averiguado yo, me gustaría que me contarais cómo vais vosotros. ¿Alfonso?

Este respiró hondo para quitarse parte de la rigidez que había acumulado desde que había visto a Nicolás llegar corriendo por el pasillo. Habló:

—Por la mañana he estado junto a los padres de Laura Sánchez, creo que os podéis imaginar cómo están. Lo único que he sacado en claro del encuentro es que he perdido el tiempo reuniéndome con ellos. No me han aportado nada.

—No quiero que suene racista, pero...

—Vale, aquí sí que me ha servido. Son más blancos que la leche —lo cortó de pronto—. Ya sé por dónde vas y me he fijado en ello. Yo también creo que Fernando sigue con su cruzada contra aquella gran trama de bebés robados. Y respecto a lo de racista, a ver si nos hacemos todos un favor y nos dejamos de gilipolleces. Estoy hasta los cojones de tanto «correctismo» a la hora de hablar. ¿Qué pasa? ¿Si digo que una persona es negra lo digo para insultarla o reírme de ella? ¿Si digo voy al chino también, porque la persona quizá sea vietnamita? En serio, ya me tiene hasta la polla tanta piel fina. Las putas redes sociales nos están volviendo mongolos. Ah, vale, que esto tampoco se puede decir sin ofender a nadie. Ya en serio, a partir de ahora en este despacho se habla como a uno le salga de ahí siempre que no se falte de verdad el respeto a nadie. Si no se dice para ofender no se ofende. Y punto.

—Vale, tienes razón —claudicó Nicolás. En circunstancias normales le hubiera reprendido por aquella salida de tono, pero entendía que necesitaba liberar tensión y esa era su forma—. Entonces, ¿pedimos al juez una orden para una prueba de ADN?

—No, creo que puedo telefonearles y explicarles la situación. Dadas las circunstancias no creo que se nieguen a colaborar. Sobre todo si pueden contribuir a salvar vidas.

—Alfonso...

—Lo haré con tacto, de verdad. No les pienso echar en cara lo que hicieran o dejaran de hacer para tener una hija. Ha pasado mucho desde eso y no aporta nada.

—Está bien. Hazlo así y a ver qué dicen. ¿Gràcia?

—Todavía no hay rastro de una denuncia por desaparición que nos valga. No es tan raro si, por ejemplo, la chica vivía sola. Hasta que algún familiar, digamos su madre, si la tiene, la eche en falta, me temo que no habrá suerte. Y lo que cuento ya es mucho suponer. Tendrá que seguir en el depósito sin identidad hasta entonces. Hemos probado suerte con las necro y nanay. No es nada raro. Siempre he dicho que es conveniente robar un Phoskito y así disponer de nuestra ficha policial para poder ser identificados. La maldita ley de protección de datos nos está fastidiando mucho, porque ya sabríamos quién es si pudiéramos tirar de huella de DNI, aunque ahora no voy a entrar en eso. De Científica no hay noticias. Hasta donde sé están desbordados, aunque, por lo que vi en el escenario, dudo de que aporten cualquier cosa que nos aclare el caso.

—Bueno, supongo que irá lento y, que me perdonen la víctima y su familia, pero es lo que menos me interesa ahora. ¿Rossi?

—Bueno —contestó—, he avanzado un poco. Al menos he conseguido explicarme varias cosas. Ese amigo tuyo, el tal Paolo, es bueno, muy bueno. En apenas una hora me ha llamado y le ha faltado solo contarme el grupo sanguíneo del fallecido.   Sacó una pequeña libreta con anotaciones y empezó a leer. Que la usara, tal como le gustaba a Nicolás, hizo que sumara puntos en su apreciación personal hacia él—. A ver, Marco Draxler, natural de Perugia, Italia. Treinta y siete años, ingeniero informático, en electrónica y no sé qué más. Un crack, el pobre. Trabajaba como informático en la misma empresa que Carolina Blanco, la de las excavaciones históricas esas, supervisando que todo el equipo estuviera en orden. También parece ser que había diseñado un programa que les servía para sus trabajos buscando dinosaurios o lo que fuera. Lo último que se sabe de él es que trabajaba en una excavación por allá por Israel, pero se encontraban en un tiempo muerto debido a no sé qué historia de fondos de los patrocinadores. Eso no lo he entendido bien. El caso es que vivía en Roma, en una dirección que no viene al caso, con una mujer que responde a la descripción de Carolina Blanco. Lo ha sacado preguntando a los vecinos. Ha estado investigando a fondo, se ve, porque hasta me ha contado que ambos tomaron un vuelo sin escalas Roma-Madrid el 23 de septiembre del año pasado.

Nicolás hizo memoria.

—Joder, si no me equivoco, Fernando estaba a punto de matar al abogado. Fue por esa fecha, ¿no? —le preguntó Nicolás a Alfonso.

—Por ahí, seguro.

—Bien, como decía, vinieron a España. Evidentemente tu amigo Paolo no ha sido capaz de averiguar nada acerca de los motivos por los que vinieron a nuestro país. Ha pedido una orden para que la compañía de teléfonos que tenía en Italia le facilite un registro de llamadas que luego me pasará, pero ambos coincidimos en que fue una puta casualidad. No hay nada que indique que hubiera un factor externo que los hiciera venir aquí. Supongo que Fernando probó suerte y Carolina estaba en España. Es jodido de admitir, pero me temo que es así.

Nicolás aspiró profundamente por la nariz. Infló su pecho de manera exagerada para luego soltar poco a poco el aire. Sí, era complicado de admitir que Fernando hubiera dejado algo al azar, pero parecía que en este caso era así. Al menos otra explicación no encontraba. De todos modos, necesitaba certificarlo y, quizá, con el registro de llamadas lo consiguieran.

—¿Y por qué nadie se ha preguntado qué ha sido de él si era tan importante en su campo?

—Ah, vale, espera, que esto se me ha pasado decírtelo. —No le hizo falta leer en la libreta para contarle la razón a continuación—. Al parecer Carolina y Marco se parecían mucho más de lo que pensábamos. Ambos no tenían padres ni hermanos. Eso no quiere decir que no tuviera familia porque Paolo dice que sí que existen unos tíos en su Perugia natal, pero, a ver, seamos realistas, hay veces que pasamos años sin tener noticias sobre algunos familiares por lo que sea, por lo que no me parece tan extraño.

—¿Era huérfano entonces?

—Sí. Tampoco he creído importante indagar desde cuándo ni por qué, pues no creo que aporte nada a la investigación, pero explica de sobra que nadie lo echara en falta. En su trabajo también ha dado la casualidad de que no se le haya necesitado durante este tiempo. O que lo hayan hecho y no les haya importado que no contestara las llamadas, no sé. La única persona que podría haberlo echado de menos está secuestrada por ese puto pirado.

—Vaya con la mierda de las casualidades, coño... —se lamentó Nicolás—. Buen trabajo.

—Gracias.

—¿Qué te han contado los de Científica?

—En ese caso estoy igual que Gràcia. Nada de nada.

—Joder... Bueno. Ya vamos avanzando unos pasitos. Bien hecho, aunque como comprenderéis necesito más de vosotros. No os voy a pedir que hagáis horas extras porque no está bien, pero cuando estéis trabajando intentad darlo todo porque el tiempo se nos agota. Ahora os cuento yo.

Nicolás les relató todo lo acontecido en la autopsia.

—¿En serio? ¿Ahora se ha vuelto poeta también? —La ironía se reflejaba en las palabras de Alfonso, pero no por ello se tomaba menos en serio el asunto.

—Poeta tampoco es que sea —intervino Gràcia—, ya que parecen versos escritos por un niño de diez años.

Todos la miraron sorprendidos.

—¿Qué? Adoro la poesía. Y ya os digo yo que parece sacado de esos libros que se publican ahora de *influencers*, con unos versos de dudosa calidad.

—Pero, entonces, ¿qué sentido tiene que los haya dejado? —preguntó Rossi.

—Para nosotros, ahora, ninguno. Para Fernando estoy seguro que lo tiene todo —sentenció el inspector jefe—. Hay que investigar si las líneas son suyas o las ha copiado. Si lo ha hecho, saber de quién es y cómo se llama el poema. Nos puede decir mucho.

—Vale, pero eso puede ser rápido. Díctamelo —dijo Rossi a la vez que se giraba hacia su teclado.

Nicolás lo hizo.

La cara de Rossi al volver a girarse lo decía todo: no había coincidencias.

—No quiere decir nada, quizá sea de algún autor muy poco conocido, aunque si os digo la verdad dudo que lo haya copiado. Creo que es suyo —añadió el hispano-italiano.

—Yo también lo creo. Fernando es de dobles juegos evidentes. Es decir, le gusta dejarnos las cosas mascadas pero lo suficientemente enrevesadas para que no lo veamos. El poema tendría que ser de alguien muy conocido. Tiene que ser suyo. —El inspector jefe tomó aire—. Gràcia, ¿te pones con ello? Ya que a ti te gusta la poesía, trata de descifrar su significado. Tiene que haber algo oculto en esas palabras.

La inspectora asintió.

—Alfonso, me interesa mucho entender por qué eligió ese parque en concreto. Ya vimos cómo actuó el año pasado: abordando a las víctimas en sus casas. Sería lo sencillo. Quiero saber por qué ahí y por qué en ese punto exacto, además. Las marcas de arrastre me mosquean un poco. Tampoco entiendo por qué la asfixió, con lo que le gusta a Fernando la sangre. Bueno, aunque le hizo eso en los párpados. Pero eso tampoco tiene mucho sentido aparente. Investiga por si formara parte de algún tipo de ritual.

—Oído cocina.

—Chicos, me marcho a la maldita reunión de inspectores jefe. Si hay cualquier novedad, entráis y la interrumpís. Brotons lo entenderá. Y si no, que haga el esfuerzo.

Asintieron y Nicolás salió hacia la sala de reuniones.

14

Jueves, 9 de noviembre de 2017. 17.03 horas. Madrid
(71 horas, 56 minutos para el fin de la cuenta atrás)

Que la reunión fuera solo con personas que conocía bien lograba que Nicolás no se sintiera fuera de lugar. Cuando el comisario lo citó a la reunión creía que sería con todos los inspectores jefe de la parte de Judicial, que eran unos cuantos, pero en este caso solo eran los que de forma directa intervenían en el caso, por lo que la familiaridad fue mucho mayor de la esperada. Esto implicaba que en la sala se reunieron el comisario jefe Brotons, el propio Nicolás, Sara Garmendia y Leonard Brown. Nicolás tenía claro ya cuál era el tema que se iba a tratar. El primero en hablar fue, como era lógico, Brotons.

—Sé la tormenta de mierda que se cierne sobre nosotros, por lo que les agradezco que lo hayan dejado todo de lado para encontrarnos esta tarde. Supongo que ya están al tanto, pero ahora Valdés ocupa el puesto de inspector jefe de la Unidad de Homicidios y Desaparecidos. Supongo que todos habrán leído ya mi mail explicándoles lo sucedido. Quiero que sepan que he intentado ser lo más transparente posible con ustedes, ya que supongo que se generarán habladurías por los pasillos.

—¿Qué se sabe del anterior inspector jefe? ¿Hay noticias?

—Que ha pretendido ser león y nos ha salido gatito. Al principio hasta estaba envalentonado contra nosotros en las acusaciones, pero le ha durado poco. Ahora no hace más que llorar y suplicarnos que no lo mandemos a disposición judicial.

—Pero ¿no lo iban a jubilar?

—Así es, pero él no tiene ni idea aún. Por listo lo va a pasar mal durante unas cuantas horas.

Todos rieron.

—Bien, ahora centrémonos en a lo que hemos venido. Necesito que pongamos en común a las tres unidades para que sean una sola. ¿Han visto el enlace que les he enviado por correo?

Todos, excepto Nicolás, asintieron.

—Entonces ya son conscientes de en qué jodido punto nos encontramos. No creo recordar nada parecido en todos mis malditos años como policía. Y he estado metido de lleno en los casos del Arropiero, del Mataviejas, del Matamendigos y del Asesino de la Baraja. Con eso lo digo todo. Es una situación excepcional que debemos abordar con cabeza. Ahora ya no solo nos enfrentamos a un asesino en serie atípico, sino también a un secuestrador, por lo que la situación ya no podría ser peor. Así que las prioridades ahora mismo deben ser dos. Por un lado, hay que liberar a la señorita Blanco de sus garras. Además, haciendo lo posible por que sufra el menor daño posible. Es indiscutible. Ahora bien, no podemos descuidar a las otras víctimas que, por desgracia, parece que llegarán. Lo malo de lo último es que no hay un perfil victimológico definido por lo que...

—Perdone que le interrumpa, comisario, pero creo que sí —intervino Nicolás—. Sé que Fernando va a ir ahora a por los que quizá tengan menos culpa de todo: los que un día fueran bebés robados.

—A ver, Valdés, creo que todos lo hemos pensado al ver a la víctima del parque, pero no creo que debamos aventurarnos tanto.

—Ya le digo, estoy convencido. El inspector Gutiérrez se va a encargar de corroborar mediante un análisis genético si la víctima era un bebé robado, pero sé que va a salir positivo. Fernando no da puntada sin hilo y tengo una corazonada con esto.

—¿Y qué sentido hay en que matara, como dice, a los que menos pintan?

—Castigo —intervino Sara—. Es una forma de castigar a los padres por lo que hicieron. Si mata al hijo que consiguieron de forma ilegal los que lo van a sufrir son ellos. Podría compararse incluso a cuando mató al abogado un año atrás. Le recuerdo que primero mató a su mujer e hija con el único fin de verlo sufrir. No voy a empezar a dar una charla con las características de un psicópata, pero todos sabemos que para ellos las personas son como objetos. Medios con los que llegar a su fin. Si la meta es lograr que otros sufran, no le importará llevarse por delante a quien haga falta. Sea culpable o no.

Todos la escuchaban con atención. Más aún el comisario, que se acababa de convencer respecto a esta teoría.

—Está bien. Ya nos quedamos con ese perfil victimológico pues. ¿Cómo podríamos conocer quiénes están en la lista negra de Fernando?

Las palabras de Brotons resonaron en la cabeza de Nicolás y se activó algo en él que ya no recordaba.

—El médico tenía una lista...

—¿Cómo? —preguntó el comisario.

—El año pasado observamos que Fernando se llevó un objeto de casa del médico. Creíamos firmemente que eran documentos, por lo que es muy probable que tuviera algún tipo de archivo con las identidades de los adoptantes. Quizá para salvarse él el culo en parte en caso de hecatombe.

—Sí, pero si se la llevó Fernando... —comentó Brown.

—Así fue, pero nos queda su ordenador. Recuerdo que fue formateado tantas veces seguidas que resultaba atípico, seguramente para destruir la información que contenía. Quizá también tuviera un archivo informático. Creo que debería pedirles a los de la UCC que nos ayuden también con esto.

—¿Fue lo que se trató también sin éxito con la conexión wifi de la impresora?

—No puedo decírselo sin consultarlo, comisario, yo ahí estaba de excedencia...

Nicolás hizo una pausa incómoda. Sara lo miró de reojo. Brown ni se inmutó porque creía que era verdad lo de la excedencia.

—Sí, recuerdo que se investigó esa línea, pero, hasta donde sé, no se llegó a hacer un análisis forense del ordenador. Nos van a mandar a la mierda. Ya les hemos sobrecargado bastante de trabajo como para darles más, pero inténtelo a ver —claudicó el comisario cortando así el leve momento incómodo—. Por cierto, hablando de la UCC, me han pasado este informe. Les leo: «Hemos comprobado las cabeceras del mail y ha sido muy sencillo ubicar el lugar desde el que lo ha enviado, ya que ha utilizado una cuenta genérica y sin enmascarar. Es un ciberlocutorio ubicado en la calle bla, bla, bla»; es decir, cerca del parque donde encontraron a la chica estrangulada.

—Pero eso no nos dice demasiado —señaló Brown.

—Lo cierto es que no. Pero sería interesante resaltar cómo trata de cubrir sus acciones pese a que indica directamente que él es el responsable. En lo de la señal en directo lo comprendo, pero en esto... En fin. Que en parte ya tienen claro lo que toca ahora. Convoqué la reunión con otro propósito que ya se está retrasando bastante, referente al secuestro de la señorita Blanco. No quiero andarme con rodeos: he pedido ayuda al inspector jefe Aguilar.

Todos se miraron sin saber qué cara poner, lo que no pasó desapercibido al comisario.

—Sí, vale, ya sé el porqué de esas miradas, pero de verdad pienso que lo necesitamos. Si no, no le hubiera dicho nada. Les pido paciencia con él, aunque tenga sus peculiaridades es el mejor en su trabajo. De hecho, hoy ha llegado desde Colombia y gracias a él han conseguido liberar a dos españoles secuestrados por un delincuente que se hacía pasar por taxista. Creo que es la mejor ayuda con la que podríamos contar, dada su experiencia.

Dicho esto, extrajo su teléfono móvil con la intención de llamar de nuevo al inspector jefe Aguilar. A pesar de lo relajado de su discurso frente a sus subordinados, si a alguien le ponía nervioso ese hombre era a él.

Tras incontables tonos decidió colgar. El inspector jefe no respondía. Dejó el móvil encima de la mesa de forma violenta. El resto no se sorprendió, pues la fama del inspector jefe Aguilar hablaba por sí sola. La reacción del comisario, tras no tener más remedio que contar con él y ni siquiera poder localizarlo, estaba más que justificada.

Ni Brown ni Sara habían tratado con él anteriormente, solo Nicolás y por temas estrictamente profesionales. Pero los otros dos no y no por falta de interés, sino por un evidente pasotismo que mostraba sin ningún pudor el inspector jefe encargado del área de secuestros.

Era un tipo difícil de tratar, sobre todo de un tiempo a esta parte.

Apenas pasaron unos segundos desde que Brotons lo llamó sin éxito cuando la puerta de la sala de reuniones se abrió, sin que nadie anunciara previamente su llegada.

Ahí llegó. Su aspecto era justamente el contrario que cualquier persona racional hubiera podido esperar de un miembro del Cuerpo Nacional de Policía. Y, aún más, mucho menos de alguien que ocupaba un puesto tan importante como el suyo.

Comenzando por arriba: un pelo revuelto, en cierto modo

rizado y frondoso, que ocultaba a duras penas sendos aros plateados que colgaban de sus orejas. Asimismo, llevaba un piercing en la nariz. Esos eran los abalorios que estaban a la vista. Su rostro parecía el de una calavera por lo chupado que estaba. Sus mejillas, prominentes, serían lo que más destacaban de ella de no ser por la enorme perilla que debía de medir alrededor de unos quince centímetros. La tenía peinada en forma de trenza. Las coloridas camisetas que siempre vestía no es que añadieran formalidad a su apariencia, precisamente. Su extrema delgadez también producía curiosidad, dando la impresión de que uno de sus brazos se quebraría ante un mal golpe de viento.

Quizá lo que más sorprendía no era su imagen en sí, ya que no era tan raro verla en miles de personas por la calle que seguro vestían más estrafalariamente que el inspector jefe, lo que llamaba la atención a los que trabajaban allí era que a casi todos se les pidiera que cumplieran lo que estipulaba el reglamento en cuanto a la vestimenta. Claramente Aguilar no lo hacía. De hecho, se le llegó a apercibir en varias ocasiones al por aquel entonces inspector, pero nada lo hizo cambiar. Como a los superiores les interesaba su presencia en el cuerpo, al considerarlo, pese a todo, el más capacitado dentro de la Unidad de Secuestros y Extorsiones, hacían la vista gorda. Y eso que muchos de sus subordinados se quejaban de él aduciendo que no sabía lo que era trabajar en equipo.

Nicolás quiso dejar de lado todos los prejuicios y pensar de él que lo daría todo para localizar y, lo más importante, salvar a Carolina.

El inspector jefe tomó asiento en la silla vacía sin decir una palabra.

—Supongo que ya todos se conocen de algún modo —Brotons fue el que rompió el hielo—, pero dado que el inspector jefe pasa la mayor parte de su tiempo fuera del país, les presento a Jesús Aguilar, máximo responsable de la Unidad de Secuestros y Extorsiones del cuerpo.

Todos asintieron, él se mordía y miraba una de las uñas de la mano, como si aquello no fuera con él.

—Aguilar, ya le he contado por teléfono cómo están las cosas. ¿Ha visto el vídeo?

El inspector jefe asintió sin dejar de mirarse las uñas.

—¿Y bien? —insistió el comisario.

—La cosa está jodida —se limitó a contestar.

Los allí presentes se miraban sin saber qué decir. ¿Era todo lo que iba a aportar en el caso?

El que sí tuvo ganas de levantarse y darle un soberano guantazo fue Nicolás, pero por respeto se contuvo.

—Sabemos que la cosa está mal —Brotons se armó de la poca paciencia que tenía para no estrangular con sus propias manos al inspector jefe—, pero me gustaría que fuera más específico a la hora de contarnos sus impresiones.

—¿Qué quiere que le diga? —repuso levantando la cabeza—. La va a matar. Punto. Creo que deberían centrarse en otra cosa y dejar que ese loco haga lo que le dé la gana. Para resolver secuestros mucho más fáciles que este he necesitado el triple de tiempo del que nos ha dado. ¿Qué esperan que haga yo aquí? ¿Quieren magia acaso?

Nicolás hizo amago de levantarse de su asiento. La rabia actuaba por él. Por suerte, Sara fue rápida y le puso la mano en la rodilla, consiguiendo, para sorpresa general, que se frenara. Cuando la miró vio que ella negaba suavemente con la cabeza.

—Inspector jefe —intervino Leonard Brown—, creo que todos nos hacemos cargo de que la situación es crítica, pero lo que no vamos a hacer es levantarnos de nuestro asiento y salir con la cabeza gacha. Si no conseguimos nada, al menos no nos quedaremos con la sensación de que no lo hemos intentado. Si usted piensa así, puede irse. No creo que al comisario le importe.

Apenas hubo terminado Brown la frase, Aguilar se levantó y sin decir una palabra salió de la sala, dejando a los otros con la boca abierta.

Tardaron unos segundos en reaccionar después de lo surrealista de la situación.

—La madre que lo parió... —acertó a decir Brotons—. Está bien, sigamos la reunión, pero juro que se va a enterar de lo que vale un peine. Me da igual que le caiga simpático a la mismísima madre de la reina de Inglaterra. Le rapo el pelo al cero yo mismo. En fin —respiró hondo al tiempo que negaba con la cabeza una y otra vez—, sigamos... Inspectora jefe Garmendia, ¿qué puede aportarnos desde un aspecto psicológico del criminal?

—Bueno, no les cuento nada novedoso si digo que el caso de Fernando es único. No en el mundo, claro está, pero desde luego es un sujeto muy difícil de definir. Quizá podamos aprovechar que comparte algunas generalidades con algunos psicópatas que ya conocemos, porque lo otro me desconcierta. Nunca he tratado con alguien que cambie tanto de personalidad como Fernando.

—Espere, espere... —la interrumpió el comisario—. ¿Ha dicho que cambia de personalidad?

—Sin duda. A las pruebas me remito. Fíjese en cómo actuaba en Mors. Estuvo siete años encerrado y cambió por completo su *modus operandi* al asesinar. ¿Entenderíamos que el encierro lo volvió comedido? Desde luego. Era lo que yo creía hasta que he visto cómo se ha comportado en sus nuevos crímenes. Si lo pensamos, es como si otro asesino diferente estuviera haciéndolo en su lugar. Y en psicología criminal, hablando de la misma persona, no puede suceder. No se puede cambiar de *modus operandi* así como así, sobre todo teniendo en cuenta que muchas veces actúan dejándose llevar por filias.

—Entonces, ¿sugiere que hay una tercera personalidad actuando?

—No lo descartaría, aunque no sé si llamarlo así. Para abreviar, se diría que es una subpersonalidad la que actúa ahora. Creo que no ha dejado de ser Fernando, pero hay un otro «yo» en él que es el que actúa ahora. De todos modos, como digo, no puedo descartar que haya una tercera personalidad completa actuando. Hay demasiados factores extraños.

—Con todos mis respetos, Sara —intervino de nuevo Brown—, lo que nos cuentas me suena a disparate. Yo creo que se está riendo de todos nosotros.

—Sonará como quieras, Leonard, pero la realidad es la que es. No me he de ir demasiado lejos para explicártelo, si quieres. Solo hay que observar la dualidad Carlos-Fernando. El primero no conocía la existencia del segundo. ¿Te imaginas lo que es vivir así? Pero, bueno, no es a lo que me refiero. Quiero decir que cabe la posibilidad de que exista una tercera personalidad sin que ni siquiera Fernando lo sepa. Tal cual le sucedía a Carlos.

Todos la miraban sin saber muy bien qué decir. El comisario comenzó a rascarse la cabeza. En su mente, la racionalidad quería abrirse paso, pero la explicación de la inspectora jefe era la mejor hasta el momento. Y eso era tan esperanzador como aterrador.

—Aquí lo único que está claro —el comisario trató de reconducir aquello— es que...

La puerta de la sala de reuniones se abrió de repente. Por ella apareció de nuevo Aguilar, que traía consigo una serie de papeles. Todos lo miraron atónitos mientras cerraba de nuevo la puerta. Acto seguido fue dejando frente a cada uno de ellos varios folios grapados entre sí.

—Aguilar, ¿qué coño es esto?

—Si se lo van a tomar en serio, nos lo tomaremos en serio todos. —Se detuvo tras dejar frente a Brown los papeles, y él mismo se quedó con un juego—. Lo que os he dado es el protocolo de actuación, de manera resumida, de mi unidad frente a un secuestro crítico. Lo primero que he pensado es considerarlo bajo el protocolo de secuestro normal, pero viendo las circunstancias me lo he replanteado. Aquí está escrito cómo actuamos, para que no surjan dudas ni me comentéis gilipolleces de por qué he hecho una cosa o la otra. ¿Está claro?

Todos asintieron.

—Bien, pues me voy a mi casa a dormir un par de horas. En el avión de regreso había un puto crío llorando y no he podido ni cerrar los ojos. Supongo que vais a pasaros aquí todo el maldito fin de semana, así que ya nos veremos. Me encontraréis en mi despacho analizando las pautas que seguir, pero será cuando vuelva de dormir. Hasta luego.

Y de nuevo salió del despacho.

Todos miraron al comisario. Creían que su cara reflejaría la normalidad de conocer de sobra al inspector jefe y sus peculiaridades, pero no, su rostro también era un poema, fruto de no entender demasiado bien lo que acababa de suceder.

—Algo es algo —dijo al fin mientras miraba los papeles que acababa de dejar encima de la mesa—. Bueno, a ver, ¿por dónde íbamos?

—Hablábamos de la posibilidad de que Fernando tuviera otra personalidad sin él estar al tanto —contestó Nicolás—. Aunque, Sara, con todos mis respetos, me cuesta creerlo. Sé que es difícil de asimilar, pero Fernando es capaz de alterar su *modus operandi* cada vez que le sale de las narices. ¿Cómo es capaz de hacerlo? No lo sé, pero cada vez que quiere cambia de tercio y nos muestra una nueva locura. Es como si todo fuera un juego para él.

—¿Un juego? ¿Tú te escuchas, Nicolás?

—Ya lo sé, muere gente. Pero para él lo es. Tú misma sabes que hay rasgos de la mente psicopática que son muy difíciles de explicar. Pues este es uno de esos. Para él son como juegos diferentes. Y me preocupa porque se parece peligrosamente al que me planteó en Mors, cuando le dio por rendir homenaje a los peores asesinos en serie de la historia de España.

—¿Estaría repitiendo lo mismo ahora?

Nicolás se encogió de hombros.

—Tengo a mi equipo trabajando en ello. Cualquier idea, aunque nos parezca disparatada, podría ser válida.

—Está bien, pues contemplen la opción y confírmenla o deséchenla. Y usted, inspectora jefe, haga lo mismo con su unidad. Necesito conocer si existe una tercera personalidad; en caso de ser así, ya sería lo que nos faltaba.

—Así lo haremos —contestó Sara.

—Y ustedes, Brown, hagan lo que puedan con lo que ese sádico les va dejando.

El inspector jefe asintió.

—Pues, hala, no queda nada más que añadir. No quería pedirles que trabajaran durante el fin de semana, pero dadas las circunstancias, creo que no hace falta ni que se lo diga, supongo.

Todos asintieron. Por supuesto que irían a trabajar el fin de semana.

—Bien, pues rescatemos a la señorita Blanco y tratemos de que el número de víctimas potenciales disminuya.

Acto seguido todos se levantaron de sus asientos. No salieron de inmediato, ya que Sara, Nicolás y Leonard comenzaron a hablar entre ellos de pie.

Mientras, el comisario contestó una llamada que le acababa de entrar al teléfono móvil.

—¿Cómo? —preguntó alarmado mientras apretaba el teléfono contra su oreja.

Los otros tres se callaron de golpe.

El comisario no dijo nada de inmediato, solo continuó escuchando lo que su interlocutor le decía. Cuando colgó y se guardó el teléfono en el bolsillo, su rostro presentaba un color blanco glaciar.

—¿Qué pasa, comisario? —preguntó Sara alarmada.

Él tomó aire antes de responder:

—Era de la centralita. Les han pasado una llamada del 112. Tienen al teléfono a un tal Carlos Lorenzo, abogado. Dicen que ha llamado desorientado y que no tiene ni idea de dónde está.

Nicolás sintió que las piernas le fallaban. ¿Aquello que acababa de decir el comisario era verdad?

15

Jueves, 9 de noviembre de 2017. 19.03 horas. Madrid
(69 horas, 56 minutos para el fin de la cuenta atrás)

—Es una trampa, tío. Es una puta trampa. Vamos derechos a una maldita y cochina trampa.

Nicolás no decía ni una sola palabra. Alfonso, en cambio, no dejó de repetir una y otra vez lo mismo desde el momento en que salieron de Canillas en dirección al punto localizado por la UCC desde el que, supuestamente, se realizó la llamada. Dar con él no fue demasiado complicado. No era como en las películas, donde el interlocutor debía permanecer en línea para averiguar el lugar exacto desde el que se telefoneaba; más aún si era desde un aparato público que mostraba su número de identificador sin ningún problema. Si de verdad era Carlos el que llamó, lo hizo desde un teléfono ubicado en un bar de la calle San Enrique.

Brotons no pudo hablar con el supuesto Carlos, pero debido a la gravedad del asunto, una simple llamada al juez bastó para que en cinco minutos tuviera las grabaciones del 112 en su poder. Nicolás no quiso esperar a escucharlas porque consideró como prioritario salir a toda velocidad de Canillas para acudir a dicho bar, pero el comisario lo llamó mientras iba de camino y le comentó que, en caso de no ser él quien llamó, era una persona que podría optar a un Oscar debido a su brillante actuación. Aunque, volviendo a lo que Alfonso repetía sin cesar, Fernando era experto en preparar jugadas maestras para pillar a todo el mundo desprevenido. Y, en caso de ser esa una de ellas, iban derechos a la boca del lobo.

—Apuesto por una bomba. Sí, este ya se ha cansado de jueguecitos y quiere quitarse de en medio a todos los policías que pueda de una sola vez. Tengo clarísimo que no nos va a dar tiempo ni a pestañear, ya veréis, me cago en la puta... —Alfonso seguía a lo suyo.

—¿Serías tan amable de cerrar la puta boca? —intervino Sara, que viajaba en el asiento de atrás—. ¿Te crees que no hemos considerado que podría ser una trampa? No necesitamos que lo vayas repitiendo cada dos por tres. Sobre todo porque ya estamos con los nervios a flor de piel, joder.

Alfonso, que conducía, la miró por el espejo retrovisor y optó por no decir nada. Ya no solo por el respeto que debía mostrarle a una superiora, sino también porque tenía razón en cuanto a lo del nivel de nerviosismo que traía consigo la situación. Miró después a su derecha sin disimulo. La prueba viviente de esa tensión la tenía sentada ahí, a su lado. Nicolás no abrió la boca durante todo el trayecto salvo para contestar la llamada del comisario.

Al observarlo también sintió algo que todavía no esperaba. Y es que esa persona ahora parecía la misma, un calco exacto, de la que se marchó. El greñudo de barba larga que regresó con actitud chulesca era un disfraz —bastante malo, por cierto— que no servía para esconder al verdadero Nicolás. El que estaba ahí sentado. Ese cuya empatía algún día lo llevaría a la tumba de un disgusto, pero que, aun así, a él le gustaba y admiraba. El que mostraba al mundo una inseguridad —en este caso, porque en los anteriores no solía pasarle— que muchos veían como un hándicap pero que él creía que era una de sus mayores virtudes, ya que lo volvía más cauto a la hora de dar pasos adelante. El que con cada golpe, sin saberlo ni ser consciente, se volvía más fuerte.

Después de la reprimenda de Sara nadie más abrió la boca hasta que llegaron a la zona. El operativo se planificó de manera veloz, pero no por ello creían que fuera a ser menos efectivo a la hora de aplicarlo. La lógica les decía que debían rodear la calle en la que se ubicaba el bar por todos sus accesos posibles. Lo primero, claro, era aparcar en sus aledaños y así lo hicieron. Alfonso, más en concreto, eligió la calle Infanta Mercedes para dejar su coche. Las otras dos patrullas que los seguían aparcaron detrás de ellos. Los cuatro zetas que se desplazaron desde Tetuán dejaron estacionados sus vehículos justo en el lado contrario. Alfonso confirmó su posición con los otros agentes al tiempo que observaba cómo Nicolás se colocaba el chaleco antibalas. Lo hizo ceremoniosamente, muy concentrado en cada movimiento de sus manos mientras lo ajustaba a su cuerpo. Él lo imitó, al igual que Sara. Acto seguido, el inspector jefe sacó el arma, un gesto que los otros dos oficiales imitaron. Después, sin pensarlo, Nicolás comenzó a andar hacia el punto señalado seguido por el resto.

No se encontraban demasiado lejos del bar en cuestión, pero el camino que recorrían hasta él se les antojó eterno.

Nicolás no lo hizo porque iba a lo suyo, liderando el equipo, pero tanto Alfonso como Sara no pudieron evitar volverse hacia los ocho agentes que los seguían, arma en mano. En todos sus rostros se apreciaba determinación, a pesar de no ser tontos y entender que podían estar dirigiéndose a la muerte; aun así, no se detuvieron.

Aunque no hubiera abierto la boca, el que más firmemente creía que todo aquello era un engaño era Nicolás. En su cabeza no cabía la posibilidad de la bomba, la verdad, a Fernando no le pegaba moverse en esos terrenos, pero sí sospechaba que algo oscuro y macabro les esperaba. Lo conocía bastante como para tragarse la historia de que una personalidad que ya creían extinta había vuelto a asomarse para pedir ayuda. Y más que hubieran tenido la suerte de que hubiera actuado con cierta lógica llamando a emergencias. Demasiada casualidad. Demasiado fácil todo como para ser cierto.

Con cada metro recorrido notaba cómo la presión de su pecho aumentaba en fuerza y en intensidad. Tanto que hasta le costaba respirar. A pesar de ello, necesitaba que no se le notara. No tenía que mirar hacia atrás para saber que las personas que lo seguían sentían tantas o más dudas que él acerca de si los pasos que daban serían los últimos, por ello él debía demostrar ese aplomo que no encontraba en su interior, pero que servía para que los que iban tras él no se dieran la vuelta y volvieran a un lugar seguro.

Pero un presentimiento le advertía de algo.

Un mal presentimiento.

Cuando llegó al bar observó dos cosas. Una, que su fachada era gris y tenía un toldo de color rojo oscuro que anunciaba su nombre. Dos, que los agentes de Tetuán ya esperaban su orden desde una distancia prudente. Nicolás no fue consciente de la cantidad de policías que allí se habían reunido hasta que los vio a todos juntos. Contándose a ellos tres, casi llegaban a la treintena. Se preguntó si Alfonso no estaría en lo cierto cuando se dejó llevar por la paranoia en el trayecto y lo que querría Fernando era acabar con el mayor número de policías posible de una tacada. Actos así eran propios de un terrorista pero, viendo los derroteros que tomó el Mutilador en los últimos días, quién sabía si ahora no se dedicaba a eso.

Se arrepintió de haber rechazado la propuesta de Brotons de llamar a los artificieros por si acaso.

Pero ahora ya no importaba. Tocaba actuar.

Mediante señas, Nicolás indicó al equipo de Tetuán cómo quería proceder. Todos entendían que sería él quien primero entrara en aquel bar, pero necesitaban una confirmación que ahora les daba. Todos se colocaron en posición, tal como indicó con sus dedos el inspector jefe. Este miró a su alrededor e hizo un gesto de asentimiento con la cabeza a los policías, que lo miraban entre nerviosos y decididos a dar el todo por el todo, pasara lo que pasase.

Esto sirvió a Nicolás para que tomara la decisión de entrar apuntando hacia delante en todo momento con su pistola.

Para su sorpresa, dentro solo vio a cuatro personas y ninguna de ellas era Carlos —ni Fernando—. De hecho, dos trabajaban allí, tras la barra, y las otras dos estaban tomando una cerveza. Los cuatro miraron a Nicolás con una mezcla de estupefacción y pavor. Daba la sensación de que lo miraban como si un demonio vestido con un tutú hubiera irrumpido en el establecimiento. Al principio ninguno de ellos reaccionó, pero enseguida uno de los que bebían se levantó y comenzó a retroceder. Parecía muy asustado por lo que sucedía.

Nicolás, viendo sus caras, decidió actuar de forma sensata y sacó su placa.

—Inspector jefe Nicolás Valdés, Policía Nacional, necesito saber si hay alguien más dentro del local.

Uno de los camareros hizo un gesto como que quería decir algo, pero no le salían las palabras, probablemente por la impresión.

—¿Hay alguien más aquí dentro? —insistió.

El otro camarero negó con la cabeza.

—Replanteo mi pregunta: ¿dónde está la persona que hace un rato ha usado el teléfono público para llamar?

Los dos trabajadores se miraron entre ellos. Acto seguido uno habló, por fin:

—Se... se ha marchado. Ha sido todo muy raro.

Nicolás no pestañeaba mientras los miraba. Esperaba cualquier movimiento extraño que le diera a entender que todavía no estaban a salvo, pero no llegaba. Los cuatro hombres parecían muy asustados, así que decidió guardar su arma dentro de la funda. Los que lo seguían lo imitaron y, aunque respiraron aliviados, no bajaron la guardia.

—Por favor, necesito que me cuenten qué ha pasado.

Los dos camareros se volvieron a mirar. Uno de ellos asintió para tomar la voz cantante:

—No sé exactamente cuánto hará que ha entrado el tipo. Al principio, por cómo andaba, he pensado que iba borracho o drogado, pero enseguida me he dado cuenta de que no, que estaba desorientado pero sobrio. Entienda que son muchos años aquí y uno ya sabe distinguir. Ellos —dijo señalando a los dos hombres— ni habían llegado todavía. Me he asustado bastante al verlo así porque tenía cara de... no sé, como si estuviera muy asustado. Respiraba muy rápido y parecía ido. Le he ofrecido un vaso de agua sin que me dijera nada, pero me lo ha rechazado de mala manera. Supongo que porque estaba demasiado nervioso. Luego me ha mirado y me ha pedido un teléfono. Yo no sé si he hecho bien, pero me daba cosa dejarle mi teléfono móvil por si echaba a correr y le he señalado dónde estaba el público. Incluso me he ofrecido a echarle un euro para que llamara a quien quisiera, pero me ha dicho que no, que iba a llamar al 112, que es gratis. He tratado de escuchar lo que decía, pero solo he pillado su nombre: Carlos Lorenzo. No puedo decirle más de lo que ha hablado porque no quería acercarme por si se ponía violento. Cuando ha colgado, se ha sentado en ese taburete de ahí, ha colocado los codos encima de la barra y ha apoyado la cabeza en las manos. Parecía como si estuviera llorando, pero no le veía la cara. Así habrá pasado un par de minutos, ¿no? —Miró al otro camarero, que asintió—. Iba a ofrecerle otro vaso de agua. Lo llenaba cuando de repente se ha levantado de su asiento y ha empezado a dar pasos para atrás. Se apretaba muy fuerte la cabeza mientras lo hacía. Se ha chocado contra esa mesa y todo.

Nicolás la miró. No parecía que estuviese fuera de lugar,

pero tampoco era tan raro que ellos la hubieran recolocado creyendo que era un incidente sin trascendencia.

—Entonces yo me he acercado a él —dijo el otro camarero—, por si se había hecho daño. Seguía apretándose fuerte la cabeza y yo no entendía por qué. Cuando estaba lo suficientemente cerca, me ha dado un manotazo de repente y se ha vuelto a echar para atrás. Continuaba muy perdido, muy asustado, pero su cara era otra. No sé cómo explicarlo.

—¿Como si no fuera la misma persona? —planteó Sara.

El camarero pareció dudar sobre qué responder. Puede que pensara que aquello no tenía sentido, pero es que él lo creía tal cual lo dijo Sara.

—Sí.

—¿Era como si hubiera entrado un niño pequeño al bar y, de pronto, su cara se hubiera transformado en la de alguien que ha hecho algo muy malo?

—Bueno... no sé... más o menos. Lo segundo no lo sé, pero lo primero sí.

—Joder... —sentenció la inspectora jefe—. Sí, era Carlos. Ha vuelto momentáneamente.

Los cuatro que ya estaban dentro del bar no sabían a qué se refería la inspectora jefe, pero Nicolás y Alfonso sí, y por cómo la miraban, parecía preocuparles mucho lo que decía. Fue Nicolás el que habló pasados unos segundos.

—Sara, ¿lo crees posible?

La inspectora jefe se limitó a asentir al tiempo que seguía cavilando.

—Parad, parad el carro —intervino Alfonso—. A ver si ahora vamos a estar más locos que él. ¿Cómo, de repente, va a volver Carlos pasados tantos años? ¿Qué pasa, que su mente funciona a otro ritmo que la del resto de la humanidad? Además, ¿no era necesaria la hipnosis o que entrara en la fase REM para que pasara? ¿Es que no veis que está tramando algo?

—Alfonso, me estás poniendo de una mala hostia que si

yo te contara... —le espetó Sara—, ¿y yo qué sé ahora? ¿Piensas que he visto muchos casos así? Lo único que puedo es ceñirme a los hechos. No sé qué narices haría Fernando, pero, de pronto, Carlos ha salido. Se ha visto perdido. Piensa que es como si no hubiera vivido los últimos ocho años y, de repente, aparece en un sitio que no conoce. Es que no sé cómo debe de ser eso, pero no creo que sea agradable. Ha entrado aquí para pedir ayuda y, cuando ya lo ha hecho, Fernando ha vuelto a recuperar el control sobre su conciencia. De ahí el dolor tan intenso de cabeza de la que nos han hablado. No hay otra explicación.

—Tiene que estar actuando —comentó Alfonso en voz baja mientras se daba la vuelta.

Nicolás y Sara hicieron caso omiso de lo último y se miraron sin dejar de pensar en las múltiples teorías que les venían a la cabeza.

—Creo que lo mejor que podemos hacer, aparte de movilizar a todos los efectivos para ver si lo encuentran por aquí, es volvernos para Canillas. Necesito escuchar junto a mi equipo las grabaciones del 112. Averiguaremos si está mintiendo o no. Más no se puede.

—Vale, perfecto, pero en caso de ser cierto y que haya sufrido una crisis, ¿crees que se convertirá en habitual?

—De verdad, Nicolás, no lo sé. No he contemplado la posibilidad nunca y no sé a qué podemos atenernos. Déjame estudiarlo y ver con mi equipo si es él o no. Te prometo que te digo algo rápido, que sé que vamos mal. —Miró su reloj y mostró un evidente gesto de preocupación que desconcertó al inspector jefe, tenía un matiz extraño que no supo explicar—. Y si te estás preguntando si es bueno o malo, con una persona como Fernando detrás, no sabría qué decirte. Me da miedo todo lo que tenga que ver con él.

Nicolás asintió resoplando. A él también.

16

*Jueves, 9 de noviembre de 2017. 19.34 horas. Madrid
(69 horas, 26 minutos para el fin de la cuenta atrás)*

Fernando sabía muchas cosas.

Una de ellas era que sus piernas podían correr a una mayor velocidad de la que lo hacían. Otra, la más importante de todas, era la razón por la que le costaba tanto.

Miró a su alrededor por enésima vez. Parecía un loco paranoico, esto también lo sabía, otra cosa más que añadir, pero en estos momentos no le importaba la impresión que alguien pudiera llevarse en caso de cruzarse con él. Por más que lo intentaba no se ubicaba, lo que hacía que la sensación que ahora experimentaba, una que ni siquiera lograba definir con palabras, creciera y le oprimiera con mucha más bravura el centro de su pecho. Aparte del espacio, tampoco lograba ubicarse en el tiempo. Tanto era así que no era capaz de calcular cuánto llevaba corriendo por las calles de Madrid sin un rumbo concreto. Y lo peor, tampoco tenía claro qué haría en caso de llegar a algún lugar conocido.

Pero lo que más lo descolocaba era eso que no lograba definir y que le cortaba la respiración. ¿Qué era? ¿Era miedo? ¿Era angustia? Tal como lo notaba entonces nunca lo había sentido, era totalmente nuevo para él y, personalmente, no le parecía que fuera algo agradable de experimentar.

Se sentía desconcertado, como si su cuerpo y él fueran dos entidades totalmente ajenas la una de la otra.

Seguía sin ubicarse en el espacio-tiempo, pero no necesitaba ser un lince para darse cuenta de que tras la buena carrera que se había dado, ya debería haberse alejado lo suficiente de aquel bar en el que de pronto apareció. Todavía no tenía claro qué había pasado con exactitud. Durante su huida, su cerebro, que no era capaz de desconectar ni en situaciones límite, había elaborado ya una decena de hipótesis acerca de lo que podría haber sucedido. Casi ninguna de ellas le parecía lo suficientemente coherente y las que sí no es que le hicieran especial gracia. Tan poca como que la opresión en su pecho siguiera creciendo y él no supiera qué hacer para calmarse.

Quizá lo más sensato era detenerse y tratar de respirar hondo.

Acabó por hacerlo y, sin poder evitarlo, miró varias veces atrás. La paranoia no desaparecía.

Ver que no le seguía nadie no lo tranquilizó como esperaba. Cerró los ojos y echó la cabeza hacia atrás. Tomó una importante cantidad de aire por la nariz y la aguantó un poco dentro de los pulmones. Durante un par de segundos logró dejar su mente en blanco, cosa que ayudaba bastante. Expulsó el aire por la boca al tiempo que abría los ojos para mirar una vez más a su alrededor.

La tensión disminuyó un par de grados, aunque todavía no lo suficiente como para recuperar la lucidez de ideas que necesitaba. Ahora más que nunca.

Miró a su alrededor una vez más. No estaba totalmente solo, pero sí era cierto que no demasiados transeúntes caminaban por la calle en la que él se encontraba ahora mismo. Y esas personas ni lo miraban a pesar de su evidente alteración. Ventajas de la capital madrileña, pensó, donde ya la gente se había acostumbrado a casi todo y se necesitaba hacer demasiado ruido para que a uno le prestaran atención.

Mejor así.

Apoyó los brazos contra la pared de un edificio y trató de respirar profundamente de nuevo. Las piernas ya no le temblaban tanto como unos minutos antes. Hasta parecía que desaparecía la horrible sensación, mezcla entre electricidad, cansancio y cosquilleo que notaba desde las rodillas hasta la parte superior del muslo.

Los pensamientos coherentes parecían volver y le indicaron que el teléfono prepago que siempre llevaba consigo lo ayudaría en aquellos momentos. No era un modelo por el que la gente se hubiera dado tortazos; de hecho, era de los que solían regalar al darse de alta en alguna compañía telefónica, pero tenía las únicas funciones que él necesitaba, las de llamar y de realizar consultas por internet, así que ya le valía. Palpó sus bolsillos con la esperanza de encontrarlo, pero una nueva agitación le sobrevino al comprobar que no lo llevaba. No es que no poder consultar los mapas supusiera un desastre mayúsculo, pero sí lo sería que se le hubiera caído en su fugaz huida o, peor aún, que en el tiempo en el que no supo qué hizo lo hubiera dejado olvidado en cualquier sitio. Tomaba las medidas de seguridad oportunas antilocalización, claro, y ello implicaba que nada encontrarían en el aparato que, primero, pudiera relacionarlo con él y, segundo, que los condujera hasta el lugar en el que se escondía ahora. Pero toda precaución era poca y ya no se fiaba ni de su sombra.

Sin la posibilidad de consultar el móvil, tocaba tirar de los métodos de siempre para saber dónde se encontraba. Se giró sobre sí mismo para comprobar si desde su posición se veía el nombre de la calle. Nada. Tampoco veía ninguna señal o comercio característico que le diera la más mínima pista. Otra calle más de tantas de la capital. Todavía quedaba la vieja táctica de preguntar a alguien para que le revelara ese dato, pero ahí era cuando entraba un componente negativo que le impedía lanzarse a ello y del que era completamente consciente: su misantropía límite. Era algo que hacía demasiado tiempo que creció en él y que, sin ningún reparo, se encargó de abonar y regar constantemente, por lo que el trato con otras personas cada día le costaba más. Sobre todo con aquellas que no gozaran de su plena confianza, que se contaban con la mitad de los dedos de una mano. Le producía repulsa interactuar con otro ser humano, aunque le fuera tan necesario como en aquellos momentos.

Tragó saliva e hizo de tripas corazón: se trataba de su propia libertad.

Con un nuevo barrido visual vio a un repartidor que parecía pelearse con el caballete de su moto para dejarla aparcada frente a la puerta de un edificio. Cuando lo consiguió, se dirigió a la parte trasera del vehículo para sacar lo que fuera que trajera dentro de la cesta. Fernando necesitó de unos pocos segundos más para tragarse los últimos restos de asco y comenzar a caminar hacia él. Era consciente de que para entablar una conversación debía relajar su rostro, pero también de que aún no tenía el cien por cien del control tras el susto del bar. A pesar de ello logró colocarse la máscara que otras veces no tuvo más remedio que ponerse. Fingir era lo suyo. Todo por conseguir su meta.

—Hola, ¿qué tal? —Su tono era justo el que pretendía mostrar. La suerte parecía regresar a su lado porque realmente llegó a dudar de sus capacidades para conseguirlo—. ¿Sería tan amable de decirme qué calle es esta?

El repartidor dudó unos instantes. No era experto en ver nada reflejado en el rostro de las personas con las que interactuaba, pero ese hombre que le hablaba tenía un no sé qué inquietante en él. Como si luchara por sonreír cuando en realidad tuviera ganas de comenzar a gritar como un poseso. Como si estuviera desesperado. O quizá se lo estuviera inventando. El caso es que en esos momentos dudó incluso de ofrecerle su ayuda; de algún modo no se sintió preparado. Se limitó a contestar a la pregunta:

—Hola, claro, es la calle Martínez Page.

Fernando se quedó inmóvil, observando durante unos segundos al muchacho. No pasaría de los veinte años y él, que sí se consideraba un experto en leer emociones en los ojos de quien tenía enfrente, percibió un cierto desasosiego. La pregunta no era para tanto, era de lo más normal incluso, lo que le llevó a preguntarse si no se habría colocado la máscara como creía. Sintió la necesidad imperiosa de mirarse frente a cualquier espejo por si la imagen que le devolvía era la de alguien en quien no confiar. El atisbo de miedo que mostraba el chaval quedaría explicado. Pero eso no fue lo que más le preocupó, sino lo que vino a continuación: las irresistibles ganas de abalanzarse sobre él y arrebatarle su insignificante vida. Lo más gracioso de todo era que el chico seguro que no era consciente de lo fácil que le resultaría hacerlo y de lo frágil que era su existencia con un depredador como él delante. Él tenía en sus manos la decisión de si continuaba respirando o no.

La excitación más que evidente frente a esos pensamientos tuvo que reflejarse también en su cara, a la fuerza; si no, no podría explicar que el joven diera dos pasos para atrás sin dejar de mirarlo, asustado. Eso hizo que Fernando fuera consciente de una realidad que ahora sí le producía verdadera angustia. La presión se instaló de nuevo en él, las palpitaciones de su corazón volvieron a incrementarse —cuando él ni siquiera recordaba que alguna vez hubiera sucedido— y el cosquilleo semieléctrico regresó a sus piernas. Todo ello por saber, ya sin duda, que comenzaba a perder el control sobre sí mismo.

Esas debilidades no se las podía permitir.

¿Es que acaso el repartidor había hecho algo como para ser castigado, como las otras personas?

Ahora fue él quien dio dos pasos atrás, mientras el chaval lo miraba sin entender nada de lo que sucedía. Finalmente se envalentonó de pronto lo suficiente como para agarrar la bolsa con el pedido y, aprovechando que la puerta del edificio estaba abierta de par en par, meterse dentro a toda velocidad. De hecho, no saldría hasta que aquel pirado se esfumara.

Fernando seguía paralizado. Cavilaba, y mucho, en lo que le acababa de suceder. ¿Era el principio del fin? Primero no tenía ni idea de lo que le pasó para acabar en el bar. Una sospecha se abría paso con fuerza en su mente y no le gustaba nada. Segundo, los pensamientos que un día se prometió no tener en cuenta aparecieron como por arte de magia y, lo peor de todo, consiguieron que se excitara. Como si fueran parte de una necesidad.

La cosa se ponía demasiado fea.

No es que fuera un experto topógrafo con un conocimiento absoluto de dónde estaba cada una de las calles de Madrid, pero al menos esa sí que la ubicaba en una zona concreta. Se puso, así, de nuevo en marcha.

Caminaba lento, pero con paso firme. Ello contrastaba con el flujo de sus cábalas, que circulaban a una velocidad demencial dentro de la autopista de su cerebro. Y, todavía más, el problema se acrecentaba al ser consciente de que los coches que circulaban por la carretera de su cabeza tenían una cilindrada enorme, lo que aumentaba el riesgo considerablemente.

Según andaba trataba de poner orden de nuevo dentro de su cabeza. Lo necesitaba porque, atendiendo a lo que venía a continuación, ahora tocaba permanecer muy atento. Aquel revés no lo alejaría de su objetivo real. Quizá hasta fuera bueno para no despistarse y estar alerta para que nada se torciera. No iba a renunciar ahora al fruto de años de trabajo. Fue algo esporádico que no tenía por qué repetirse.

Es más, él no dejaría que se repitiera.

La falta de control era propia de locos, de lunáticos, y él no lo era. Él perseguía un fin. Obraba en pos de unos motivos. Sus actos estaban justificados.

No estaba loco.

17

Jueves, 9 de noviembre de 2017. 21.07 horas. Madrid
(67 horas, 53 minutos para el fin de la cuenta atrás)

Nicolás bajó del coche creyendo que ya nada más podía pasar aquel día. Que ahí, en la plaza de aparcamiento que tenían asignada y, sobre todo, a una hora ya tan avanzada del día, se acababan las sorpresas. Una vez más se equivocó. Por suerte tampoco es que fuera tan impactante como las acciones de Fernando, pero ver a Sara bajar tan apresurada del vehículo que compartían y correr hacia el suyo para abrirlo, montar en él y, de manera brusca, dar marcha atrás y enfilar hacia la salida del complejo lo dejó boquiabierto.

Quiso ser cauto y no decir nada, pero no así Alfonso, que no pudo evitarlo y soltó:

—Pero ¿esta no había dicho que se iba a poner a no sé qué del 112 en su edificio? ¿Dónde va? —preguntó.

—No sé. Lo mismo se ha acordado de algo que se había olvidado...

Alfonso, que miraba a su amigo mientras le respondía, notó algo en su tono y en su cara.

—Suéltalo, va.

—¿Qué dices?

—Que te conozco y piensas algo.

—No, nada... es que la noto rara. Cuando estábamos en el bar la notaba como ansiosa por marcharse cuanto antes. ¿No has visto que miraba mucho el reloj?

—Estaba yo en el bar como para fijarme en la inspectora jefe, solo me faltaba eso... De todas maneras no sé por qué te comes el tarro: Sara es rara. Pero rara de cojones. Es una medusa.

—Pero ¿qué hablas tú ahora de medusas?

—Coño, ¿es que no lo ves tú mismo? Se mueve por impulsos. No hay que prestarle atención.

Nicolás negó con la cabeza al tiempo que se daba la vuelta y se disponía a pasar al interior del edificio. Justo cuando iba a hacerlo, se detuvo en seco.

—¿Ahora qué? —planteó Alfonso extrañado.

—No, nada, tío. Sigue con lo de Laura Sánchez e intenta tirar de la cuerda todo lo que puedas. Necesito acercarme un momento a la UCC a ver si Pedraza está todavía por allí.

—Una cosita, Nicolás, ¿has visto los aparatitos con cámara de fotos que te permiten navegar en internet y ligar sin moverte de tu casa? Pues, aparte, sirven para llamar. Dudo que Pedraza esté a estas horas...

Pero Nicolás ya no lo escuchaba. Ya había dado media vuelta y comenzado a andar hacia la zona en la que antes trabajaba la Policía Científica y donde ahora ubicaba su sede la Unidad Central de Ciberdelincuencia, la que antes se conocía como Brigada de Investigación Tecnológica o BIT.

No tardó demasiado en llegar, ya que la entrada la tenía a unos pocos metros de donde él trabajaba. El edificio, que en un principio fue concebido para albergar a toda la Policía Judicial, tenía una planta en forma de H y, precisamente, la parte que a él le interesaba estaba emplazada en uno de los trazos verticales de esa letra. Desde fuera era muy llamativo porque, aunque el edificio fue construido todo a la vez, en los años sesenta, ese sector en concreto parecía más antiguo que el resto. Nicolás no lograba explicar bien por qué daba esa sensación, ya que el ladrillo rojo que lo revestía todo era idéntico; sin embargo, no era a él solo a quien le parecía bastante más viejo. Hasta no hacía mucho, la Policía Científica realizaba sus labores allí, pero ante la evidente falta de medios y las diminutas dimensiones de sus laboratorios se decidió crear un edificio nuevo antes que reformar toda el ala. Así que ellos estrenaron un complejo nuevo justo detrás del edificio de la UCIC —donde, a su vez, trabajaba la SAC con Sara al frente— y los trabajadores de la UCC se mudaron allí.

Nada más acceder fue directo al despacho del inspector jefe de la sección de ciberseguridad. Nicolás era consciente de que a esas horas ya no quedaría nadie del turno de día y lo más lógico sería que cualquiera de los inspectores jefe estuviera ya en casa, pero Mario Pedraza no. Lo conocía lo suficiente para saber su nivel de compromiso en función de la gravedad de un caso.

Y este era gravísimo.

La puerta de su despacho estaba cerrada. Golpeó suavemente con los nudillos. No se oyó nada. Nicolás insistió a pesar de ello. Nada. Probó a abrir la puerta él mismo, despacio.

Tal como esperaba, el inspector jefe permanecía allí dentro, con unos auriculares grotescos en las orejas e imbuido en sus cosas sin dejar de mirar la pantalla. A Valdés le llamó la atención que hubiese instalado otro monitor solo para controlar la señal de vídeo que enviaba Fernando con la imagen de Carolina y la cuenta atrás. En esos momentos ella no parecía hacer nada en especial, solo miraba la pared, embobada. Nicolás pensó en cómo sería pasar tantas horas, tantos días, tantos meses allí dentro. Se preguntó si él sería capaz de aguantarlo. Pedraza seguía a lo suyo, pero enseguida se dio cuenta de la presencia de Nicolás.

—¡Hostia! No te he oído.

—Ya veo, ya.

El inspector jefe Pedraza se señaló los auriculares.

—Me los pongo con música relajante para aislarme un poco del exterior. Aquí lo mismo no se oye ni una mosca porque todos están sin levantar la cabeza del teclado que de pronto parece que han montado una fiesta salvaje. Llevo ya un buen rato con ellos puestos, no sé ni qué hora es.

Nicolás miró su reloj a la vez que se sentaba.

—Son casi las nueve y veinte.

—¡Joder! Llevaré tres horas sin ni siquiera levantarme. Ni me había dado cuenta.

—¿Cómo vas?

—No te puedo mentir. Mal. No es que no avancemos nada, es que lo hacemos pero muy lento.

—Ya, tampoco quería venir a meteros prisa. Sé que lo estáis dando todo, pero...

—Pero quieres aferrarte a un clavo ardiendo y estás deseando que alguno de nosotros lo encuentre.

—No es eso.

—Tranquilo, Nicolás. Entiendo que esto hace mucho que se nos fue de las manos, pero tienes que confiar en que hay un gran equipo trabajando por y para el caso. ¿Sabes que no he pedido a ninguno de los míos que se quedara a hacer horas extras? ¿Sabes dónde están ahora?

Nicolás negó con la cabeza.

—Haciendo horas extras. Tenemos la maldita suerte de estar rodeados no solo de grandes policías, sino de grandes personas. Tienes que pensar que hay decenas de hombros pegados unos a los otros dándolo todo para que la situación llegue a buen puerto.

—¿Y llegará?

—Pues claro. Si no ya le explicarás tú a mi novio por qué estoy aquí en vez de duchándome junto a él. Que no veas las duchitas que nos metemos.

Ambos rieron.

—¿Y en qué punto están las cosas? —preguntó el inspector jefe Valdés.

—A ver, lo más fácil ha sido encontrar desde dónde ha enviado los mails al comisario. Ambos desde dos cíber que no creo que sean importantes en nuestra investigación. Para encontrarlos solo hemos necesitado analizar las cabeceras técnicas de los mensajes y listo. Además, no se ha complicado demasiado la vida y la cuenta desde la que lo hizo es una genérica de Hotmail, por lo que es pan comido.

—Pero ¿cómo averiguó la cuenta personal del comisario?

—¡Ah! También lo sé. Lo cierto es que creía que se habría devanado un poco más los sesos para conseguirlo, pero creó un perfil falso de Facebook y solicitó amistad a Brotons. Sí, pese a las decenas de charlas que hemos dado para que no utilicéis las redes sociales con vuestros nombres y apellidos reales por vuestros cargos, él se lo ha pasado por el forro. Pero, además, es un completo patán tecnológico y aceptaba a todo dios, sin tener ni idea de quién le pedía amistad. Una vez dentro, como tu jefe también juega a todo lo jugable en móviles y concede permisos a todo, le coló un programa de *phishing* con el cual, como mínimo, ha averiguado su cuenta de correo. Miedo me da saber qué más cosas habrá hecho con él.

—Joder, Brotons...

—Bueno, en el fondo tampoco es tan grave. Pienso que lo hizo para tocar un poco los huevos y ya está. Aunque reconozco que son muchas las molestias para eso.

—Es que Fernando es así. No hay que buscarle la razón...

—Y, por lo demás, seguimos contrarreloj para tratar de encontrar la señal de *streaming*. Ya hemos sacado el país del primer servidor, que es Letonia, y la orden no ha tardado en llegar para que sigamos rastreando el resto de los servidores. El problema es que no sé cuántos más habrá. Pero, paciencia, que llegamos —dijo sin apartar la mirada del monitor en el que se veía a la muchacha.

—Por cierto, Mario, ¿has visto el mensaje que te he mandado antes para que echarais un ojo al disco duro del médico que asesinó hace un año?

El gesto del inspector jefe se torció un poco.

—Así es, pero te soy sincero, todavía no hemos logrado sacar nada en claro. No es tan sencillo como puede parecer y no tenemos ni idea de la de formateos a los que ha sido sometido el disco duro, pero no tiene pinta de que hayan sido dos o tres solamente. El problema es que no hay más gente para llevarlo a cabo todo. Ya sabes que las guardias aquí son de un par de efectivos y las realiza gente de mi sección que, a su vez, está luchando constantemente contra los ciberataques que sufrimos casi a diario. No somos como la Científica, que tiene una unidad completa para las noches. No podemos hacer mucho más, pero ahora me daré una vuelta a ver si puedo reconocer a alguien más para ayudar. No te prometo nada si quieres que encontremos la señal de vídeo, que considero que es prioritario.

—Nada, haz lo que puedas.

—Y tú vete a descansar. Sé que al final actuarás como te salga del forro, pero funcionarás mejor si duermes unas pocas horas. Lo que viene marea solo de pensarlo. Hazme caso.

Nicolás valoró lo que el inspector jefe Pedraza le decía. Puede que tuviera razón. Ya probó lo de no dormir nada mientras se sometía a un estrés extremo y ya vio cuáles fueron los resultados, así que dejaría el ansia por resolverlo todo de inmediato aparcada y descansaría unas horas.

—Lo haré. En serio. Gracias por el esfuerzo, Mario. Cuando toda la mierda acabe te invito a lo que quieras donde la Paqui.

—Tranqui, me lo iba a cobrar.

Ambos rieron y Nicolás salió del despacho. El inspector

jefe de la UCC se colocó de nuevo los cascos y continuó con su trabajo.

Como no miraba la pantalla donde se retransmitía la señal de Carolina no vio que algo en ella cambió.

21.44 horas. Madrid

La doble puerta acristalada corredera se cerró tras ella, pero Sara no era consciente ni de que la acababa de atravesar y de haber salido al exterior. Sujetaba con sus manos el sobre de color marrón con el logo del Hospital Quirón de Madrid. Lo hacía con una fuerza innecesaria, tanta que sus nudillos se veían blancos ante la ausencia de riego sanguíneo. Así pasó unos segundos. Ni siquiera sabía cómo actuar ahora, una vez en la calle. Cuando volvió a la realidad, al menos de un modo parcial, comenzó a andar en dirección al parking en el que había estacionado su coche.

Saber que debía dirigirse ahí no implicaba que recordara el punto exacto donde lo dejó aparcado. El aturdimiento que en esos momentos experimentaba contribuía a la labor. La solución que se le pasó por la cabeza, la de sentarse allí mismo y esperar a que el parking se vaciara del todo y su coche se quedara solo, quizá no era la más inteligente. Ni siquiera posible, pues también estaban los vehículos a los que no les quedaba más remedio que pernoctar allí. Sus otros pensamientos tampoco eran los más coherentes, ya que nadie la tomaría en volandas y la llevaría hasta él, ni el vehículo se pondría en plan Coche Fantástico y se acercaría hasta su posición.

Así que lo único lógico era levantarse y deambular hasta que diera con él. Lo primero era recuperar el control de sí misma, algo harto complicado dadas las circunstancias, pero tenía que intentarlo. Mientras eso llegaba andaba y miraba de un lado a otro.

Vio una zona que le sonaba. Tenía que ser allí, así que fue directa.

No tuvo que andar mucho, pero pese a ello tuvo tiempo suficiente como para meditar en cómo su vida de nuevo había llegado a un punto en el que todo se hacía añicos. Otra vez. Perdió la cuenta de las veces que había sucedido, aunque esa, quizá debido a la extrema gravedad de la situación, eclipsaba todas las demás. Ni siquiera algo tan horrible como el asesinato de su madre a manos de ese malnacido le provocó una sensación similar, por muy feo que estuviera que fuera así.

Ahora mismo se comparaba con un cristal muy frágil que había sido golpeado con mucha violencia, que se había roto en mil pedazos y que, aun en ese estado y en el suelo, lo siguieran machacando hasta convertir cada trozo prácticamente en polvo.

Absorta en sus cavilaciones logró llegar hasta el coche. No entró de inmediato, la sucesión de pensamientos que volaban sin control dentro de su cabeza le impedía moverse con soltura. O al menos esperó que fuera por eso. Cuando por fin consiguió que sus brazos obedecieran órdenes, abrió la puerta y arrojó el sobre encima del asiento del copiloto. Después entró y cerró la puerta con fuerza. Su siguiente acto no fue nada cabal, pero le importó tres pares de narices: comenzó a golpear con fuerza el volante al tiempo que lloraba y chillaba. Con cada golpe sentía un dolor que a otros les serviría de advertencia para parar, pero ella seguía. Era tal la rabia contenida que era esta la que actuaba en su lugar. El dolor, no solo el psicológico, se volvió tan insoportable en sus puños que ya no pudo seguir más, aunque hubiera continuado durante horas si por ella fuera.

Lo que no pudo parar fue de llorar, aunque ya no chillaba. Con la cara anegada en lágrimas miró a su derecha. Ahí estaba, el maldito sobre. El puto sobre. El asqueroso sobre. Las ansias de abrirlo y releer el documento que contenía y darse cuenta de que lo había entendido mal. O mejor aún, abrirlo, releerlo y que las palabras hubieran cambiado de orden dotando al informe de un sentido totalmente contrario.

Pero ni una opción ni la otra ocurrirían, así que mejor dejarlo en su sitio.

Puede que la peor sensación fuera la de no saber qué sería de ella ahora.

Recuperando fugazmente la cordura, fue consciente de que en parte se encontraba así por la propia falta de información. Al llegar tan tarde al hospital, como era lógico, el médico que estaba siguiendo su caso ya se había marchado, por lo que nadie le ofreció ninguna explicación más allá de sus propias elucubraciones de cómo sería todo a partir de ese momento. Incluso hasta se arrepentía de insistirle tanto en que le dejara los resultados en la recepción para recogerlos en vez de esperar al lunes por la mañana. Ahora tocaba esperar igual, pero con la amargura añadida de saber qué nombre poner a lo que le sucedía y sin las pertinentes respuestas a las decenas de preguntas que se agolpaban en su cabeza.

Otra cosa que la fastidiaba soberanamente era no lograr aplicarse a sí misma la cantinela que tantas veces repitió a lo largo de su vida profesional como psicóloga. Lo de asumir y digerir los hechos ahora le parecía una auténtica mierda, un humo que vendían los que eran ajenos a un problema y no pasaban la angustia que ella experimentaba. Deseó con todas sus fuerzas creerse sus propias palabras y encontrar en ellas consuelo. El cristal seguiría hecho añicos, al menos de momento.

Unos golpes de nudillos la sacaron momentáneamente de tal vorágine. Desde fuera, un hombre de avanzada edad la miraba muy preocupado. Ella, que aún no había podido dejar de llorar, lo miró directamente a los ojos. Lo primero que trató de averiguar fue si la imagen era real o su cabeza le jugaba una mala pasada producto de la ansiedad, pero el hombre se movía y respiraba como un ser real. Y lo peor es que parecía realmente preocupado al verla así. Él le hizo un gesto con la mano para que bajara la ventanilla.

Sara consideró la opción durante unos segundos. Ella siempre aconsejaba dejarse ayudar por todo aquel que estuviera dispuesto, así que quizá no era tan mala idea hacerlo, aunque la persona que se ofrecía fuera una completa desconocida.

Metió la llave en el contacto y se volvió de nuevo hacia él aún sin abrir la ventanilla. Su gesto no varió. Reflejaba la misma preocupación por su estado. Ella pensó en la suerte de que todavía hubiera personas dispuestas a ayudar a un desconocido.

No supo por qué, pero su reacción instintiva fue dar un tremendo puñetazo al cristal. El hombre, como era lógico, cambió su semblante y se alejó del vehículo muy asustado.

Sara volvió a mirar hacia delante y puso en marcha el motor. Se secó las lágrimas y salió del parking a toda velocidad.

21.57 horas. Madrid

Nicolás salió de la UCC tratando de convencerse de que sí, de que lo mejor era dejarlo por ese día y centrarse en recuperar fuerzas para que, durante la siguiente jornada, estuviera en perfectas condiciones, tanto físicas como mentales. Sabía que Fernando les tenía alguna sorpresa reservada, ya que, si no, era imposible que llegara al plazo que él mismo puso en la dichosa cuenta atrás.

La maldita cuenta atrás.

Lo primero que hizo nada más poner un pie fuera fue pensar en el curioso episodio que vivieron en el bar. La posible reaparición de la personalidad de Carlos confería al caso un pequeño halo de esperanza. Rememoró los días vividos en

Mors, en medio de la locura, y lo recordó como una persona muy cabal, muy cauta, todo lo contrario a su *alter ego*, en resumidas cuentas. Si volviera de nuevo a la superficie, toda la locura acabaría sin que se derramara una gota más de sangre. El mejor final posible. Era una posibilidad demasiado remota, pero una posibilidad al fin y al cabo.

En fin, ojalá sucediese.

Metido en sus pensamientos se dispuso a entrar en el edificio para acabar con los últimos flecos antes de marcharse a casa a descansar, pero Alfonso hizo que ese anhelo se esfumara al salir por la puerta al mismo tiempo. Su cara ya le indicó a Nicolás que la jornada aún no había terminado ni mucho menos.

Alfonso no le dio la opción de hablar.

—Tengo que contarte dos cosas.

—Dispara.

—No te las cuento por orden de importancia, cualquiera sabe cómo clasificarlas ahora, pero ahí va: la primera, que la madre de Laura Sánchez del Horno ha llamado para cantar como un pajarito. Supongo que se veía venir la que se le caería encima y ha sido lista al confesárnoslo ella misma: compraron a Laura recién nacida. Habrá que llamar al juez para contárselo y que él vea qué podemos hacer para tirar un poco más de la manta, pero supongo que ya mañana. Lo único bueno es que nos confirma lo que sospechábamos: ahora va a por los hijos.

—Madre mía, pues de puta madre... ¿y la segunda?

—Que la noche se presenta movidita. Ha aparecido otro cadáver.

18

Jueves, 9 de noviembre de 2017. 22.47 horas. Madrid
(66 horas, 13 minutos para el fin de la cuenta atrás)

Nada más bajar del coche de Alfonso, Nicolás lo volvió a intentar.

Nada.

Apagado.

Si era verdad que se fue a descansar, no era tan raro que hubiera apagado el teléfono móvil. Lo que sí era raro era que Sara lo hubiera hecho dadas las circunstancias, más a sabiendas que Nicolás no la llamaría a no ser que él lo considerara estrictamente necesario, como era el caso. Puede que no fuera el mejor momento para preocuparse en exceso por la repentina marcha de la inspectora jefe, ni siquiera por el hecho de que estuviera incomunicada, pero pese a ello no lograba evitarlo.

De todos modos, conocía a Sara lo suficiente como para asimilar que lo mejor era dejarla a su aire. Ella tendría sus motivos y él los respetaría, por mucho que la necesitara ahora mismo para encontrar esos indicios invisibles al ojo humano en el escenario. Tocaba apañárselas sin ella.

Tanto él como Alfonso necesitaron ver con sus propios

ojos el lugar elegido, supuestamente, por Fernando para seguir adelante con su macabra obra. Era tanta la sorpresa que, de no ser porque el mismísimo psicópata les envió la dirección por medio de un texto que aparecía en la pantalla que mostraba a Carolina, hubieran desechado por completo cualquier posibilidad de que hubiera sido él quien hubiera cometido un crimen ahí.

¿Un motel de carretera a las afueras de Madrid?

No podía haber un escenario más improbable en el proceder de Fernando.

Al igual que pasó la noche anterior al acudir al piso de Carolina, salieron tan rápido del complejo de Canillas que les tocaría esperar a que llegara el resto de los efectivos necesarios. Sin embargo, decidieron que lo mejor era acceder al lugar para echar un primer vistazo.

Cuando entraron, un hall no demasiado grande los recibió. Lo primero que llamó la atención de los dos fue la aparente tranquilidad que se respiraba allí dentro. Un suave hilo musical acompañaba a esa quietud que les hizo preguntarse muchas cosas.

¿Acaso nadie sabía que allí dentro, presuntamente, se había cometido un brutal asesinato? A juzgar por el gesto de la persona que jugaba con un teléfono móvil tras un mostrador forrado de contrachapado blanco, parecía que no. Nicolás, antes de acercarse a él, lo radiografió desde la distancia.

Rondaría los cuarenta o los cuarenta y cinco años, como mucho. Su pelo presentaba algunas canas y vestía un jersey de color naranja apagado. Una enorme nariz sostenía unas gafas de pasta negra con unos voluminosos —en cuanto a grosor— cristales. Estaba impolutamente afeitado y seguía sin mirarlos aunque ya estaban pegados al mostrador.

Alfonso tuvo que carraspear.

Él, avergonzado, guardó a toda pastilla el teléfono móvil debajo de la mesa.

—Perdonen, no los he visto. ¿Querían una habitación? —preguntó nervioso tras haber sido pillado jugando.

Nicolás y Alfonso se miraron sin decir nada. ¿Estaban en el sitio correcto? El inspector jefe sacó su placa y la enseñó sin vacilación.

—Inspector jefe Nicolás Valdés. Inspector Alfonso Gutiérrez. Ambos de Homicidios y Desaparecidos.

Nada más contemplar la placa el hombre dio un pequeño respingo y se cuadró, como si en vez de «inspector» hubiera dicho «teniente» y estuviera pasando revista.

—Tranquilo, tranquilo —trató de calmarlo Nicolás—. Verá, lo que le voy a preguntar le puede resultar raro, pero... ¿ha sucedido algo extraño en las últimas horas aquí dentro?

El hombre —que también era el dueño del motel— se relajó y enarcó una ceja.

—¿La pregunta es en serio? —contestó con otra pregunta.

Ni Alfonso ni Nicolás respondieron. Lo miraban fijamente.

—A ver —continuó hablando el hombre—. Esto es un motel alejado del centro de Madrid. Aquí pasan cosas de todo tipo, salvo normales, no sé si me entiende...

—Sí, lo entiendo, y también entiendo que no ha visto nada que se salga de la anormalidad común a la que usted está acostumbrado.

El propietario del motel negó con la cabeza.

—¿Ni siquiera un homicidio?

Nicolás miró inquisitivamente a Alfonso por soltar tan de sopetón aquella información. Después miró al recepcionista, que ahora estaba blanco.

—¿Cómo que un homicidio? No... creo... ustedes se han equivocado, aquí no ha pasado nada.

—¿Podemos echar un vistazo a su registro de clientes? Porque lo tendrá, ¿no?

El hombre comenzó a negar con la cabeza.

—No... no es que no quiera colaborar con ustedes, pero entenderán que no puedo dejarles ver qué personas se alojan en nuestro establecimiento. Aunque no se lo crea, aquí viene gente muy importante y nuestra máxima es respetar su privacidad.

—¡Me cago en la puta! —vociferó Alfonso—. ¿Nos va a obligar a ir a buscar a un juez para que nos emita una orden? O, mira, mejor, esperemos porque ya está avisado y vendrá de camino. Hemos recibido un puto aviso de homicidio, cojones.

El del motel no sabía dónde meterse, miraba de un lado para otro. Nicolás, que se percató, decidió jugar a lo de poli bueno, poli malo.

—No nos pongamos nerviosos. Solo dígame si el nombre de Fernando Lorenzo aparece en su lista. Entienda la gravedad del asunto.

El hombre echó un vistazo a una simple libreta que le servía para esos menesteres. Al cabo de unos segundos negó con la cabeza.

Nicolás y Alfonso se miraron sin comprender nada. La dirección era aquella, sin duda, pero si algo le gustaba a Fernando era reírse de ellos y restregarles por la cara que se movía a sus anchas dejando su nombre y apellidos por ahí como si tal cosa. No cuadraba con su *modus operandi* habitual.

—Perdone —dijo de nuevo el de recepción—, ¿cómo ha dicho que se llamaba usted? —Señalaba a Nicolás.

—Inspector jefe Nicolás Valdés.

El hombre volvió a mirar su libreta y se puso más blanco aún.

—Puede que sea una casualidad, pero aquí, hace una hora y poco, se ha registrado alguien con el mismo nombre y apellidos. Si no recuerdo mal eran dos personas.

Nicolás cerró los ojos y respiró hondo.

—Dígame la habitación.

—No puedo...

—Dígamela, véngase conmigo y ábrame la puerta si no quiere que la tire abajo. Y que además le meta un paquetazo por obstrucción a la justicia. ¿Le apetece?

El del motel no dudó más y buscó un juego de llaves.

—Síganme, por favor.

Alfonso y Nicolás lo hicieron desenfundando previamente sus armas. Aún no tenían demasiado claro qué había pasado ahí y tampoco es que tuvieran demasiadas esperanzas en encontrarse cara a cara con Fernando, pero por si acaso. Anduvieron por un largo pasillo enmoquetado hasta que el recepcionista se detuvo frente a una puerta. El hombre le dio las llaves a Nicolás.

—Perdonen, pero estoy demasiado nervioso, si no le importa abra usted.

Nicolás miró a Alfonso. Esperaba encontrar en él la seguridad que se le fue esfumando con cada paso que daba por el pasillo. No le daba miedo encontrar la escena de un crimen. Otra sería, al fin y al cabo, pero confirmar que Fernando seguía desplegando fichas por el tablero ya era otro cantar. Pero Alfonso tampoco era una fuente de seguridad, a juzgar por su rostro. Puede que por su cabeza estuvieran pasando pensamientos similares a los de él.

Nicolás introdujo la llave en el cerrojo muy despacio, de manera muy cuidadosa, a la vez que Alfonso daba dos pasos atrás y apuntaba directamente con su arma hacia ella. Nicolás, sin dejar de mirar a su compañero y amigo, comenzó una cuenta atrás solo moviendo sus labios.

Tres...

Dos...

Uno...

Nicolás giró el pomo y abrió de golpe. Alfonso, sin llegar a entrar, se colocó justo en el umbral de la puerta y apuntó a todos lados con una velocidad digna del mejor de los pistoleros del Oeste americano. Cuando su vista se detuvo en la cama, volvió a dar dos pasos atrás con los ojos muy abiertos.

Nicolás, que comprendió que no existía peligro, se asomó y vio la razón de la sorpresa de su amigo. Cuando el dueño del motel les contó que, con su nombre eso sí, Fernando se registró en la habitación con alguien, lo primero que dieron por hecho ambos es que la víctima sería de nuevo femenina, pero nada que ver con la realidad: era un hombre. Aunque era difícil de decirlo con exactitud, ya que la posición del cadáver no ayudaba demasiado, aparentaba unos cuarenta años. Eso concordaba con el perfil victimológico que rápidamente habían definido gracias a la confesión de la madre de Laura Sánchez del Horno. Aunque habría que precisar mejor, porque no se le veía demasiado bien el rostro desde su posición, debido a que, aunque ligeramente girada a la izquierda, su cara estaba casi pegada al colchón. Mirando para abajo. Consciente de que no debía pasar hasta que llegara el equipo de Científica, Nicolás trató de decidir qué era lo que más le llamaba la atención de la escena. Y es que era harto complicado por la cantidad de detalles que pugnaban por ser el más grotesco. Primero, la desnudez del hombre, pero quizá era lo que menos importaba, dado que su postura antinatural hacía que eso fuera nimio. En términos sexuales se podría decir que practicaba lo que se conoce como postura del perrito en forma pasiva, pero con una variación: tenía las rodillas bajo su ombligo y el trasero apoyado encima de los talones. Si aquí hubiera acabado la cosa tampoco hubiera sido para tanto, pero es que en su ano había introducido un enorme juguete sexual. Si ya de por sí no fuera suficiente, el juguete terminaba con un gran pompón rosa en la punta visible. Además, tenía los brazos completamente extendidos, atados a sendas patas de la cama.

Nicolás, que no sabía ni qué decir, miró a su compañero, que trataba de explicarle al recepcionista del motel lo sucedido y por qué debía alejarse de allí. La suerte estuvo de su lado porque la Unidad de Científica acababa de llegar junto a dos patrullas de agentes.

Brown, que todavía no había terminado su jornada, iba capitaneando a toda la tropa, lo que supuso un alivio para el inspector jefe.

—Dime que no está todo lleno de sangre, al menos —comentó Brown sin llegar aún a la posición de Nicolás.

—Sírvete tú mismo —se limitó a decir este.

El inspector jefe Valdés se apartó y Brown, que todavía no se había colocado el equipo de protección, echó un vistazo.

—¡Hostia puta! —exclamó—. ¿Lo que tiene metido en el culo es...?

—Supongo.

—¡Me cago en todo! —resopló al tiempo que daba dos pasos atrás para mirar a los suyos—. Señores y señorita, vamos.

Mientras se ponían con lo suyo, Nicolás decidió que lo mejor era intentar sacar todo lo posible al recepcionista. Ya siendo oficialmente la escena de un crimen, no creía que estuviera tan a la defensiva como un rato antes. Sacó la minilibreta que siempre llevaba encima y fue directo a recepción, donde Alfonso se había llevado al hombre un poco antes.

Decir que estaba nervioso era suavizarlo en exceso. Bebía de un vaso que Nicolás supuso que contendría agua con la mano muy temblorosa. Tanto que temía que se lo derramara todo por encima. De vez en cuando se pasaba las palmas de las manos por la cara, haciendo especial incidencia en la zona de los ojos.

Su alteración era evidente y un hándicap a la hora de contestar preguntas, pero necesitaba comenzar con ello porque quedaban demasiadas dudas que aclarar.

—Entiendo que ahora esté alterado —empezó a hablar el inspector jefe—, pero me gustaría hacerle unas preguntas. No lo haría si no fuera estrictamente necesario, compréndalo.

El hombre tardó unos segundos en reaccionar. Era como si su cuerpo estuviera ahí, pero su cerebro en otro sitio. Cuando miró a los ojos a Nicolás, este último vio en él una confusión más que evidente. Le costó lograr articular la pregunta con la que respondió:

—¿Es verdad lo que me ha contado el inspector?

Nicolás miró a Alfonso, que hizo un leve asentimiento con la cabeza.

—Me temo que sí.

De pronto su actitud cambió por completo.

—Pero ¿qué mierda de juegos de invertidos han hecho ahí dentro para que pase una cosa así? ¡Pues no es culpa mía! ¡Yo lo tengo todo en regla! Si alguien viene y se le va la puta cabeza no es mi culpa. ¡Yo no sé qué pasa ahí! ¡No tengo culpa de nada! ¿Qué puedo hacer yo?

—Cálmese —respondió Nicolás a la vez que levantaba las manos—, ¿quién le ha dicho lo contrario? ¿Se cree que le vamos a echar la culpa por lo que ha sucedido ahí dentro? En ningún momento lo hemos dicho.

—¡Y yo qué sé! Uno ya se puede esperar cualquier cosa. Y más cuando hay maricones de por medio, que seguro que ahora le da a todo el mundo por decir que yo soy un homofóbico de esos. Yo respeto todo lo que hagan. Si hasta conozco a dos que son gais. Yo los respeto si ellos me respetan a mí.

—¿Se puede callar ya con los gais? —intervino Alfonso—. No tiene nada que ver ni con usted ni con la orientación sexual de nadie. Y ahora cállese y escuche.

—Está bien —contestó el hombre al tiempo que agachaba la cabeza y respiraba profundamente.

Nicolás le dio un par de segundos para que se calmara.

—Iré directo al grano: el que le ha reservado la habitación ¿era este?

El inspector jefe sacó su teléfono móvil y le mostró una foto de Fernando.

—Sí, sin duda.

—Veo que no lo ha pensado demasiado.

—Es que era él.

—Ahora vamos a por lo del nombre. ¿Es que no pide DNI o pasaporte a sus huéspedes? ¿Entiende que está prohibido? Tiene que registrarlos siempre.

—A ver, sí, lo sé. Pero es que, como le he dicho antes, aquí viene todo tipo de personas. Desde gente que no tiene un duro y quiere dormir por poco dinero hasta gente que necesita de una intimidad especial. No sé si me explico.

—¿Famosos?

—Famosos, jueces, políticos, banqueros... Ni se imagina. Entonces cuando viene uno de estos me montan el espectáculo cuando les pido la documentación y, mire, yo ya pasaba de más tonterías. Tampoco creía que fuera a pasar nada grave.

—Pues ya ve si ha pasado... —comentó Alfonso.

—Yo no esperaba...

—Vale, vale —medió de nuevo Nicolás—. Ahora me importan más otras cosas. Tengo claro que el individuo de la foto no está aquí ahora. ¿Lo ha visto salir?

El propietario del motel negó con la cabeza.

Nicolás se quedó mirándolo, como esperando algo más por su parte.

—Es que —añadió—, si ha salido sin decirme nada, de manera silenciosa, puede que no me haya dado ni cuenta. Son muchas horas las que paso aquí detrás. Me ayuda mi hermano para que yo pueda descansar, pero me entretengo como puedo jugando con el teléfono móvil. Puede que me haya pillado despistado. Siento decirlo, pero es la verdad.

—Joder... Volvamos a cuando ha reservado la habitación. ¿El acompañante ha hablado? ¿Ha dicho su nombre?

—Qué va. Sonreía y asentía como si fuera tonto. Perdone, no quería decir eso de alguien que acaba de morir... pero es que es verdad. He llegado a creer que incluso era retrasado.

Pero, claro, no lo creo. ¿Cómo va a ser retrasado y gay? Pobres padres...

Nicolás omitió cualquier tipo de comentario respecto a lo último.

—¿Cámaras de seguridad?

El del motel negó con la cabeza.

—Las tenía, pero las quité por lo mismo que le he contado. Privacidad.

—Una última pregunta: el hombre de la foto, ¿actuaba de forma normal?

—¿A qué se refiere?

—A si lo notó alterado o nervioso.

El hombre lo pensó unos instantes.

—Yo diría que no. O sea, yo aquí sí he visto gente nerviosa. Piense en que la mayoría son tipos que están casados y que le van a poner la cornamenta a su mujer. Pero, no sé, tampoco es que estuviera demasiado alterado. Me ha dado el nombre, me ha pagado en efectivo y se ha largado para dentro junto a don Sonrisas... perdón.

Nicolás agradeció la colaboración al dueño del motel, que se quedó custodiado por un agente de uniforme, y después volvió junto con Alfonso al lugar de los hechos. Apenas llegaron, la comisión judicial apareció detrás. Iba encabezada por el juez Díaz, que al parecer prefirió ir en persona que mandar a un juez de guardia de nuevo. Se dejó de saludos y fue directo al grano:

—¿Alguien me puede explicar qué ha pasado?

—Mejor lo ve usted, señoría —respondió Nicolás—. Le advierto que, una vez más, ha cambiado su *modus operandi*. Es una completa locura.

El juez asintió al tiempo que maldecía por lo bajini.

Pasó junto a Nicolás y Alfonso para después asomarse a la habitación, sin entrar. Ninguno de los allí presentes supo si la imagen le impresionaba o no, porque no movía ni un solo músculo de su rostro mientras miraba fijamente, primero, el cuerpo y, después, cómo los miembros de Científica realizaban su labor. Lo bueno de aquello era que, al ser un espacio sin sangre y además cerrado, avanzaban a buen ritmo.

El juez salió y se dirigió al inspector jefe.

—¿Cómo es posible? —inquirió sin miramientos.

—Supongo que se refiere a que escapa por completo a lo que nos ha acostumbrado. Pero al fin y al cabo creo que no es tan raro.

—Explíquese.

—Fíjese en la anterior escena. ¿Una asfixia antebraquial? También se alejaba de su *modus operandi*. No sé si pretende confundirnos, pero ha sido él mismo el que nos ha dado el aviso de que viniéramos, por lo que no tengo dudas de que sea él el autor.

Apenas había terminado la frase, cuando su teléfono móvil sonó. A esas horas no podía ser nada bueno, así que pidió disculpas al juez y lo sacó de su bolsillo sin moverse del sitio. Era Sara.

Buscó a su alrededor y le pasó el teléfono a Alfonso. Una cosa es que mirara quién llamaba y otra diferente dejar al juez con la palabra en la boca para ponerse a hablar con ella.

Mientras juez e inspector jefe seguían comentando los pormenores del crimen, Alfonso se alejó un poco de ellos y descolgó.

—¿Sí?

—¿Nicolás? —preguntó al notar una voz distinta a la esperada.

—Soy Alfonso, Sara. Nicolás está ocupado con el juez Díaz.

—Necesito que le digas que se ponga.

—¿Qué pasa? ¿Has averiguado algo?

Unos segundos de silencio.

—No. No es nada del caso, pero necesito contarle una cosa igualmente.

Alfonso, extrañado por la situación y, más aún, por el tono de voz de Sara, frunció el ceño.

—Sara, no es buen momento. Estamos en otra escena. Ha actuado en...

—¡Por favor, dile que se ponga!

—De verdad que no puedo. —Alfonso se sentía muy incómodo porque su tono denotaba cierta desesperación—. Espera unos minutos y te llama en cuanto se calme la cosa.

—Dile que estoy en el bar El Botas. Él ya lo conoce. Lo espero aquí.

Y colgó.

Alfonso miró la pantalla del móvil estupefacto sin saber muy bien lo que hacer. No le pediría a Nicolás que abandonara la escena del crimen así como así, pero por otro lado veía que a la inspectora jefe le pasaba algo. Lo notaba en su voz. Parecía incluso que estuviera llorando.

Miró hacia donde estaba su amigo. Seguía con el juez. El forense, ya ataviado para entrar en la escena, se unió a ellos. Era un momento demasiado importante como para interrumpirlo con la llamada. Pero, por otro lado, no podía dejarla allí sola esperando al inspector jefe.

Alfonso no se definía a sí mismo como alguien impulsivo, pero no meditó demasiado lo que hizo.

Se acercó hasta donde los tres hombres charlaban y le devolvió el teléfono a Nicolás.

—¿Qué quería? —le preguntó Nicolás.

—Nada —mintió—, era para ver por qué llamaste antes.

—Ah, bueno. ¿Le has contado lo que ha pasado?

—Claro, me ha dicho de venir pero ahora hay aquí demasiado caos. Mañana lo veremos todo mejor en Canillas, sobre todo sabiendo más cosas. Escucha, me ha llamado también Alicia. Dice que está un poco paranoica con lo de su hermano y que cualquier ruido la asusta. Le he dicho que me pasaría ahora por casa, si no te importa.

—No, no, claro. Ve. ¿En serio Alicia te ha dicho que está asustada?

Alfonso asintió con todo el convencimiento del que fue capaz.

—Bueno, pues nada, ve.

El inspector no dijo nada más. Dio media vuelta y, sin despedirse de nadie, se fue de allí.

Nicolás no dejaba de mirarlo mientras caminaba. Había algo que no le cuadraba, pero demasiado tenía allí montado ahora como para preocuparse de si Alfonso actuaba raro.

El forense pidió permiso al juez y él se lo concedió sin pensarlo, se le veía ansioso por conocer más de lo sucedido ahí adentro.

Se colocó frente a la cama y miró el cuerpo.

—Supongo que la data de la muerte no importa demasiado ahora mismo —dijo mirando al juez—, por lo que me gustaría conocer una posible causa. ¿Le puedo mover un poco el cuello? —le preguntó.

El juez asintió.

Ahora se giró a uno de los técnicos de Científica.

—¿Le importaría ayudarme a moverle la cabeza sin comprometer el cuerpo? Necesito que lo sujete de los brazos. Y si no puede no se preocupe, puedo pedirle a uno de mis ayudantes que entre.

—No, no —contestó el técnico—, lo ayudo yo mismo.

Siguiendo sus indicaciones colocó sus manos encima de los hombros de la víctima. El técnico vaciló un poco en cuanto, a pesar de que llevaba guantes, sintió la frialdad del cadáver. No notó que la calefacción no estaba encendida hasta ese preciso momento.

El forense, que ya miraba con atención todo lo que lograba ver del finado, mostraba cara de estar sacando sus propias conclusiones. Unas que, por su gesto, parecían producirle confusión. Desde la puerta todos lo miraban expectantes. La curiosidad por entender más acerca de la muerte era superior a ellos.

—Es raro —comenzó a hablar— porque no veo signo alguno de violencia. No sé por qué me he hecho a la idea de que, al no encontrar sangre, veríamos otro caso de asfixia antebraquial, pero la zona del cuello no presenta evidencias. Es verdad que puede ser muy pronto todavía, pero es que no se ve nada de nada. También hay una cosa que me llama la atención: al contrario que en la víctima anterior, sus párpados están intactos... bueno, y el resto de su cuerpo según puedo ver. Siga manteniéndolo, por favor —le pidió al técnico, que asintió—. Voy a abrirle los ojos un momento para ver... Nada. No se observan petequias. Es imposible asegurarlo al cien por cien ahora mismo, pero no hay anoxia.

Después le pidió al técnico que con cuidado dejara el cuerpo como antes. Acto seguido, dio dos vueltas más alrededor del cadáver mientras gesticulaba con su rostro.

—¿Ve algo, doctor? —preguntó un impaciente juez Díaz.

—Me temo que no. Es que es muy extraño. No hay violencia alguna en el cuerpo. Y —señaló el vibrador metido por el ano—, esto no me parece que se pueda considerar como tal. Si no supiéramos que Fernando está detrás, pensaría que se le ha parado el corazón bien por el esfuerzo, bien por la excitación... no sé, pero desde luego que lo calificaría muerte natural en función de esta primera inspección ocular.

—Está claro —intervino Nicolás, que miraba por encima del hombro del juez—, pero como bien ha dicho, Fernando está detrás y no es posible. Ya sería el colmo de los colmos. Tiene que haber más. ¿Veneno?

—Es posible, pero dependiendo de la sustancia empleada incluso ahora ya se verían algunos signos. El caso es que no hay nada, lo siento. Esperemos que la mesa de autopsias nos dé alguna clave más porque, lo que es aquí, no hay nada. Eso sí, me temo que ante las sospechas de envenenamiento deberíamos dejar pasar unas cuantas horas para la autopsia, como siempre. Los fenómenos cadavéricos tardíos nos pueden decir mucho sin ni siquiera abrir el cuerpo.

—No —negó Nicolás con vehemencia—. Lo siento, pero no hay tiempo. Les recuerdo que en la autopsia anterior hallamos un poema dentro de la víctima. ¿Y si hubiera hecho lo mismo? Entiendo que hay que conocer las causas exactas de la muerte, pero antes tenemos que atrapar a ese hijo de puta, así que no podemos dejar pasar el tiempo. Lo entiende, ¿verdad, señoría?

El juez Díaz se dio la vuelta y lo observó detenidamente. Parecía reflexionar acerca de lo que había dicho y considerar qué opción era la mejor. Al cabo de unos segundos habló:

—Sí, que se examine el cuerpo cuanto antes en Medicina Legal. El inspector jefe tiene razón. Cada segundo cuenta.

Nicolás respiró aliviado.

—Gracias, señoría.

—Dejen que al menos la hagamos a primera hora. Les prometo que a las siete de la mañana empezamos con el cuerpo. De verdad, es vital dejar que el cuerpo manifieste si le han hecho ingerir algún tipo de sustancia venenosa.

El juez miró a Nicolás, que no tuvo más remedio que claudicar. Lo cierto es que ya era bastante tarde y allí todavía les quedaba bastante trabajo por hacer. Quizá hasta intentara descansar un par de horas si la autopsia comenzaba a las siete, como prometió el forense de guardia.

Así que no le quedaba otra que esperar y seguir indagando en aquel lugar.

19

Viernes, 10 de noviembre de 2017. 00.01 horas. Madrid
(64 horas, 59 minutos para el fin de la cuenta atrás)

De no ser por su teléfono móvil, nunca hubiera encontrado aquel lugar. Una de sus primeras sorpresas llegó en el momento en que vio dónde se ubicaba.

Había visitado alguna que otra vez el barrio de Lavapiés, pero siempre fue por trabajo y reconocía no ser una de esas personas que se quedaban con los detalles grabados a fuego en su memoria. Y eso que ese tipo de lugares le gustaban, ya que parecía pisar las calles de otro Madrid completamente diferente al que todo el mundo estaba acostumbrado a ver. Un Madrid que nada tenía que ver con las calles glamurosas que se veían en las películas. Un Madrid real. Tanto o más como la zona en la que él vivía con Nicolás, en Hortaleza. Ni por todo el oro del mundo aceptaría abandonarla para mudarse a una vivienda con vistas a la mismísima Castellana.

Pudo aparcar relativamente cerca del local. Un grupo de jóvenes que bebían litronas comenzaron a hacer comentarios señalándolo a él y a su coche, para después reírse. No dudó y sin mediar palabra sacó su placa del bolsillo y se la mostró sin detenerse, al tiempo que les advertía con los dedos índice y corazón señalando sus ojos que los vigilaba.

La cara les cambió de inmediato.

Menos mal que Nicolás no andaba cerca para reprenderle, porque odiaba que lo hiciera.

Continuó andando hasta que se encontró frente a la entrada. Vio una imagen de esta en Google Maps, pero, o no se fijó bien o no se correspondía realmente con lo que ahora miraba. Una pequeña sonrisa se le escapó. Si lo que pretendía era captar su interés, misión cumplida. Lo que más le llamó la atención, sin lugar a dudas, fue el austero cartel que parecía sacado del Oeste americano y que anunciaba el nombre del bar.

Justo en el momento en el que entró se dio cuenta de que durante el trayecto no había pensado ni una sola vez qué le diría a Sara cuando le viese aparecer a él y no a Nicolás, como ella esperaba. Esto podría suponer un problema, ya que con el temperamento que se gastaba la inspectora jefe, cualquiera sabía cómo iba a reaccionar. Desde la puerta echó un vistazo para tratar de divisarla, pero no lo consiguió. Tampoco es que fuera sencillo, ya que un gran número de personas abarrotaba el bar. Necesitó de un intento un poco más concienzudo para localizarla. La vio en uno de los laterales de la barra. Tomó aire y fue directo a ella.

Sara no se percató de su presencia en un primer momento. Estaba demasiado concentrada, o al menos era lo que parecía, en el vaso que tenía delante. Acariciaba su borde con el dedo índice. Dentro no había nada de líquido, pero sí lo que quedaba de dos hielos que demostraban que, al menos en una ocasión, ya había sido vaciado. Alfonso se temió que no hubiera sido una única vez.

—Hola, Sara.

Ella levantó la vista esperando encontrar al inspector jefe Valdés, pero en cambio vio a una de las personas que menos le apetecía ver en aquellos momentos. Su cara no disimuló un gesto de fastidio para mostrar lo que sentía al tenerlo allí al lado.

—Joder... —exclamó volviendo a agachar la cabeza.

—Perdona, pero Nicolás estaba muy liado con el nuevo crimen y he decidido venir yo porque, no sé, me ha dado la impresión de que necesitabas ayuda.

—Vaya, un buen samaritano... —soltó ella. Después tomó el vaso y se lo llevó a la boca, a pesar de que en él solo había restos de hielo.

—Sí, ya quisiera yo. ¿Puedo sentarme a tu lado?

—Eres libre.

—¿Cuántos de esos llevas?

—¿Me vas a controlar lo que bebo? Estoy fuera de mi horario laboral y puedo hacer lo que me salga del coño.

—No, joder, tranquila, es por saber si te invito a otro o no.

Ella resopló sin dejar de mirar para abajo.

—Llevo dos. Pero lo tolero bastante bien.

Alfonso evitó comentar nada porque su estado de embriaguez, aunque ella dijera lo contrario, ya se dejaba entrever. Pero no la podría ayudar echándole ahora eso en cara, así que levantó la mirada buscando al camarero. Cuando obtuvo su atención, desde la lejanía, señaló el vaso de la inspectora jefe y a continuación le mostró dos dedos. Él lo entendió a la perfección ya que tomó dos vasos, le echó dos cubitos a cada uno y después agarró una botella de Jack Daniels y sirvió las dos copas.

No había pasado ni un segundo y Sara ya tenía el vaso en la mano. Se lo bebió de un solo trago.

Alfonso la miraba estupefacto. Tomó su vaso y la imitó.

—Hacía tiempo que no bebía whisky —comentó mientras lo saboreaba.

—¿Qué sueles beber?

—No suelo beber.

—Ya, seguro.

—Digo como costumbre, pero cuando bebo soy más de gin-tonic. De Seagram's para ser más exacto.

—¿Y no bebes habitualmente? Porque estoy segura de que durante este año alguna que otra copa habrá caído.

Él sonrió. Claro, el embrollo con Nicolás hablaba por él.

—Vale, me has pillado. Sí, me he hinchado el pellejo. A eso y a cerveza. ¿No se me nota en la barriga?

Ella lo miró y sonrió, aunque la sonrisa no fue de las típicas de cuando alguien está alegre. Fue muy a desgana.

—¿Qué pasa, Sara?

—Nada, Gutiérrez. Me apetecía charlar un rato con Nicolás y ya está.

—¿Ya está? ¿Segura? No sé, la experta en lenguaje no verbal eres tú, pero esta tarde no me ha parecido que estuvieras tan mal.

—Yo no soy experta en nada. Ya quisiera yo.

—Joder, macho, qué difícil es sacarte una maldita palabra, cojones. Vale, ya sé que no me esperabas a mí, que querías a Nicolás aquí, pero resulta que hay un tío con un pollón de plástico en el culo, asesinado en un motel de carretera supuestamente por Fernando. Yo entiendo que tengas tus movidas. Todos las tenemos, pero Nicolás necesita ahora centrarse. Volvemos a lo de siempre, que él por fuera muy bien y tal, pero por dentro piensa que acaba de volver de perderse quién sabe dónde durante un año y pico, después de haber huido por lo que huyó. Y se encuentra al que fue el amor de su vida en manos de ese puto loco que, al mismo tiempo, sigue matando a gente. La situación no es la idónea, ¿no? Sé que alguna cosa te come por dentro, pero creo que tienes que dejarlo durante el fin de semana para que se centre en pillar a ese cabronazo.

Ella, sin más, se echó a llorar.

—Joder... —dijo él—. ¿Qué he dicho?

El camarero, al verla, se acercó a los dos.

—¿Qué pasa, Sara? ¿Te está molestando? ¿Quieres que lo saque a patadas?

—Eh, eh, ¿a quién vas a sacar tú a patadas? ¿Te crees que por medir dos metros más que yo vas a poder conmigo?

—Pues mira, si le has hecho algo a mi amiga soy capaz de...

—Dejaos de mediros la polla —intervino ella—. No, gracias, no es por él; intenta consolarme pero es tan torpe que no encuentra la manera de hacerlo.

El camarero se quedó mirando unos segundos a Alfonso, desafiante. Este último no se amedrentaba ante el corpulento hombre. Al final se dio la vuelta y se fue a seguir atendiendo a los clientes.

—Me da igual que fuera tu amigo. Si le tuviera que dar una hostia...

Ahora Sara sí que rio con sinceridad, aunque no dejaban de salirle lágrimas de los ojos.

—Te aseguro que solo con dejar caer el puño sobre tu cabeza te encogería varios centímetros —respondió ella—. Es un poco bruto, pero es un cacho de pan. Se preocupa por mí.

—Está bien rodearse de gente así.

—Tú tienes a Nicolás, ¿no?

—Y él me tiene a mí, por supuesto.

—¿Le has perdonado lo que hizo?

—Pues claro, sigo creyendo que fue un gilipollas y un cobarde, pero cada vez pienso más que yo hubiera hecho lo mismo en su situación. O incluso tú.

—Puede.

—Por eso. Espera.

Llamó al camarero otra vez. Se acercó. Alfonso le tendió la mano, en son de paz. El camarero miró a Sara y ella asintió sonriendo. Se la estrechó.

—¿Nos pones dos más?

Asintió y les sirvió dos copas más. Repitieron el gesto de bebérsela de un solo trago. Alfonso no sabía cómo sentiría Sara su cabeza, pero a él la suya ya le empezaba a dar vueltas. A pesar de que ella parecía permanecer de una sola pieza, en su manera de pronunciar sí le notaba el alcohol.

—A ver, ya sé que no soy Nicolás, pero si me quieres contar cualquier cosa, también puedes contar conmigo.

—No, déjalo, si en el fondo creo que si hubiera venido tu amigo tampoco hubiera sido capaz. Ha sido un error llamarlo.

—Bueno. No te insisto más. Pero si quieres contármelo... Por cierto, ¿la música?

—¿No te gusta?

—No demasiado.

—¿Eres más de chunda chunda?

Alfonso rio ante el comentario.

—¿En serio? ¿Así me ves?

—No sé, tú sabrás.

—Qué va. Mis gustos son más clásicos. Tanto que Nicolás siempre dice de mí que soy un rancio. Y no sé por qué se mete conmigo. Yo no digo nada de su música con guitarras sin ningún tipo de melodía y gritos por doquier. Parecen *castrati* pegando berridos.

Ella rio de nuevo. Alfonso, a su vez, sonrió al verla.

—¿A ti te gusta? —preguntó él.

—Sí, la verdad es que sí. Me gusta el sitio en general. Va contra las reglas y el puntito me atrae.

—¿Contra las reglas?

—He explicado la historia cien veces ya, a tu amigo incluido. Resumiendo, el dueño se niega a pagar el canon impuesto por la SGAE y solo pincha a grupos que no están inscritos en ella. Me gusta eso.

—Vaya, todo un rebelde sin causa.

—¡Oye! ¡No te burles de él!

—Ni se me ocurriría. No quiero más problemas aquí.

Los dos se quedaron un rato en silencio. Ella volvió a jugar con su dedo y el vaso. Alfonso, sin darse cuenta, la imitó.

—Oye —dijo él—, pediría otra, pero ya empiezo a ver doble.

—No te preocupes. Yo voy bien, aunque otra me lo puede joder todo, así que no. Mejor así. Escucha... quería preguntarte una cosa...

—¿Si Nicolás sigue enamorado de Carolina?

—Madre mía, ¿lo llevo escrito en la cara o qué?

—No lo llevas pero es normal que todo esto también te esté afectando. Sé lo que pasó entre vosotros antes de que saliera por patas.

—Coño, deberías saberlo, le di un morreo antes de que os fuerais a la casa del juez.

—Sí, también, pero ya lo sabía. Yo me fijo mucho en las cosas.

—Vale, vale, pero ya que estás, respóndeme.

—«Enamorado» es una palabra muy fuerte. Antes sí, y tanto que lo estuvo. Pero ha pasado mucho tiempo. Aunque, ¿has oído alguna vez lo de las llamas que nunca se apagan?

Ella asintió.

—Pues creo que es eso. Sigue sintiendo algo por ella. Pero es que creo que pasarán los años, vendrán mil amores, y él nunca dejará de querer a Carolina. Lo suyo fue tan corto como intenso. Vivieron mucho, demasiado, en muy poco tiempo.

—Pues qué bien... —comentó ella mientras volvía a acariciar el vaso con la cabeza agachada.

—A ver, creo que esperabas que fuera sincero, así que te cuento las cosas como yo las veo. No quiere decir que tenga razón. Yo qué sé. Puede que sí exista una oportunidad de estar con él y de ser felices.

—Es que no es lo que quiero...

—Perdona, Sara, no sé si te pillo.

—Estoy muy confundida con todo. Sé que no quiero tener nada con Nicolás, pero es que ya no sé ni lo que quiero. Hoy...

—¿Qué?

Ella lo miró y sus ojos se anegaron de nuevo en lágrimas. El torrente comenzó otra vez.

Él se acercó a ella y la abrazó fuerte.

—Si no quieres hablar no lo hagas. Solo llora.

Y ella lloró. Vaya si lo hizo. De hecho, no cambiaron de posición en varios minutos.

Cuando por fin lo hicieron, se miraron fijamente a los ojos y ella se acercó a él, quería besarlo.

Pero Alfonso se separó.

—Perdóname —dijo ella.

—No, perdóname tú, pero no quiero que me beses porque estás borracha o porque, como has dicho, en tu cabeza hay un lío enorme.

Ella no dijo nada. Solo le dedicó una sonrisa. Al final Alfonso no iba a ser tan capullo como ella daba por hecho.

—¿Te acuerdas que te he dicho que no me contaras nada si no querías?

Sara asintió.

—Pues lo retiro. Cuéntamelo. No se va a solucionar nada, pero te vas a sentir mejor. Te pasa algo, y me temo que es grave.

Ella se separó dos pasos de él y golpeó su espalda contra un chico que tomaba una copa junto a sus amigos. Tras pedirle perdón se giró hacia el inspector de nuevo. Él la miraba fijamente. Esperaba que se abriera a él de verdad.

—No sé si es buena idea...

—Por favor.

—Está bien. Antes me he ido tan rápido porque quería llegar a tiempo a una consulta de tarde en el Hospital Quirón.

—No, Sara, no me jodas...

—No, no es cáncer ni me voy a morir en un corto plazo. El Hospital Quirón es, digamos, el más avanzado de Madrid en la detección y tratamiento del alzhéimer.

—No, Sara, no me jodas... —repitió.

—Sí, me han detectado alzhéimer precoz, como mi madre, pero a mí me ha llegado muchísimo antes.

—Pero vamos a ver, Sara, en tu madre lo puedo comprender porque, ¿cuántos años tenía?

—Sesenta y tres.

—¿Y tú?

—Acabo de cumplir treinta y siete.

—¿Y es posible?

—Sí. Es raro, muy raro, pero, como ves, se puede.

—Pero... ¿te lo han detectado de un día para otro?

—Más o menos. A ver, mi caso es raro, pero ¿el de quién no lo es? Yo nunca he presentado síntomas de pérdidas momentáneas de memoria. Tampoco afasia.

—Perdona —la interrumpió—, pero ¿qué es la afasia?

—Es no tener la capacidad de referirme a esto como «vaso» —contestó señalando el recipiente—. Sería como olvidar palabras cotidianas. O costarme mucho encontrar la adecuada.

—Pues me vas a perdonar, pero nos pasa a muchos y no creo que...

—No, olvídate porque son síntomas comunes, pero yo no los tenía. Mi madre sí los tuvo. Y muy severos. Lo que me pasaba a mí es que sentía temblores en las manos cada dos por tres. Como si tuviera párkinson. Incluso a veces me costaba mover los brazos. Pero, en cambio, otros días como si nada. Y, claro, fui al médico.

—¿Y directamente se fue al alzhéimer?

—Primero creyeron que era un tumor cerebral. Fíjate ellos qué bien pensado. Pero no lo era, por suerte para mí. Después, que sería algo autoinmune, pero también eso fue descartado. Con mis antecedentes familiares estimaron la posibilidad del alzhéimer, así que me hicieron un PET-TAC.

—Eso creo que sí que sé lo que es. Sirve para mirar muy adentro, ¿verdad?

—Sí, las células. Y, bueno, es lo que he ido a recoger hoy. Al parecer en mí hay exceso de proteína beta-amiloide. Para entenderlo, es una característica clave de la enfermedad. Y ya con lo de mi madre, pocas dudas hay.

Alfonso se quedó mirándola durante unos segundos. Sin decir nada. Ella perdió todo rastro de esa mujer brava que lo sacaba de sus casillas con su sola presencia. Se mordió el labio y habló.

—¿Y ahora?

—No lo sé. Me gustaría creer que hay alguna forma de tratarlo porque apenas sobrepaso las proteínas. Es bueno, supongo. Aunque si te digo la verdad no sé nada de nada. Supongo que es una especie de condena que me hará ir cada día un poco más abajo. Tampoco sé si será lento o rápido. No he podido hablar con el doctor porque he llegado tarde. Ha dejado los resultados en la recepción porque yo le he insistido mucho en ello. Te juro que creía que saldría negativo.

—¿Y antes no te contó cuáles eran tus opciones?

—Ya te digo que yo estaba muy cerrada en banda con que no era posible. Imaginé que la vida era como Mr. Wonderful y si deseaba muy fuerte no tenerlo, no lo tendría. Ya sabes...

—Joder...

—Pues ahí tienes lo que me pasa. Lo que quería contarle a Nicolás. Lo que me confunde. Lo que me lleva a querer beber hasta que mi hígado reviente. Lo que me hace querer mandarlo todo a la mierda.

—¿Y ahora qué te puedo decir yo?

—Supongo que nada.

—A ver, te puedo decir miles de cosas. Que te alejes del miedo. Que seas fuerte. Que lo afrontes con decisión, pero todo son mierdas. No creo en eso. Supongo que si necesitas sentirte mal, tienes que sentirte mal y ya está. Que si tienes que llorar, que llores. Ninguno de tus sentimientos te va a curar, Sara. Solo el tratamiento que te ponga el médico. Y espero que tú no seas de las que se cierran en banda y no quieren tomar nada.

—No, no lo soy, me quiero curar. Y sí, sé que tienes razón. Supongo que hay que afrontar las cosas como vengan.

—Mira, no estoy en tu piel y no sé lo que sientes, pero sí te puedo decir lo que yo haría.

—¿Y qué es?

—Sentirme como me dé la gana. Y a quien no le guste, que no mire. Llorar no me va a curar; reír, tampoco. Pero si me dan a elegir prefiero reír. Es verdad que en cierto modo te hace sentirte mejor a ti y a los que te rodean. No digo de forzar la máquina, ni mucho menos, pero sí es cierto que andar todo el día llorando por las esquinas no va a arreglar nada. Aunque sigo repitiendo que reír tampoco, pero yo qué sé, da más gustito en la barriga. Y es importante. De todos modos que nadie te diga cómo tienes que sentirte. Tú sé tú misma y ya está.

—¿Aunque sea una loca del coño, como has dicho de mí tantas veces?

—Ser una loca del coño forma parte de tu encanto, igual que del mío ser un capullo integral.

—Yo diría gilipollas integral, pero también me vale capullo.

Los dos rieron.

—Alfonso, en serio, gracias por escucharme.

—No tienes por qué dármelas. Me vas a perdonar porque me has contado algo jodido, pero hacía tiempo que no me sentía a gusto así con alguien y hasta tendría que agradecértelo yo.

—No seas exagerado, anda.

—No, no, lo digo de verdad. Aunque, ¿te puedo pedir un favor?

—Ya lo sé, no le digo nada a Nicolás hasta que toda esta locura pase.

—Gracias, sé que suena egoísta porque lo que te pasa es muy grave, pero...

—Sí, sí, lo entiendo perfectamente. Ojalá encontremos y salvemos a Carolina.

—Ojalá...

Ambos se quedaron un rato más allí charlando. Si a los dos les hubieran dicho que lo harían tan relajados y compenetrados, nunca lo hubieran creído.

20

Viernes, 10 de noviembre de 2017. 7.01 horas. Madrid
(57 horas, 59 minutos para el fin de la cuenta atrás)

La noche fue un completo desastre.

Llegó a casa casi a las cuatro de la mañana. Era curioso cómo un escenario tan sencillo —por aquello de que no hubiera sangre a borbotones como en otros de Fernando y, sobre todo, que estuviera delimitado entre cuatro paredes— se hubiera vuelto tan complicado. Pero, precisamente, la falta de sello del psicópata más escurridizo de toda la historia negra española era lo que hacía que ellos persistieran en analizar hasta la última mota de polvo, para así encontrar lo que fuera para que les indicara el siguiente paso que dar.

Pero no hallaron nada, aparte de la identidad del cadáver, que resultó llamarse Daniel Riquelme. La identificación fue posible gracias al sistema SAID y a las necros —que así llamaban ellos a las reseñas dactilares tomadas a un difunto—. Normalmente su nombre no hubiera figurado en la base de datos policial si no fuera porque Dani el Pololo era un delincuente de poca monta asiduo de las comisarías locales de Madrid. Sus delitos nunca pasaban de hurtos menores y trapicheos con drogas, pero al menos fue suficiente para hallar una identificación positiva que les ahorró una gran parte del trabajo.

Pero si a Nicolás le fastidiaba una cosa de la noche anterior era que, por más que intentara hallar la relación, ese crimen era lo más alejado de ser obra de Fernando que podían imaginar. ¿Se le fue de las manos la preparación y aprovechó, dejando el cadáver ahí para que ellos lo encontraran? Era la única explicación plausible y no por ello lo convencía. Fernando no era así. Por mucho que se le hubiera ido de las manos, siempre habría más. Y dudaba de que el juguete de plástico dentro del ano, por muy grotesco que fuera, fuese el detalle que quería dejarles.

Encontrar el puntito necesario para cerrar los ojos y dejarse llevar por Morfeo le fue imposible. La causa principal fue la anterior, aunque hubo momentos en los que casi lo consiguió, pero los recuerdos de lo que había sucedido durante su ausencia lo volvieron a asaltar a traición. ¿Por qué ahora lo apretaba más que nunca? No es que, precisamente, hubiera dejado de lado los funestos recuerdos, pero ahora veía claro que venían a su mente con una mayor frecuencia de la habitual. ¿Tendría que ver que estuviera de nuevo unido de algún modo a ese maldito psicópata? ¿Era eso lo que activó de nuevo su conciencia? Fuera lo que fuese, necesitaba su cerebro despejado. Algún día a él le tocaría pagar cuentas por el pecado que cometió, pero ahora no era el momento.

Analizándolo fríamente, no todo fue malo después de llegar del escenario. En un esfuerzo por ser positivo, valoró el pasar un par de horas tumbado sobre la cama. Al menos así sus músculos descansaron.

Visto lo visto, algo era.

Pero eso ya quedaba atrás y, en el lugar en el que estaba en este momento, le fue inevitable pensar en lo de siempre: en que si le dieran un euro cada vez que esperaba en el pasillo del Anatómico Forense, ahora mismo viviría en una lujosa mansión.

Alfonso también madrugó en exceso para presentarse en Canillas, con su paseo matutino habitual incluido, claro. Apenas se cruzaron aquella mañana, pero su amigo omitió el encuentro nocturno con la inspectora jefe Garmendia y, sobre todo, el contenido de la charla que mantuvo con ella. Él tampoco pudo dormir, pero no se lo contó a Nicolás. Lo bueno es que no tuvo que disimular demasiado porque la conversación acerca de la falta del sello de Fernando en el escenario lo copó todo. El trabajo de Alfonso aquella mañana era obvio: no dejar de lado lo que llevaba el día anterior, pero también investigar todo lo que pudiera averiguar acerca del Pololo. La parte positiva de lo último es que no iba a ser demasiado complicado, dada su fama por las zonas que frecuentaba.

Nicolás miró su teléfono móvil por enésima vez. Ya sabía que las horas estipuladas nunca eran exactas, en absoluto, pero que ya pasasen unos minutos de la hora en la que le dijeron que comenzaría la autopsia lo ponía todavía más nervioso. Ni siquiera el wasap de Alfonso que acababa de recibir confirmándole que Forcadell y Rossi también habían madrugado para meter caña a sus respectivos cometidos lo calmaba un poco.

Del inspector jefe Aguilar, una pieza fundamental en todo aquello, no tenía noticias. Necesitarlo sí que era el colmo de la mala suerte, porque no conocía a un policía en todo el cuerpo que fuera más a su bola que aquel hombre. La única esperanza que le quedaba era mantener una charla con él en cuanto encontrara cinco minutos. Antes no era así y quizá quedara algún rescoldo de esa otra persona que le pudiera echar una mano.

Sus mayores esperanzas estaban depositadas en el inspector jefe Mario Pedraza y en todo su equipo en la UCC. Sabía que trabajaban contrarreloj para localizar la señal *streaming* del vídeo de Carolina y era lo único que lo tranquilizaba. Todo giraba en torno a lo que ellos pudieran hallar.

Lo que más le sorprendía de todo el asunto relacionado con el vídeo tenía que ver con él mismo, ya que pese a lo que él creía que haría, no utilizó su teléfono móvil ni una sola vez para verlo. La razón era bastante clara, aunque prefería no admitirla: seguía estando ahí la posibilidad de que a Fernando se le fuera la olla y él acabase siendo testigo. No era propio de él faltar a su palabra, pero visto lo visto recientemente, cualquiera entendía qué pasaba por la cabeza del asesino al actuar así.

Aunque algunas hipótesis se empezaban a formar en su cabeza, quería macerarlas todavía más.

Con Sara todavía no había hablado. Imaginó que ya estaría en Canillas dándolo todo. Y era una suerte para el caso, desde luego.

Justo cuando Nicolás se disponía a comprobar una vez más los minutos pasados, vio que el doctor Salinas asomaba la cabeza buscándolo. Iba vestido de cirujano, cosa que el inspector jefe agradeció, pues así no perdería el tiempo. Él también se vistió de manera conveniente y accedió a la sala de autopsias.

Lo primero que llamó su atención fue el buen aspecto que presentaba el cadáver, aunque esto último había que matizarlo: no es que hubiera muertos bonitos, tal como se empeñaba en mostrarnos la televisión; al contrario, estos solían hincharse, deformarse y otras tantas cosas desagradables más que el común de la gente no conocía; pero, claro, acostumbrado a trabajar con cuerpos que habían sido sometidos a gran violencia —algunos de ellos extrema, como Fernando los acostumbró—, este parecía un ser angelical dormido. Con lividez y un poco de hinchazón, pero angelical.

—Veo que su sorpresa es igual a la nuestra, inspector jefe —comentó el director del complejo.

—No se lo puedo negar, doctor. Después de lo de anoche esperaba encontrar algún tipo de coloración alrededor de la boca. Algo que nos indicara que fue envenenado. No creí que iba a verlo así, para ser sincero.

Ha sido algo que no pensábamos que sucediera, la verdad. Las quinielas apuntaban todas en una sola dirección y, mire por dónde, estábamos equivocados.

—Entonces, ¿hay que descartar el envenenamiento como causa de la muerte?

—Es muy temerario hacerlo. Hay manifestaciones que no aparecen hasta transcurridas veinticuatro horas. A veces incluso más. Pero hablaríamos de venenos muy sofisticados que no sé yo si alguien como Fernando...

—Le recuerdo cómo asesinó a la madre de la inspectora jefe Garmendia...

—Sí. Razón de más para no asegurar que no murió envenenado. Eso sí, ciertamente lo dudo. Hay otro tipo de evidencias que, si bien no son probatorias, al menos son sintomatológicas y no aparecen.

—Solo le pido que no me diga entonces que este hombre murió por causas naturales, porque no me lo creo. Dígame que fue por una sobredosis de alguna sustancia.

—Volvemos a lo mismo. Hasta que no vengan los resultados de las muestras de sangre del laboratorio no sabremos nada, pero habría una serie de evidencias en el cuerpo que nos contarían un poco más acerca de una cosa así y no las hay. Para que se haga una idea: lo más significativo que hay en un primer análisis ocular es el desgarro de la zona del ano. Y, me temo, nadie muere por una cosa así. Sería el primero con el que me encuentro yo.

—Entiendo. Entonces, ¿qué nos queda?

—Nos queda realizar una autopsia normal al cadáver para encontrar la causa de la muerte. Pero si tuviera que apostar, lo haría por un derrame cerebral o un ataque al corazón fulminantes. No quiero jugar a ser detective, pero quizá Fernando planeó para él otra cosa y el pobre hombre no llegó. Es que no me sale otra explicación.

Nicolás se encogió de hombros. El forense también creía en la posibilidad que él ya había considerado, pero seguía sin admitirla. Tenía que haber más.

—¿Han observado el interior de su boca? —preguntó de pronto el inspector jefe.

El doctor Salinas cayó enseguida en lo que quería decirle.

—¡Claro! A ver, dado el hallazgo en el anterior cuerpo era inevitable que miráramos ahí primero. Pero no hay nada. Y en su ano tampoco, por si se le ocurre pensarlo. En el consolador, tampoco. En esta ocasión no hay mensajes. Ahora podemos hacer dos cosas: puede quedarse a ver cómo realizamos la autopsia del cadáver y tomamos muestras de sus órganos con la esperanza de hallar una explicación, o nos espera fuera. Aquí no molesta, lo malo es que no van a ser cinco minutos.

Nicolás reflexionó unos segundos.

—Nada, esperaré fuera. Cuéntenme lo que sea.

Ya se disponía a salir; de hecho, se había quitado la mascarilla y el gorro quirúrgico, cuando la puerta se abrió de golpe: era Jenny, la patóloga forense, con varios folios en la mano.

—Tengo el resultado de tóxicos —anunció a la vez que los agitaba.

—¿Y bien? —dijo el doctor Salinas bisturí en mano.

—Hay tres conclusiones claras. La primera, que había escopolamina en su sangre.

—¿Burundanga? —preguntó el inspector jefe.

—Así es. La dosis era muy baja, pero habría que considerar muchos factores a la hora de conocer cuánta se le administró para que sucumbiera a la voluntad de su asesino. No hemos extraído demasiada orina de su vejiga, por lo que es probable que hubiera hecho pis antes de morir y gran parte de la sustancia se esfumara. Sea como sea, la tenía.

—Interesante... —comentó el inspector, que ya empezaba a ver que eso concordaba ya más con Fernando.

—Lo segundo que hay que recalcar es que ha muerto de un infarto de miocardio.

—¿Se puede saber con una simple analítica? —planteó Nicolás extrañado.

—Sí y no. En su sangre había indicadores de concentración de troponina cardíaca, que indica que hay alguna alteración en el corazón. Pero nos lleva a la tercera y definitiva conclusión. Doctor Herrero: un punto para usted.

Todos lo miraron de inmediato. Nicolás no se había percatado de que era él porque no había hablado y, vestidos así, todos le parecían iguales.

—Así que hay digoxina en sangre —comentó sin ni siquiera inmutarse.

—Sí, para que sepa lo que es, inspector jefe, la digoxina es un fármaco que se emplea para tratar arritmias cardíacas. Se sorprendería de la cantidad de veces que hemos examinado cuerpos con una intoxicación por este medicamento.

—No me estará hablando en serio. ¿Un medicamento?

—Sí, sí, tal cual. Es muy peligroso si no se le da un uso correcto. Como uno se pase un poco con la dosis, se acabó. Así que, sin más, puedo afirmar que se trata de una intoxicación digitálica, que es el componente básico de esta sustancia.

Nicolás no perdía detalle de las explicaciones, al tiempo que su cabeza ya comenzaba a reformular las teorías que en un principio dio por sentadas. Lo que no comprendía era lo que llevó a Fernando a tomarse tantas molestias para acabar de ese modo con la vida de Daniel. Daba igual que cumpliera los requisitos para formar parte de su lista, a Fernando no le temblaba el pulso a la hora de sesgar una yugular y ya llevaba dos muertes seguidas en las que había cambiado el método por uno menos aparatoso en cuanto a lo visual.

Eso, lejos de confundirle más, como sería lo evidente, le acercaba más y más a la teoría que llevaba formándose en su cabeza desde la noche anterior. Pero, antes, necesitaba formular algunas preguntas.

—¿Es difícil conseguirla?

—Para nada. Esto que le voy a contar es totalmente a título personal, pero la considero demasiado peligrosa para que se siga recetando. Entiendo que hay arritmias que no pueden ser controladas de otro modo que con el medicamento, pero he llegado a ver casos en los que se recetaba ante una leve arritmia. ¿Eso mata a la persona? No, pero por descuidos se han pasado con la dosis y me los he encontrado después encima de esta mesa.

—Entonces, resumiendo...

—No, no es difícil hacerse con ella. Todavía es pronto para decir cómo estaba el corazón de este hombre, pero si se encontraba sano, tendrá que haberle suministrado una dosis alta y, supongo, la mejor forma de hacerlo sería inyectada. Analizaremos bien el cuerpo porque a simple vista no se ve ahora mismo.

El inspector jefe no pudo disimular un resoplido. La confirmación de que a Fernando no le importaba remover cielo y tierra para conseguir sus objetivos no le hizo demasiada gracia, pero ya contaba con eso. Anotó en su cerebro buscar farmacias en Madrid que hubieran vendido recientemente ese medicamento, aunque Fernando la podría haber comprado hacía mucho en previsión de ese asesinato. Miró a los doctores; una vez conocida la causa de la muerte entendió que lo mejor era dejarlos realizando su trabajo e irse a Canillas. Necesitaba al equipo.

Nada más entrar en la sala de inspectores se llevó la primera sorpresa del día, pues allí dentro vio a Sara. Hablaba con Alfonso al tiempo que le mostraba unos papeles. No dudaba de que ella se encontraba bien, pero su repentina marcha el día anterior provocó en él cierto desasosiego que se disipó al verla. Lo que más lo sorprendió es que estuviera charlando con su amigo sin que ninguno de los dos llevara un cuchillo en la mano. Le agradó ver que el equipo remaba más que nunca en una única dirección. Aun comprobando que estaba bien, necesitó preguntarle.

—Inspectora jefe, ¿hablamos fuera un momento?

Ella levantó la vista de los papeles y asintió. Los dos salieron.

—¿Estás bien?

Sara observó su rostro con detenimiento. La sospecha de que Alfonso se hubiera ido de la lengua cuando él mismo le pidió que no dijera nada planeaba dentro de ella desde el mismo momento en el que se acabó su encuentro. Aun así, su cara no mostraba una preocupación acorde a la gravedad del asunto. Así que quiso tirar del hilo.

—¿Por qué lo dices?

—Ayer creía que te quedarías un rato más trabajando y te marchaste.

En su interior respiró aliviada. No dijo nada.

—¿Viste la hora que era? Estaba agotada. ¿En qué momento dije que me quedaría toda la noche trabajando?

—No he dicho eso, pensaba que...

—Pensaba, pensaba. ¿Tengo que darte alguna explicación de lo que hago después de pasarte un año y pico escondido debajo de una piedra? Porque yo creo que no.

Nicolás no supo qué contestar. No comprendía ese arrebato por parte de Sara, pero el tiempo le enseñó que de la inspectora jefe uno se podía esperar cualquier cosa en cualquier momento, así que decidió dejarlo pasar.

—Siento si te he ofendido —contestó al fin—. Era solo que creía que te preocupaba algo, ya está. Solo quería que supieras que puedes contar conmigo en caso de ser así.

Ella asintió aguantando el tipo, porque lo que de verdad quería era pegar un inmenso grito y llorar abrazada a él. Pero aguantó. Y lo mejor es que él no notó nada.

—Vale. ¿Seguimos? Se me ha ocurrido una cosa.

Nicolás entró otra vez sin decir nada más. Sara fue de nuevo a coger los papeles que llevaba antes en la mano.

—Le contaba al inspector Gutiérrez que estas son las transcripciones completas de las conversaciones que mantuvo Fernando con el psiquiatra que lo visitaba en la penitenciaría de Fontcalent. ¿Es que de verdad nunca nos vamos a plantear cómo conocía Fernando la existencia de Carolina y, sobre todo, su relación con el inspector jefe?

Nicolás se quedó mirando a Sara con la boca bien abierta. Con el cúmulo de acontecimientos que vivía esos días ni lo contempló.

—¿Y crees que puede ser importante?

—Creo que es fundamental. Dudo que una buena mañana se despertara y lo supiera. Además, pensad una cosa: ¿podría haberlo descubierto una vez libre? Sí, desde luego, pero recordemos que hasta donde sabemos la tiene más de un año retenida, por lo que cuando escapó ya tendría parte del plan trazado. No me malinterpretes, inspector jefe, pero no eres un personaje público y tu vida personal no sale en las revistas. No es tan sencillo de averiguar.

—A no ser que recibas ayuda. ¿Crees que fue su madre?

—Es una posibilidad. Ella, de algún modo, pudo averiguar sobre ti y contárselo todo. Y hasta sería lo más probable si me apuras, pero...

—¿Pero?

—Hay algo en su forma de actuar que me escama mucho. Es como si fuera otra persona diferente.

—¿Hablas de otra personalidad o de lo que me estoy temiendo?

—Partamos de que es poco probable, pero ¿y si tuviera otra ayuda? Ya ha demostrado en otras ocasiones que no le cuesta rodearse de chiflados que lo ayuden a que su camino sea más llano. ¿Por qué no ahora?

—¿Y en los papeles crees que puede residir la clave? Ya revisamos los vídeos la otra vez y...

—Sí —lo interrumpió la inspectora—, lo hicimos, pero con el foco fijado en otra cosa, no aquí. Sé que no va a contarnos nada que no sepamos ya, pero ahora busco cambios en su actitud.

—Ahora sí que me he perdido —intervino Alfonso.

—Es que no sé cómo explicarlo para que vosotros lo entendáis, pero sé muy bien lo que quiero decir. El caso es que la inspectora Vigil, de manera visual, y yo, con los textos, lo vamos a comprobar. Los cambios de actitud de una persona dicen mucho de ella, más aun de si lo que cuenta es verdad o no. Cuando me cerciore de ello os contaré por qué, pero si no os importa Fátima me espera para empezar. Son muchas horas por delante.

Y como ya los tenía acostumbrados, salió del despacho sin decir nada más, dejándolos a todos boquiabiertos.

—Antes de nada —dijo Rossi—, me gustaría comentar una cosa. Como la inspectora jefe habla tanto y, en fin, da un poco de miedo, me daba cosa intervenir, pero apoyo su teoría en un aspecto.

—A ver, sorpréndeme —contestó Nicolás.

—En la UCC casi me cuelgan por pedirles más, pero quería conocer bien los motivos por los que la señorita Blanco volvió a España justo en el momento preciso. Recibió un mail falso desde una notaría de Madrid en el cual la alertaban de dificultades legales con la herencia de su padre. A ver, yo he visto el mail y parece real, es la hostia, pero en la UCC se han dado cuenta enseguida de que la dirección de correo era falsa. El caso es que le pedían que estuviera un día en concreto en Madrid para solucionar el tema. De ahí que viniera.

—¿Y conseguir falsificar el mail es fácil o difícil?

—Según me han explicado sería medio-alto.

—Entonces, ¿deberíamos creer que ahora Fernando también domina la informática viendo esto y lo del *streaming*? —preguntó la inspectora Forcadell.

—Eso o que la inspectora jefe tiene razón y alguien lo está ayudando una vez más —sentenció Nicolás—. No sé cómo coño lo hace, pero siempre hay algún pirado que le masca parte del trabajo. Es la hostia...

—En fin —dijo Alfonso—, antes de contarte lo que he averiguado del pieza que ha muerto, ¿qué nos traes de la autopsia? Sorpréndenos.

Nicolás les explicó los detalles que manejaba por el momento. Todos lo escucharon atentos. Rossi fue el primero en decir lo que los otros pensaban:

—¿Alguien entiende lo que está pasando? Considerando a Laura la primera víctima, a ella la estrangula. No con sus manos, como es habitual, no, con su antebrazo y después la arrastra unos metros para colocarla en un lugar concreto al que, por más que lo intento, no le veo nada de especial. Luego le corta los párpados. A la segunda víctima, el delincuente ese, entiendo que lo seduce, le da burundanga, se lo lleva a un motel y una vez allí le administra un medicamento difícil de detectar en un primer vistazo para que le dé un ataque al corazón. Todo al tiempo que le mete un consolador por el culo. Por cierto, ¿fue *ante* o *post mortem*?

—Fue *post*. Fernando colocó así el cuerpo y le metió el artilugio por el ano.

—¿Con qué fin? —planteó Forcadell gesticulando exageradamente con sus manos y su cabeza.

—Está claro que todavía no podemos responder una cosa así... —comentó Alfonso.

—Pues me temo que yo sí. Bueno, en parte —repuso Nicolás.

Todos lo miraron muy extrañados.

—Alfonso —comenzó a hablar—, ¿no te recuerda a algo tanto cambio de *modus operandi*?

El inspector Gutiérrez no necesitó pensarlo demasiado en cuanto Nicolás le lanzó la pregunta de ese modo.

—Mors...

—Mors, exacto. Está actuando exactamente igual que hace ocho años. Cambiaba con frecuencia de *modus operandi* y creíamos que era solo por despistarnos, pero no era por eso.

—Era porque le apetecía jugar con su ego, ¿no? —aventuró Gràcia.

—Exacto. Le dio por imitar a los asesinos más famosos de la historia de España para, a su manera, demostrar que estaba muy por encima de ellos. Y antes de que digáis nada, en cuanto se me ha ocurrido la posibilidad me he parado en la M-30 y con el móvil he comprobado si ha vuelto a lo mismo y me temo que no, pero lo que creo es que está volviendo a los inicios. Todo esto vuelve a ser un juego para él.

—Pero no tiene sentido —intervino Rossi—, con las muertes del año pasado se dejó de tanta historia y fue directamente al grano.

—Así es. Lo discutiré con la inspectora jefe Garmendia en cuanto esté un poco más desocupada, pero creo que el año pasado actuó con cierto miedo a ser atrapado. Su misión era acabar con las personas que le pidió su madre. Su meta era conseguirlo a toda costa y ya le vio las orejas al lobo al pasar siete años recluido en una penitenciaría psiquiátrica, pero, pensad una cosa: ya cumplió su cometido y ahora lo único que busca es hacer daño. Del modo que sea. ¿Por qué no volver a pasárselo bien, como en Mors?

Todos lo consideraron. Aunque era un sinsentido, dada la situación, era la explicación más lógica, desde luego.

—¿Sugieres que está jugando otra vez? —preguntó Alfonso en un tono en el que parecía que intentaba convencerse a él mismo.

—¿Sinceramente? Creo que sí. Es lo mismo que la otra vez. Siento que está cerrando el círculo y quiere que sea así. Ahora mismo sus actos solo tienen sentido para él y se puede permitir el lujo de actuar como le dé la gana. Y cuando lo hace, tenemos claro lo que pasa.

—Sí, vale, acepto lo de que está jugando. Muy peliculero, pero vale —concedió Rossi—. Ahora bien, ¿qué juego sería? Porque sin saberlo me parece que nos tocamos las narices.

Nicolás solo pudo encogerse de hombros.

—Perfecto —añadió el inspector ítalo-español—, no es mi intención desanimar, perdonad, pero me gustaría conocer a qué nos atenemos y la cosa no pinta bien.

—Nada bien... —coincidió Forcadell con la cabeza gacha.

—Sea como sea disponemos del tiempo justo para seguir avanzando, Alfonso, ¿qué has averiguado de la nueva víctima?

—Bastante, la verdad. No ha sido difícil debido a su historial. Tenía treinta y nueve años. De esos, llevaba aproximadamente unos treinta delinquiendo. Y no es una forma de hablar: de verdad que empezó a los nueve años a tocar los cojones. Sus padres ya no sabían qué hacer con él y, según me han contado algunos compis que lo conocían muy bien, lo intentaron todo y, por consiguiente, ya estaba dado por perdido. También me han confirmado que su familia tenía una buena posición económica. No ricos, quizá, pero sí muy bien acomodados. Ella murió a causa de un cáncer de mama hace cinco años. Su padre todavía vive, pero me han contado que no sale demasiado de casa. Es hijo único y, por lo que me han dicho, lo mismo le daba por la carne que por el pescado, no sé si me explico.

—Perfectamente, Gutiérrez —intervino Gràcia.

—Vale —siguió Alfonso—. Imagino que Fernando no lo tuvo demasiado difícil, porque me han contado también que tenía su bisexualidad muy organizada. De lunes a viernes se iba de putas y los fines de semana buscaba compañía en —leyó con cierta dificultad— The Blue Oyster, un pub gay de Chueca. No sé si nuestro psicópata empleó parte de su tiempo en camelarse durante días a la víctima o fue directo a echarle la escopolamina en el vaso. Aunque, conociendo cómo actúa la sustancia, me decanto por la segunda.

Nicolás asintió al tiempo que recordaba sus efectos. Las leyendas de las madres que pedían a sus hijos que vigilaran sus bebidas por si alguien les echaba droga eran ciertas en este caso. La culpa era de la escopolamina o burundanga, que anulaba la voluntad del sujeto que la ingería, que durante unos minutos quedaba completamente a merced de la persona que le pedía algo. Era muy curioso porque el intoxicado era consciente de estar haciendo lo que le pedían, pero, aun así, le era imposible negarse.

Fernando lo tuvo demasiado fácil.

—¿Disponía de coche propio?

—No. Pero tampoco sería una locura que Fernando le hubiera pedido que robara uno para él y así aprovecharse de la situación. El Pololo era experto en estos trabajitos, y así Fernando se movería con soltura con un vehículo que ni siquiera habría robado él.

—Es posible...

—Y, bueno, si vamos directos al asunto de si es o no un bebé comprado, evidentemente hay que averiguarlo, pero, a ver, ya solo viendo el nivel económico de sus padres, sin querer juzgar... pues eso. Y supongo que lo acabaremos confirmando; con todo lo que hemos averiguado, el juez ya no nos negaría una orden para comprobarlo, pero imagino que nuestras prioridades ahora son otras viendo el tiempo que queda.

—Así es. En este momento nuestra prioridad es encontrar el patrón con el que actúa Fernando ahora. Está claro que existe el nexo de unión de los bebés robados, pero me interesa más saber por qué está matando así. Hace ocho años, en Mors, estábamos exactamente igual, creyendo que las muertes eran tan diferentes que no estaban relacionadas entre sí, pero resultó que imitaba a los asesinos en serie más famosos de la historia del país. Ahí tenemos el nexo. Es lo que hay que encontrar ahora.

Todos asintieron.

—¿Hay más? —preguntó el inspector jefe.

—Sí, me toca —comentó Forcadell—. Un par de cosas. La primera y más importante es que la primera víctima, la del Templo de Debod, ya está identificada. Se trata de Caroline Perkins, una estudiante de intercambio estadounidense que llevaba aquí desde mitad de septiembre. La denuncia por su desaparición llegó anoche mismo por parte de su compañera de piso aquí, en Madrid.

—Joder, ¿me estás diciendo en serio que se llamaba Caroline?

—Siniestro, ¿verdad? No me imagino las vueltas que tuvo que dar nuestro amigo para encontrar a una chica que se pareciera a Carolina Blanco y que, además, se llamara como ella. Tanto ritualismo en sus actos me pone los pelos de punta.

El inspector jefe respiró hondo. Tenía razón. No es que le sorprendiera que Fernando se tomara tantas molestias en los detalles de sus actuaciones, pero no dejaba de asombrarlo que nunca dejara ningún detalle al aire. Volvió a lamentar que tanto empeño solo fuera para tocarles las pelotas un poquito más.

—¿Dónde vivía? —preguntó de golpe Nicolás.

Gràcia repasó sus papeles.

—En la zona de Ventas.

—Marcad el punto en el mapa. Quizá Fernando resida por esa zona ahora. Pensadlo así: si tuvierais que poner en práctica un plan medio improvisado, ¿no sería más fácil con alguien conocido? Puede que Fernando la hubiera visto pasar varias veces y el parecido le hubiera ayudado a idear el plan del engaño con las identidades. Hay veces que se improvisa sobre la marcha y ya hemos visto que a este hombre esto no le cuesta.

Gràcia puso cara de sorpresa, pues ella no era de improvisaciones. Al final iba a ser cierto lo de que Nicolás tenía un no sé qué que otros no.

—¿Qué era lo otro? —la alentó el inspector jefe.

—Ah, sí. He hablado con Angie, una subinspectora de la UCC majísima. Le he pedido por favor que acelerara la búsqueda en la medida de lo posible en el ordenador del médico al que mató Fernando el año pasado y me ha llamado hace un rato. Han hallado varios archivos en el disco duro que podrían ser los que necesitamos. ¿Lo malo? Que están hechos polvo y hay que reconstruirlos, me ha parecido entender. Dice que lo harán lo antes que puedan, pero que tengamos paciencia porque quizá no consigan que funcionen.

—Bueno, me vale —comentó Nicolás al tiempo que se rascaba la cabeza—. Perfecto, seguid así. Intentad, sobre todo, establecer lo que os he pedido acerca de la relación entre los dos *modus operandi*. Algo nos quiere decir con ellos, creedme. Yo necesito hacer un par de cosas ahora.

Dicho esto salió del despacho. Alfonso corrió tras él a toda prisa.

—Nicolás —le llamó—, no es que te vea mal, pero sí que siento la necesidad de preguntarte todo el tiempo cómo estás.

—No te puedo mentir: jodido, pero no menos que tú o

que Gràcia o Rossi. De todos modos, si quieres que te diga si me va a explotar en la cara, todavía me queda margen. No voy a salir corriendo. Bueno, sí que salgo, en serio, tengo dos cosas urgentes.

—¿Puedo saberlas?

—Quiero hablar con Aguilar por un lado, parece que pasa del asunto y, joder, sé que el tío puede ser vital.

—Si tú lo dices... ¿Y la segunda?

Nicolás sonrió, dio la vuelta y comenzó a andar de nuevo. Sin volverse lo anunció:

—Voy a pedir la inmediata incorporación de Alicia.

21

Viernes, 10 de noviembre de 2017. 9.21 horas. Madrid
(55 horas, 39 minutos para el fin de la cuenta atrás)

Sara se levantó a cerrar la puerta de su despacho. El ruido era apenas perceptible, pero sí lo suficiente como para que ella no pudiera concentrarse en los textos que tenía delante. Se engañaba a sí misma. De sobra sabía que el problema, en realidad, no eran esos leves sonidos, sino que su cabeza no dejara de pensar en otras cosas que no tenían nada que ver con el caso.

No albergaba dudas de que la inspectora Fátima Vigil sí que estaría concentrada, mirando casi sin pestañear la pantalla de su iMac de 27 pulgadas —que tanto les costó conseguir tras largas discusiones con los de arriba, ya que lo consideraban fundamental para el desempeño de su labor— en busca de alguna variación en el gesto de Fernando que les indicara que ahí había algo importante en lo que fijarse.

Lo cierto era que muy pocos conocían que la inspectora Vigil era una de las mejores expertas en comunicación no verbal del país y que Sara era muy afortunada por contar con ella en su equipo. A ella le debían la captación del movimiento facial que delató a José Bretón en el interrogatorio tras la desaparición de sus hijos y que permitió presionarlo hasta que confesó la verdad, así como encontrar las incongruencias entre lo que el conocido como pederasta de Ciudad Lineal declaraba y lo que en realidad contaban sus movimientos de cuerpo.

Sara confiaba una vez más ciegamente en que fuera ella la que arrojara luz sobre tanta oscuridad.

Al tiempo que leía aquel conglomerado de palabras, se arrepintió firmemente por haber ingerido aquella pastilla hacía ya tres horas para contrarrestar el molesto runrún de su estómago. Los nervios la atenazaban y ya le molestaban en exceso, pero aquello no era excusa para medicarse, pues no fue previsora con la potencial merma de las capacidades mentales de la medicación. Aunque a su favor tenía el hecho de que ella no esperaba que le hiciera efecto tan tarde y que, además, todavía le estuviera durando. Tal vez era la falta de costumbre.

Fuera como fuese, no se concentraba y aquello no podría haber llegado en un momento peor. Quizá también contribuía a ese entumecimiento mental el que estuviera excesivamente cansada por no haber parado apenas en los últimos dos años. Las vacaciones llegaron en agosto, dos semanas que se tomó obligada por el comisario de Información y Datos y que empleó en hacer un máster intensivo en Londres sobre perfilación criminal. La insistencia de Julen en que no le hacía falta, pues debía ser ella quien lo impartiera, no sirvió para que ese supuesto descanso no lo acabara siendo. Lo malo de todo aquello es que ahora lo pagaba con creces. Quizá no fuera tan mala idea parar por completo en cuanto el caso se resolviera de un modo u otro.

Porque esa era otra cuestión que plantearse: ¿cómo podía asegurarle a Nicolás que conseguirían que todo acabara de la mejor forma posible si ni ella misma lo creía así? No pensaba que pudiera llegar a Fernando hasta el momento exacto en que él lo quisiera, pero también era consciente de que no podía decírselo al inspector jefe porque acabaría por destrozarlo del todo. Y después de recomponerse unas cuantas veces ya, ¿quién sabía si aquella no era su última oportunidad para aferrarse a él mismo y continuar adelante? Puede que un golpe más y se rompiera para siempre.

Así que tocaba aguantar el tipo y darlo todo.

O, mejor dicho, todo lo que era capaz de dar en esos momentos.

La esperanza depositada en aquellos papeles sí que era real. Recordó los casos en los que hacer eso lo cambió todo cuando ya nadie daba un duro por la investigación, así que se dijo que por qué ahora iba a ser distinto. Seguro que encontrarían algo interesante, lo malo era que no fuera a tiempo.

Siguió repasando todas las frases pronunciadas por el monstruo en cada una de las conversaciones mantenidas frente al terapeuta. La precisión con la que el transcriptor anotó cada detalle, incluso los tiempos aproximados de pausa entre una frase y otra, le allanaban el camino considerablemente. Mientras leía, no pudo evitar acordarse del episodio vivido el día anterior cuando se produjo la pseudovuelta de Carlos, el *alter ego* de Fernando. Se preguntó si durante los siete años que duró su reclusión no le habría sucedido. O si, quizá, esa hubiera sido la primera vez y, por tanto, Fernando sentía nervios frente a la posibilidad de que Carlos volviera para quedarse. Era tan favorable como peligroso, pues tenía una parte negativa y otra positiva. La negativa era que podría hacer emerger a un Fernando desatado que podría cometer un error, que era la parte positiva. Sin embargo, había que plantearse que, antes de que lo cometiera, dejaría tras de sí un reguero de muertes difícil de imaginar y cuantificar.

Descartó el enésimo folio repleto de intentos frustrados por conseguir frases significativas del Mutilador, alejadas de la banalidad que él mismo se autoimponía. Fernando era todo un experto. Le encantaba contar solo lo que a él le apetecía decir en cada momento exacto, como si tuviera un guion escrito. Y a Sara le fascinaba.

Sabía que estaba mal sentir este tipo de cosas cuando, por encima de todo, morían personas, pero no podía evitar que su interés profesional estuviera por las nubes ante un caso como en el que trabajaba. No tenía demasiado claro que fuera posible, pero si acaso consiguieran apresarlo, ofrecería su propia alma para poder pasar unas horas sentada frente a él, tratando de resolver ese puzle de su mente y que quizá ni siquiera él supiera construir. El valor de unas declaraciones sinceras por parte del Mutilador de Mors sería incalculable a la hora de seguir creciendo en materia de investigación psicológica criminal.

La pila de los folios revisados seguía aumentando y, de una manera inversamente proporcional, disminuían sus esperanzas por encontrar algo. ¿Cómo podía ser entonces que no hubiera maquinado todo el plan con Carolina si no fue en esa época? Claro que tampoco iba a ser fácil explicar cómo se enteró de su relación con el inspector, pero dentro de la inverosimilitud que lo impregnaba todo, que hubiera sido durante su encierro sería lo más lógico. ¿Fue su madre la que lo puso al día? Muy probable. Hasta sería la explicación más plausible, pero ella tenía una corazonada, más aún viendo los constantes cambios en su proceder. Había otra persona de por medio. Fernando usó a otros en cada una de las fases de su plan y ahora no iba a ser menos.

Era un manipulador nato.

Que Fátima no hubiera entrado en su despacho loca de alegría tampoco le confería un mejor ánimo respecto a su idea. Entendía que el visionado era más lento que leer varios papeles, pero no por ello dejaba de pensar que de un momento a otro le fuera a dar la gran sorpresa.

Pero no llegaba.

Pasó una nueva hoja al tiempo que se rascaba la cabeza. Al

segundo café servido apenas le quedaba un pequeño sorbo. Entonces, leyendo una pregunta emitida por el médico y, sobre todo la respuesta que había dado Fernando, una campanilla especial sonó en su cerebro.

Aunque, a decir verdad, no fue tanto la contestación de Fernando lo que llamó la atención de Sara, sino el silencio que el transcriptor anotó, pues al parecer le pareció importante.

Sintió cómo de nuevo la sangre volvía a su cuerpo. Dio un salto de inmediato y salió a toda prisa de su despacho para entrar en la lata de sardinas donde trabajaba el resto de su equipo. Allí vio, como esperaba, a la inspectora Fátima Vigil con sus enormes auriculares colocados en la cabeza. Miraba sin pestañear la gigantesca pantalla de su Apple, al tiempo que anotaba cosas en su libreta. Basada en experiencias anteriores y en sustos casi mortales, decidió tocarle el hombro con sumo cuidado.

Fátima se giró lentamente. Sus ojos eran los típicos de haber realizado un esfuerzo sobrehumano al tratar de hallar lo que fuera en las imágenes de su ordenador. Antes de decirle nada, Sara echó un vistazo a sus anotaciones por si alguna de ellas coincidía con lo que ella quería consultar.

Pero no, más que nada porque todavía no había llegado a esa parte. Aun así, prefirió consultarle.

—¿Qué tal, Fátima? Dime que tienes novedades.

—Me encantaría decirte que sí, pero me temo que no. Lo único que sí que te puedo confirmar es que este tipo me provoca escalofríos. Te juro que nunca he visto una cosa así. Observa su mirada —dijo a la vez que señalaba la imagen congelada con un rotulador de color verde—, ¿a que en principio no te dice nada porque parece que la tiene perdida? Pues el muy mamonazo es capaz de mantenerla todo el rato. Como si estuviera ausente. Como si aquello no fuera con él. Y no es que me resulte tan extraño porque lo he visto en otros, aunque ellos estaban ausentes de verdad, pero sé que Fernando no. Controla cada movimiento, cada palabra que pronuncia... hasta el aire que exhalan sus pulmones. ¿Cómo puede? ¿Cómo puede manipular tanto la situación a su antojo? Una cosa es ser un psicópata y otra bien distinta esto. Es macabro, muy macabro.

—Lo sé, Fátima, lo sé. La primera vez que vi las grabaciones no daba crédito. No parece siquiera humano. Es difícil de explicar. En fin, ¿por qué vídeo vas?

—Ya voy por el seis. Hace nada que he visto lo que me contabas acerca del vídeo número cinco. Ahí sí que me he quedado sin respiración. ¿Cómo lo tenía todo tan bien orquestado para mandar una señal tan deliberada? Pensar que lo hace adrede es algo que indica... ¡es que no sé ni lo que indica!

—Te entiendo. No hay palabras que lo puedan definir bien. En fin, a lo que venía: yo voy ya por el vídeo nueve. Me he topado con una cosa y me encantaría que comprobaras su comunicación no verbal cuando le formulan cierta pregunta. No te voy a decir cuál es, como siempre, ¿vale?

—Por supuesto, Sara. Además, saltarme tres vídeos ahora mismo es impagable. Así que vamos a ello. ¿Lo pongo desde el principio?

—No, desde el minuto doce. —Lo que ella quería ver era en el catorce.

La inspectora cerró el archivo que visualizaba y localizó el vídeo que Sara le pedía. Tras un doble clic lo abrió y colocó el cursor de reproducción en el minuto que ella le indicó. Le dio al Play.

La imagen cobró movimiento de nuevo y ambas se colocaron frente a la pantalla. El efecto de la pastilla desapareció de pronto en Sara ante la indiscutible emoción de hallar cualquier cosa significativa.

La situación no variaba de la que se veía en todos los anteriores —y posteriores— vídeos. El plano se centraba en captar a Fernando y al médico de manera lateral. Un recuadro en la parte inferior derecha mostraba únicamente el rostro de Fernando. Escucharon lo que hablaban.

—Me han contado —dijo el terapeuta— que estás un poco más alterado que de costumbre, Carlos.

Antes de responder sonrió brevemente.

—Llámeme Fernando, por favor.

—Perdona, Fernando, no me llego a acostumbrar a lo del cambio de nombre. Es que en nuestros papeles constas como Carlos y nos genera algo de lío. ¿No crees?

Fátima y Sara no se miraron. No hizo falta. Ambas comprendían la estrategia del médico, que al parecer se basaba en tratar de confundir a Fernando con sus desdoblamientos de personalidad. El fin no lo veían tan claro, pero las dos coincidían en que no podía ser más torpe a la hora de lograrlo. Puede que los médicos de la penitenciaría no creyeran que fuera real el trastorno disociativo de la personalidad. Craso error.

Sobre la pregunta, Fernando no contestó. Ni siquiera se inmutó.

—Llevamos ya un tiempo detrás de poder conocer un poco más de ti y no te dejas. Solo dejaste acercarme en una ocasión y hasta que te dio la gana. ¿No crees que va siendo hora de que te abras? ¿Qué sientes ahora mismo?

—Nada.

—¿Y qué te gustaría sentir?

—Nada.

—¿De verdad que no crees que si conseguimos que la comunicación fluya no mejorará todo? Piensa que vas a permanecer durante una temporadita aquí y cuanto más plácida sea para ti, supongo que será mejor.

Sara meneó la cabeza. ¿Ahora pretendía intimidarlo? El cambio tan evidente de estrategia solo demostraba que el terapeuta estaba completamente perdido y desesperado por sacarle algo jugoso a uno de los peores asesinos en serie de la historia de España. Y eso que por aquel entonces llevaba la mitad de víctimas que las que contabilizaba ahora.

Respecto a la provocación del médico, Fernando ni se inmutó.

Fátima detuvo el vídeo.

—¿Era esto? ¿Esperabas una reacción aquí? Porque...

—No, no, vuelve a darle, por favor.

La inspectora Vigil obedeció.

—No importa —insistió el médico—, imagino lo que debe de ser para ti verte privado de tu libertad. Ya no es que solo estés encerrado, seguramente de por vida, porque no sé si te acuerdas de que somos nosotros los que debemos determinar, a petición del juez, cuál es tu estado de salud mental y si podrías poder ser internado en otro hospital psiquiátrico con... por decirlo de algún modo, menos restricciones. Si no colaboras, como te empeñas en hacer cada día, te pasarás el resto de tus días aquí. Hasta que mueras en la más absoluta soledad. O hasta que, no sé, sufras un accidente a manos de otro interno. Recuerda que aquí han pasado cosas con anterioridad. Y te garantizo que nadie echaría en falta a un perturbado como tú. Solo un grupo de descerebrados que te escriben cartas diciéndote que te adoran. Madre mía, ¿habrase visto? ¿Qué tipo de personas pierden su tiempo en escribir a un loco como tú? Si es que el centro se nos está quedando pequeño ya para tanto demente. De todos modos, para ellos seguro que sería una decepción no poder llegar a conocer más de ti. Estoy seguro de que piensas que el misterio vende, pero vivimos en una sociedad en la que la gente quiere verse saciada de información, cada vez más. ¿No quieres darles la posibilidad de conocer más del psicópata que ellos dicen adorar?

Fernando no decía nada. Ni siquiera alteraba su rictus.

—Lo que más gracia me provoca del asunto —el médico

no desistía—, es que pienses que todo lo que te escriben es cierto. Que te idolatran. Que te consideran una especie de... ¿de qué? ¿Te han llamado ya mesías? Seguro. Vives en un mundo que crees que gira a tu alrededor. Piensas que a esa gente le importa que te llames Carlos, Fernando o como te dé la gana. Crees que les importas. Pero no. Les importa el morbo de lo que sucedió. La sociedad es vil y morbosa, Fernando. Si fueras otra persona también te escribirían con las mismas palabras. Suerte tienes de que no nos dejen leer tus misivas, porque te aseguro que nos reiríamos durante semanas. ¿Es que acaso piensas que alguno de ellos es amigo tuyo? Carlos, puede, pero ¿de verdad crees que Fernando tiene o tendrá algún amigo?

De pronto, Fernando hizo un gesto y Fátima, sin más, detuvo el vídeo. Era justo la parte a la que se refería Sara sin habérselo mencionado.

—¿Lo has visto? —preguntó excitada.

—Sí... lo cierto es que no hace falta ser un experto para ver que con ese movimiento de ojos está recordando algo. La sonrisa condescendiente tampoco ayuda, aunque haya sido fugaz.

—¿Cómo sabías que sucedería en este punto? —planteó Fátima.

—Mira la transcripción —le pasó el papel— y deja dos segundos más de vídeo. Aquí dice que el doctor se echa para atrás. Quería entender por qué y ya está. Durante horas, excepto en el vídeo cinco, no obtuvo ningún tipo de reacción por parte de Fernando. Como si fuera un palo ahí puesto carente de sentimientos. Y de pronto deja de sostenerle la mirada y sonríe fugazmente. ¿Esa sonrisa es lo que a mí me ha parecido?

—Sí, yo también creo que es del tipo: «¡Ay, si tú supieras!». Pero ¿qué quiere decir exactamente? ¿Que tiene un amigo? ¿No se referiría a su madre? Aunque, bueno... son conceptos diferentes por mucho cariño que haya de por medio...

—Eso es. No sé a qué nos puede llevar, pero viendo la que está cayendo, creo que deberíamos comprobar qué está pasando aquí. Me parece que no nos enviaron la correspondencia mantenida por Fernando durante su estancia en Fontcalent, pero la voy a solicitar de inmediato. Que la traiga el director de la cárcel si es necesario, pero no tenemos tiempo de tonterías.

—Puede ser buena idea. De todos modos seguiré revisando los vídeos para ver si hay más a lo que nos podamos aferrar.

—Genial, ya me cuentas.

Sara dio media vuelta y salió del despacho con la emoción de saber que, de algún modo, puede que hubiera dado un paso de gigante en la investigación. Conseguir las cartas no sería tarea fácil, la privacidad era un tema muy serio y respetado, por lo que el juez se mostraría reticente a la hora de dar la orden. Esperó que comprendiera la urgencia y lo que podría cambiar la investigación en caso de que su teoría fuera cierta.

22

Viernes, 10 de noviembre de 2017. 9.25 horas. Madrid
(55 horas, 35 minutos para el fin de la cuenta atrás)

Nicolás prefirió bajar andando. No es que pensara que tomando el ascensor aquel corto trayecto fuera a convertirse en una eternidad, era que, tras los últimos días y a pesar de las emociones vividas, comenzaba a sentir cierto letargo en el cuerpo y quería desprenderse de él. Y aunque bajar peldaños no es que fuera un ejercicio aeróbico intenso, al menos movió los músculos.

La distancia recorrida no fue excesiva, pues solo tuvo que descender una planta más para llegar hasta su destino, que no era otro que la sede central de la Unidad de Secuestros y Extorsiones de la Policía Nacional, una sede que pasaba más tiempo con la mitad de sus efectivos fuera —incluso fuera del país— que con ellos dentro. Pero tuvo suerte, puesto que, quizá, era el momento en el que más se los necesitaba de los últimos años y ahí estaban.

Aunque dado el comportamiento y el escaso aparente compromiso del inspector jefe Jesús Aguilar, Nicolás no tenía demasiado claro que pudiera contar con él para que el barco llegara a buen puerto. Y lo cierto es que no entendía por qué, ya que esa faceta de su compañero era relativamente nueva. La gente se quedaba con esa cara que mostraba ahora y que ensombrecía cualquier otra cosa, pero él recordaba a un Aguilar siempre predispuesto y al pie del cañón. Nada que ver con el actual. Y no solo en lo referente al físico y a su indumentaria —siempre fue parecida—, sino, sobre todo, a lo profesional. Se decía de él que seguía resolviendo los casos que tocaba como nadie, pero que costaba mucho que entrara en ellos de la forma en la que se esperaba de él. Como si hubiera que convencerlo para que empleara toda su capacidad policial en ellos. Eso apenaba mucho a Nicolás.

¿Qué habría pasado en su vida para que ahora actuara así? Quizá nunca lo supiera, pero lo único claro era que todo aquello no favorecía a un caso en el que el agua ya les rozaba la nariz, dejando totalmente cubierta la boca. Puede que sonara egoísta la reflexión, seguramente sí, pero él no pensaba en otra cosa que no fuera detener los pies de Fernando, con todo lo que ello conllevaba.

Llegó al despacho en el que debería de estar ya el inspector jefe y lo encontró vacío. Lo curioso era que su ordenador permanecía encendido, aunque en modo bloqueo de pantalla. Parecía que sí había llegado.

Ya era algo. Salió del despacho y buscó a alguien a quien preguntar por su paradero. Las dos primeras personas con las que se cruzó le comentaron que no tenían ni idea de dónde se encontraba. Dio una vuelta por toda la planta con la esperanza de dar con él, pero sus esfuerzos resultaron vanos. Decidió entrar un momento en el cuarto de baño compartido de la planta. La necesidad apremiaba.

Nada más entrar lo oyó.

Por un lado, era difícil no hacerlo porque, procedentes de uno de los cubículos, se oían como golpes en la puerta. Nicolás se hubiera alarmado más si su oído no hubiera sido capaz de distinguir dos jadeos distintos que denotaban el placer inmenso de quienes los emitían.

El inspector jefe cerró los ojos y negó con la cabeza. A él le importaba bien poco quién se follaba a quién dentro de aquel complejo, aunque le pareciera un acto tan falto de pro fesionalidad que lo avergonzaba. El problema era que sospechaba quién era uno de los que se lo pasaba bomba... y todo ello mientras muchos de sus compañeros sufrían como nunca por echarse encima del peor psicópata con el que se habían cruzado jamás.

En su vida hubiera hecho lo que hizo de no ser tan preocupante la situación —y más todavía de no seguir corriendo el cronómetro de la cuenta atrás—, pero se acercó hasta la puerta que lo separaba de la fiesta y golpeó con sus nudillos al tiempo que carraspeaba.

A pesar del momento de decisión al interrumpir el acto, sentía una vergüenza extrema por lo que estaba haciendo que se manifestaba en que apenas levantaba la mirada del suelo.

Lo que hizo surtió efecto, porque de manera inmediata el acto cesó. Los jadeos de placer dieron paso a unos movimientos atropellados que denotaban la prisa de quien se tiene que vestir a toda velocidad. Seguramente sería eso.

Él se apartó dando unos pasos atrás. La puerta no tardó en abrirse. De ella, para sorpresa de Nicolás, salió el subinspector Mikel Jurado, de Secuestros y Extorsiones, quien no tuvo el valor de mirar a la cara de Nicolás, pero de haberlo hecho se encontraría a alguien perplejo porque esperaba ver salir a una mujer. Lo último no lo negaba.

¿No sería Aguilar el de dentro, tal como esperaba? No es que fuera tan cuadriculado como para pensar que no podía ser homosexual, ni mucho menos, sino que Aguilar tenía una fama de mujeriego de la que se hablaba sin reparos en la Unidad. Nicolás aguardó unos segundos más y apareció el inspector jefe. Al contrario que su compañero, en su rostro no percibió ni gota de vergüenza porque los hubiera descubierto; al contrario, sonreía al tiempo que se abrochaba los pantalones.

No dijo nada a Nicolás. Fue directo al lavabo y abrió el grifo del agua. La dejó correr unos instantes para luego tomar un poco y echársela a lo bestia por la cara. Nicolás lo miraba con los ojos muy abiertos. No sabía qué decirle.

Cuando acabó de lavarse frente al espejo, el inspector jefe se disponía a salir del aseo sin decirle ni una palabra. Eso sí, la sonrisa de la cara no se la quitaba nada ni nadie.

Ante esto, Nicolás sí que reaccionó y lo agarró por el brazo.

—¿Qué coño haces? —le espetó Aguilar.

—¿Qué coño haces tú?

—¿Hace falta que te lo explique? Entiendo que la puerta no te haya dejado ver, pero creo que lo de ahí dentro entre Mikel y yo no necesita de detalles. ¿O es otra cosa? ¿Es que los quieres para cascártela por la noche?

Nicolás no pudo contenerse y empujó a Aguilar dentro del baño. Casi lo estampó contra la pared.

—¡¿Estás gilipollas o qué?! —le soltó Aguilar con la voz inyectada de rabia.

—No, aquí el que está gilipollas eres tú. ¿Qué coño te pasa?

—Vaya, ahora resulta que el inspector Valdés, oh, perdona, el inspector jefe Valdés —el tono de burla era evidente— nos ha salido homófobo.

—Si piensas así es que no te enteras de nada. Significa que, aparte de un puto irresponsable, eres imbécil con todas las letras. ¿Entiendes que me importa tres pares de mierdas a quién te folles? Como si te la estás cascando. Lo que importa es que estamos todos dejándonos los cuernos y tú ahí, pasándotelo en grande. ¿Lo ves normal?

—¡Ya te dije lo que había, hostia! ¡No hay nada más en

ese caso! Centrad vuestros esfuerzos en averiguar cómo le contaréis a las familias que no habéis logrado salvar a los suyos. ¿Pensáis que con un loco así se puede negociar? No va a atender a razones.

—¿Y por eso tenemos que dejar de intentarlo?

—Intentar... —rio—. Intentar no sirve una mierda. No sirve de nada. ¿La gente que se muere de cáncer no intenta vivir?

—¿Te estás escuchando? ¿Tiene que ver una cosa con la otra?

—Todo tiene que ver con lo mismo. Tiene que ver con que al final nosotros no podemos cambiar el destino.

—Pues si no vas a mover un dedo, dime con quién puedo hablar de tu equipo para que nos eche una mano. Puede que no consigamos nada, pero yo no me voy a acostar en una cama y cerrar los ojos sabiendo que no lo di todo por salvar a un grupo de personas. Si tú eres un puto cobarde de mierda, allá tú, pero quiero que sepas que algunos todavía recordamos al Aguilar que era capaz de intercambiarse por la persona secuestrada con tal de acabar con la angustia de las familias. No sé qué hostias te habrá pasado, pero pienso que hay otros que ya no pueden reconstruir su vida. Te lo repito, si no quieres involucrarte, al menos, dime quién de tu equipo nos aconsejaría.

—Vete a tomar por el culo, Valdés. Déjame un rato solo y luego te mandaré a alguien. Eso o nada.

Nicolás se sintió tentado de partirle la cara ahí mismo. Pero aparte de una sanción que lo dejaría fuera de todo aquello, no iba a conseguir nada. Ese tipo era un gilipollas integral.

Dio media vuelta y salió del cuarto de baño.

Aguilar se levantó del suelo y fue otra vez hacia el lavamanos. Se miró en el espejo unos segundos. Y acto seguido, sin más, se dio un cabezazo contra este, consiguiendo que una brecha se le abriera en la frente y que un hilo abundante de sangre saliera de ella. Dejó que cayera un momento sobre el lavamanos. Después se lavó la herida con agua y tomó papel para limpiársela.

Salió del lavabo presionándosela.

Suerte que en su despacho disponía de un botiquín, por lo que no tuvo que pedir ayuda a nadie. Cerró la puerta y fue a por un poco de algodón y el agua oxigenada. Tras limpiarse y sentir el escozor propio, volvió a presionar durante unos segundos hasta que dejó de salir sangre. No fue para tanto.

Una vez controlada la herida se lanzó encima de la silla de su despacho. La rabia que sentía ahora mismo en su interior no era por el momento vivido con Nicolás, sino porque sus palabras encerraban una verdad que él mismo se negaba a aceptar.

Miró a su alrededor. Su despacho permanecía como siempre, ajeno a su cambio personal. Era curioso porque, hacía un tiempo, apenas se encontraba en él, ya que siempre estaba en acción, allá donde se necesitara del equipo de profesionales que tenía la inmensa suerte de comandar, aunque ahora no fuera capaz de verlo. En los últimos meses apenas lo abandonaba, pero muy pocos lo sabían, pues daban por sentado que siempre que su equipo salía del país para ayudar en un secuestro en el que estuvieran españoles involucrados, él también iba, junto a ellos. Nada más lejos de la realidad. Una realidad de la que ni él mismo era consciente, pues trataba de evitarla con una desidia autoimpuesta de la que ya comenzaba a hartarse.

¿La breve conversación con Valdés tenía la culpa?

Probablemente, para qué mentirse. Pero también era cierto que ya le pesaba demasiado el lastre por sus actos, y evitar ser responsable por sus decisiones cada vez le costaba más.

Cerró los ojos y respiró profundo. Se echó para atrás. Lo peor de todo estaba ahí, encerrado en el tercer cajón de su escritorio. Bajo llave.

Necesitó de varios intentos para armarse de valor y sacar la llave que ocultaba bajo el primer cajón, pegada con cinta adhesiva transparente. Tras hacerlo, la introdujo en la cerradura y giró a la derecha. Le hicieron falta unos segundos más para tomar fuerzas y tirar de la manija hacia sí.

La suerte —él ni lo recordaba— hizo que el golpe no llegara de pronto, pues una pila de papeles cubría lo que buscaba, lo que desde hacía meses no tenía el valor de mirar. Los quitó sin pensarlo más y apareció la foto.

Con los ojos anegados en lágrimas la cogió y la sacó. La dejó encima del escritorio. Su hija se veía feliz, sonriente, llena de vida...

Cuatro años...

Un torrente de lágrimas recorría sus mejillas. Ni siquiera lloró el día en el que la perdió. Trabajaba en un caso en Colombia. Todo parecía estable en relación con su hija, o eso quiso pensar él. Su ahora exmujer le pidió por activa y por pasiva que no saliera del país hasta que consiguieran que la enfermedad desapareciera.

Y él creía que así era.

O quería creerlo.

Golpeó la mesa con fuerza. Tomó el teléfono y marcó el número del despacho en el que trabajaba su equipo. La suerte hizo que fuera él quien respondiera.

—Mikel, necesito que vengas.

Apenas pasaron unos segundos cuando el subinspector se plantó en su despacho. Entró sin llamar.

—Necesito hablar contigo.

—Es acerca de lo que ha pasado, ¿verdad? Estoy temblando... ¿Va a contar lo que ha visto?

—No. No me preocupa que nos haya pillado el inspector jefe Valdés. Lo conozco y sé que no se lo dirá a nadie, su cabeza está en otra cosa. Es sobre nosotros.

—¿Nosotros? Creía que...

—Sí, Mikel. De hecho, fui yo el que te lo dijo y tú me contestaste enseguida que querías lo mismo. Un polvo de vez en cuando.

—Por favor, Jesús, no me vengas ahora con que te estás pillando porque yo ahora...

—Lo sé, acabas de salir de algo importante.

—Ya no es solo eso, Jesús, es que pienso que ni tú tienes claro lo que eres. De verdad que pienso que estás confundido.

—Podría ser. Y, de hecho, me importa una mierda si soy homosexual, bisexual o la madre que me parió. Lo que sé es que ahora trato de tapar una cosa a la que no me quiero enfrentar.

—Tu hija...

—Mi hija.

El subinspector Jurado se levantó de la silla y se acercó a Aguilar. Se habían enrollado ya más de diez veces y creía conocerlo bien. De hecho, era el único en toda la Unidad —y en todo el cuerpo— que sabía de su realidad familiar, pues se negó rotundamente a que nadie supiera lo que había pasado con su hija. Pero, a pesar de creer conocerlo, ahora veía a un Jesús Aguilar bien distinto. Uno completamente roto. No se percató de la foto de la pequeña hasta que se puso junto a él, pero ahí lo comprendió todo. Por fin se enfrentaba a su dolor. Por fin iba a dejar atrás la negación para meterse de lleno en el duelo. Lo abrazó.

Pasaron así muchos segundos, ninguno de los dos pudo cuantificarlos. Cuando se separaron, la cara de Aguilar se veía empapada tras haber estado llorando. Era la primera vez que el subinspector lo veía así. Era también el único que sabía que todo lo que se veía en el exterior del inspector jefe era tan solo una fachada que él mismo se construyó mientras atravesaba la fase de negación del dolor. Una fase que, por cierto, ya duraba tanto que el subinspector pensaba que no acabaría nunca. Ya daba por asumido que Aguilar sería siempre el falso gilipollas con el que ahora trataban sus compañeros. Lo malo de la nueva fase en la que había entrado era que, por descontado, necesitaba de una ayuda que él no se sentía preparado para ofrecer, ya que le pilló desprevenido. Aun así lo intentaría.

Lo que sí que no entendía era cuál fue el detonante de ese rompimiento tan necesario como inesperado. Quizá no estuviera todavía preparado para contárselo.

—¿Necesitas algo? ¿Quieres irte a casa? Puedes decir que estás enfermo...

Aguilar se limitó a negar con la cabeza al tiempo que buscaba papel con el que enjugarse las lágrimas de la cara. Al no encontrar nada, optó por limpiarse con el brazo.

—No, te lo agradezco —dijo al fin—. Ahora necesito estar solo unos segundos para centrarme. Lo único que quería era desahogarme y no sé, el abrazo que me has dado... Me hacía mucha falta.

Mikel se quedó mirándolo unos segundos. Valoró si aquellas palabras encerraban algo más que no se atrevía a pronunciar. Como una llamada de socorro oculta que dijera justo lo contrario de lo que dijo. Pero no lo parecía, así que optó por obedecer y salir sin dejar de mirarlo. Seguiría pendiente de él, por si acaso.

Una vez solo en su despacho, Aguilar se echó para atrás y con la mano derecha comenzó a atusarse la perilla. Ahora necesitaba calmarse porque notaba que su corazón latía a un ritmo al que se había desacostumbrado. Cuando por fin creyó encontrar un poco de sosiego, se inclinó de nuevo y tomó su teléfono.

Iba a mandar al mejor efectivo para echar un cable en lo del secuestro de Carolina.

10.04 horas. Madrid
(54 horas, 56 minutos para el fin de la cuenta atrás)

Nicolás colgó el teléfono sin tener claro su nivel de satisfacción tras la llamada. Al menos Aguilar cumplió su palabra y le enviaría a alguien en unos minutos para ayudarlos en lo poco que se pudiera con respecto al secuestro de Carolina. Algo era algo. La llamada previa que hizo él mismo sí le proporcionó un poco más de satisfacción, pues tras las pertinentes solicitudes que ya andaban en marcha, Alicia se incorporaría aquella misma tarde como agente en la Unidad de Homicidios y Desaparecidos. Con ella Nicolás tenía una especial corazonada que traspasaba el cariño que sentía por la chica y el evidente paternalismo o fraternidad. Puede que se equivocara, pero de todos modos si su incorporación a la Unidad se preveía más o menos cercana, al menos ese caso sería para ella como una lección que jamás aprendería en ninguno de los manuales de la academia. Además, egoístamente, la presencia de la muchacha le aportaba cierta paz que necesitaba, por encima de todo, en aquellos días.

Pero antes de que llegara tocaba avanzar todo lo que fuera humanamente posible.

Casi al mismo tiempo en que él colgó el teléfono, Alfonso también lo hizo. Su cara era una mezcla entre alegría y preocupación. Nicolás no tardó en saber por qué.

—Lo que me cuentan los compis no tiene muy buena pinta.

—¿Qué pasa?

—Primero, que en el pub de ambiente no hay cámaras. Dice el dueño que muchos de los que lo frecuentan se sienten incómodos y las quitaron. Esto no solo nos limita el poder ver imágenes de Fernando, sino que añade dificultad para conocer qué personas estaban en el local en el momento en el que se supone que Fernando se «llevó» —Alfonso hizo un gesto de comillas con sus dedos— al Pololo. Pero, bueno, nos quedan los camareros y los relaciones públicas.

—¿Y?

—Que ninguno vio a Fernando. Les han enseñado diferentes fotografías y, nada, ninguno lo ha visto claramente en el garito. Además, solo uno de ellos ha sabido quién era cuando ha observado la imagen de nuestro psicópata y su respuesta me ha chocado, porque dice que en caso de haberlo visto junto al Pololo lo recordaría.

—¿No es mucho decir?

—Eso mismo he pensado yo, pero el agente me acaba de explicar que el Pololo era un poco... ¿cómo decirlo? Vamos, que se hacía notar en cualquier sitio en el que pululaba. Y todos confirman que lo vieron con un tío rondándolo, pero que tampoco era una novedad porque siempre andaba con unos o con otros.

—Y ese tío no era Fernando.

—Según el camarero no.

—Me parece que la teoría de que alguien lo está ayudando cada vez gana más peso. Tiene su lógica al fin y al cabo. Fernando no sería reconocido de inmediato por la gente de la calle, no se ha acostado con cualquier famoso, pero sí que alguien, como nuestro camarero, podría recordar su cara. Le van las emociones fuertes, estoy seguro, pero si algo nos ha demostrado es que su inteligencia, sobre todo, es práctica, así que no va a dejarse ver así como así en un lugar tan concurrido como un pub. Quiere jugar con nosotros, sí, pero quiere llegar al final del juego por encima de todo.

—Entonces, ¿daríamos por sentado que es un hombre el que lo ayuda ahora? —planteó Forcadell al tiempo que mordía una manzana—. ¿Cómo puede ser? ¿De dónde aparecen de repente esos ayudantes?

—Creo que puedo responder a parte de esas preguntas —dijo una voz desde la puerta. Todos miraron hacia ella: era

Sara con varios papeles en la mano—. ¿Tú para qué quieres el móvil? —preguntó directamente a Nicolás.

Él lo sacó de su bolsillo y vio en la pantalla varias llamadas perdidas de ella.

—Perdona, estoy corriendo como nunca y no me da tiempo a estar pendiente de todo.

—Pues a mí me tienes que atender siempre, Nicolás. Piensa que, por ejemplo, puedo confirmar lo que estáis comentando aquí, que tiene un ayudante.

—Pues creo que somos todo oídos.

—Tener al juez Díaz de nuestra parte es una gozada porque las órdenes vuelan. Con la colaboración de la inspectora Vigil he detectado una serie de cambios en el lenguaje no verbal de Fernando en las entrevistas que le hicieron en la penitenciaría. Creía que tuvo que ser en aquel momento cuando todo el plan de secuestrar a la señorita Blanco se gestó, ya que es prácticamente imposible que lo hiciera nada más salir si las fechas con las que trabajamos se confirman. Resumiendo, que estaba convencida y no me he equivocado. Como sabréis los presos pueden recibir correspondencia. No es ningún secreto que cuanto peor es lo que han hecho, más admiradores le salen a uno. El ser humano es así, por desgracia. Como imaginaréis, recibía una infinidad de cartas de gente casi tan loca como él, pero, por lo general, Fernando solía pasar de ellas. ¿Que cómo lo sé? Porque existe un registro de cartas entrantes, que nos sería útil, pero sobre todo lo hay de salientes por parte del recluso. Y lo bueno de todo es que Fernando no contestaba a nadie, excepto a este individuo.

Sara le pasó un papel a Nicolás. Era el registro de misivas salientes del que hablaba.

En él solo vio tres anotaciones y todas coincidían con el mismo nombre.

—Donato Bilancia —leyó en voz alta.

—Parece italiano, ¿no? —comentó Rossi más afirmando que cuestionando.

—Te confirmo que lo es —dijo Sara—. ¿No os suena?

Todos los allí presentes negaron con la cabeza.

Bueno, antes de pasar a esto quiero enseñaros una cosa. Evidentemente no conozco qué le envió Fernando. Sé que os va a cabrear un montón, pero el recluso tiene el derecho a la privacidad y sus cartas no podían ser leídas. Ahora sí, porque estamos en la situación que estamos, pero entonces nadie sospechaba nada. ¿Cómo iba a escaparse? Bien, he conseguido que me envíen una de las cartas que recibió de Donato.

Se la pasó a Nicolas tambien.

—¿Y las otras? —preguntó el inspector jefe antes de leerla.

—Se las comió.

Ninguno fue capaz de decir nada.

—Sé lo que estáis pensando. ¿Cómo pudo comerse unos papeles, que los celadores se enteraran y nadie hiciera nada? Os recuerdo que hablamos de un módulo de agudos de una penitenciaría psiquiátrica, cosas peores se habrán visto. El caso es que, según me han contado, pensaron que era más una excentricidad por parte de Fernando que un gesto con el que trataba de esconder algo. Pero con esta lo pillaron a tiempo y lograron quitársela.

Nicolás echó la vista abajo y comenzó a leer en voz alta.

Estimado Fernando:

Pensé que nunca podría ponerme en contacto con usted porque, hasta donde yo sé, usted está injustamente privado de una libertad que le pertenece. Pero dejemos a un lado lo obvio y déjeme contarle que soy un profundo admirador de su obra. Me parece tan exquisita la forma en la que usted ha decidido pasar a la posteridad que solo me queda postrarme a sus pies. No sé si tendrá usted la oportunidad de contestar a esta misiva, pero me haría muy feliz que pudiéramos intercambiar opiniones, más que nada porque compartimos algo en común que le interesará mucho.

Estoy a su entera disposición, para lo que necesite.

Firmado:
DONATO BILANCIA

Tras terminar de leerla Nicolás enarcó una ceja. Necesitó pensar unos segundos lo que iba a decir.

—Sara, valoro lo que has hecho, pero sinceramente no veo nada aquí que sea alarmante o que nos confirme cualquier sospecha. Solo veo la carta de un admirador chalado que le dice que puede contar con él. No sé si te referirás a lo que afirma que comparten, pero podría tratarse de mil cosas y no veo yo a Fernando mostrando un interés desmedido por querer conocer más solo leyendo eso. Más si dices que ha recibido muchísimas más cartas.

—Me estáis decepcionando, todos. ¿En serio no conocéis a Donato Bilancia? ¿No os suena de nada el nombre?

Los miembros de Homicidios y Desaparecidos se miraron entre sí. Por sus caras estaba claro que no.

—¿Y si os digo el Monstruo de Liguria?

Tras escuchar la frase todas las alarmas se conectaron en el cerebro de Nicolás. Ahora sí tenía claro quién era.

Era, quizá, el asesino en serie más famoso de la historia de Italia. Mató a diecisiete personas.

Nicolás se lo contó a Rossi y Alfonso, ya que Gràcia también conocía la historia que se escondía tras el psicópata.

—¿Me estás diciendo que estos dos putos psicópatas se han carteado? —preguntó muy nervioso Nicolás.

—Lo que toca es confirmarlo, pero me parece muy difícil que sea él porque las leyes italianas no son como las españolas y el régimen de Donato le impide enviar y recibir cartas de nadie que no sea familiar o su abogado.

—¿Entonces? —Nicolás no entendía nada.

—Entonces habrá que averiguar quién coño es. Hay un apartado de correos al que enviaba estas cartas, está en Roma. Más no os puedo ayudar. No sé si la recibía algún familiar y este se la remitía... no lo sé. Es ya vuestro trabajo —agregó la inspectora jefe—. Sea como sea, sé que él fue la persona que le contó todo lo de Carolina y la que lo está ayudando ahora. Blanco y en botella.

Rossi levantó la mano para hablar.

—No es un colegio, Rossi —dijo un malhumorado Nicolás.

—Perdón. ¿Soy el único que ve la relación que hay entre que se carteara con alguien italiano y que la señorita Blanco estuviera viviendo en Roma?

—Joder... —Nicolás no lo había pensado.

—Sí, a ver, está claro, pero sin más no sabría que ella salió con Nicolás. Tuvo que enterarse antes, de algún modo. ¿O no? —intervino Alfonso.

—Estoy con Gutiérrez —afirmó Sara—. Esto viene de atrás y toca averiguar desde qué punto. Sé que el tiempo escasea, pero es más de lo que teníamos hace un rato...

—Vale —convino Rossi decidido—, vamos a dejarnos de hostias y voy a volver a pedir ayuda a tu amigo el romano, es una máquina y seguro que él nos puede echar un cable. Quizá si tiramos del hilo del ayudante podamos llegar a Fernando.

—La otra vez fue así —declaró pensativo Nicolás—. Me temo que es la única opción viable.

El sonido del golpeteo de unos nudillos en la puerta los sacó a todos de la conversación que mantenían. Cuando miraron hacia la puerta, vieron a la persona que Aguilar les había prometido que mandaría.

Nicolás sonrió con sinceridad.

—Pasa, Aguilar, creo que nos puedes ayudar mucho.

23

Viernes, 10 de noviembre de 2017. 10.32 horas. Roma
(54 horas, 28 minutos para el fin de la cuenta atrás)

—*Grazie mille, ciao* —contestó Rossi desde el otro lado de la línea.

—*È un piacere, ciao* —respondió.

Colgó el teléfono y se echó para atrás en su cómoda silla de cuero. Vivían días complicados en la capital italiana pero, por lo que acababa de comprobar gracias al inspector Rossi, nada comparado con lo que sucedía en Madrid. El *assistente capo* Paolo Salvano miró el folio que tenía delante. Estaba en blanco. Cuando fue a anotar el nombre que le dijo el inspector Rossi se detuvo en seco y supo que no le hacía falta. Conocía el horripilante caso de Donato Bilancia como la palma de su mano. El sobrenombre de Monstruo de Liguria se quedaba corto para alguien que fue capaz de asesinar a diecisiete personas en apenas siete meses.

Paolo todavía no había entrado en el cuerpo cuando sucedió todo, pero pese a ello pudo vivirlo de una forma más o menos cercana, pues fue su ahora retirado tío el encargado de investigar el caso. El *tenente* del Corpo dei Reali Carabinieri —aunque ahora era conocido como Arma dei Carabinieri—

Salvatore Salvano fue la razón por la que Paolo eligió la profesión que él desempeñaba, aunque él en la Polizia di Stato —que sería como el equivalente a la Policía Nacional española, mientras que los Carabinieri serían semejantes a la Guardia Civil . Su tío, aparte de inculcarle la pasión por ayudar a otras personas haciendo que los malos no camparan a sus anchas, le enseñó mucho acerca de psicología criminal gracias al caso que encumbró su carrera —y que, al mismo tiempo, casi la destruye.

Paolo recordaba a su madre regañando a su tío por lo detallista que era cuando se sentaba junto a él en el sofá grande de la vieja casa de la *nona*. Lo que más le repetía era si todas las historias que le contaba no iban a acabar trastornando al chiquillo. Nada más lejos de la realidad, ya que la curiosidad por comprender y, por encima de todo, apresar a esos malhechores fue la que lo llevó al lugar en el que ahora trabajaba. En una de esas charlas su tío le contó, una vez que Donato ya estaba entre rejas, los motivos por los que se creía que este hizo lo que hizo. Por un lado era algo incomprensible pero, por otro, Paolo vio que en el fondo todo albergaba una causalidad directa. En el caso de Bilancia y, como tantas y tantas veces se veía en psicópatas —aunque no siempre, ni mucho menos—, Donato tuvo una infancia muy complicada. Parte de la culpa la tuvo su padre, que entendía que para educar de manera recta los golpes eran imprescindibles. La relación entre los padres de Donato fue tormentosa en extremo, hecho que influyó en la forja de su carácter y en el de su hermano, año y medio mayor que él. Las constantes humillaciones a las que era sometido en su casa trajeron consigo una frustración tan enorme en el chiquillo, que necesitaba llamar constantemente la atención. Primero fueron pequeñas travesuras sin importancia, pero viendo que necesitaba más y más, optó por los hurtos en la calle como vía de escape. Aunque no acabó aquí y a Donato todavía le faltaba más. Los problemas se acrecentaron cuando se aficionó al juego. Los que lo trataban decían que estaba perdiendo completamente la cabeza. Cuando en 1982 su hermano se suicidó, su comportamiento ya pasó a ser el de un absoluto demente, aunque no mató a nadie hasta el año 1997. Sus primeras víctimas fueron por disputas en el juego, pero fue evidente que algo se despertó en su interior, porque le tomó tanto el gusto a lo de matar que dejó de necesitar una excusa para arrebatarle la vida a alguien. La suerte de que el tío de Paolo pudiera echarse sobre él impidió que la lista de diecisiete muertos a sus espaldas creciera. Nadie era capaz de imaginar qué hubiera sucedido en caso contrario.

Paolo abandonó sus pensamientos y decidió centrarse. La petición de ayuda desde Madrid llegaba en un mal momento para la Polizia di Stato romana. Si bien era cierto que desde el año 2013 no se habían topado con ningún caso en el que estuviera involucrado un asesino en serie —y desde luego menos mal, porque ese casi acaba con todos—, los crímenes se sucedían en una capital italiana que parecía perder el norte por completo. Tenía a todo su equipo empleado en diferentes sucesos que reclamaban su interés. Si aceptaba colaborar era única y exclusivamente por su amigo Nicolás Valdés. Y porque Carolina, a pesar de no saber de ella desde hacía más de dos años, también era su amiga. No concebía que todo eso estuviera ocurriendo. Por un lado le apetecía permanecer al lado del inspector jefe español para brindarle todo su apoyo, fruto de su amistad, pero, por otro, daba gracias de que no fuera así para no estamparle el puño en la cara por desaparecer durante tanto tiempo. En ese tipo de comportamientos no reconocía a Nicolás, aunque trataba de convencerse de que se vio demasiado al borde del abismo como para actuar así.

En fin, ya arreglarían cuentas llegado el momento, pero no iba a dejar para el olvido la oportunidad de llamarle imbécil cuando lo tuviera frente a su cara.

Abrió el programa y buscó la ficha policial de Donato.

Ahora lo importante era averiguar cómo se carteó con Fernando, si supuestamente su régimen le impedía recibir correspondencia que no fuera de familiares o de su abogado. La explicación que le había dado el inspector Rossi era la única lógica dado lo raro de la situación, porque, de otro modo, se le antojaba imposible que se hubiera comunicado con el Mutilador de Mors. Lo que más le inquietaba de todo era de qué forma lo estaría ayudando él desde donde se encontraba. Todo sonaba a locura, pero la experiencia le decía que jamás se dejaba ni un solo hilo del que tirar.

Ya había enviado a un agente para comprobar lo que se pudiera sacar del apartado de correos que disponían, pero tampoco tenía demasiadas esperanzas puestas en él, pues ya sabía cómo solían jugar esos elementos.

Echó un rápido vistazo a la ficha bajando con la rueda del ratón. Un montón de datos que en otro momento le hubieran llamado la atención ascendían mientras él iba bajando. Hubo un detalle que le hizo detenerse en seco.

Miró la pantalla fijamente mientras enarcaba una ceja.

Paolo conocía de memoria la condena que cayó sobre el Monstruo —catorce cadenas perpetuas más catorce años—, pero en lo que nunca se interesó era en dónde las cumplía: la cárcel de máxima seguridad de Padua.

Puede que fuera una casualidad, claro, pero como no creía en ellas y visitar a Donato iba a ser harto complicado en un espacio de tiempo tan breve, decidió armarse de valor y afrontar algo que no había hecho en cuatro años.

11.14 horas. Roma
(53 horas, 46 minutos para el fin de la cuenta atrás)

Tuvo que reconocer que el sonido de la puerta metálica cerrándose a sus espaldas le puso más nervioso si cabía. No era la primera vez que visitaba una cárcel para entrevistarse cara a cara con un preso, pero sí la primera en la que un recluso le producía pavor. No por la persona en sí, sino más bien porque en ese momento revivía los hechos acaecidos en aquel abril de 2013 con toda claridad. Y ahora entendía un poquito más a Nicolás cuando salió huyendo.

Desechó esos pensamientos. No era momento de permitirse una cosa así.

Él sabía que entrevistarse con la persona a la que iba a visitar hubiera sido una fuente de información de valor incalculable. De hecho, muchos psicólogos criminales se daban de tortazos entre sí por ser los elegidos en las pocas visitas que le permitían, pero Paolo no se había sentido con fuerzas todavía de enfrentarse con él. De hecho, creyó que nunca tendría la necesidad, pero ahí se encontraba, con la suerte prácticamente echada y a punto de encararse al mayor de sus temores. Las medidas de seguridad de la cárcel de Padua establecían que ese tipo de visitas se debían realizar en una sala concreta habilitada para tal fin. Paolo había estado en ella unas cuantas veces ya y la conocía de sobra. Pero en esa ocasión, y por ser él, el director del complejo accedió a que se reunieran en un territorio algo menos hostil para el reo. La persona con la que iba a encontrarse no era imbécil y tendría claro desde un primer momento que hacerlo así era una maniobra de Paolo para que se relajara y se abriera a él, pero era justo lo que quería el *assistente capo*. Tenía sus razones.

Tomó asiento en una de las dos sillas que había en el centro de la sala. No eran los únicos muebles en la habitación, pues varias estanterías repletas de libros conferían al lugar un aspecto mágico, muy alejado del lugar en el que se hallaba. Las sillas rompían el encanto, desde luego. No en la que se sentó Paolo, que era más bien normal, sino la de enfrente, la del preso, que había sido ideada para ser encadenado a ella.

La puerta a la que miraba se abrió.

Un funcionario asomó la cabeza e hizo una señal a Paolo. Ahora ya no estaba nervioso. Para nada. En absoluto. Movió su cabeza para autorizar la entrada.

Y por allí entró. El doctor Guido Meazza se veía muy cambiado respecto a la última imagen que guardaba Paolo en la cabeza. Claro que tampoco es que pudiera guiarse por ella, pues no era otra que la de un juicio en el que no llegó a pronunciar una sola palabra y en la que no dejaba de mirar hacia abajo, al suelo. Ahora vio otro brillo en su rostro. Ni siquiera la evidente pérdida de peso se notaba, gracias a la enorme sonrisa que se dibujó en su rostro al ver al policía que lo atrapó. Otro cambio significativo era la cuidada perilla que lucía. Sin duda le quedaba bien, pero Paolo no se lo iba a decir de momento.

Los funcionarios indicaron al reo que se sentara en su lugar. Las cadenas que llevaba puestas en manos y pies eran las adecuadas para ser enganchadas en la silla especial. Paolo levantó la mano e indicó con su cabeza que no quería que ataran al médico a la silla. Los dos hombres no supieron cómo reaccionar. Era evidente su desconcierto por cómo se miraban entre ellos.

—Por favor, insisto —dijo—, tranquilos, que tengo la plena confianza del director. Asumo toda responsabilidad de lo que aquí suceda. Pero no sucederá nada, ¿verdad, Guido?

—No me ofendas, Paolo. Nunca quise matarte. Lo hubiera hecho cuando tuve la oportunidad, pero a ti y a mí nos une algo que ninguno de estos panolis podría comprender.

—Gracias, Guido.

Los guardias volvieron a mirarse y claudicaron. Dieron varios pasos atrás y se colocaron en la puerta con sus armas reglamentarias a mano. En esa cárcel les enseñaron a no fiarse de nada ni de nadie.

El policía y el psicópata estuvieron mirándose unos segundos a los ojos. Paolo permanecía sorprendentemente tranquilo, mucho más de lo que lo había estado nunca dentro de cualquier centro penitenciario. Pensó que sentiría otras cosas, pero quizá era mejor así.

—Bueno, Guido, ¿qué tal estás?

—Sorprendido, *assistente*. Creí que nunca vendrías a que mantuviéramos una de nuestras antiguas charlas.

—Ahora es *assistente capo*, si no te importa.

—Oh... Madre mía, mostrando galones desde el principio. Bueno, supongo que parte de la culpa del ascenso será mía, ¿no?

—No te lo puedo negar, Guido, aunque sí te reconozco que no fue eso solo. Pero ayudó bastante.

—¿Y traerme a esta sala repleta de maravillas con forma de libro y no esposarme a la silla es tu forma de agradecérmelo?

—Ni mucho menos. Lo que no quiero es tenerte incómodo frente a mí, así es imposible que fluya una conversación en condiciones.

—Vaya, ¡qué considerado! ¡Qué lástima que no hayas venido antes durante todo este tiempo! Los otros que sí lo hicieron no eran tan amables como tú. Al contrario: eran buitres carroñeros dispuestos a cualquier cosa por meterse en mi cabeza. Estoy seguro de que más de uno hubiera dado todo por, literalmente, abrírmela para ver qué hay dentro.

—Por una parte no me extraña, Guido. Menuda la liaste.

—Ya, pero tú no vienes por eso, ¿verdad? Tú ya sabes todo lo que tienes que saber acerca de lo que pasó aquella vez. Tú has venido por otra cosa.

—Así es.

—Y bien, ¿en qué te puedo ayudar?

—Tú has tratado aquí dentro con Donato Bilancia, ¿me equivoco?

Meazza sonrió abiertamente.

—¿El Monstruo de Liguria? ¿Cómo no hacerlo? Es una leyenda.

—Por favor, Guido, no empecemos con jueguecitos.

El médico cambió su gesto y se quedó mirando fijamente al *assistente*. Paolo no pestañeó. Ni siquiera se alteró lo más mínimo por el cambio de actitud.

Sí —asintió al fin el psicópata—, lo he tratado. He hablado con él alguna vez.

—Pero no acerca de lo que te vengo a preguntar, ¿verdad? Sabía que Donato estaba encerrado en máxima seguridad. Quizá he sido un poco ciego al no ver que esta es la cárcel más segura del país, pero, si lo hubiera pensado antes, habría caído en que aquí hay alguien mucho más peligroso que él y que sí tiene una relación, aunque sea indirecta, con el inspector Valdés: tú.

—Vaya, qué perspicaz, *assistente*.

—No me tomes el pelo, Guido. Ya me conoces, no creo en las casualidades. Donato ni siquiera conoce la existencia de Fernando Lorenzo, ¿verdad? Eres tú quien está detrás de las cartas a ese jodido loco. Eres tú quien conocía que cuando todo lo nuestro pasó en Roma, Nicolás estaba enamorado de Carolina. Eres tú el que tenía claro cómo dañarlo especialmente, porque también me lo harías a mí indirectamente. Siempre has sido tú, todo el tiempo. Y, como siempre, habéis intentado reíros de nosotros acercándonos con la pista de Donato, que me juego el cuello que es ajeno a todo. Tú querías que yo pusiera los ojos en esta cárcel para decirme que en verdad eras tú.

Paolo no se daba cuenta, pero, con cada palabra pronunciada, su ira se dejaba ver más y más en su tono. Tanto que los funcionarios se colocaron detrás del médico por lo que pudiera pasar a partir de ahora.

Meazza, consciente de lo último, se volvió e hizo una señal con la mano para tranquilizar a los guardias. Estos, resignados, volvieron a su posición.

—Me olvidaba de a quién tengo en el otro lado, lo reconozco, Paolo. No sé si buscas mi aplauso, pero si quieres te lo doy.

—Métetelo por el culo.

—¡Huy! ¿Dónde se ha quedado la amabilidad con la que has llegado?

—No puedes pretender que sea amable contigo cuando te estás intentando reír de mí.

—En absoluto, Paolo, en absoluto. No sería capaz. Ya lo hice durante un tiempo mientras los pecadores iban cayendo, uno a uno, y tú corrías como un pollo sin cabeza. Ya lo hice cuando estuve a punto de matarte y te perdoné la vida porque no entrabas en mis planes. Pero ahora no soy capaz. Te respeto mucho. Debo reconocer que te planteé un puzle imposible y encajaste todas las piezas con brillantez. Un poco tarde, pero lo hiciste.

—Ahora no hablamos de eso, Guido. Guarda el puto y manido ego de psicópata por un momento y dime qué coño estáis planeando el lunático ese y tú.

—Mira, Paolo, igual que te digo una cosa te digo la otra. Y lo haré porque te quiero un montón. Yo no estoy planeando nada con el tal Fernando, por si te quieres quedar más tranquilo.

—¡Mientes! —gritó a la vez que se levantaba de golpe de su asiento. Los dos guardias corrieron hacia él. No tuvieron que agarrarlo porque el arrebato no pasó de levantarse de la silla.

—Siento decepcionarte, Paolo, pero no. No he cruzado nunca ni una sola palabra con Fernando Lorenzo. Mira mi correspondencia. Está toda guardada y no hay una sola carta de él.

—Pero algo tienes que ver. Lo sé. Lleva tu firma.

Guido Meazza se echó a reír como si estuviera orgulloso de lo que acababa de decirle el investigador.

—Me halagas, Paolo. Más de lo que crees. Pero estás mirando en el lugar equivocado. Puede que no vayas mal encaminado, pero no soy yo el que ha revelado la información al asesino español. Puede que sepa cosas que yo sabía, pero no le he contado nada.

—¿Qué coño significa eso?

—Que tendrás que averiguar tú solito lo que está pasando. Y ahora, si no te importa, me marcho. Es la hora en la que me traen un rico yogur sin sabor a nada. Antes, al menos, me los daban con sabor a mierda. Ya era algo.

—¡Guido!

—Mucha suerte, Paolo. La vas a necesitar. Puede que haya psicópatas en este país sueltos que sean mucho peores que yo. Yo no cerraría los ojos, por si acaso.

Dicho esto se levantó. Quedó a la altura de Paolo, mirándolo de nuevo a los ojos. Sonrió otra vez, le guiñó un ojo y se dirigió a los funcionarios, que lo volvieron a engrilletar y lo invitaron a salir por donde entró. Antes de desaparecer se paró en seco. Paolo no se había movido de su sitio todavía. Apretaba fuerte los puños, con mucha rabia.

—*Assistente capo* —dijo sin girarse.

—¿Qué?

—Cuidado con él.

—No creo que a mí me pase nada, ya se está ocupando la justicia española de él.

—No hablo de Fernando. Le repito, mucho cuidado con él.

24

Viernes, 10 de noviembre de 2017. 13.45 horas. Madrid
(51 horas, 15 minutos para el fin de la cuenta atrás)

—No me jodas, Paolo. Por favor, ahora no me salgas con una cosa así porque ya me terminas de matar.

—Lo siento, Nicolás, pero todo apunta a lo que te acabo de contar. Ojalá me equivoque, pero me parece que voy a tener razón y lo complica todo muchísimo más. La única parte positiva es que me puedo meter de cabeza en tu caso por las implicaciones internacionales que conlleva. Europol no pondrá ningún tipo de impedimento ante algo tan peligroso.

—Bueno, eso me alegra, te lo prometo. ¡Madre mía! ¿Crees que lo averiguarás pronto?

—Me voy ya mismo con Alloa a mover unas cuantas fichas. Creo que sé por dónde puedo apretar. Lo único que te puedo prometer es que voy a correr tanto como pueda. Te llamaré en cuanto tenga más.

—Gracias, Paolo. Yo voy a solicitar lo que me has pedido con el ADN. Haré que Rossi se encargue de ello.

—Perfecto, ya me cuentas tú también.

—Vale. Hasta luego, amigo.

—Nicolás.

—¿Sí?

—Por ahora te salvas porque se nos ha liado la cosa, pero no pienses que te vas a librar de que te llame de todo por lo que hiciste. Me da igual que ya lo hayan hecho todos, falto yo.

Contaba con ello. *Ciao*, Paolo.

—*Ciao*.

Nicolás guardó el teléfono en su bolsillo y cerró los ojos un par de segundos. Aquello ya daba mucho vértigo. ¿En qué momento todo se complicó de aquella manera para que ahora hubiera tantos frentes abiertos? Ya no es que no recordara un caso tan cruel como el que estaban viviendo, era mucho más. En su cabeza no era capaz de rememorar ningún otro caso en el que una sola investigación derivara en tantos caminos. Y lo peor era que le daba la sensación de que no iban a llevarlos a ninguna parte. Tal como le había dicho su amigo italiano, la buena noticia era que ahora la Polizia di Stato también se veía directamente implicada y era una ayuda impagable. Paolo era quizá el mejor investigador con el que se había cruzado jamás. Resolver los crímenes que cuatro años atrás sembraron el caos absoluto en el seno de la Iglesia parecía imposible, pero él lo logró. Consideró en varias ocasiones pedir ayuda internacional para contar, al menos, con su consejo, pero ahora le había llegado casi por obra divina.

No todo era tan malo, al fin y al cabo.

Entró de nuevo en el despacho de los inspectores. Aguilar, con una actitud totalmente diferente a la que mostró un par de horas antes, hablaba por teléfono con otros colegas internacionales para valorar las opciones de que disponían frente al secuestro. Nicolás no era tonto y sabía que poco o nada se podía hacer en ese aspecto salvo encontrar el lugar desde donde se emitía la señal de vídeo, pero al menos tenerlo ahí, trabajando a tope, le confería un cierto halo de seguridad muy necesario en aquellos momentos.

Nicolás se colocó en el centro exacto de la habitación y les contó a todos las novedades que Paolo le acababa de relatar. El escepticismo inicial de todos fue cambiando a medida que Nicolás les explicaba las razones de las sospechas del *assistente capo*. Una vez se lo hubo contado, todos estaban convencidos de su teoría. Aquello daría sentido a muchas cosas.

—Por lo tanto —concluyó Nicolás dirigiéndose a Rossi—, necesito que hagamos un análisis más profundo del ADN que encontramos en la escena. Dimos por sentadas demasiadas cosas porque creímos que no eran importantes. Pero ya sabemos que aquí todo lo tiene. Por favor, ya has visto las horas que nos quedan. Sé cómo funciona el laboratorio de Genética, pero, por favor, insiste en que necesitamos que trabajen casi como en las series de televisión.

Rossi asintió y salió de allí a toda velocidad.

—Vale —continuó hablando el inspector jefe—, mientras Rossi lo hace y Paolo confirma sus pesquisas, os necesito atando los cabos que faltan. Me jode mucho, pero me da que mientras no encontremos el patrón por el que se guía ahora o los de la UCC no hallen la señal del vídeo en directo, no vamos a detener a nuestro amigo. Haced lo que podáis, por favor.

Todos asintieron sin vacilar. Alfonso se levantó de su asiento y fue directo hasta la posición de Nicolás.

—¿Vamos donde la Paqui y comemos? —le propuso sin perder un segundo.

—No tengo mucha hambre, la verdad —contestó el inspector jefe.

—No te he preguntado eso. Si quieres te lo planteo de otra manera.

Nicolás no pudo decir que no. Alfonso se lo estaba imponiendo. Quizá desconectar unos minutos no le vendría mal del todo.

Salieron del complejo siendo conscientes de que todo el mundo los miraba a cada paso que daban. No era algo tan raro, al fin y al cabo, ya que no se recordaba un caso de semejante magnitud en muchísimos años. Hasta no sería exagerado decir que era el más complejo de toda la historia de la Policía Nacional.

No tardaron en llegar al bar. Siempre solían sentarse en la barra, pero quizá por la tensión acumulada, Nicolás prefirió tomar asiento en una de las mesas porque las sillas disponían de un cómodo respaldo acolchado. Paqui no tardó mucho en atenderlos y en traerles lo que pidieron. Alfonso, fiel a sí mismo, pidió una ración generosa de callos a la madrileña y una Estrella Galicia. Nicolás, por su parte, quiso una ración de tortilla de patatas —con cebolla, por supuesto— y un Nestea para beber. Tomaron los primeros bocados sin hablar demasiado.

A Nicolás no le pasaron desapercibidas las miradas de Alfonso. Era como si todo el tiempo estuviera pendiente de él.

—Mamá, comeré despacio, no me voy a atragantar —soltó de repente el inspector jefe.

Alfonso levantó del todo la cabeza de su plato de callos donde estaba a punto de sumergir el reloj al meter un enorme trozo de pan en el caldo del guiso.

—¿Qué? —preguntó extrañado.

—Que no voy a echar a correr otra vez. Estoy bien.

—Ah, eso ya lo sé. Eres imbécil, pero no hasta el punto de cometer dos veces la misma gilipollez.

—No sería la primera vez que repito una gilipollez. Cuando lo de Mors también dejé que todo me consumiera hasta el punto de perder el conocimiento, al igual que cuando Fernando mató a la madre de Sara.

—Venga, tío, no me jodas, que demasiado aguantaste.

—No hace falta que me justifiques para animarme. En serio. Déjate de ese juego y escúpeme. Te recuerdo que todavía no lo has hecho de una manera natural desde que he vuelto. No me trago que ya me hayas perdonado del todo por irme así.

—¿Que no te he perdonado? ¿Qué tengo que perdonar? Joder, tío, no sé, tampoco eres mi novia, ¿sabes?

—Ya lo sé. No lo digo en ese sentido. Pero es normal que sientas rabia por lo que hice. La siento yo...

—Bueno, tío, lo pasado, pasado está. Yo qué sé, tampoco lo veo como para seguir haciendo sangre. Es que no encuentro el beneficio de que yo esté de morros y te esté echando en cara el último año. Me apetece más estar de buen rollo. Tampoco sé si vamos a acabar con la cabeza en nuestro sitio cuando todo pase. Así que mejor aprovechar y disfrutar de los pequeños placeres de la vida —dijo Alfonso señalando a su plato.

Nicolás no pudo evitar reír.

—Lo cierto es que es raro —repuso Nicolás—. No sé cómo en mi vida puede haber dos polos tan opuestos. Por un lado tengo la mala suerte de vivir toda la mierda con Fernando. Eso sería la cruz. La cara es que llego después de huir como un cobarde y me encuentro con todo igual. Todo el mundo me perdona. Incluso me ascienden en el trabajo. Si reflexionas sobre ello es un poco alucinante. ¿Tú has visto esas ocasiones en las que piensas que has hecho algo muy bueno para que te pase tal cosa o algo muy malo cuando te sucede lo contrario? Pues me encuentro entre ambas.

Alfonso se echó una cucharada a la boca antes de decir nada.

—Yo lo que creo es que todo lo que te pasa se basa en cómo eres con tu trabajo. Tío, ¿cuántos años hace que te conozco?

Nicolás levantó los hombros. La verdad es que se conocían casi de toda la vida.

—Pues siempre has sido igual. Al margen de la plaquita eres un auténtico capullo. Como yo, pero con menos gracia. Pero luego te pones el traje de policía y, tío, no he visto a nadie igual. Eso ha conseguido que los buenos te quieran mucho y que los malos te odien a rabiar. No hay más.

—Joder, tío, es lo más bonito que me has dicho nunca —contestó con voz socarrona—. No te estarás enamorando.

Alfonso le lanzó un trozo de pan. Ambos rieron.

—¿Te puedo preguntar una cosa? —dijo Alfonso.

—Claro.

—¿Cómo va tu cabeza con el lío Carolina *versus* Sara? Y te pido por favor que no te andes con hostias, no soy tonto y sé que tienes una montada en el cerebro impresionante. Lo que no sé es para qué lado se decanta la balanza.

Nicolás no respondió de inmediato. Reconoció que la pregunta de su amigo lo sorprendió en aquellos momentos.

—No te puedo mentir. Sara me gusta, me atrae; y no solo te hablo de lo físico. Es algo más.

—Y a Carolina no la has olvidado a pesar del paso de los años. ¿Me equivoco?

—Ahí voy, a temporadas. Hay unas que pienso que sí, otras que ni de coña.

—Vale, eso es que no.

—Sí, bueno, supongo que podríamos pensar así. Lo malo es que ahora no sé qué siento por dentro, porque estoy más preocupado de encontrarla y salvarla que de todo lo demás.

—Nada, tío, cuando llegue el momento sigue a tu corazón.

Nicolás se quedó mirando a su amigo sin decir nada. ¿De verdad había dicho él una cosa así?

De pronto Alfonso comenzó a entonar una melodía con la voz a la vez que fingía que tocaba un violín imaginario.

Ahora fue Nicolás quien le lanzó un trozo de pan a él.

—¡Vete a la mierda!

Alfonso rio a carcajadas.

Pasados unos segundos fue Nicolás el que le formuló una pregunta.

—¿No notas a Sara rara? Y no me respondas lo de siempre, que nos conocemos.

Alfonso trató de poner cara de póquer, aunque no sabía si lo consiguió. Nicolás no cambió su expresión, por lo que puede que le estuviera saliendo bien.

—Yo qué sé, tío. Tampoco sería tan raro que estuviera estresada a tope. Nunca nos hemos enfrentado a una cosa así y hay demasiadas vidas pendientes de un hilo. Eso consigue que salga lo peor de nosotros.

—Ya, ya, si lo entiendo, pero la miro y veo un no sé qué más. Como si le preocupara algo ajeno.

—Pues será que sigue encoñada contigo, tío. ¿Yo qué sé? Aunque me hayas dicho que no te lo diga, lo voy a decir. Ella es rara. Muy rara. Punto.

—Vale, vale. Es que me preocupa que le pase otra cosa y yo esté tan metido en todo que no sea capaz de ayudarla.

—Tampoco es que seas la Madre Teresa y tengas que estar pendiente de todos. Tú a lo tuyo y ya está. Que cada palo aguante su vela.

Nicolás asintió con la cabeza. Puede que fuera verdad que a Sara no le pasara más que lo que a todos: que la situación la estuviera superando por su excepcionalidad. Al fin y al cabo no era tan raro que le sucediera. Era humana, como él, por mucho que se empeñara en demostrar que no.

El teléfono móvil de Nicolás, que llevaba guardado en el bolsillo, comenzó a sonar. Lo sacó.

Era el comisario Brotons.

Alfonso, que vio el nombre en la pantalla no pudo evitar lanzar el comentario:

—Ni comer podemos, macho.

Nicolás le hizo una señal para que callara y contestó:

—¿Sí?

El comisario le contó algo que hizo que Nicolás pusiera muy mala cara. Cuando colgó dejó el móvil y se masajeó las sienes. Sacó su cartera y extrajo un billete de veinte y otro de diez euros. Los dejó sobre la mesa.

—Hay que irse. Es urgente —anunció.

25

Nicolás cerró la puerta del vehículo. Sabía que las cábalas que había hecho durante el trayecto no servían de nada, pues últimamente con Fernando uno se podía esperar casi cualquier cosa. Aun así no pudo evitar plantearse mil escenarios distintos. Era normal que su imaginación volara, porque las informaciones que manejaba eran pocas y confusas. Lo que más le escamaba del asunto era lo que conocía de cómo hallaron el cadáver.

Eso traía consigo grandes dudas pues en las dos ocasiones anteriores fue Fernando el que alertó de sus actos y ahora no. De hecho, mandó a comprobar si los muñequitos que aparecían en el *streaming* seguían igual o alguno de ellos había sido tachado, pero todo continuaba como antes.

Las patrullas que se acercaron al primer aviso fueron demasiado claras: era obra de Fernando.

Con esas dudas salieron Alfonso y él desde Canillas en el coche del primero y ahora lo acababan de dejar aparcado en la M-505. Lo hicieron justo antes de llegar al cordón policial que limitaba casi la mitad de la carretera. Un guardia civil daba paso apurado al calmado pero continuo flujo de coches que circulaban por la vía. Nicolás comprendió que ellos fueron los primeros en llegar al escenario debido al lugar en el que se halló el cuerpo. Una vez vieron el percal y, como todas las fuerzas de seguridad de Madrid estaban sobre aviso respecto a las fechorías de Fernando, avisaron a la Policía Nacional, ya que eran los que llevaban el caso. Nicolás pensó en que las cosas no eran como antes, cuando los dos cuerpos competían a veces por ver quién se llevaba cada investigación. Ahora se respetaban al máximo y colaboraban juntos cada vez que la cosa se salía de madre. En este caso quizá debería ser así, pero también comprendía las reticencias de la benemérita ante el caso. Nadie quería bailar con la más fea.

Vio a un grupo de policías hablando. Uno de ellos no iba uniformado y lo reconoció enseguida. Al parecer la Guardia Civil dio aviso a la comisaría de Madrid-Tetuán, por lo que el subinspector Carrillo era el que estaba al mando hasta que llegaran ellos. Se acercó.

—Buenas tardes —saludó seco Nicolás.

No es que el subinspector le cayera mal, en absoluto, era que su humor se fue agriando según habían pasado los minutos desde que recibió el aviso.

—Buenas tardes, inspector Valdés —dijo Carillo al tiempo que le tendía la mano. No sonreía. No era momento para ello—. Gracias por venir tan rápido.

—No podemos perder un segundo. Si me puedes hacer un resumen te lo agradecería.

—Sí, claro. Pero creo que deberíamos ir por partes. Primero te voy a enseñar lo último que hemos encontrado. Por favor, seguidme.

Nicolás y Alfonso obedecieron. No tuvieron que andar demasiado para llegar al punto que quería mostrarles el subinspector. Era en la misma carretera, no era necesario adentrarse en el bosque que se desplegaba a sus flancos. Nicolás miró sin pestañear el par de zapatos de color negro mientras el agente de la Policía Científica los fotografiaba desde todos los ángulos posibles. El inspector jefe no entendía demasiado de zapatos, pero aquellos parecían de charol.

—¿Los han encontrado así, tal cual?

La pregunta de Nicolás tenía bastante peso porque los zapatos se veían perfectamente colocados encima del asfalto. Estaban, además, limpios como si no se hubieran estrenado. No lograba dejar de mirarlos.

—Así es —respondió el subinspector—, pero como he dicho, los hemos hallado cuando ya llevábamos un rato aquí. Nadie se había fijado en ellos pese a que llaman bastante la atención. Y lo que más me extraña es que no es nada común encontrar unos zapatos así, con ese tacón, en un lugar como este.

Nicolás asintió mientras los miraba fijamente.

—¿El cadáver ha aparecido muy lejos de ellos? —inquirió el inspector jefe.

Carrillo negó con la cabeza.

—Para nada, es aquí al lado, en el bosque. Si queréis pasamos.

No hizo falta esperar a la confirmación del inspector jefe porque Alfonso echó a andar hacia donde señalaba con el dedo el subinspector. De inmediato lo hicieron los otros dos. El bosque de la Herrería, en El Escorial, se extendía majestuoso ante sus ojos. Era un espectáculo visual en todos los sentidos. Robles y fresnos dominaban el conjunto de árboles, aunque también se veían algunos cerezos y sauces. Nicolás había visitado la zona —más en concreto la zona recreativa de la Herrería— cuando era pequeño. Lo hizo con su familia y, aunque guardaba vagos recuerdos de aquello, sí tenía claro que en su momento le encantó.

El subinspector les advirtió que pisaran por donde marcaban los indicadores amarillos del suelo, más que nada por si no se daban cuenta de que la Policía Científica los había colocado ahí para señalar el camino más seguro sin poner en compromiso algún tipo de indicio. Apenas tuvieron que andar unos metros para llegar al lugar en el que el cuerpo yacía en el suelo, sin vida. Estaba junto al cauce del arroyo del Batán. El cadáver se hallaba encima de una zona que se había formado con arena fina y algunas piedras sueltas, no muy grandes.

La imagen impresionaba mucho por una serie de detalles muy concretos —y numerosos—. La víctima era una mujer que no aparentaba tener demasiada edad. Quizá era atrevido decir que su aspecto era como angelical, pero es que la estampa no llevaba a pensar otra cosa. Yacía boca arriba y, empezando por la cara, ya se veían ciertos detalles que inquietaban. El primero era que tenía los ojos abiertos. En ellos ya se apreciaba, incluso desde cierta distancia, la posible causa de la muerte, aunque el detalle que parecía confirmarlo se percibía debajo de una boca que también se encontraba entreabierta. Al tener la cabeza ligeramente inclinada para atrás se veía un cordel de aspecto tosco que se hundía severamente en su cuello. Al parecer, la asfixiaron con él.

Nicolás continuó bajando con la mirada y contempló cómo la ropa de la chica había sido rasgada y abierta a los lados, como si de un envoltorio se tratase. El corte comenzaba debajo del cuello y bajaba hasta la zona del pubis. Sus pechos estaban al descubierto, al igual que sus genitales. Al llegar a esa parte era donde se encontraba, sin duda, la mayor sorpresa de todas. Lo primero era que su pubis fue claramente rasurado en la escena. Nicolás lo sabía porque en las caderas de la chica vio algo que parecía ser vello púbico. Pero lo verdaderamente impactante era lo que se veía encima de la zona rasurada, que no era otra cosa que una especie de torta aceitosa con azúcar por encima. La posición de sus manos también era inquietante porque daba la impresión de que habían sido colocadas así adrede, ya que estaban al lado del cuerpo, con las palmas hacia arriba y sin rastro de suciedad a pesar del sitio en el que se encontraban.

Sin duda la imagen —a pesar del detalle de estar desnuda, asfixiada con un cordel y con el maldito pastelito sobre el pubis—, se asemejaba a la de una virgen. Además, daba la sensación incluso de que su cabello rubio fue peinado para la ocasión.

Nicolás no podía dejar de mirarla cuando sintió que una mano le tocaba el hombro. Eso hizo que saliera de un trance extraño en el que entró tras ver esa asombrosa escena.

El que lo tocó no era otro que el doctor Álvaro Herrero, que al parecer formaba parte de la comisión judicial junto al juez Díaz, quien también llegaba donde ellos, andando con cierta dificultad debido a lo inestable del terreno.

—¡Joder! —exclamó sin ningún reparo el joven médico.

—Pero ¿qué narices ha pasado aquí? —preguntó un alarmado juez Díaz al comprobar el percal.

—Bien, aprovecho que estamos todos —comenzó a hablar el subinspector Carrillo— para relatar lo que sé. A partir de ahí, sintiéndolo mucho, ya no es cosa mía. Todavía no hemos conseguido identificar a la víctima. Como ven ha aparecido aquí, junto al arroyo. La han encontrado dos senderistas que pasaban por la zona. La han visto a lo lejos y, según nos han indicado, primero pensaron que era un animal, pero la chica, perdón, eran un chico y una chica, insistió en que era demasiado blanco como para ser un animal. Así que se han acercado y se han topado con la chica muerta. Él se puso histérico... No sé si han visto una ambulancia cerca del cordón, están intentando tranquilizarlo. Ella está más entera. Han dado el aviso al 112 y han enviado una patrulla de la Guardia Civil, por lo de las competencias. En cuanto han llegado y lo han visto nos han pasado el aviso rápido. Como ven, hay pocas dudas de que se trate de un acto más de Fernando Lorenzo. ¡Ah!, y que no se me olvide lo de los zapatos. He sido yo el que se los ha encontrado porque hemos aparcado justo al lado de ellos casi que sin darnos cuenta. Evidentemente todavía no sabemos si son de la chica o no, pero me parece demasiada casualidad...

—Muchas gracias, subinspector —dijo Nicolás sin dejar de mirar el cuerpo, aunque pasados unos segundos paró y se volvió hacia el juez—. No pongo en duda lo que cuentas acerca de que podría ser obra de Fernando, pero no la ha reivindicado como sí hizo en las dos ocasiones anteriores. Aunque una escena tan cuidada tiene todo su sello, incluso mucho más que las otras veces...

—Partamos de que es suya —replicó el juez—, sería lo más sencillo. Seguro que él nos lo acaba confirmando de algún modo. Y, si no, pues nos llevaremos las manos a la cabeza porque habrá otro jodido loco suelto. Ya sería la bomba. En fin. Por favor, doctor Herrero, ¿procede?

El forense, ya vestido para acercarse al cadáver, asintió. Antes preguntó a los técnicos de la Científica que trabajaban cerca del cuerpo para que le indicaran por dónde le estaba permitido pasar. Una vez estuvo cerca del cuerpo habló:

—El cordón que tiene alrededor del cuello ya nos dice mucho y, la presencia de petequias en los globos oculares parece confirmarlo, así que me atrevería a decir que ha muerto por asfixia.

—Y no ha muerto aquí —puntualizó el inspector jefe.

Todos lo miraron sorprendidos.

—A ver, es evidente —continuó—. Mirad lo limpio que se ve el cuerpo. Se vería algún tipo de rastro si consideramos la zona donde está.

—Creo que el inspector jefe tiene razón —afirmó el forense—, pero yo me baso en esto, aunque ustedes no creo que lo aprecien desde ahí —dijo señalando con su enguantado dedo—. Tiene cortes producidos por el objeto con el que le rasgó la ropa y no aprecio sangre en la herida. Sería aventurarme demasiado, pero casi se ve claramente que no había bombeo de sangre, ergo son *post mortem*. Me parece que la mató en otro lugar y el asesino colocó aquí el cuerpo. Si la hubiera asfixiado con el cordel aquí mismo, se apreciarían señales en el suelo por la lucha, al menos de sus pies moviéndose instintivamente. No hay nada. Ha colocado el cuerpo adrede.

—Lo que sigue reforzando la idea de que sea Fernando —comentó Alfonso mientras se daba la vuelta—. Disculpadme, pero voy a llamar para ver si hay algún cambio en el vídeo que nos envía. Quizá haya actualizado tarde.

Dicho esto se apartó unos metros para realizar la llamada.

—Entiendo, entonces, que una vez más nos muestra una obra de teatro —opinó el juez Díaz.

—Me temo que sí. Me recuerda bastante, aunque no tenga nada que ver, a la víctima del parque. La mató en un lugar y la arrastró unos metros hasta dejarla justo donde quería. Se esfuerza demasiado en mostrarnos unas imágenes concretas y no entiendo por qué —expuso el inspector jefe.

—¿Y se puede saber qué narices es lo que tiene ahí? —El juez señalaba lo que más impacto producía de la escena.

—No puedo decírselo con seguridad, señoría. Es un pastel, no hay duda, pero no puedo decirle ni del tipo que es ni qué perseguía el criminal al colocarlo ahí. Quizá simbolice algo, no lo sé, lo investigaré a fondo y rápido.

—¡Ay, la hostia! ¿Eso es un *txantxigorri*? —vociferó una voz femenina a sus espaldas.

Todos se giraron y vieron a una Alicia uniformada que llegaba a la escena pisando justo donde debía, sin que nadie le hubiera dicho por dónde hacerlo.

Nicolás no supo por qué, pero instintivamente se acercó rápido hasta ella y la agarró por delante de los brazos. La empujó unos metros atrás con suavidad.

—Alicia, me parece que no es un buen momento para que veas tu primer cadáver. Es complicado.

—¿Mi primer cadáver, en serio?

—Quería decir tu primer caso.

—Pero ¡si has pedido tú que me incorporara a Homicidios de inmediato! No he venido por la mañana porque me faltaba terminar unas cosas por allí, pero ya me han dejado libre.

—Alicia, vale, empieza con nosotros. Pero vamos poco a poco, llegar y tragarte una escena no sé si es lo más conveniente.

—Pero vamos a ver, si te acabo de oír decir que no tenían ni puta idea de lo que era lo que tiene la víctima en el chocho...

—Alicia, por favor, ahora tienes que cuidar cómo dices las cosas.

—Nicolás, lo sé, te lo digo a ti y porque hablamos en voz baja, que no soy tonta. Sé guardar las formas.

—Vale, quédate, por favor, pero hasta que no lleves unos días intenta ver, oír y callar.

—Una cosita, Nicolás, si me callo no te voy a poder decir lo que ha hecho aquí mi hermano, porque lo veo bastante claro.

El inspector jefe se quedó mirándola unos instantes. Los otros también los miraban sin entender lo que comentaban entre ellos. Nicolás respiró profundo y claudicó.

—Vale, ven y cuéntanos.

Ella sonrió y siguió al inspector hacia la zona en la que estaba el juez, cerca del cuerpo.

—Juez Díaz, le presento a nuestra nueva incorporación en Homicidios y Desaparecidos. Ella es la agente Alicia Cruz y cree que puede aportarnos algo valioso. Hable, agente.

Alicia carraspeó.

—Hola, señoría. Bueno, no quisiera meter la pata, pero la escena nos lo dice: Fernando Lorenzo ha imitado al asesino del Baztán.

De pronto Nicolás miró de nuevo al cadáver mientras el

forense seguía haciendo su trabajo con él y lo vio claro. Alicia tenía razón, ¿cómo no lo había visto hasta ahora?

—¿Perdón? —replicó el juez Díaz.

—Es brillante, Alicia —dijo el inspector jefe saltándose el protocolo—. Señoría, no lo he visto en un primer momento, pero tal como ha dicho la agente, el asesino ha imitado a un asesino de ficción de una trilogía de novela negra. Me fastidia porque la he leído y no me he dado cuenta. ¿Cómo se llamaba la autora?

—Dolores Redondo —respondió la muchacha.

—Exacto, Dolores Redondo. Así encuentran a la primera víctima. Todo coincide. Los zapatos en la carretera, el bosque, la posición del cuerpo, el *txan*...

—*Txantxigorri* —acabó por él Alicia.

—Eso es. Todo coincide. Todo. No puede ser una casualidad. Tiene que ser su patrón.

—¿Que se basa en las novelas de la tal Redondo? —planteó el juez.

—No. No lo creo. Pero si me deja volver a comprobar unas cosas creo que le puedo dar en muy poco tiempo una respuesta concreta.

—Me confirman desde Canillas que sí se ha borrado otro monigote en la pantalla. Es obra de Fernando. ¡Coño, Alicia! —exclamó sin poder evitarlo Alfonso, que volvía móvil en mano.

—Ahora mismo es lo de menos. Regresemos a Canillas. Agente, se viene con nosotros, necesito su ayuda.

El juez asintió sin comprender muy bien a qué se refería el inspector jefe.

—Ah —añadió el inspector jefe—, y cámbiese, en nuestra unidad no vestimos de uniforme.

Alicia sonrió. Con la sonrisa más amplia de toda su vida.

26

Viernes, 10 de noviembre de 2017. 18.34 horas. Madrid
(46 horas, 26 minutos para el fin de la cuenta atrás)

Alfonso cerró la puerta de la sala de reuniones.

Todos, sin excepción, lo miraban expectantes, como si fuera el maestro de ceremonias de la gala de los Oscar y la incertidumbre por conocer quiénes se llevaban los mejores premios reinara en el ambiente.

Aunque en ese caso fuera justo lo contrario.

Miró su reloj. Ya pasaban casi veinte minutos desde que Nicolás los convocó y seguía sin aparecer. Estaba encerrado con Alicia en el despacho que le correspondería por ser inspector jefe. Sus órdenes fueron muy claras: si se retrasaba cinco minutos desde la hora de la convocatoria, Alfonso debía dar comienzo a la reunión para que todos pusieran en común lo que tenían, ya que al parecer había algunos aspectos muy jugosos descubiertos por agentes a nivel individual y el resto del grupo merecía saberlos para remar todos a una. Lo que más nervioso lo ponía del asunto era que en esa sala estuviera también sentado su jefe, el comisario Brotons, y tuviera que ser él quien llevara la batuta hasta que Nicolás se dignara a aparecer por allí. No le hacía mucha gracia la situación.

Aunque eso no le ponía menos nervioso que el hecho de que Sara tampoco se hubiera presentado. Hasta donde tenía entendido no estaba con Nicolás, aunque puede que a última hora este hubiera reclamado su ayuda y ahora se encontrara con él y con Alicia. A su móvil no contestaba y su equipo no la localizaba, por lo que lo más probable sería eso.

Viendo que los minutos seguían pasando y todos los asistentes comenzaban a impacientarse, no le quedó más remedio que empezar.

—Bien, antes de que os asustéis voy a hablar yo porque Nicolás me lo ha pedido. En cuanto él aparezca por la puerta se acabó, le toca. Pero como aún no ha llegado, iniciamos la reunión para compartir lo que hemos ido averiguando. Creo que todos sabéis ya que nuestra nueva incorporación, la agente Alicia Cruz, ha encontrado la clave del asesinato que hoy hemos descubierto, pero mejor lo dejo para cuando aparezca el inspector jefe que, si no me equivoco está trabajando ahora en eso. Creo que Rossi tiene cosas que contarnos. ¿Es así?

—Así es —convino este—. Supongo que estáis al corriente de la nueva vía que ha abierto el *assistente capo* romano Paolo Salvano. Reconozco que al principio todo me sonó a locura, pero gracias a una contrarreloj que ha echado el equipo de Genética, hemos averiguado algo muy jugoso: el cadáver que encontramos en el apartamento de la señorita Blanco no corresponde al de nadie que se llame Marco Draxler. De hecho, ni es italiano. Como era demasiado evidente lo dimos por hecho. Total, en principio, su identidad no es que no importara, pero en una carrera en contra del tiempo como la que llevamos, quizá era una de las cosas menos importantes. Craso error. Hemos aprendido que todo tiene su peso y aquí nos la han jugado. Y digo «nos» porque ya no tengo dudas de que a Fernando lo está ayudando alguien. Como pese a todo necesitábamos comprobar la identidad del cadáver, nos fuimos a lo fácil. Tomamos los dos cepillos de dientes que encontramos en el piso y se hizo una comparación simple de alelos. Uno de ellos coincidía, por lo que creímos que significaba que la víctima residía allí y debía de ser Marco Draxler. Bien. Tras las sospechas de Paolo enviamos una búsqueda global de ese perfil de ADN a nuestras bases de datos. Al principio creímos que no haría falta y, *voilà*, el cadáver que encontramos resulta que es el de un mendigo que tiene antecedentes por homicidio imprudente. Estuvo una temporada a la sombra y cuando salió volvió a la calle. Su nombre era Antonio Hoyos. Supongo que hasta la elección del mendigo fue adrede porque, ¿qué probabilidades hay de que el susodicho estuviera fichado en nuestra base de datos? Esto ya me da escalofríos.

Todos miraban a Rossi casi sin pestañear, la forma en la que relató la historia y los detalles que contó consiguieron captar al cien por cien la atención de todos. Fue el comisario el que quiso romper primero el hielo:

—¿La conclusión que sacamos es que nos la han colado y colocaron a un mendigo ahí con la esperanza de que no lo encontrara nadie en todo este tiempo? ¿Y también insinúa que el cepillo de dientes también fue colocado ahí adrede?

—Lo he pensado mucho y tiene su lógica —contestó Rossi—. Hay muchas formas de encontrar ADN, pero sin duda la más sencilla de las disponibles en un domicilio es con el cepillo de dientes. Con los cabellos hay que entrar en si hay raíz, si no la hay... en un vaso del que se ha bebido, podría haber sido lavado con productos que entorpecerían la búsqueda... un cepillo de dientes era perfecto. Así que creo que lo pusieron ahí con toda la idea. Creo que también tendrían claro que nos centraríamos en otras cosas y que no nos preocuparía lanzar una búsqueda en la base de datos desde un primer momento, por lo que iban sobradísimos. De hecho, no la habríamos hecho sin la sospecha del *assistente capo* Salvano. Lo que está claro es que el tal Marco Draxler tiene que ser el que está ayudando a Fernando. Creo que se pegó a Carolina con ese único fin.

El comisario se quedó sin argumentos para rebatirlo. Aun así, le surgía una pregunta evidente.

—¿Y quién es? Porque supongo que Marco Draxler no será su verdadera identidad.

—Me temo que no lo sé, comisario. Salvano está trabajando ahora en ello. Confiemos en que lo averigüen pronto.

—Madre de Dios —acertó a decir Alfonso—. En fin, gracias, Rossi, un trabajo perfecto. Creo que ahora quería hablar el inspector jefe Aguilar, ¿me equivoco?

—Así es —dijo—. No sé si lo que voy a contar servirá de mucho, pero basándome en secuestros anteriores en los que he trabajado, hay ciertos factores que pienso que deberíamos tomar en consideración a la hora de liberar satisfactoriamente a la señorita. He estado comentándolo con algunos colegas y todos coincidimos. La señorita Blanco tiene que estar encerrada en un almacén en las afueras de la ciudad.

Todos se quedaron en silencio, como esperando más. Pero Aguilar no dijo nada.

—¿Ya está? —preguntó Gràcia al fin.

—Bueno, creo que eso ya es bastante. Esto nos aporta una serie de cosas lógicas que nos harán estrechar más el círculo. Cuando me enfrento a secuestros ya hay ciertos perfiles definidos de secuestrador y cada uno de ellos actúa de una manera que casi nunca suele variar. En el caso de Fernando Lorenzo me iría, resumiéndolo muchísimo porque hay más, al grupo de caras conocidas para la policía que necesitan la mayor soledad del mundo. Además, la meticulosidad con la que actúa en sus asesinatos me hace creer que el lugar en el que tiene la chica no estaba ya hecho, sino que lo ha construido o mandado construir. Puede que no pensando en un uso como el que finalmente le ha dado, pero ahora lo está utilizando para ello. Este tipo de secuestradores no buscan solo zonas alejadas, sino también incomunicadas. Es imposible llegar a ellas en transporte público; ya sabemos que él no lo va a utilizar, por lo que no quiere que la gente disponga tampoco de esas facilidades, por lo que han de ir expresamente en coche. Nos ayuda a tachar muchas zonas del mapa. Además, como tiene muchos frentes que atender al mismo tiempo, estará alejado del núcleo urbano de Madrid, pero no en exceso. Es algo que he comentado con la inspectora jefe de la SAC. Ella me ha apoyado en la idea de que sigue viviendo en Madrid ciudad. Su radio de actuación define un perfil geográfico claro. Y, estrechando el cerco, creemos que tuvo que alquilarlo incluso antes de que pasara todo aquello en el pueblecito de Alicante. Es prácticamente imposible que lo alquilara e hiciera la obra en tan poco tiempo si el secuestro se produjo nada más llegar él a Madrid. Y no es algo que haya delegado en nadie. Para las cosas importantes, Fernando siempre quiere estar presente.

—Gracias, Aguilar —dijo el comisario—, pero hay algo que no me cuadra. ¿Cómo está tan seguro que hizo una obra para adecuar el espacio donde está secuestrada la señorita Blanco?

—Muy fácil: como está retirado pero no demasiado, alguien podría oírla. Así que claramente lo ha insonorizado. ¿Cómo iba a dejar que alguien oyera sus gritos? Fernando no es así. Por otro lado, he repasado la grabación del *streaming* de los de la UCC. He visto el momento en el que él entra en escena por la puerta y se aprecia una luz que se proyecta desde arriba. Y la luz parece natural, no artificial.

—Está bajo tierra... —comentó el comisario como para sí mismo.

—Así lo pienso. Ya lo he visto otras veces, ya le digo que no inventan nada nuevo. Nos sirve de ayuda, porque he pedido a mi equipo que, junto a algunos de la brigada de Información y Datos, recopilen todo lo que se pueda sobre alquileres en zonas como las que nos interesan, que hay unas cuantas, en los años 2008 y 2009. Creemos que ahí fue cuando se alquiló el local y cuando se realizó la obra. Eso tiene que estrechar mucho más el cerco y hasta puede que haya suerte. Quizá hasta usara su verdadera identidad para alquilarlo; con el ego que se gasta, no me extrañaría.

—Joder, gracias, Aguilar —exclamó Alfonso esperanzado—. Nicolás no se equivocó cuando consideró que serías de una gran ayuda. Por favor, sigue así y danos una dirección donde podamos tirar la puerta abajo.

Aguilar asintió al tiempo que se acariciaba la perilla.

No venía a cuento pero recordó a su hija. De algún modo sentía que canalizaba la rabia por no haberla podido ayudar —en realidad nadie lo hubiera logrado— en salvar a otras personas de una muerte casi segura. Miró al cielo y sonrió.

—Bien —continuó Alfonso—, ahora le toca a la inspectora For...

La puerta de la sala de reuniones se abrió y por ella aparecieron Nicolás y Alicia. La última se había cambiado en el vestuario y se había vuelto a poner la ropa que traía de casa. Alfonso sonrió al verla aparecer junto a Nicolás. A pesar de sus constantes problemas domésticos en ausencia del inspector jefe, él también la sentía como a una hermana pequeña y no podía sentirse más orgulloso de verla ahí.

—Perdonad la interrupción —se disculpó Nicolás, que venía más calmado de lo que se fue—. No sé en qué punto os encontrabais, pero ahora continuáis en cuanto os explique yo algo. Después el inspector Gutiérrez me pondrá al día de lo que se ha hablado antes de que yo llegara, porque es muy importante.

Todos asintieron.

—Como ya supongo que sabréis, esta es la agente Alicia Cruz y no ha podido llegar a nosotros en mejor momento, ya que nada más ver la escena del crimen ha entendido que Fernando ha recreado una escena del libro *El guardián invisible*, de Dolores Redondo. ¿Alguien de aquí lo ha leído?

Solo Gràcia levantó la mano.

—Vale, en realidad y aunque no lo creáis, el libro en sí es lo de menos, así que no importa que no sepáis de qué va. Aunque cuando todo acabe os recomiendo que lo leáis, es una maravilla. Como decía, Fernando ha recreado punto por punto la primera muerte que aparece en el libro, donde encuentran a una muchacha en similares condiciones. Evidentemente hay algunas diferencias que Fernando se ha llevado a su terreno como, por ejemplo, que en el libro la víctima sea menor de edad y nuestra chica, pese a aparentar ser una cría adolescente, tiene treinta y ocho años. Si os lo estáis preguntando, sí, ya sabemos que se trata de Ana Miralles y no ha sido muy difícil averiguar que, en efecto, sus padres la compraron cuando solo era un bebé. Siento haber sido tan brusco con ellos por teléfono, pero no hay tiempo para tonterías. Lo que verdaderamente debe tenerse en cuenta es que el patrón de Fernando queda por fin al descubierto. La duda evidente era si había elegido ese libro por alguna razón, pero como os he dicho antes, de momento solo ha tomado ese *modus operandi* de ahí. Pero enseguida me ha venido a la mente una cosa que encontramos en el piso de Fernando hace un año y pico.

Alfonso cayó de repente.

—¡Hostias, los libros! —exclamó.

—Así es. Los libros. Para el que no esté al tanto, os diré encontramos una pila de libros a los que no dimos importancia, pero, como ya empieza a ser costumbre, creo que los dejó ahí con toda la idea para decirnos exactamente cómo iba a actuar.

—¡Qué hijo de puta...! —soltó Gràcia, que también lo acababa de pillar—. Está imitando a asesinos en serie de novelas.

—No es del todo así, pero ahora lo veremos bien. Pero además está yendo un poquito más allá, porque son justamente autores de novelas negras españolas. Al menos los tres que lleva. Por favor, que alguien me recuerde las circunstancias y peculiaridades del primer crimen, el de Laura Sánchez del Horno.

—Encontrada en el parque de la Fuente del Berro. Asfixia antebraquial. Cortes en los párpados. Cadáver trasladado de lugar. Una especie de poema dentro de su boca.

—Y con facciones sudamericanas —añadió Nicolás.

—¿Eso es importante también?

—Y tanto que lo es —sentenció el inspector—. Por favor, Alicia...

Esta obedeció y comenzó a leer un papel que llevaba.

—Aquí Fernando imita a Augusto Ledesma, asesino en serie creado por César Pérez Gellida en su primera trilogía. El asesinato recrea la primera muerte que aparece en *Memento mori*, el primer volumen. Una víctima aparece en las mismas circunstancias en el parque Campo Grande de Valladolid. También tenía un poema y párpados amputados. La víctima era de origen sudamericano.

Nadie hablaba mientras escuchaban casi sin creer lo que decía Alicia.

—Como veis, no hay duda —aseveró Nicolás—. Alicia, por favor, dinos a quién tenemos claro que imita con su segunda muerte.

—Con la segunda muerte copia claramente al asesino que aparece en el libro *El alquimista impaciente* de Lorenzo Silva. La primera víctima aparece en un motel de carretera con un juguete sexual metido en el ano. La víctima en realidad muere de un ataque al corazón, aunque esto lo añado yo, en la novela luego hay más muertes que se relacionan entre sí.

—Un momento —intervino el comisario—. Al maestro

Silva sí lo he leído yo y en la novela no hay ningún asesino en serie.

—Lo que nos lleva a pensar que no imita en sí a asesinos en serie de novelas, sino que rinde un homenaje, a su manera, a las obras.

—Vale, admito que tiene lógica —concedió Rossi—, pero ¿qué sentido tiene que actúe así? ¿Qué fin tiene?

—Esto lo he debatido con la inspectora jefe Garmendia... por cierto, ¿dónde está?

Alfonso, que ya comenzaba a estar de los nervios porque nadie supiera de ella, se levantó de su asiento.

—Voy a buscarla. Seguro que tiene el móvil en silencio y ni se ha enterado.

Y salió de la sala a toda velocidad.

Nicolás se mosqueó ante la actitud de su amigo, pero tenía que seguir con la reunión.

—Como decía —continuó—, lo he hablado muchas veces con la inspectora jefe y coincidimos en una cosa acerca de Fernando: necesita de ese componente para sentir la satisfacción por los actos que comete. Él piensa que tiene una misión que cumplir... de hecho, está convencido, pero no se da cuenta de que sus motivaciones no son distintas a las de otros asesinos en serie de la historia.

—¿La satisfacción sexual? —aventuró Gràcia.

—Así lo creemos, aunque no en el sentido estricto de la palabra. Él la experimenta a través del poder que siente al obrar casi de manera impune. Por hacer lo que le da la gana y cuando le da la gana sin que lo atrapemos. Creo que añadiendo lo del juego es como verdaderamente siente el placer con cada asesinato. En Mors, a pesar de que ya actuaba condicionado por su madre, ella no estaba junto a él, por lo que con el juego que se montó pudo experimentar lo que os comento. Ese poder que le confería poner las cosas fáciles, a su manera, y que no consiguiéramos atraparlo. Hace un año, creo que su madre lo obligó de alguna forma a que cumpliera su cometido y ya está. No digo que no disfrutara con las muertes, pero le faltaba algo. Y lo ha hallado sumando el factor de las novelas a las muertes. Él dice que todo acabará cuando se acabe el plazo, de hecho creo que está convencido de eso, pero me temo que no será así. No puede dejar de matar. Siente una compulsión y la disfraza de motivaciones que él mismo se cree. Pero si no es por una cosa será por otra. Siempre quiero que los casos finalicen bien, pero como ya comprenderéis, tengo un interés especial en que este caso lo haga en lo personal. Ahora bien, acabe como acabe él seguirá matando, así que no hay excusa para fallar. Ya he perdido la cuenta de las muertes que lleva, pero el número se hará infinito como no lo apresemos.

—O lo matemos —añadió Rossi.

—Bueno, no quería decirlo pero sí. O lo matemos. Aunque ya sabéis que la prioridad es meterlo entre rejas.

—¿Para qué? ¿Para que se vuelva a escapar? No, siento decirlo así de claro, pero si me lo encuentro de frente le voy a meter la pistola por la boca y no me temblará el pulso si he de apretar el gatillo. Nunca lo he hecho fuera de la galería de tiro, pero no me voy a cortar un pelo.

Nicolás no dijo nada. Los recuerdos de su exilio le vinieron una vez más y trató de controlarse. Entendía a Rossi, pero no debía dejarse llevar por la rabia.

—Bueno, sea como sea, ya disponemos de un patrón definido acerca de cómo mata y de por qué mata. Ahora nos falta conocer cómo será su próxima muerte. Para ello tenemos unos cuantos libros más que encontramos en su casa para repasar. La suerte es que la agente Cruz los ha leído casi todos. Es fanática de la novela negra y nos viene de perlas. Aunque sobre todo nos interesa saber quién morirá, aunque no lo veo nada sencillo.

La inspectora Forcadell intervino con entusiasmo:

—Jefe, sobre lo último quería hablar yo. Cuando has entrado iba a contar que los de la UCC están a minutos de pasarme un archivo recuperado del ordenador del médico que mató Fernando. En este creemos que están las identidades de todos los bebés que había en la trama. Puede que sean cientos, pero ya tenemos por dónde tirar y es mucho más que nada.

—Perfecto, Gràcia, ponte con eso tan pronto como dispongas de él y utiliza todo el personal libre que necesites. Ojalá consigamos llegar a tiempo. Si os dais cuenta está matando a una persona cada día. Si sigue así, tenemos de margen hasta mañana. Yo me marcho al Anatómico Forense porque la autopsia de Ana Miralles estará a punto de comenzar por la prisa que les he metido. Aunque, sinceramente, dudo que me cuenten más de lo que ya sabemos. Nos acercamos, por fin.

Alfonso corría de camino al edificio de Información, donde trabajaba Sara. Durante el trayecto probó de nuevo a llamarla al teléfono móvil sin éxito.

¿Dónde estaba? ¿Estaría bien?

Entró en el edificio tratando de creerse la explicación que él mismo ofreció en la sala de reuniones, a pesar de saber que no era cierta. Tomó el ascensor y se detuvo en la planta de la SAC. Pretendía no parecer nervioso. Pasó al despacho donde se encontraba el equipo. Allí encontró a la inspectora Vigil.

—Hola, ¿está por aquí la inspectora jefe?

—Supongo que has sido tú el que ha llamado antes. Ya te he dicho que no sé dónde está. Creía que estaría en el edificio de Judicial.

—Ah, vale. —Alfonso seguía intentando mostrarse tranquilo, pero a la inspectora Vigil, quizá la mayor experta en comunicación no verbal del país, no se la iba a colar.

—¿Qué pasa?

—Nada. De verdad. Me voy.

—Un momento. Por favor. Sé que estás mintiendo. No tengo pareja precisamente porque siempre sabría cuándo lo hace. Así que dime qué narices está pasando.

Alfonso, que necesitaba liberar parte del lastre que llevaba encima desde que Sara se lo contó, decidió revelarle la verdad a la inspectora Vigil. No la conocía demasiado, pero tenía clara la confianza que la inspectora jefe depositaba en ella y pensó que quizá lo perdonaría por contárselo y así disponer de un poco más de ayuda.

—¡Vámonos! ¡Corre! —lo instó Fátima cuando terminó de escuchar el relato de Alfonso—. Hay que encontrarla rápido. ¿Has visto si tenía su coche aquí?

Alfonso negó con la cabeza.

Salieron a toda velocidad del edificio y lo primero que hicieron fue comprobarlo. El vehículo estaba, por lo que intuían que no debía de estar muy lejos, a no ser que hubiera echado a andar hacía mucho tiempo. De todos modos, las sospechas se centraban en que todavía podría encontrarse por el complejo.

¿Dónde? No tenían ni idea, pero puede que estuviera ahí. Se dieron los números de teléfono móvil y decidieron separarse para buscarla. Fátima echó a correr por su izquierda; Alfonso, por su derecha.

Creyó que correría kilómetros ahí dentro hasta encontrarla —en caso de que estuviera—, pero nada más doblar la esquina del edificio dio con ella. Estaba sentada sobre el bordillo que rodeaba la edificación. Miraba hacia delante.

Alfonso respiró aliviado. A pesar de lo alarmante de la situación, al menos ella se veía bien. Preocupándose por la inspectora Vigil y sabiendo que Sara ya no se iba a escapar de su vista, lo primero que hizo fue enviar un wasap a la inspectora para decirle dónde había encontrado a Sara.

Después se acercó a la inspectora jefe. Lo hizo despacio, no quiso alterarla porque no tenía claro cómo iba a reaccionar.

—Sara, ¿me oyes?

Pero ella no dejaba de mirar al frente.

—Sara —insistió—, ¿me oyes? Soy Alfonso.

Ella por fin lo miró y sonrió.

—Estoy bien, Alfonso, no te preocupes.

Respiró aliviado, pero pronto llegó a él otro tipo de sentimiento.

—Si te llego a decir el insulto que se me acaba de pasar por la cabeza me matas. ¿Te haces una idea del susto que me has dado? Creía que te había pasado cualquier cosa relacionada con tu enfermedad.

—Bueno, decirte que no sería mentirte, solo que no me ha pasado ahora, sino hace un rato. Estaba en mi despacho y por un momento, no sé, me he perdido allí dentro. No tenía ni idea de dónde me encontraba ni de qué hacía allí. De pronto he sentido que me faltaba el aire. He salido a respirar.

—Joder, siento mucho lo que me cuentas, Sara, pero ¿no era mejor ahí, mirando el estanque de los patos? Al menos así te hubiera visto y no me hubieras dado este susto.

—Lo siento, de verdad, pero precisamente ha sido por eso. Quería estar completamente sola un rato. Aquí lo he conseguido.

—Antes de nada quiero que sepas que se lo he contado a la inspectora Vigil. Perdóname, pero me he desesperado por encontrarte.

Ella sonrió.

—Nada. Me lo has ahorrado a mí. No sabía cómo contárselo. Ella me quiere muchísimo y sé que le va a doler especialmente.

—Pues le he dicho que venga para acá. ¿Quieres que le diga que te deje un rato más sola?

Sara asintió y volvió a mirar hacia delante. Alfonso envió otro wasap que evitó que la inspectora, que iba a aparecer enseguida, hiciera acto de presencia.

—¿Sabes lo que más me asusta de todo? —dijo Sara sin mover la cabeza.

—¿Qué?

—Que he sido consciente en todo momento de lo que estaba pasando. Era como si supiera que estaba perdida. Que no sabía quién era. En todo momento me agobiaba el intentar recordarlo pero no podía. Creo que nunca había vivido algo así. Creía que cuando sucedía eso el paciente era ajeno a todo. Ahora veo que no y me asusta más. Ha sido como, no sé, encontrarte debajo del agua y ser consciente de que quieres respirar, de que tienes pulmones para hacerlo, pero en ese momento no puedes. Demasiado agobio.

Alfonso sintió una compasión desconocida hasta el momento. Se colocó frente a Sara, en cuclillas, y sin más la abrazó. Ella, como la noche en la que le contó lo que le pasaba, se echó a llorar sobre su hombro. En esta ocasión no estuvieron demasiado tiempo así. Alfonso se separó de ella y no dudó más. La besó en los labios. Ella no apartó la cara. De hecho, mientras besaba al inspector sintió en su interior una paz que hacía demasiado tiempo que creyó perder. Cuando sus labios se separaron Alfonso se echó las manos a la cara.

—Sara, lo siento, yo...

—No te disculpes, por favor.

—Lo único que quiero que sepas es que no te he besado por pena. Lo he hecho porque me ha salido así y no me he controlado.

—Yo tampoco. Y no me arrepiento de que lo hayas hecho.

—¿Estás bien ahora?

—Ahora estoy mucho mejor, te lo prometo.

—¿Volvemos? La inspectora Vigil está muy preocupada y yo he puesto en la reunión la excusa de que tendrías el móvil en silencio. Hemos averiguado muchas cosas, ¿sabes?

Ella se levantó como si una energía diferente recorriera ahora su cuerpo.

—Volvamos. Cuéntamelo todo.

27

Viernes, 10 de noviembre de 2017. 21.07 horas. Madrid
(43 horas, 53 minutos para el fin de la cuenta atrás)

Antes de salir del coche necesitó cerrar los ojos para intentar dejar la mente en blanco. Aunque fuera solo unos segundos, no pedía más. No tuvo éxito, pero, a decir verdad, tampoco es que confiara demasiado en conseguirlo.

Miró el reloj que tímidamente marcaba la hora encima del volante de su coche. Quedaban algo más de cuarenta y tres horas para que el plazo dado por Fernando llegara a su fin.

Cuarenta y tres malditas horas.

Sabía que era un tópico demasiado manido el pararse a pensar ahora en que el tiempo corría mucho más deprisa justo cuando uno quería lo contrario, pero es que la cosa iba mucho más allá de simplemente eso. Era que corría demasiado respecto a la cuenta atrás, pero muy lento en cuanto a procedimientos y resultados. Por ejemplo, no tenía ni idea de por qué Paolo todavía no había llamado para confirmarle lo que ambos esperaban. La comparativa de ADN tampoco debía ser tan pesada. Quizá estaba asegurándose al cien por cien antes de realizar la llamada. De todas maneras, si le confirmaba lo que temían, tampoco es que fuera a cambiar el curso de la investigación. Aunque sí les serviría para llamar a cada cosa por su nombre.

Al final el que no se consolaba era porque no quería.

Hacía menos de media hora que había salido de la autopsia de Ana Miralles. Otra cosa que tal. Su incredulidad le llevó a creer que allí encontraría algún detalle inesperado que haría que todo tomara un rumbo no previsto y que ahora, gracias a eso, su corazón latiría a mil por hora. Pero no. De hecho su corazón lo hacía con una lentitud inusual, sin duda cansado de tanta tontería y tanta vuelta en círculo. Como era de prever —al menos por una persona con dos dedos de frente—, Fernando recreó tan fielmente el asesinato con el que daba comienzo la trilogía del Baztán que no hallaron ningún detalle que estuviera por casualidad. Ana había muerto por asfixia provocada por la cuerda de alrededor de su cuello. Evidentemente y pesar de tener la certeza absoluta de que era obra suya, ningún indicio les llevaba a apuntar a Fernando de manera directa. Nicolás ya le había dado muchas vueltas a lo último, más teniendo en cuenta los crímenes acaecidos un año y pico atrás. ¿Por qué se empeñaba tanto en señalarse a sí mismo como autor mediante simbología, pero, a su vez, se cuidaba extremadamente de no dejar ningún resto biológico que indicara que era él? ¿De verdad su mente era tan enrevesada como para ni siquiera hallar cierta lógica aunque fuera ahí?

Nicolás no necesitó ni dos segundos para responderse a sí mismo.

Y tanto que lo era.

Acerca de los padres de Ana Miralles apenas disponía de información. Solo sus nombres y un número de teléfono al que llamó para confirmar lo que ya imaginaba: que Ana fue un bebé comprado en su día; por lo tanto, robado a otra familia que, seguramente, la daba por muerta. La rabia que sentía ante eso estaba contenida, sin duda por lo tremendo de las muertes de seres inocentes a manos de un monstruo. Pese a ello sabía que un día se dejaría llevar por la ira y de, algún modo u otro, se pondría en contacto con cada una de las familias que aparecían en la dichosa lista que Gràcia estaba a punto de conseguir para reprenderles por lo que hicieron. Aunque ya no sirviera de nada. No era justo nada de lo que pasaba. Nada en absoluto.

Momentáneamente volvió a cavilar acerca del plan de Fernando. Hasta lo más ínfimo de su preparación asustaba, pero él creía que ya no podía encontrar nada que lo sorprendiera en cuanto a su meticulosidad.

Craso error.

Cuando volvió a ver a Ana encima de la plancha metálica fue consciente de lo que Fernando habría rebuscado en la dichosa lista para hallar a una chica con su aspecto. Tanta era su obsesión que hasta en ese detalle se había esmerado y le provocaba unos desagradables escalofríos. Aunque también seguía abriendo más y más la posibilidad de que estuviera siendo ayudado por alguien, porque no se imaginaba a una sola persona estudiando cada uno de los nombres de la lista personalmente para elegir a los señalados con esa precisión. Era imposible para uno solo y, más aún en un año, como parecía haberlo preparado todo.

El inspector jefe abandonó esos pensamientos y sacó cuentas de todo lo que faltaba por hacer todavía. Más si contaba también que cada caso debía individualizarse. Muchas veces se tendía a creer que todo era un conjunto por el poco tiempo transcurrido entre una muerte y otra y por que, además, de todas ellas era autor un mismo individuo, pero no. Cada caso se estudiaría por separado y todo aquello quedaba para más adelante. Aunque, claro, fuera como fuese sería después de domingo por la tarde, cuando hubiera llegado a su fin ese loco plazo. Con independencia del resultado.

Apretó fuerte los ojos. Era la primera vez que sentía algo de dolor en el pecho tras considerar la peor de todas las posibilidades. Por fin. Eso, lejos de ponerlo nervioso, lo tranquilizó: aún seguía empatizando dentro de la normalidad. A otros les parecería una tontería, pero a Nicolás lo reconfortaba teniendo en cuenta lo que sucedió durante el tiempo que estuvo desaparecido.

Apagó la radio del coche. Pese a que el motor no estaba en marcha, la música seguía sonando. Nicolás era consciente de sus muchos cambios desde que Fernando apareció en su vida, pero las ganas de seguir escuchando música, incluso de necesitarla en determinados momentos, no había variado. Antes de desconectar el aparato sonaba *Náufrago*, de Sôber. Una canción muy adecuada para el momento que atravesaba. *Naufragaré contigo, y unidos conservaremos nuestro calor. / Y juntos emprenderemos, una ruta sin destino, un romance en el camino / Y al anochecer el viento hará, recordar.*

Salió del vehículo y entró en el edificio.

Cuando llegó fue directo a la sala de reuniones. En las últimas horas, y a petición del comisario Brotons, en ella se montó una especie de centro neurálgico, donde mucha gente trabajaba contrarreloj para adelantarse a los siguientes pasos de Fernando. Una de las cosas que no gustaban a Nicolás de esto era que el comisario también había hecho instalar una pantalla de televisión gigante con la señal en directo que mandaba el monstruo con Carolina de protagonista.

La miró. Admiró su entereza, una vez más, pese a todo. Era la enésima vez que se planteaba la pregunta de cómo habría aguantado ahí encerrada tanto tiempo sin perder la cabeza. Es que no lo llegaba a concebir. Cualquier persona se arrancaría hasta el último pelo de la cabeza fruto de la angustia. Otros, incluso, intentarían quitarse la vida de algún modo. Pero Carolina no. Trató de no caer en el tópico de que nunca había conocido a alguien tan fuerte como ella, pero es que de verdad era así. La única persona con la que se podría comparar en fortaleza a su expareja estaba también dentro de aquella sala.

Nicolás miró a Sara. Se había unido a ellos para seguir trabajando cerca. No pudo traerse a todo su equipo por cuestión de espacio, por lo que optó por que viniera solo la inspectora Vigil con ella. La miró unos segundos sin que ella se percatara. Se sentía mal por, a su vez, no sentir lo que debería por ella. Era evidente que Sara dijo la verdad en su reencuentro cuando aseguró que de ningún modo volvería a tener nada con él, pero a pesar de ello no conseguía arrancarse la sensación de que no actuaba del todo bien con ella. Puede que si lograba rescatar a tiempo a Carolina su cerebro se estabilizara y fuera capaz de pensar qué quería de verdad. Ello significaba que la otra persona también lo quisiera, pero al menos él sería coherente.

Dejó de observar a Sara y fijó su foco en la enorme pila de libros que descansaba encima de la mesa. Desde luego, la librería Nuevo Rincón se habría llevado una alegría inmensa cuando Alicia entró pidiendo semejante cantidad de libros. La lista era muy concreta, pues en ella Nicolás le escribió los mismos títulos que Fernando dejó el fatídico día en el que encontraron su escondrijo hacía un año, ya que esos ejemplares formaban parte ahora del archivo de Pruebas y Rastros y no iba a ser tan fácil acceder a ellos. Aun así los revisaría en cuanto se pudiera por si hallaban algún tipo de indicio oculto en ellos, con el Mutilador nunca se sabía.

Nicolás dejó la orden clara de que toda la Unidad, al completo, se pusiera de inmediato a buscar en los textos sobre qué asesino de ficción imitaría ahora Fernando. Desde que por fin lograron averiguar cuál era el juego que se llevaba entre manos, Nicolás no dejaba de cavilar en ello. Tan fácil y a la vez tan complicado, tal cual hizo la primera vez. Las conclusiones de Sara acerca de que necesitaba sentir de nuevo esa emoción que justificara sus actos no podían ser más acertadas.

Cuando se dio cuenta de que el inspector jefe ya estaba dentro de la sala, la inspectora Forcadell se levantó rápidamente de su asiento y fue directa a él. Le mostró varios papeles y se los dio.

—¡Lo han conseguido! —anunció excitada—. En la UCC han conseguido recuperar el archivo. Me han explicado que está reconstruido y hay algunas cosas que faltan pero, aun así, es muy completo. El médico ese, por muy víctima que fuera de Fernando, era un maldito hijo de puta. Si te fijas en cada uno de los registros, tiene la dirección de las parejas en la época de la adopción y la actual, fechada en 2015. Creo que hacía un seguimiento de ellos.

—¿Piensas que los extorsionaba?

—¿Con qué otro fin lo haría? Supongo que es otro hilo más del que tirar. Pero, tranquilo, ahora no me importa en exceso. Lo bueno es que tenemos casi todos los nombres y, *voilà*, mira los registros que he resaltado.

Nicolás lo hizo. Aparecían los nombres y apellidos de los padres, así como el nombre de los que en su día fueron bebés, de Laura Sánchez del Horno, Daniel Riquelme y Ana Miralles. No es que tuvieran muchas dudas acerca del porqué, pero sin duda venía a confirmarlo en un cien por cien.

—Lo malo —continuó hablando la inspectora— es que la lista, como ves, es enorme. Menuda panda de desgraciados, tanto los que se dedicaban a comerciar con los niños como los padres que, por muy desesperados que estuvieran, no entiendo cómo entraron en algo así.

—Bueno, quizá si encontramos al siguiente asesino que imitar nos quede un poco más claro qué perfil de víctima usará Fernando. ¿Cómo vais? —preguntó en voz alta.

—Aquí estamos —respondió Alfonso—. Yo con un tal Blas Ruiz Grau y su libro *La verdad os hará libres*.

—Vale, creo que deberíamos ser más selectivos. Estoy seguro que Fernando solo usará autores conocidos y, por lo que tengo entendido, ese Blas no lo es. ¿Alguien de aquí lo conoce?

Todos negaron con la cabeza.

—Pues descartado. Es preferible que te pongas con Roberto López-Herrero o Benito Olmo, cuyos libros veo sobre la mesa.

Alfonso asintió.

—¿Y el resto?

—Yo he probado suerte con Juan Gómez-Jurado, Bruno Nievas y Gabri Ródenas —dijo Rossi—, pero no veo referencias tan claras a asesinos en sus novelas, así que no creo que los pueda utilizar.

—Yo, en cambio —intervino Alicia—, estoy con Gonzalo Jerez. En su libro *La primera vez que maté* hay un asesino en serie la mar de curioso. ¿Sabes que le clavó un boli Bic en el ojo a su víctima?

Nicolás hizo una mueca de dolor. Solo de pensarlo sus piernas temblaban.

—Bien, anótalo como una posibilidad. ¿Dónde están los subinspectores? —preguntó viendo que todavía quedaban muchos libros sin revisar, entre ellos los de Toni Hill, Claudio Cerdán, Mikel Santiago, Andreu Martín o María Oruña.

—Los he mandado a seguir realizando tareas ineludibles —contestó una voz desde la puerta. Sin volverse, Nicolás supo que era la del comisario—. Sé que lo que hay aquí dentro es prioritario —se disculpó—, pero a pesar de ello no podemos saltarnos ciertos protocolos o el juez nos va a colgar a todos.

Nicolás asintió resignado. Entendía lo último, aunque no le hacía gracia.

—Por favor, Valdés, venga a mi despacho. Hay una persona esperándole dentro.

El inspector jefe salió extrañado. Si algo no tenía Brotons era un pelo de tonto, por lo que sabía que no era buen momento para entretenerlo con ninguna idiotez. Así que quienquiera que estuviera en su despacho debía de ser alguien importante.

Cuando llegaron y pasó al interior, Nicolás no pudo disimular su sorpresa. No era una persona, sino dos.

—¡Paolo! ¿Qué haces aquí?

El *assistente capo* Salvano se levantó presto de su asiento y se lanzó a los brazos de su amigo. Las ganas de estrangularlo por desaparecer sin dar señales tanto tiempo no habían menguado, pero comprendía que la agonía que sentiría ahora por la situación primaba. El ahora *assistente* Alloa, que lo había acompañado, también se fundió en un abrazo con Nicolás. Alloa no hablaba con la misma fluidez que Paolo el castellano, pero se defendía a las mil maravillas.

—¿Qué tal, inspector jefe? —dijo a modo de saludo el compañero de Paolo.

—¿Qué hacéis aquí? —insistió Nicolás.

—Amigo, tu caso es ahora nuestro caso también —respondió Paolo señalando la orden internacional expedida por la Europol que estaba encima de la mesa.

—¿Se confirma entonces?

Salvano afirmó con la cabeza.

—Mierda... Vale, venid conmigo. Os presento al equipo, o a parte de él, y ya de paso les contamos esto.

Paolo y Alloa siguieron a Nicolás hasta la sala de reuniones. Cuando entraron, como era lógico, ninguno de los que allí estaban sabía quiénes eran los dos que acompañaban a Nicolás, salvo Alfonso, que no ocultó una gran sonrisa. Hechas las presentaciones, el *assistente capo* les relató sus conclusiones.

—Bien —comenzó a hablar Paolo—, como ya les habrá contado el inspector jefe, mis sospechas se centraban en confirmar la identidad de la persona que se hizo pasar por Marco Draxler. Desde un primer momento tuve claro que ese no era su verdadero nombre. Marco Draxler no existe como tal. Su identidad es falsa. Bueno, me explico mejor, el Marco Draxler que hemos encontrado, el que de verdad vive en Roma, tiene ochenta y cuatro años y lo máximo que hace todos los días es asistir a misa. Averiguarlo no ha sido ni fácil ni difícil, el *assistente* Alloa y yo nos hemos dirigido al lugar donde supuestamente él y la señorita Blanco se conocieron, la Fundazione Carrizzi, en Roma. Hemos pedido los datos de los contratos de ambos y ahí figuraba su número de filiación. Al comprobarlo nos hemos dado cuenta de que no existía. Es falso, como su identificación.

—¿Y habéis averiguado algo acerca de quién es?

—Sí, por supuesto —aseveró el policía romano—. Los que me conocen saben que no soy amante de los ordenadores, así que le he propuesto a Alloa realizar una investigación como las de antes, preguntando de puerta en puerta hasta llegar al origen de todo. No los voy a aburrir con los detalles de cómo lo hemos conseguido, pero hemos empezado en la casa donde al parecer la señorita Blanco y él residían en Roma y hemos acabado frente a la puerta de Marusela Torri. Entiendo que no les suene quién es, pero seguro que el inspector jefe Valdés sí que conoce quién fue su amante hace treinta y cinco años...

Nicolás lo miró expectante.

—Su amante fue Guido Meazza.

Paolo esperaba que solo cayera en quién era Nicolás, como mucho Alfonso, pero las caras de todos los allí presentes mostraban lo contrario.

—¿El Asesino de los Pecadores? —aventuró sorprendido el inspector jefe Aguilar, que hasta el momento ni pestañeaba escuchando la historia de Paolo.

—Así es —contestó el italiano—. Veo por sus rostros que les suena de quién hablo. Así es, a Guido Meazza se le puso enseguida el sobrenombre del Asesino de los Pecadores. Fue, quizá, el caso más difícil al que me he enfrentado jamás y un tipo tan peligroso que solo lo podríamos comparar con Fernando Lorenzo.

Paolo hizo una pausa y miró a Nicolás, que no parecía reaccionar ante lo que estaba relatando, a pesar de las implicaciones que conllevaba.

—¿No dices nada? —preguntó el *assistente capo*.

—No sé qué puedo decir. Parezco un disco rayado repitiendo una y otra vez que todo es una maldita locura. ¿En serio me estás contando que quien sea que ayuda a Fernando es hijo de uno de los peores psicópatas de la historia de tu país? ¿En serio?

Paolo no contestó. Como respuesta se encogió de hombros. Entendía el hastío de Nicolás frente al caso. Ya no solo por los últimos acontecimientos que daban una vuelta de tuerca a todo lo sucedido, era por todo lo que había pasado desde el mismísimo momento en que investigador y psicópata cruzaron sus caminos. Eso incluso podía hacer que el inspector jefe perdiera su capacidad de reacción frente a descubrimientos importantes, como le daba la sensación que acababa de pasar ahora. A él, desde luego, le sucedió en 2013 cuando perseguía a Meazza sin saber que era él quien andaba detrás de tan horripilantes muertes. En esos momentos lo que Nicolás necesitaba era espacio y procesar los últimos datos. Mientras, decidió seguir contando todo lo que pudo averiguar en tan poco tiempo.

—Evidentemente no sé mucho de él. Su madre se ha cerrado en banda y no nos ha contado nada de cómo es. Lo único que nos ha dicho es que su nombre real es Stephano Torri y que se crio sin una figura paterna de referencia. Ya sabíamos que la persona que hallaron muerta en el piso de la señorita Blanco era un mendigo del cual no recuerdo su nombre, pero teníamos que confirmar que el ADN hallado en el cepillo de dientes de la vivienda no es el mismo que el del hijo de esta mujer y Meazza. Explicándoselo de este modo conseguimos que nos dejara ella también un cepillo de dientes que guardaba de cuando su hijo vivía con ella, no sé tampoco muy bien por qué, pero logramos extraer una muestra en condiciones de ADN que hemos comparado con el perfil del mendigo. Evidentemente ha salido negativo, por lo que se confirma que el supuesto novio de la señorita Blanco sigue vivo. He puesto a parte de mi equipo para intentar que la madre revele algún dato más sin presionarla demasiado, nos gustaría conocer más acerca de su personalidad. Sobre todo quiero confirmar mis sospechas, y supongo que las de todos, de que Stephano también es un psicópata.

—Pero ¿qué posibilidades hay de que un padre y un hijo que no se han visto nunca sean psicópatas y acaben cometiendo actos parecidos? —planteó Gràcia, escéptica.

—Tenía claro que alguien me haría esa pregunta y traigo los deberes hechos. He estado consultándolo con colegas expertos en la materia y hay estudios que demuestran que el componente genético tiene más peso que el social en los psicópatas graves. Por lo tanto, no sería raro que ese factor lo heredaran los hijos. Por supuesto, como ya sabemos también, tener predisposición a la psicopatía no implica que se acabe desarrollando, nos falta el punto social, pero como no conocemos cómo ha sido la vida de Stephano, no deberíamos afirmar ni desmentir nada. Pero viendo lo que supuestamente está haciendo, ayudando a un asesino en serie, me temo que no voy muy desencaminado.

—Pero, *assistente capo* —intervino Rossi—, perdone que dude de sus palabras, pero entienda que me parece afirmar demasiado. ¿En serio damos por hecho que el tal Stephano es un psicópata solo porque su padre lo fue? Ya sé que todo es... ¡bum!... pero es que no debemos movernos por corazonadas.

—Lo sé, lo sé. Y por eso estoy aquí. Hay más. Sé que parece que me muevo por corazonadas, pero lo que pienso de Stephano es que un día comenzó a sentir cosas dentro de él y necesitaba explicarlas. Quizá lo animaran a investigar acerca de sí mismo y eso lo llevó a conocer a su padre. Puede, y solo puede, que eso fuera el detonante. Ese momento en el que en su cabeza suena un clic, como decimos vulgarmente. Os pongo, por ejemplo, el caso de Jeffrey Dahmer, creo que todos lo conocen. Jeffrey tuvo una infancia estupenda, pero su mente comenzó a tener pensamientos oscuros, sin más, de un día para otro. Eso lo llevó a sentir curiosidad y a experimentar. Cuando lo hizo vio que necesitaba más y más hasta que llegó al punto al que llegó. Creo que el caso de Stephano es parecido. Creo que sintió curiosidad por lo que su padre hizo y experimentó, pues dentro de él habitaba algo oscuro que no lograba explicar. Como me apoyaba demasiado en esta teoría busqué crímenes más o menos recientes, sin resolver, y en los que estuvieran implicados sacerdotes.

—¿Piensas que en parte necesita recrear lo que hizo su padre? —Nicolás por fin pareció reaccionar.

—Sí, desde luego que lo pienso. Y, de hecho, hay dos crímenes ocurridos hace dos años que podrían ser obra suya. Evidentemente lo estamos investigando, pero en su momento pasaron por simples asaltos a iglesias con un fatal desenlace. Pero hay algo en ellos que me lleva a creer que no fueron fortuitos.

—Los ahogó con sus propias manos, ¿verdad? —apuntó Sara, que no perdía ni una sola palabra de lo que contaba Paolo.

—¿Conoce el caso? —preguntó extrañado.

—No. Pero si buscaba experimentar, lo más seguro es que quisiera sentir el poder que se dice que se tiene cuando se le quita la vida a una persona. Y para ello no hay nada mejor que estrangular a alguien con tus propias manos. —Sara se volvió hacia Nicolás—. Todo lo que ha contado el *assistente capo* tiene su lógica y no me extrañaría que esté completamente en lo cierto. Estoy de acuerdo en que la psicopatía, en estos niveles, se puede llegar a heredar debido a su gravedad y quizá Stephano quisiera seguir la senda de su padre con el único fin de calmar el ansia que crecía en él. Por eso pudo ponerse en contacto con Fernando en la cárcel. Mencionando a Donato Bilancia sabría que despertaría su interés. Los asesinos en serie son seres capaces de odiarse y admirarse entre sí como si tal cosa. Y ahora hay algo que me preocupa —se volvió de nuevo hacia Paolo—: ¿cuánto tiempo transcurrió entre las dos muertes de sacerdotes?

—Sé lo que quieres decir. Siete meses.

—Un tiempo de enfriamiento no demasiado grande. Su ansia es poderosa —sentenció Sara.

—¿Quiere decir que aquí en España ha tenido que matar él también para calmar esa necesidad? —planteó Alfonso.

—Desde luego —afirmó Sara—. Ayudar a Fernando es un divertimento, pero no creo que sacie la sed de sangre. Puede que la compulsión no sea demasiado grande todavía, pero no me creo que esos asesinatos ocurrieran hace ya dos años y él esté calmado aún. Necesita seguir explorando ese lado y aquí tiene que haberlo hecho.

—Y por ello hemos venido —concluyó Paolo—. Podría haberles pedido que investigaran crímenes similares en el último año, pero ya les he dicho antes que no soy muy amigo de lo informático, prefiero estar al pie del cañón si implica más probabilidades de éxito. He pedido permiso a la Europol, ya que el caso nos salpica directamente a la Polizia di Stato, así que estoy deseando ponerme a investigar aquí, con ustedes. Quizá encontrando a Stephano nos echemos también sobre Fernando y podamos matar a dos pájaros de un tiro.

Todos miraron a Nicolás, que parecía pensativo.

—Pues venga, vamos a ello —dijo al fin.

28

Viernes, 10 de noviembre de 2017. 22.46 horas. Madrid
(42 horas, 14 minutos para el fin de la cuenta atrás)

Nicolás salió del edificio. Antes de hacerlo, junto con el resto del equipo, pidieron cena en un restaurante chino cercano. Él había pedido una ración de arroz tres delicias. No es que tuviera mucha hambre, pero era consciente de que debería comer si no quería desfallecer de un momento a otro. Sobre todo teniendo en cuenta que, ahora más que nunca, iba a necesitar de todas sus fuerzas para llegar al final.

Las explicaciones de Paolo lo convencieron a la par que preocuparon. Ir detrás de un psicópata de la talla de Fernando ya era algo que estaba a punto de volver loca a demasiada gente. Correr detrás de dos, no lograba ni imaginárselo. ¿Qué clase de broma era esa? De todos modos lo tranquilizaba que su amigo italiano se hubiera hecho cargo de aquella parte de la investigación. Porque, por un lado, contar con alguien como Paolo era casi un regalo del cielo y, por el otro, él ya no daba más de sí. Eran tantos los frentes abiertos que ya no se sentía capaz de poder abordarlos todos.

Levantó el cuello de su chaqueta para taparse el suyo propio. Pensó en que ya le tocaba ir renovándola, pues ni se acordaba de cuándo la compró, puede que fuera incluso desde antes de conocer a Carolina. Quizá por el amasijo de emociones no fue consciente del frío que hacía aquella noche. Incluso hasta que no vio el suelo un poco mojado, ni se enteró de que caían algunas gotas, tímidamente, eso sí. En cierto modo se preocupó al verse tan ajeno a todo, aunque no en exceso, ya que el poco raciocinio que creía que le quedaba le decía que era normal estar tan centrado en un solo objetivo. Así que relativizó un poco la sensación. Alzó la mirada y observó una amenazante nube encima de su cabeza. Trató de no dotarla de valor simbólico. Lo cierto es que le importaba bien poco si la nube descargaba o no. Lo único que le fastidiaría sería que Fernando decidiera actuar de nuevo al aire libre, ya que complicaría el análisis de la escena. Aunque, bueno, con Fernando tanto daban las inspecciones oculares, dado que poco o nada se solía encontrar en ellas.

A los de arriba les había dicho que salía a realizar una llamada antes de cenar, pero la verdad era que su salida respondía a otro propósito. Miró a un lado y otro para localizarla. La vio. En una esquina, de espaldas a él.

Se acercó hasta ella haciendo ruido con sus pasos, pues lo último que pretendía era asustarla. Tenía los brazos cruzados sobre el pecho, mirando a ninguna parte en concreto.

—¿En serio has dicho que salías a fumar?

Alicia se dio la vuelta y sonrió.

—Si hubiera dicho que necesitaba tomar aire fresco me hubieran mirado raro. Tiene narices que nadie lo haya hecho al decir que voy a meter mierda en mis pulmones.

Nicolás también sonrió.

—Ya, lo sé. La sociedad es así. —Hizo una pausa—. De todos modos, con el frío se está mejor ahí adentro. ¿Has salido porque estás agobiada?

—¿Sinceramente?

El inspector jefe asintió con la cabeza.

—No demasiado. O sí, no lo sé.

—Es normal que los primeros días te cueste habituarte a todo. A mí me pasó. No sé, es demasiado nuevo todo y en esta unidad, como siempre digo, no regalan caramelos.

—Ya, recuerdo cuando te conocí en Mors. Parecías un pato mareado.

—Pues por eso te entiendo. Y más sabiendo que lo que sucedió allí no fue nada con lo que vivimos estos días. Menudo estreno.

Ella rio.

—No, la verdad es que no. Bueno, de todos modos cuando uno sueña con ingresar aquí lo hace con casos como este. Podría decirse que cumplo el sueño de muchos, aunque suene feo.

—Me vas a perdonar, Alicia, pero es que a mí me cuesta verlo como un sueño.

—Bueno, ya, se parece más a una pesadilla.

—Sí, imposible definirlo mejor.

—¿Y tú cómo estás?

Nicolás levantó los hombros.

—Es raro, pero creo que no estoy exactamente cómo esperáis todos.

Alicia lo miró frunciendo el ceño.

—Eh... te prometo que no te pillo. ¿Qué crees que esperamos?

—Bueno, quizá sea demasiado suponer, pero creo que aguardáis al momento en el que me vuelva a derrumbar. En el que sienta la necesidad de salir pitando de aquí o que, como ya me ha pasado dos veces, me desmaye porque la situación me supera.

—¿En serio piensas que esperamos que te suceda eso?

—Joder, Alicia, sé sincera.

Ella pareció considerar la respuesta.

—Vale, un poco, pero admite que tienes unos antecedentes que...

—Sí, lo sé. Pero no soy el mismo. Para bien o para mal no lo soy.

—Creo que te confundes. Yo te veo igual que siempre. Precisamente ese Nicolás que un día coge su coche y se larga sin más es el que no eres tú. El problema es que, y corrígeme si me equivoco, a los pocos metros te arrepentiste y ya te daba reparo volver por lo que habías hecho.

Él se echó a reír.

—¿Me equivoco? —insistió ella.

—Me río precisamente por eso. Porque fue tal cual.

—¿Lo ves? Tú no eres ningún cobarde. Tomas decisiones regulinchis, pero es que nos pasa a todos. Creo que si tuviera que definir lo mejor y peor de ti me decantaría por la misma cosa: tu ansia por protegernos a todos.

—Sí, bueno, lo he pensado alguna vez. Creo que es verdad que me pasó, pero no lo puedo evitar, me sale solo.

—Ya te digo, no es algo tan malo, pero tienes que confiar en que nosotros también somos capaces de hacerlo. Quiero que pienses que, al igual que tú, yo puedo tomar una decisión que me lleve a un punto sin retorno. No tiene nada que ver que tú hayas hecho esto o lo otro... Joder, me explico fatal.

—No, no, de verdad que entiendo lo que quieres decir. Es aquello tan manido de que al final cada uno es dueño de su destino, ¿no?

—Así es. Exacto. Por ejemplo, cuando te empeñaste en ponerme vigilancia en tu casa cuando llegué a Madrid para que Fernando no me hiciera nada. Sé que intentabas protegerme, pero la que tomó la decisión de venir a Madrid fui yo, ergo si me mataba sería consecuencia de esa decisión. Pero, escúchame, que lo mismo podría pasar en caso de quedarme en Alicante. Hasta puede que no estuviéramos hablando ahora porque allí sí hubiera ido a por mí, quién sabe.

—Pero no sucedió. Al contrario, mírate dónde estás ahora.

—Así es. Y todo eso por decisiones que yo misma tomé. Está bien que quieras que no me haga nada, que no me pase nada, pero no puedes controlarlo todo. Incluso cuando te echaste la cruz encima por la muerte de la madre de Sara. Está claro que lo hizo para atacarte directamente a ti, pero creo que en ningún momento pusiste una pistola en la cabeza de la inspectora jefe para que ambos os convirtierais en importantes para el otro. ¿O no?

—Supongo que no.

—Pues ya está. A todo esto, nos hemos ido por los cerros de Úbeda. ¿Cómo te sientes? Te he interrumpido cuando has dicho que no te sentías como esperamos todos.

—Ah, sí. Pues es raro porque me siento con fuerzas. Abrumado por lo que sucede, sí, pero ¿quién lograría centrarse al cien por cien cuando te caen misiles desde tantos lados? Soy consciente de que es imposible. Pero, de verdad, estoy bien, jodido por lo que representa la situación y por lo que puede acabar pasando, pero bien conmigo mismo porque creo que lo doy todo para que esta chifladura acabe bien.

—¡Hombre! Parece ser que el inspector jefe Nicolás Valdés va a empezar a dejar de culparse de todo. No me lo puedo creer.

—Tampoco te prometo nada —rio.

Ella también lo hizo.

—Volviendo un poquito al tema de ahora —dijo el inspector jefe—, tú no te agobies y haz lo que puedas. De hecho, ya has hecho demasiado ayudándonos a ver la clase de juego que se ha inventado ahora tu hermano. Ninguno de nosotros ha sido capaz y eso que algunos hasta habíamos leído esos libros.

—Tampoco es para tanto. Supongo que ya casi soy como el Quijote, tengo el cerebro comido con tanta lectura.

—No, yo no lo creo así. Lo que sí que me da un poquito

de miedo es cómo vas a ir reaccionando a medida que avance el caso.

Ella enarcó una ceja sin dejar de mirarlo directamente a los ojos.

—A ver, no me mires así, tampoco es que te cuente nada nuevo si te digo que estás demasiado implicada emocionalmente.

—Vamos, Nicolás, no me jodas, ¿otra vez me vienes con esas? ¿Me hablas tú de implicación emocional? ¿De verdad?

—Sí, lo sé, suena raro que sea yo quien te lo diga, pero entiende que ya no es lo que hay en sí en el caso, es que yo también me estoy jugando el cuello metiéndote directamente de esta manera. Y no me refiero a la magnitud de lo que está sucediendo. Fernando es tu hermano, sé que no paras de contarme lo que te pasa por la cabeza cuando piensas en él, pero entiende que no sepa la realidad por completo. Dime, ¿qué pasaría si lo tuvieras delante?

—Quieres que te sea sincera, ¿verdad?

—No espero otra cosa.

Alicia tomó aire. No contestó inmediatamente, necesitó unos segundos para encontrar las palabras adecuadas.

—Creo que ahora mismo, si te respondo de manera visceral, te diría que solo hay dos opciones: una, que me quede quieta, incapaz de moverme y sin saber cómo reaccionar. El miedo de tenerlo cara a cara puede que me deje paralizada.

—¿Y dos?

—Que saque el arma y le vuele la cabeza.

—¡Joder, Alicia!

Nicolás se giró y puso los brazos en jarras al mismo tiempo que resoplaba y andaba dando vueltas en círculo.

Cuando se detuvo se quedó mirándola fijamente, sin pestañear. Fue ella la que cortó el incómodo silencio:

—Vale, sí, entiendo lo que me vas a decir. Eres mi superior y te estoy diciendo que si tuviera delante a un asesino en serie puede que le volara directamente la tapa de los sesos. Pero es que tú me has pedido sinceridad. ¿Qué quieres que te conteste?

—Que no, joder, que habláis de matar a gente como si fuera, yo qué sé, comprar una bolsa de caramelos y comérselos. ¿De verdad creéis que sería tan fácil apretar el gatillo por mucha rabia que sintierais dentro de vosotros? ¿Podrías arrebatar una vida aunque fuera la de un hijo de puta como tu hermano? ¿Podrías?

—También te he dicho que puede que me quedara paralizada por el miedo...

—Pero es que es lo normal. Esa reacción te muestra como humana. ¿Es que piensas que policías que llevan treinta años en el cuerpo lo harían de manera diferente? Es un monstruo. Un demonio, si me apuras. Pero no puedes soltar a la ligera que le pegarías un tiro a alguien así, porque eso te convierte en él.

Alicia lo miró muy sorprendida. Ya no era el contenido de lo que Nicolás le decía, un poco exagerado en él, pero al fin y al cabo con su punto de razón. Era cómo lo decía. Se veía más alterado que de costumbre y aquello era muy raro, pues hacía nada le acababa de confesar que llevaba lo que llevaba más o menos bien. ¿Le mintió o es que acaso ocultaba otra cosa?

Nicolás se dio cuenta de que su respuesta fue desmesurada tras ver cómo lo miraba la muchacha. Cerró los ojos y trató de tranquilizarse. Alicia no dudó en poner su mano sobre la de él.

—Nicolás, ¿qué te pasa? Desde que volviste hay un no sé qué que te está comiendo por dentro. Lo llevo pensando varios días y no te he querido preguntar para dejarte a tus anchas, pero veo que necesitas contarlo. Sabes que me tienes aquí para escucharte, ¿verdad?

Él quiso hablar, pero las palabras no le salían. Y tanto que tenía algo que contar. Algo que lo perseguía cada vez que cerraba los ojos. Necesitó respirar profundamente durante unos segundos más para recuperar la compostura.

—Sí —dijo al fin—. Siento reaccionar así, pero estos días he oído ya varias veces lo de que matarían a Fernando si lo tuvieran delante y...

—¿Y?

—Quiero contarte lo que sucedió durante el tiempo que he estado fuera.

Ella miró a su alrededor. Dos bolardos que servían para delimitar el aparcamiento con la acera eran perfectos para que ambos tomaran asiento. Lo invitó a hacerlo antes de soltarlo.

Nicolás tomó aire de nuevo y le relató lo que tanto daño le provocaba.

29

Martes, 20 de junio de 2017. 6.56 horas.
Francia

*Ese día, no sé muy bien por qué, estaba costando que amane-
ciera más que otros.*

*Seguro que suena estúpido, pero lo sentía así. Quizá fuera
una advertencia de que la jornada no acabaría bien.*

*Muy probablemente era la misma hora a la que solía des-
pertarme de forma natural, pero parecía como si el tiempo se
hubiera ralentizado considerablemente. No quise mirar el
reloj del teléfono móvil, y eso que era muy fácil verlo, pues
lucía gigantesco en la parte de fuera de la tapa. No quería
hacerlo por dos razones primordiales: la primera, ¿qué más
daba la hora que fuera si, en cierto modo, todos los días eran
iguales?, y la segunda, la más poderosa: los segundos seguían
pasando y yo todavía no le había encontrado sentido a qué
coño hacía ahí. Aunque, bueno, me engañaba a mí mismo y
buscaba motivos de lo más absurdos que trataban de convencerme de que no estaba haciendo el imbécil. Unos días
me valían; otros, que eran la mayoría, no.*

*Ese móvil sobre el que te he hablado fue de las primeras y
casi únicas compras que hice durante todo ese tiempo. Apagué*

mi móvil de siempre sin una fecha clara para volver a pulsar el botón de encendido. Ni siquiera era capaz de asegurar que algún día lo hiciera. Estuve tentado de tirarlo a la basura, o de regalárselo a la primera persona con la que me cruzara, pero en una de tantas incongruencias pensé que le tenía demasiado cariño a mi iPhone como para desprenderme de él.

¿Te lo puedes creer?

No sé cómo coño era capaz de pensar una cosa así en un momento como ese.

Pero, bueno, soy así y lo guardé en la guantera del coche.

Me incorporé un poco hasta quedarme sentado sobre la esterilla blanda en la que solía dormir. Estaba hasta las narices de hacerlo en el asiento trasero del coche y, aunque más adelante volví a él, ya llevaba un par de meses haciéndolo, cuando la encontré tirada cerca de un contenedor. Entonces ya no hacía casi nada de frío por las noches, pero reconozco que al principio lo pasé algo mal y casi vuelvo a dormir en el vehículo, pero es que de verdad estaba muy harto y ya me agobiaba. Sentado sentí la tentación de colocarme los cascos y relajarme con alguna canción. Sé que piensas que me pasé todas las noches escuchando «Carrie», pero ni mucho menos. Creo que desde que me marché no me la puse ni una sola vez. De hecho, una de las que más escuchaba era «Nada sin ti», de Zero3Siete.

Pero en ese momento no me apetecía.

Miré a mi alrededor y comprobé cómo la claridad ya comenzaba a abrirse paso en la noche.

Tenía hambre. Siempre me despertaba con hambre. Otro de mis pensamientos sin sentido me llevó a no querer saciar esa hambre nunca con alimentos que pudiera comprar con el dinero que guardaba en la cuenta bancaria. Sé que es difícil de entender, pero quería desprenderme del todo de esas comodidades —con excepción del móvil, claro— que nos ofrece la vida. Quería sentirme como se siente una persona que no tiene nada. Quería entender ciertos factores de la delincuencia que se escapaban de mi raciocinio. Necesitaba comprender qué narices había pasado en mi vida para que ese hijo de puta hubiera logrado que yo estuviera ahí, en ese sitio, lejos de las cosas que me importaban de verdad. Preguntas, preguntas y más preguntas. Y respuestas, pocas.

Cuando te digo que quería comprender esos factores me refiero a un modo más o menos genérico, evidentemente él está a otro nivel y ahí no llegaría nunca, o eso creía, pero quería saber qué motivaba a algunos a elegir el bando que se supone que no hace lo correcto. El que no se rige por leyes. O, mejor dicho, los que se rigen por aquella de tener que sobrevivir a toda costa, costara lo que costase.

Quizá así pudiera responder a esas malditas preguntas que no dejaba de hacerme.

Y lo cierto es que, en ese momento, había aprendido mucho acerca de los motivos que unos y otros tienen para delinquir.

Yo los había dividido en dos: por necesidad y por pura maldad.

Sé que suena evidente, pero cuando lo vi en primera persona pude confirmarlo al cien por cien. Vi lo que es la verdadera necesidad y, por supuesto, la verdadera maldad, aunque esto último ya lo había visto con Fernando.

El primer grupo de indigentes al que me uní estaba compuesto por personas única y exclusivamente del primer tipo. Gente que lo perdió todo. Incluso había uno que, como yo, decidió dejar su vida atrás porque sin querer jodió a los suyos con malas decisiones. Hubo días que me reconfortaba tener el espejo tan cerca. Otros, sin embargo, lo necesitaba lo más lejos posible de mí para que ni me hablara. Cosas de la mente.

Cosas de mi mente.

Como decía, el primer tipo de personas me enseñó lo que era la desesperación de verse obligado a robar para sobrevivir.

Ellos me llamaban «espangouin», creo que es despectivo, pero no lo sé a ciencia cierta ni me importa. Supongo que mi acento y mala pronunciación del francés era evidente, aunque lo cierto es que no podía quejarme de haber elegido siempre como segundo idioma en el colegio e instituto el francés, ya que me estaba ayudando horrores para desenvolverme allí. Volviendo a ese grupo, no paraba de fijarme en cómo, en realidad, ellos mismos repudiaban sus actos y tenían muy claro que en la vida se les ocurriría hacer las cosas así si no fuera porque el hambre apremiaba. En cómo no pegaban ojo por las noches y, sobre todo, en que no perdían la esperanza de que algún día el río volviera a su cauce y no tuvieran que volver a amenazar a alguien a punta de navaja para que les diera el dinero que llevaba encima. Eso sí, eran muy selectivos a la hora de encontrar una víctima para sus fechorías. Solían poner el foco en hombres que cumplieran dos requisitos: ir bien vestidos y que se les notara cierta entereza en su actitud. La explicación que Marie, una mujer que siempre «eligió» mal en el amor y a la que sus últimas dos parejas habían desplumado, fue muy sencilla: «No nos gustaría crearles un trauma. Sabemos que la persona se llevará un buen susto, pero intentamos tener la casi certeza de que no le va a afectar psicológicamente. Lo de la ropa está claro. No queremos quitarle lo poco de lo que disponga a una persona a quien le cueste llegar a fin de mes. Puede que nos equivoquemos, las apariencias engañan, pero al menos podremos acallar las voces que nos dicen que lo que hacemos no está bien así».

Yo no es que estuviera a favor o en contra de lo que Marie me contó, pero es verdad que hasta tiene sentido. Y lo aplaudo. Evidentemente, para integrarme con ellos yo también tuve que actuar así. Y no una ni dos veces. Esto me hizo comprender lo que me contaban de esa voz que les hablaba cada noche. No me sentía nada cómodo intimidando con un cuchillo oxidado a un ser humano. De hecho, me he tirado gran parte de mi vida persiguiendo a los que lo hacían, pero me hizo entender muchas cosas que hasta ahora daba por sentadas y darme cuenta de que en algunas me equivocaba.

Aún pensaba en ellos, cada día. Me preguntaba qué habría sido de sus vidas. Si habrían logrado salir del hoyo tan profundo en el que se metieron. A veces me engañaba a mí mismo y me decía que sí, que vivirían felices, en sus casas, con sus seres queridos. Lo malo es que no sabía si pensaba eso porque era a mí al que le hubiera gustado estar así o porque de verdad se lo deseaba. Quería creer, y lo digo de corazón, que era la segunda. No me gustaba la idea de que el grupo con el que estaba justo en esos momentos me estuviera convirtiendo en un monstruo.

Y es que aquello era otro cantar.

Pero, además, de una manera un tanto complicada de explicar.

En mi afán de comprender al máximo la delincuencia abandoné a esas personas y viajé unos cuantos cientos de kilómetros más alejándome de lo que un día fue mi hogar. Recuerdo que hice trampas utilizando un acceso a internet proporcionado desde un cibercafé que encontré por el camino. Tenía que averiguar en qué región cercana existía un índice de violencia mayor por los factores que fueran, me daba igual. Quería pegarme a delincuentes violentos para tratar de ir un puntito más allá en mi curiosidad. No me costó encontrar el barrio en el que me desperté ese día al que me refiero. Se hablaba mucho de él en todos los medios.

Ganarme la confianza de esa gente sí que fue complicado. Entiendo que no se fiaran de mí desde un primer momento. Hasta me llegaron a decir que mi cara era la de un policía. Menudo puñetazo en el estómago me llevé cuando oí esas palabras. Pero si de algo sabía era de disimular lo que sentía por dentro, así que ellos no notaron nada. Lo sé porque sigo vivo.

Con ellos todo era diferente a los otros. Lo primero fue lo difícil que fue que se abrieran a mí. Me interesaba conocer qué les había llevado a cada uno de ellos a ese punto de su vida y no había forma. Otra cosa que no era igual, y eso me llamó poderosamente la atención, fue que nunca iban a una. Podían cometer fechorías juntos, pero cada uno miraba siempre por su propio interés. Ni rastro de esa camaradería del primer grupo en el que unos velaban por otros. Ahí nada. Eso sí, ese segundo grupo estaba mucho más estratificado y comandado por una especie de líder al que llamaban Henry. Desconozco si es era su verdadero nombre, sobre todo teniendo en cuenta que allí todos tenían apodos. Recuerdo algunos como el Cicatrices, el Medio Pelo, el Calvo, el Tuerto... Demasiado típicos, sí, pero definía a la perfección lo poco que les importaba todo en general. No eran de los que se calentaban excesivamente la cabeza por nada.

De Henry me llamó la atención precisamente cómo lo llamaban. Independientemente de si era su verdadero nombre o no, era el único que no tenía un apodo de mierda como el resto. Quizá eso definía y demostraba su poder con semejante panda de merluzos. Porque lo eran.

Pero Henry no. Todo lo contrario.

Henry no me habló hasta pasados unos tres días. Hasta que pasé lo que para ellos era una prueba de confianza. Menos mal que tampoco es que fuera gran cosa, ya que me abandonaron ante una de las patrullas vecinales que se formaron ante la ineficacia de la policía. El Coletas y el Tuerto, que fueron los que me dejaron a mi suerte, sabían que pronto pasaría una de esas patrullas por ahí mientras yo destrozaba un cajero automático; yo creía que esa era la prueba en sí. La suerte estuvo de mi lado, pues dichas patrullas solían estar compuestas por grupos de cuatro o cinco vecinos y yo solo me topé con una de dos. Intentaron agredirme enseguida para disuadirme, pero pude zafarme de ellos y no tuve que hacer uso de la fuerza con dos personas que, en verdad, solo querían el bienestar de su barrio. El caso es que, cuando llegué, Henry me esperaba con cara desafiante. No dijo nada, solo sonrió. Supongo que ver que volví con ellos a pesar de lo claro de la jugarreta decía mucho de mi lealtad. En verdad lo hice porque quería reventarles la cabeza a los dos imbéciles, pero la segunda suerte del día fue que no me los encontré a ellos primero.

Los días fueron pasando y yo iba estudiando mucho mejor a esos especímenes. Era verdad que su situación social no era la mejor, pero, tal como sospechaba, estaba muy lejos de lo que me encontré en el otro grupo. Eran criminales porque les gustaba serlo. Les gustaba sentir el poder que creían tener cuando intimidaban al resto de las personas. Henry, de hecho, me recordaba en muchísimas ocasiones a Fernando. Supongo que siempre me he quejado de lo a la ligera que se emiten juicios de psicopatía en la sociedad actual. A muchos les basta con ver un comportamiento reprobable en alguien para tildarlo enseguida de psicópata, pero con ese personaje yo lo tenía más que claro. Disfrutaba de veras con el mal que infligía... como si sintiera placer y se alimentara de él. También sabía que lo provocaba para disfrutar. Era una retroalimentación siniestra que solo había visto en unas cuantas ocasiones a lo largo de mi vida. Y, lo peor de todo, todas ellas trabajando contra los peores asesinos en serie.

Salí de todos mis pensamientos y me centré en lo que tocaba. Hasta hacía una semana, Henry no me dejaba saber cuáles eran los planes. Simplemente llegaba el día, todo pasaba y listo. En esos momento debió de creer que ya era válido para toda esa mierda, puesto que iba siendo más partícipe. Y lo peor, lo que menos me gustaba, es que sentía un cosquilleo especial en el estómago cuando sabía lo que tocaba. Y ya no digamos cuando lo hacía. Sé que era adrenalina y que era incontrolable, pero me daba mucho miedo convertirme justo en aquello a lo que yo perseguía no tanto tiempo atrás. Puede que el experimento social fruto de mi huida se me estuviera yendo de las manos. Y lo que más me dolía era que, aun sabiéndolo, no lo podía dejar. Era como una maldita droga.

Ese día Henry quería que nos llevásemos, a la fuerza, todos los televisores de la tienda de electrodomésticos que estaba en una esquina de la calle principal del barrio. Ya las tenía apalabradas para su venta y, aunque había un centro comercial de esos gigantescos no demasiado lejos en el que conseguiríamos incluso más —sobre todo si íbamos a por los camiones, tal como yo propuse—, él quería que fuera en ese pequeño negocio. ¿Por qué? Porque sabía que el daño sería mucho más grande. No lo dijo abiertamente, pero se le notaba. Su forma de hablar lo delataba. Si Sara hubiera estado allí sacaría un par de conclusiones de su lenguaje no verbal. Seguro.

Me miré en el destartalado espejo que colgaba del único pilar en condiciones que quedaba en toda la fábrica abandonada. El reflejo que me mostró no se parecía en nada al tipo que se marchó llorando. Me agradó eso. No quería tener nada que ver con él. Al menos en esos momentos. Recogí la esterilla y la guardé donde siempre. Mis pertenencias de verdad, las buenas, estaban en mi coche, aparcado a unas cinco manzanas del lugar y al que intentaba no ir a no ser que me fuera estrictamente necesario —como, por ejemplo, para cargar el móvil, aunque me solía durar semana y pico la batería, no como ocurría en el iPhone—. Tenía hambre, pero sabía que el Medio Pelo traería algo robado de cualquier cafetería como cada mañana. No sabía cómo se las apañaba para conseguirlo, pero también es cierto que no lo quería saber. De hecho, poco me interesaban las actividades de los que solo tenían apodo —por cierto, me conocían como el Gitano, supongo que por mi pelo y mi barba—. A mí me motivaba conocer qué pasaba por la cabeza de Henry cada vez que ideaba un plan. Me hubiera encantado saber qué ocurrió en su vida para llegar a ese punto. Y, sobre todo, me aterraba haber sido tan ignorante de pensar que un psicópata tenía que ser a la fuerza un asesino, cuando en cualquier esquina nos podemos encontrar a alguien que reuniría las características para padecer esta alteración de la conducta.

Ya listo, fui al callejón en el que nos solíamos reunir. Los vecinos lo sabían, la policía lo sabía, pero nadie se atrevía a ir a por nosotros. He de reconocer que eso también me provocó cierta sensación en el estómago. Ojalá no la hubiera sentido, pero...

No fui el último en llegar, así que tocó esperar unos minutos más. Era curioso cómo en el rostro de Henry se iba dibujando cada vez más y más una sonrisa según se acercaba la hora. Una vez sí estuvimos todos y nos comimos cada uno un cruasán de los que había traído el Medio Pelo, Henry nos explicó su plan para todos. La cosa era en apariencia sencilla: iríamos en varios coches hasta la tienda de Antoine. Ni siquiera aparcaríamos disimuladamente. Dejaríamos los vehículos en la puerta y entraríamos a saco. Cinco personas. Henry, como siempre, no vendría. Él disfrutaba mandando y saboreando las mieles del éxito que otros le conseguían. Esto también me recordaba a otros campos, como la política. Antes de marcharnos, cuando ya estábamos montando en los coches, nos paró. Nos hizo volver hasta donde él estaba sentado sobre una caja. La verdad es que, visto así como lo veía, parecía un verdadero gánster.

—Dejad las navajas sobre la caja. Los puños americanos también. También... dejad todo lo que llevéis como arma, anda. —Su voz rota nunca temblaba cuando hablaba. Era como si cada noche, antes de dormir, ensayara cada una de las frases que pronunciaría al día siguiente.

Todos nos miramos, estupefactos. ¿Cómo que dejáramos

las armas? ¿Quería que fuéramos sin nada? Yo no tenía la intención de usarla nunca, pero era muy efectiva como elemento de intimidación. Si las cosas se ponían feas nos quitaba el poder que nos confería.

Pero a Henry no se le discutía.

—¿No me habéis oído? —insistió sin dejar de sonreír.

El primero en claudicar fue el Coletas. Lo seguimos todos, uno a uno.

—Cicatrices, abre la otra caja —ordenó.

El tonto de los cojones no lo pensó y la abrió. Entre mucha paja aparecieron varias armas semiautomáticas. Yo no podía creer lo que mis ojos estaban viendo ¿De verdad íbamos a pasar a ese nivel? Entendía que el golpe no era fácil, pero creía que íbamos a jugar con el factor sorpresa y salir corriendo con cuantos más televisores mejor. No pensaba que íbamos a realizar el típico atraco con arma de fuego. Eso ya me ponía un poco más nervioso, pero no quería dejar que ellos lo notaran. Si veía que la cosa se ponía muy fea y el nivel de sus actos se recrudecía, en cuanto acabara con eso, tomaría mi coche y me iría bien lejos, a otro lugar. Pero en esos momentos tenía que obedecer.

No fui el primero que cogió un arma. Ellos estaban como chiquillos con juguetes nuevos. Yo las miré y creo que se me escapó un gesto de duda, pero traté de enmendarlo antes de que Henry lo viera. Observé detenidamente el arma. Era una Glock semiautomática de 9 milímetros. No quise mirar si el número de serie estaba o no borrado, no quería más problemas.

—Creo que todos sabréis usar una, ¿no?

Todos asentimos. Algunos comenzaron a guardarla en su pantalón. Yo los imité.

—Pues ahora sí que podéis marcharos. Haced que me sienta orgulloso.

Nos pusimos rumbo a nuestro objetivo. Para tapar nuestra

cara usamos un pañuelo de color negro. También fue un capri-chito del capo, que decía que los pasamontañas eran cosa de terroristas y ellos no lo eran; así que ahí íbamos, cual forajidos del Oeste dispuestos a asaltar una diligencia.

El conductor aparcó cerca de la puerta, tal como quería Henry. Éramos cinco personas, pero fuimos en tres coches para que hubiera espacio de sobra a la hora de cargar televi-sores. No supe qué fue, si ese instinto que tantas veces me han dicho que tengo o qué, pero algo me detuvo en seco antes de bajarme del coche. No dejé lugar a la duda, dado que, preci-samente, huir de quien era me llevó a desoírlo y a salir detrás del Calvo. Un asentimiento por su parte, ya que era, por de-cirlo de algún modo, el líder de la misión, bastó para que echásemos a correr hacia la entrada de la tienda del viejo Antoine. Cuando pasamos dentro, ellos sacaron las pistolas y yo los imité.

El viejo nos miró muy asustado. En su rostro había algo más que el susto inicial de ver entrar en su tienda a cinco im-béciles, pistola en mano y con la cara tapada por un pañuelo. En su momento no supe explicar qué fue, pero algo pasaba y lo veía reflejado en sus facciones. Intenté advertir a los otros pero no dio tiempo. Como de la nada, salieron varias personas armadas con palos de hierro y de madera. Yo no sabía dónde coño meterme porque no me esperaba eso, pero mis compañe-ros no dudaron y se lanzaron a disparar como si estuvieran locos. No sé por qué lo hice, pero también disparé. Supongo que por el descontrol de la situación en sí. Aquello apenas duró unos segundos, pero a mí se me antojaron años. Salimos co-rriendo de la tienda sin dejar de disparar. A mí no se me ocu-rrió otra cosa que mirar atrás y vi cómo el viejo Antoine esta-ba tirado en el suelo, al lado del mostrador. No sabía si estaba vivo o muerto. Ojalá solo estuviera guareciéndose de la lluvia de balas. Pero no lo sabía. No lo podía saber.

Ellos hablaban de huir a toda pastilla a un piso franco que tenían en no sé qué calle. Yo no oía nada, solo pensaba en el pobre hombre y en si habría alguna víctima más. Mis piernas actuaron de manera independiente y comenzaron a correr mientras las otras sabandijas se montaban en los coches y salían a toda pastilla. Yo corría, solo corría, no miraba atrás. Guardé el arma en la parte trasera de mi pantalón y, sorprendentemente, no se cayó al suelo pese a las zancadas. No era consciente de adónde me dirigía hasta pasados unos segundos. En vez de variar mi rumbo, me dejé llevar y fui donde querían mis piernas. O, mi cabeza.

Nada más llegar al callejón vi su sonrisa de nuevo. Aunque nada más verme a mí la borró ligeramente. Quizá no esperaba que llegara tan pronto. Al observar cómo corría, el Cicatrices trató de echarse sobre mí, pero de una hostia lo tumbé. No parecía que se fuera a levantar de inmediato. Me planté enfrente de Henry. A pesar de todo, no borró del todo su sonrisa.

—¿Dónde coño nos has mandado? —Vuelvo a insistir en que mi francés no era el mejor, pero cada vez sonaba con más aplomo y convicción.

—¿Ha pasado algo? —Su voz denotaba una condescendencia sin límites.

—No me tomes por gilipollas, te lo advierto.

—¿O qué?

No era yo mismo. Creo que había una bestia dentro de mí que actuaba dejando de lado la razón. Saqué la pistola, lo agarré del pelo, le tiré la cabeza para atrás y le puse el cañón debajo de la barbilla.

—Dime dónde coño nos has mandado.

—¿Es que no es evidente? ¡A limpiar el puto barrio de esos vecinitos héroes! Pero ¿qué se han creído? ¿Que son la policía?

—¿Querías que los matáramos? ¿Me lo estás diciendo de verdad?

Aunque lo agarraba fuerte, él hizo un esfuerzo para bajar un poco la cabeza y mirarme directamente a los ojos. No le importó la de cabellos que le arranqué tratando de impedirlo.

—¿Sois tan inútiles que no lo habéis hecho?

La bestia se transformó en demonio. No supe por qué pero ya no lo veía a él, veía a Fernando. Veía a Fonts tirada en el suelo. Veía a la mujer de Ramírez y a sus hijos llorando su pérdida. Veía a todas las víctimas que dejó el monstruo en su recorrido. Le metí la pistola en la boca. Haciéndolo le rompí algún diente, pero me daba igual. Traté de ver la cara de Henry, pero no dejaba de ver la de Fernando. Iba a apretar el maldito gatillo.

Grité con mucha rabia.

Sin sacarle la pistola de la boca le di un fuerte puñetazo en la cara. No me sirvió para apaciguar el ansia de querer volarle la cabeza, pero al menos eso me impidió hacerlo.

Él cayó al suelo inerte. Perdió el conocimiento, pero al menos no la vida.

No quería ser juez, no quería ser verdugo. Yo no soy ese, pero me asustó mucho que estuviera a punto de serlo. Puede que un monstruo habitara en mí y un día saliera, no lo sé. No lo podía asegurar y eso me agobiaba mucho. Demasiado.

Con el tipo tirado en el suelo y asegurándome de que respiraba sin dificultad me fui de allí. Antes de eso tiré el arma al suelo, a su lado. Quería que cuando la viera recordara lo que pudo ser y no fue. Sabía que no serviría de nada, pero era lo único que me quedaba.

Cuando llegué a mi sitio de siempre, lo que más me jodía de todo era no saber qué había pasado realmente en el local del viejo Antoine. Aunque, si digo la verdad, no sabía si quería conocer lo que en realidad había pasado allí dentro, pero también es verdad que mantengo la esperanza de que ninguna bala que hubiera podido alcanzar a alguien hubiera salido de la pistola que yo portaba. O, directamente, que ninguna bala hubiera alcanzado a nadie.

Quise comprender qué motivaba a ciertos criminales y al final casi me convertí en uno de ellos. En un monstruo.

El problema es que nadie podría poner la mano en el fuego por que un día no lo sea.

Ni siquiera yo mismo.

30

Viernes, 10 de noviembre de 2017. 23.23 horas. Madrid
(41 horas, 37 minutos para el fin de la cuenta atrás)

Alicia terminó de escuchar el relato de Nicolás con un nudo en la garganta.

La cara de él estaba repleta de lágrimas. Ni siquiera fue consciente de que estaba llorando mientras relataba lo que sucedió.

Antes de decir ni una sola palabra, ella no lo pudo evitar y se abrazó a él. Nicolás se dejó hacer. Lo necesitaba. Lo necesitaba más que en toda su vida.

Alicia sacó un paquete de pañuelos de los que siempre llevaba en el bolsillo a causa de su alergia, muy fuerte aquellos días, y se los ofreció a Nicolás para que se enjugara las lágrimas. Nicolás, a quien más que un amigo consideraba un hermano de verdad.

Después de que el inspector jefe se limpiara las señales del llanto, Alicia se levantó de su sitio y fue directa a la papelera para tirar el pañuelo. Todo, para dar unos segundos a Nicolás antes de comentar su historia. Sin duda los pedía sin decirle nada.

Cuando volvió a sentarse a su lado lo miró. Él parecía

más calmado. Necesitaba soltar la carga que portaba sobre los hombros. Alicia se debatía en su interior sobre qué decirle. Entendía perfectamente por qué le afectaba tanto que se dijera lo de que matarían a Fernando de tener la menor oportunidad.

Optó por ser sincera y dejarse llevar.

—¿Cómo estás ahora? ¿Más liberado?

Nicolás negó con la cabeza. Le hubiera gustado decir que sí, pero aquello aún le seguía doliendo demasiado.

—Bueno, supongo que contarlo no es suficiente para que todo te duela menos. Lo que pasa es que me veo en la obligación de preguntarte varias cosas que no sé si te van a incomodar o no, pero necesito hacerlo.

Él respiró hondo y se preparó para todo.

—Dime —contestó al fin.

—¿Qué sentiste cuando tenías la pistola metida en la boca del tipo?

Nicolás no necesitó planteárselo demasiado.

—Cuando movía el dedo puesto en el gatillo con la intención de apretarlo, recuerdo que mi mente era incapaz de pensar. Como si no fuera yo mismo. Solo de vez en cuando oía una voz que resonaba con una especie de eco y que me decía que ese malnacido merecía morir. Que no sería algo tan malo si lo llenaba todo de sesos, astillas de hueso y sangre. Estaba enfadado, muy enfadado. Completamente lleno de rabia. Ni siquiera cuando regresé al viejo almacén, después de haberle perdonado la vida, esa rabia se esfumó. Estuve así varios días, como ido. Necesité tiempo para comprender que había hecho bien en no apretar ese gatillo.

—Joder, Nicolás, y tanto que hiciste bien. Entonces, podríamos decir que no te liberó nada y que en verdad no conseguiste aclarar tus ideas.

Él negó con la cabeza.

—No sé si esto te tranquilizará, pero después de contarme

tu historia se me han quitado las ganas de hacer lo que te he dicho. Supongo que lo primero que pensamos es que los fantasmas desaparecerán, erradicando el problema de golpe, pero siguen ahí. ¿Es así?

—Sí, desde luego. Tengo claro que si me lo hubiera cargado no solo no se hubiera esfumado, sino que ahora todo sería mucho peor dentro de mí. Y eso no sé ni qué nivel sería ya.

—Creo que ni el caos le metería mano. Esto no se lo has contado a Alfonso, ¿verdad?

Nicolás negó con la cabeza antes de hablar:

—No es que no piense hacerlo nunca, pero de momento no quiero. No quiero que tenga esa imagen de mí. En verdad tampoco quería que tú la tuvieras, pero creo que necesitaba decírtelo para que ni se te pasaran esas cosas por la cabeza.

—¿Qué imagen, Nicolás? ¿La de que eres humano? No te puedo mentir si te digo que me sorprende mucho que hicieras eso, que llegaras incluso a meterle la pistola en la boca con esa intención, pero no eres un monstruo y lo demostraste no cruzando esa línea tan delgada que otros no dudan en traspasar. Tú puedes equivocarte...

—¿De verdad crees que me puedo equivocar? —la interrumpió con esa irónica pregunta.

Ella sonrió ante esto.

—Vale, tienes un máster en equivocaciones, pero precisamente por eso, porque eres humano. Sé que siempre estarás en el lado correcto y aunque cometas errores jamás serán tan graves como lo puede ser el quitarle la vida a una persona. Un momento de debilidad lo tiene cualquiera, coño, pero lo otro es lo otro.

Nicolás la miró y sonrió levemente.

—Puede que tengas razón y me haya comido en exceso la cabeza con eso, pero si lo he hecho es porque no he podido remediarlo.

—Y en verdad no deberías hacerlo. Tú eres ese Nicolás, el

que se come la cabeza por todo, por todos. Ese que queriendo conocer el porqué de algunas conductas criminales se ha metido en la mismísima boca del lobo. ¿Que pienso que fue un error hacerlo? Sinceramente sí, porque no creo que te haya aportado nada positivo. Bueno, ¿sabes qué? Puede que sí lo haya hecho. Puede que te haya demostrado que Fernando y tú, incluso ese tal Henry, sois personas completamente diferentes. Y por mucho en que te empeñes en buscar ese monstruo interior que crees que tienes, ni siquiera en una situación así ha sido capaz de salir. Fíjate si te ha valido para algo.

Nicolás meditó sobre las palabras de Alicia. Era lo mismo que él trataba de repetirse a sí mismo una y otra vez, aunque no conseguía que le entrase en la cabeza. Pero lo cierto era que escuchado de la boca de la joven adquiría una dimensión diferente. Se sentía estúpido por necesitar una cosa así, pero no podía controlarlo.

Levantó la cabeza y dejó que la suave brisa que soplaba le acariciara la cara. No le importó que fuera tan fría. Es más, hasta le hacía bien. A su lado la muchacha lo miraba. Ahora sí que parecía verlo más tranquilo, aunque había algo más que quería decirle.

—Quiero que te metas una cosa en la cabeza: aquello no sucedió. Ya está.

—¿A qué te refieres?

—A que es un episodio que has vivido, sí, pero tiene que ser algo que se queda atrás y punto. Supongo que todo lo que pasa en nuestra vida nos forja de algún modo, pero yo no quiero que un hecho así se meta en tu personalidad y te haga cambiar, porque entonces dejarás de ser la estupenda persona que eres y eso ya no me gusta ni un pelo. Vamos, resumiendo, que te conozco y una vez ya me lo has contado a mí, ahora no te pongas a confesar que casi matas a un hombre. Ya está. Pasó y punto. Duele decirlo así, pero no puedo ser más clara. Y no me riñas porque sé que tú también lo piensas.

—Eso no quita que lo que hice necesita un castigo. Cada acción debe tener su consecuencia y en parte fue culpa mía que sucediera eso en la tienda de ese pobre hombre, del que, por cierto, no volví a saber nada. Es como si me diera demasiado miedo enterarme.

—¿Es que te parece poco castigo ese fustigue que siempre llevas contigo? Yo creo que eso ya es pagar suficiente. Y mira, ya que lo dices, en lo de la tienda de ese hombre no estoy de acuerdo. Igual que te digo una cosa, te digo la otra. Creo que deberías hacer por saber cómo acabó todo. Más que nada por quitarte esa espina. Pero eso sí, teniendo muy claro que, hubieras estado o no ahí tú, ese plan se iba a llevar a cabo. Así que no te eches la culpa de nada, porque no me parece que sea así. El caso es que quiero que te quedes con que ya estás pagando suficiente con cómo te sientes como para que me vengas ahora con que mereces más.

—¿Crees que todo lo que está sucediendo podría ser también un castigo?

—¿Qué coño? Evidentemente yo no sé si hay Dios, Alá, Buda o la madre que los parió a todos. Tampoco es que me importe, pero si existieran dudo mucho que estén con un ojo puesto en nosotros. Hay muchas cosas que atender. Pero si tuviera que ponerme así, mística que te cagas, sí que te diría que ya has pagado suficiente durante estos años como para cargar con más peso a tu espalda. Creo que no es necesario que te diga que no vuelvas a hacer una cosa así y ya está. Y sácate la estúpida idea de la cabeza de que eres un monstruo porque no he conocido a nadie menos monstruo que tú en toda mi vida.

—¿Me vas a abrazar otra vez? —preguntó Nicolás sonriendo.

—Joder, te estás pasando, ¿eh? Venga, vale, que no se diga.

Ambos volvieron a abrazarse. Nicolás sintió que Alicia no solo aportaría a la Unidad la visión que él creía que tenía acerca de los crímenes, sino que también su locura acabaría trayendo una gran dosis de cordura.

Tras soltarse los dos se levantaron de donde estaban sentados. Nicolás miró su teléfono móvil. Las doce menos cuarto. Todavía quedaba toda la noche por delante. Sabía que ninguno de los miembros del equipo se iba a mover de allí y no porque él se lo hubiera pedido, es que todos habían manifestado su intención de no marcharse a casa hasta que el caso llegara a su fin. Quedaban algo más de cuarenta y una horas para que ese momento llegase.

Nicolás y Alicia comenzaron a andar para entrar de nuevo en el edificio. De él, como alma que lleva el diablo, vieron salir corriendo a la inspectora Gràcia Forcadell.

Se detuvo de inmediato al verlos.

—Creo que hemos encontrado al próximo autor al que imitará.

31

Viernes, 10 de noviembre de 2017. 23.56 horas. Madrid
(41 horas, 4 minutos para el fin de la cuenta atrás)

El inspector jefe, la inspectora y la agente entraron como una exhalación en la sala donde todo el equipo trabajaba a destajo. Solo poner un pie dentro, Nicolás sintió que un nuevo ánimo se podía percibir en el ambiente. Al menos las caras de casi todos, a excepción del inspector jefe Jesús Aguilar que trabajaba concentrado frente a un mapa gigante de Madrid junto al subinspector Mikel Jurado, mostraban un cierto halo de esperanza tras el último descubrimiento.

Los que más sonreían eran Alfonso y Sara. Nicolás no tardó en saber por qué.

—Verás —fue Gràcia la que tomó la voz cantante—, llevamos un buen rato devanándonos los sesos y leyendo contrarreloj todos estos libros en busca de alguna pista que nos pueda mostrar cuál será la senda que tome Fernando esta vez. Bien, pues el inspector Gutiérrez y la inspectora jefa Garmendia han insistido en varias ocasiones en que Fernando es una persona que siempre acaba moviéndose por una serie de patrones claros, aunque no lo parezca por lo bien que los enmascara. Unas veces ni él mismo se da cuenta, otras tantas lo hace de manera deliberada. Ahora me gustaría que lo explicara la inspectora jefe porque seguro que lo cuenta más claro.

—Gracias, inspectora. Así es, Fernando es un asesino en serie organizado, no tenemos duda. Su forma de actuar me ha venido demostrando que siempre necesita cumplir una serie de condiciones impuestas por él mismo que lo llevan a sentir un placer del que puede que ni él mismo sea consciente. La vuelta al ritualismo impuesto en Mors me ha hecho pensar mucho. Hay que considerar que ahí se movía como muy pocos asesinos en serie a lo largo de la historia lo han hecho, a pesar de lo que nos quieran contar las películas. Y es que dejar una pequeña seña de cómo será su siguiente acto forma parte de su firma. Y, volviendo al tema de la ficción, creo que no es algo que haga para reírse de los que vamos detrás de él. No. Es que necesita hacerlo para sentir una satisfacción plena que lo calme entre acto y acto. Ya digo, intuyo que no es ni consciente de ello, pero forma parte de una especie de trastorno obsesivo compulsivo heredado de su principal personalidad.

—Entonces, ¿volvemos a tener muy en cuenta que la personalidad de Carlos pugna por salir a flote? —preguntó Nicolás dando sentido a las palabras de la inspectora jefe.

—Sin duda —le confirmó Sara—. En Mors las dos personalidades convivían en una perfecta dualidad. Por lo tanto, actuaba de esa forma. El problema es que todos estábamos equivocados, ya que creíamos que lo único que buscaba era demostrar que estaba muy por encima de nosotros. No quiero quitar el componente al cien por cien, todos sabemos que el ego desmesurado es un rasgo característico de casi todo psicópata, pero ahora me temo que sus actos forman parte de un ritual que él mismo necesita cumplir para lograr la satisfacción sexual, que seguro sentirá cuando comete uno de sus crímenes. Por eso fue capaz de no dejar una serie de indicaciones acerca de sus próximos asesinatos hace un año y medio, porque quiso convencerse a sí mismo de que sus motivaciones eran otras, pero estoy segura de que no conseguía lo que esperaba tras sus actos. De ahí que haya dado lo que nosotros pensábamos que era un paso atrás en su forma de actuar. Siento dar todo este rodeo para contar lo que voy a contar, pero creo que es necesario comprenderlo para que no haya dudas de cómo procedemos.

—Perfecto. Está clarísimo. ¿Y cuál es el patrón que está siguiendo, aparte de utilizar lo de los dichosos libros?

—Ahora siento que parecemos imbéciles pasándonos el testigo unos a otros para hablar, pero es que ha sido Gutiérrez el que ha dado justo con la clave exacta, así que es mejor que lo explique él.

—Gracias, Sara —comentó Alfonso al tiempo que Nicolás lo miraba extrañado porque la había llamado por su nombre cuando él nunca lo hacía—. Algo me escamaba en la elección de las víctimas. ¿Por qué precisamente ellas, con una lista tan larga de donde tirar? Con cualquier otro asesino habría tenido claro que hubiera puesto un dedo en el papel y hubiera seleccionado a cualquiera de ellas, pero tú me enseñaste, Nicolás, y la inspectora jefe ha insistido mucho en ello, que Fernando no actúa así. Así que me he concentrado en las víctimas elegidas. Las he escrito en una hoja y he escrito el nombre del autor escogido en cada caso al lado para ver por qué narices eran ellas y no otras. No lo he visto claro hasta que me he acordado de que nos faltaba una víctima más en estos días...

—Caroline Perkins... —dijo Nicolás sin llegar a entender todavía adónde quería llegar su amigo.

—Así es, Caroline Perkins. Ya vimos que Fernando se tomó muchas molestias para encontrarla y creí que con las otras sería igual, por narices. Si no, no obtendría el placer que dice Sara. Cuando he escrito su identidad en la lista lo he visto claro. Mira su nombre y apellido y el del primer autor que aparece.

Alfonso le mostró el papel manuscrito a Nicolás. Este lo leyó en voz alta.

—Caroline Perkins y César Pérez Gellida.

Nicolás solo necesitó un segundo para verlo claro.

—¡Hostia! —exclamó y continuó leyendo los nombres emparejados con la claridad con la que ahora lo comprendía.

—Laura Sánchez y Lorenzo Silva; Daniel Riquelme y Dolores Redondo...

—Así es —confirmó Alfonso, satisfecho—, el muy hijo de puta ha elegido a sus víctimas en función del autor en el que se basará después. O sea, ¿me puedes explicar cómo coño ha rebuscado tanto todo esto? Está claro que la suerte que tiene el mamonazo es que la lista es enorme y tiene donde elegir para que al final le coincidan. Por ejemplo, he visto más nombres que empiezan por la letra D y que tienen una R en el apellido, por ejemplo: Daniela Ruiz, Dámaris Roca, David Rosado... Pero está claro que eligió a Daniel Riquelme por su perfil. Un perfil que, por otro lado, tuvo que estar investigando durante un buen tiempo para decidir que era el idóneo. No deja de sorprenderme, aunque ya le encuentre cierta lógica.

—La madre que lo parió —soltó Nicolás al tiempo que se echaba la palma de la mano a la frente—. Entonces podríamos decir que hemos avanzado mucho, pero que en el fondo tampoco es que sepamos con exactitud a quién elegirá. ¿Es así? Por cierto, la última víctima ha sido Ana Miralles. ¿Qué autor hay con esas iniciales?

—Ah, sí —intervino Gràcia—, ha sido muy fácil porque solo hay uno que coincida. Será Andreu Martín y, por el libro que tenemos aquí la cosa no pinta nada bien.

—Sorprendedme...

—La novela se llama *Sociedad negra*. La primera víctima aparece con la cabeza cortada encima del capó de un coche y el resto del cuerpo arrastrado por otro...

—¿Qué cojones me estás contando? —vociferó Nicolás. Los otros policías no se lo tomaron en cuenta porque su reacción no era exagerada, dado el tipo de muerte.

—Lo que oyes —afirmó Alicia a su lado—. Ese libro también lo leí hace algún tiempo y recuerdo que la muerte me impactó. Aunque lo cierto es que pensé que era un poco exagerada y que, en la vida real, sería difícil encontrar algo así.

—Pues me temo que no —intervino de nuevo Sara—. Estoy segura de que Fernando recreará la muerte al dedillo, por lo que nos podemos esperar lo peor.

Nicolás se quedó paralizado visualizando la escena. No sería el primer decapitado en el haber siniestro de Fernando, pues ya le cortó la cabeza a un exsacerdote en Mors, aunque no por ello dejaba de producirle escalofríos. Se tapó la cara con las manos y con las yemas de los dedos apretó sus sienes. No conseguía concentrarse tras la última revelación. Le costaba horrores porque en su cabeza se cruzaba esa última información con los pensamientos de si la UCC avanzaría o no en la localización de la señal de la cámara. Además, añadía que Paolo y Aguilar seguían a lo suyo, cada uno batallando contra su propio frente. Apartó las manos del rostro y comprobó cómo todos lo miraban. Esperaban que dijera algo.

—¿Qué coches son? —preguntó al fin.

Gràcia tomó el libro. Tenía señalado con minipósits el punto exacto en el que ocurría el crimen.

—Aquí está —dijo señalando con su dedo la página—. La cabeza aparece encima de un Lexus. El dueño del vehículo la encuentra, según pone aquí, a las seis y media de la mañana y lo primero que piensa es que es una cabeza de las de mentira. Supongo que de las que usan en las fiestas locales de pueblos para pasear por las calles disfrazados con los sonidos del tambor y el pito ese raro.

—Dulzaina y tamboril —lo corrigió Rossi que la escuchaba sin perder detalle de lo que decía.

—Eso, gracias. Pues le parece que es una cabeza de esas. El caso es que, enfadado, le da un manotazo y entonces se da cuenta de lo que es. La cabeza de una mujer. Llama a los Mossos, ah, sí, que se me ha olvidado decir que la novela transcurre en Barcelona... pues, que llama a los Mossos y, cuando llegan y ven el horror, un Seat Toledo que estaba aparcado sale de la fila de coches y, en la bola que tiene detrás, lleva atada una cuerda con la que comienza a arrastrar el resto del cuerpo.

—Entonces hay a un Lexus y a un Seat Toledo implicados.

La inspectora Forcadell asintió.

—Pues, equipo, va a ser muy complicado, pero hay que localizar todos los modelos de coche iguales que haya en Madrid.

Todos miraron a Nicolás con los ojos muy abiertos. Fue Alfonso el que habló:

—Mmm, sin querer faltarte el respeto, ¿sabes lo que estás pidiendo? Que a ver, que los Lexus vale, es un coche caro y, aunque habrá bastantes, no creo que sean miles... pero ¿Seat Toledo? Me cago en la puta, Nicolás, que los hay hasta debajo de las piedras.

—Lo sé, Alfonso, soy consciente, pero nos vamos a poner todos a buscar. Ahora mismo es la única seña de la que disponemos. Hay que cruzar los datos de Tráfico para ver si en una misma calle residen dos individuos que posean, respectivamente, un Lexus y un Seat Toledo. Si atendemos la lógica y la minuciosidad de Fernando a la hora de cometer los crímenes, ha de ser así.

—Perdona, Nicolás, pero me sigue pareciendo una locura —insistió su amigo—. Nosotros podemos acceder de algún modo a esos datos, pero Fernando no, que yo sepa. ¿Cómo va a localizar a dos personas que tengan esos vehículos en una misma calle del puto Madrid? ¡Es imposible!

—No lo es, Alfonso. Piensa que nosotros solo contamos con unas horas para dar con estos datos. Él ha dispuesto de un año entero, que sepamos, para localizarlo todo. Imagínate enfocado en una única cosa durante ese tiempo. ¿Crees que no serías capaz de encontrar lo que deseas? Son más de trescientos sesenta y cinco días los que ha tenido para planear toda esta locura. No lo ha hecho en una noche. Te aseguro que tiene a los dos putos coches ubicados y, aunque todavía se me escapa cómo lo va a hacer para recrear con exactitud el asesinato, cuento con que lo va a conseguir. Así que, ciñéndome a la lógica, nos quedan apenas seis horas y media para encontrar lo que buscamos. Quizá todavía evitemos el desastre.

32

Sábado, 11 de noviembre de 2017. 6.02 horas. Madrid
(34 horas, 58 minutos para el fin de la cuenta atrás)

Nicolás tomó su enésimo trago de café.

Ya ni le encontraba sabor a la leche condensada, era como si las papilas gustativas de su lengua hubieran desaparecido un par de horas atrás, cuando perdió la cuenta de los cafés que se había tomado tras el octavo o noveno de la noche. Al menos tenía que dar las gracias a que Sara se hubiera prestado a traer la monísima cafetera de cápsulas de su despacho que, si bien no servía el mejor café del universo, al menos no era el de la infernal máquina del pasillo. Por lo que pudo observar, a Alfonso sí le gustaba el que servía esta última, pues ya había sacado de ella más o menos ese mismo número de cafés.

El dolor de cabeza ya empezaba a marcharse tras la segunda ingesta de Antalgin.

El equipo estableció unos turnos para dormir un rato en la sala común de descanso, pero no contaron con él, con Sara ni con Aguilar. No porque no les hubieran insistido hasta la saciedad, sino porque decían sentirse con fuerzas y ánimo para seguir trabajando y querían aprovechar el subidón. Paolo sí había echado una pequeña cabezada alentado por el propio Nicolás, que veía el cansancio dibujado en su cara, ya que lo quería cerca, pero con todos sus sentidos alerta.

Otra cosa que hizo por enésima vez fue mirar a Sara. Más de lo que le hubiera gustado admitir y con una frecuencia cada vez mayor. No eran conjeturas suyas, estaba rara. Algo más de lo habitual, como bien decía Alfonso. Puede que la imagen que proyectaba de sentirse casi a tope de fuerzas no se correspondiera con su interior y fuera el cansancio lo que la llevaba a no ser la de siempre. Quizá suponía demasiado con solo observarla, así que hacía un rato Nicolás no pudo resistirse y se acercó a ella para preguntarle. Su reacción fue extraña. Como si le pusiera nerviosa la pregunta y quisiera disimular ante todo. La forma en la que la inspectora Vigil —que justo en ese momento trabajaba a su lado— la miró no es que tranquilizara al inspector jefe, precisamente. Ahí pasaba algo, pero Sara se cerraba en banda para no contárselo. Comprendió sus reticencias y las achacó al tiempo en el que estuvo ausente. A la vez pensó en cómo Alfonso había vuelto tan pronto al mismo punto de antes en su relación y consideró que quizá ella necesitara más tiempo. Lo único que tenía claro era que forzar las cosas no iba a servir de nada. Lo mejor era dejarle espacio, eso sí, sin descuidarla del todo. La vena paternalista de la que le habló Alicia siempre estaba presente.

El único que se había marchado a casa tras la insistencia de todos fue el comisario Brotons. Entendían que su corazón requería de un descanso que no lograría en aquellas instalaciones. Posiblemente en su casa tampoco lo conseguiría, pero al menos permanecería unas horas alejado de aquella locura. Nicolás fue el que más se empecinó en que lo necesitaba tras haberle visto hasta en un par de ocasiones respirando con cierta dificultad, como si estuviera fatigado. No le importó tomar del todo las riendas durante aquella terrible noche.

Estas dos últimas palabras definían con precisión lo ocurrido allí durante las últimas seis horas. Nada. Tanto tiempo sin dormir, tanto café y tantos informes de Tráfico revisados habían servido más bien de poco. Por increíble que pareciera, haber cruzado los datos de las bases de la DGT para encontrar una coincidencia en la calle entre un coche de marca Lexus y un Seat Toledo no fue nada complicado. El propio programa que manejaba la Dirección General de Tráfico para controlar el parque nacional de vehículos sirvió para ello. El problema llegó cuando en la búsqueda no se hallaron coincidencias. De manera oficial no figuraba ninguna calle en todo Madrid donde vivieran dos personas que poseyeran, respectivamente, un coche de las marcas que buscaban.

¿Cómo narices lo haría entonces Fernando?

Nicolás opinaba que sería el propio psicópata quien montaría el escenario tal como quería.

¿Por qué no?

Era lo más fácil.

Ya no sería tan complicado para él encontrar dos coches que aparcaran juntos en la misma calle si era él el que aparcaba uno o incluso los dos coches allí. O no. Nicolás estaba hecho un lío porque ya no tenía ni idea de hacia dónde dirigir sus pesquisas. Lo único claro era que en caso de ser así, de que fuera él quien acabaría montando la escena que quería reproducir, sus posibilidades de dar con él a tiempo se reducían casi a cero.

Y además la hora señalada se acercaba. Porque lo haría a las seis y media. Otra cosa no, pero eso sí lo sabía.

Gràcia le había discutido si eso sería exactamente así o no, ya que en la novela se dice que a esa hora fue cuando el dueño del coche encuentra el percal, no cuando tiene lugar el asesinato, pero Nicolás tenía claro que Fernando se agarraría a esa hora marcada para hacer el ruido.

Miró de nuevo su reloj. Faltaban apenas veintitrés minutos. Justo enfrente de donde estaba sentado vio una buena pila de papeles donde aparecían todos los propietarios de los vehículos de dichas marcas en Madrid y la calle en la que supuestamente residían. Y claro, lo de supuestamente vino a su mente hacía tan solo un par de horas. ¿Por qué no considerar la posibilidad de que, aunque tuviera el coche dado de alta en una dirección, el propietario en cuestión viviera en otra? No sería la primera vez que se veía. Lo malo era cómo averiguar lo último. Y, más aún, en cómo hacerlo a tiempo.

Miró su café, la taza estaba vacía. No vio claro si prepararse otro o echar el freno un poco. No se sentía nervioso después de tomar tanta cafeína, pero es que quizá el estrés al que se sometía le impedía notar esa sensación, así que tal vez lo mejor era no forzar más la máquina. Levantó la mirada y observó cómo Sara había salido de nuevo para tomar el aire junto a la inspectora Vigil. Le hubiera gustado acompañarla y, aunque fuera, hablar un poquito con ella. Ya no por la preocupación que sentía, sino por el simple hecho de que entendiera que, pese a todo, seguía valorando su amistad. Qué ganas tenía de que acabara todo aquello para así poder reorganizar sus ideas. Aguilar seguía a lo suyo con el subinspector Jurado, en esta ocasión ayudado por Alfonso, que aportaba su punto de vista a lo que trataba de averiguar. Alicia puede que estuviera descansando. Hacía un rato ya que no la veía. Paolo y Alloa repasaban también una lista de crímenes sin resolver ocurridos en el último año en la Comunidad de Madrid. No es que fueran demasiados, aunque el número tampoco es que se pudiera considerar pequeño, pero sí era cierto que había que repasar todos los pormenores, esos detalles que pueden pasar desapercibidos, sobre todo para determinar si en alguno de ellos estaría implicado Stephano, tal como su amigo italiano creía. Rossi descansaba y Gràcia salió al baño.

Otra mirada a su reloj. Quedaban catorce minutos para las seis y media. No iban a llegar ni aunque dieran con la clave de inmediato, cosa que no pasaría porque ya miraba con desgana la montonera de papeles. Se pasó la mano por la cara mientras apretaba con fuerza por ciertos puntos para conseguir relajarse. La promesa autoimpuesta de no pensar en Carolina para no sentir más angustia de la necesaria mientras daba con su paradero se había ido de nuevo al traste. De manera inevitable los recuerdos vividos a su lado volvieron a su mente y la sintió, a pesar de lo que sucedía, más cerca que nunca. Casi como si estuviera sentada ahí, a su lado, como si todos los años desde que ambos no se veían hubieran sido tan solo días y que al final todo lo vivido hubiera sido una simple —pero horrible— pesadilla.

En medio de todos esos pensamientos fruto de la desesperación, Alicia entró en la sala con cara de haber visto un fantasma. El primero en percatarse fue Alfonso, que no dudó en preguntar:

—¿Qué pasa?

—Nos ha llamado la policía local de Madrid.

—¿Ya ha actuado? —dijo Nicolás, que reaccionó de inmediato.

—No. Bueno, no lo sé. Dicen que una mujer ha llamado muy asustada porque hay un tipo pegando gritos debajo de su balcón. Nos han llamado porque dice que el tipo no paraba de repetir algo así como: «¡Vete! ¡Déjame en paz!». Ella se ha asomado y el que gritaba era un hombre de unos cuarenta años que se ajusta perfectamente a la descripción de Fernando. También dice que hablaba solo y que se daba golpes en la cabeza con los puños. La policía local está pendiente ante la alerta que hemos lanzado y nos han llamado enseguida. Acaba de ocurrir. Ellos ya han ido, además de un zeta, según me han dicho.

—Tiene que ser Fernando y lo que creo que está pasando es que Carlos está pugnando otra vez por salir a la superficie. Está empezando a volverse loco y no puede controlar la situación —dijo Sara, que venía por detrás y lo oyó todo—. ¡Tenemos que ir rápido, puede que todavía esté por la zona!

—¡Un momento! —gritó Nicolás, que pedía calma con las manos al ver que todos se levantaron veloces de sus asientos—. Alicia, ¿desde qué calle ha llegado el aviso?

Alicia miró el papel que llevaba en las manos.

—Calle de Gaztambide.

Nicolás echó un rápido vistazo a los papeles de enfrente. Lo hacía veloz, pero no tanto como a él le hubiera gustado. Entonces lo vio.

—¡Mierda! Allí hay un Lexus, ¡corramos!

07.06 horas. Madrid
(33 horas, 44 minutos para el fin de la cuenta atrás)

En un instante se movilizaron tantas patrullas de la Policía Nacional que casi podrían haber apresado a una docena de delincuentes. En apenas unos segundos Nicolás coordinó a los suyos para que en Canillas se quedaran los que realizaban otro trabajo, como los inspectores de Secuestros y Extorsiones, así como los dos policías italianos, pero se llevó consigo a todos los demás. El ansia de detener a Fernando de una vez por todas imperaba sobre cualquier pensamiento racional, así que creyó que era mejor atacar con todo porque sentía que todo sería ahora o nunca. La velocidad con la que se movieron por Madrid fue digna de un gran premio de Fórmula 1, por lo que en apenas ocho minutos —el trayecto normal llevaría unos quince o veinte— recorrieron los casi nueve kilómetros de distancia.

Bajar de los coches también fue un ejercicio de velocidad, tanta que ninguno de los que fueron cerró la puerta de su vehículo para no perder ni un solo segundo. Corrían arma en mano y todos ataviados con sus respectivos chalecos antibalas, por si acaso. El ruido generado por la megaoperación era inevitable, así que los vecinos se asomaron a sus balcones y, móvil en mano, comenzaron a registrar imágenes de lo que sucedía, sin entender demasiado qué era, pero subiéndolo a redes sociales donde ya se comenzaban a elaborar las más disparatadas teorías a pesar de lo temprano que era. Un ataque terrorista era el comentario más extendido debido a la magnitud de lo que se estaba viendo. Llegaron a la calle corriendo, pero con cierta cautela. Fernando todavía podía andar por allí y la máxima prioridad era atraparlo con vida para lograr encontrar a Carolina. Sin la confesión del asesino, iba a ser harto difícil localizar su paradero.

La policía local y los primeros zetas en llegar a la escena recibieron la orden directa por parte del inspector jefe de no entrar directamente en la calle. Su misión era la de impedir que nadie accediera ni saliera de ella hasta que llegaran ellos.

Nicolás lideraba el amplio despliegue de policías que abordaba la calle por ese flanco. La inspectora Forcadell se hizo cargo del otro lado de la calle, seguida también por un incontable número de policías. La mujer que dio el aviso vivía en el número 116 y aseguraba que el hombre que había visto estaba justo debajo de su ventana, por lo que ese era el punto caliente de aquella búsqueda. El inspector jefe miró el número de la casa por la que acababan de pasar. Sacó cuentas rápidamente y dedujo que Gràcia llegaría antes a la vivienda de la mujer que ellos.

La voz de la inspectora le confirmó lo último.

—¡Aquí! —vociferó.

Nicolás y los suyos apretaron el paso. El inspector jefe levantó la vista y, aunque todavía quedaba una distancia considerable para llegar, veía a la inspectora con el brazo en alto agitando su arma hacia arriba. Por la forma en la que varios de los policías que la acompañaban comenzaron a retroceder, imaginó con lo que la inspectora se había encontrado. Tardó unos segundos más en llegar al punto en el que Gràcia lo esperaba.

—Hemos llegado tarde... —anunció ella sin más.

Nicolás miró encima del Lexus plateado y allí la vio. Era curioso porque, cuando en Mors se encontró con la decapitación de aquel hombre, no sintió las náuseas que ahora sentía. Eso sí, logró controlarlas antes de que la situación empeorara. Al contrario de lo que muchos pudieran creer, una cabeza cortada no era simplemente una testa sin el resto del cuerpo. Había que añadir el horripilante color, indescriptible por otro lado, que adquiría la piel. Los tonos blancos y morados se entremezclaban en la cara de una mujer, también hinchada, y con los ojos abiertos. A pesar de lo perdido de su mirada, parecía observarlo fijamente. Tenía la lengua fuera y el pelo completamente ensangrentado. El corte no se apreciaba, pues la cabeza reposaba sobre el cuello encima del capó del vehículo. Apenas se veía sangre a su alrededor, lo que indicaba claramente que Fernando trajo los deberes hechos desde otro lugar y que la mujer no había muerto cerca de la escena.

Nicolás tragó saliva y reaccionó de la forma que se esperaba en él.

—¡Vosotros: buscad a toda velocidad un Seat Toledo aparcado por aquí! ¡Tiene que estar! Es muy probable que la otra parte esté atada a él por detrás. Tened cuidado. ¡Vosotros —se dirigió después a los que habían acompañado a Gràcia—: os quiero dando vueltas hasta que encontréis a Fernando! No tiene que andar demasiado lejos. No se puede escapar. ¡Corred!

Todos obedecieron las órdenes de Nicolás mientras él extraía su teléfono móvil y daba el aviso para que la comisión judicial supiera lo sucedido y, además, se enviara al equipo de Científica para empezar con la inspección ocular una vez más.

Apenas había guardado su teléfono de nuevo en el bolsillo cuando oyó a uno de los agentes pegando gritos. Lo miró y lo vio moviendo los brazos del mismo modo que Gràcia al encontrar la cabeza.

Nicolás, acompañado de todos los inspectores y Alicia comenzaron a correr hasta ese punto. El Seat Toledo estaba ahí. Era de color blanco y no tardaron en visualizar el horror: enganchado a él estaba el resto del cuerpo de la mujer, tal como esperaban.

Y precisamente por ser así, Nicolás sintió una desesperación tal que casi le lleva a ponerse a pegar puntapiés sin control contra el coche. Necesitó de toda la fuerza de voluntad que pudo encontrar para no hacerlo. En vez de eso, comenzó a dar vueltas alrededor del vehículo mientras los otros lo observaban.

—¡Pasadme unos guantes, rápido! —gritó al lado de la puerta del conductor.

—¡Eh, eh! —Sara llegó corriendo a él—. No te precipites porque esto no es cosa tuya. ¿Ahora a estas alturas te voy a tener que recordar la premisa de que nadie toque nada?

—Necesito comprobar una cosa, quiero entender qué coño era lo que pretendía hacer este chalado.

Ella respiró resignada. Sabía que no iba a parar a Nicolás, solo esperaba que actuara con cautela y que no entorpeciera la investigación con ninguna tontería.

Fue Alicia la que le consiguió un par de guantes arrancándoselos del cinto a uno de los agentes. Se los ofreció. Nicolás los tomó y se los colocó con cierta rapidez. Con ellos puestos intentó abrir la puerta del vehículo. Se abrió. Después se agachó y miró debajo del cuadro del volante. Vio lo que esperaba.

—Hay cables pelados —comunicó—. Tal como me temía, el coche lo ha robado y quería ser él el que arrastrara el cuerpo.

Se levantó y se acercó a Sara al tiempo que se quitaba los guantes y se los devolvía a su propietario.

Ambos se encararon para comentar lo que pensaban.

—Esto no ocurría exactamente así en la novela. —Ella fue la que habló primero.

—Así es. Entiendo que no era sencillo que todo pudiera reproducirse tal como aparece en las páginas, pero hay algo que me escama.

—Sí, Fernando no es de los que fuerzan las situaciones. Siempre se vale de todas sus armas para que todo acabe sucediendo como él quiere, pero con cierta naturalidad. De haber querido forzar situaciones, hubiera abordado, por ejemplo, al Pololo y hubiera acabado haciendo lo mismo con él que hizo al final, pero no, necesitaba que todo sucediera de manera sutil. No sé cómo lo habría logrado, pero dudo mucho de que sus planes iniciales fueran tal como han sucedido.

—Y no hablamos del nuevo episodio de desdoblamiento de personalidad, ¿verdad? —comentó Nicolás.

—No, me temo que no, pero respecto a eso, he estado pensando algo...

Nicolás la miró y aguardó expectante a que ella arrancara a contárselo. Pero no lo hacía.

—¿Qué, Sara?

—Es que puede que sea una locura, pero...

Y le contó sobre lo que había cavilado.

—¿Qué piensas? —quiso saber ella.

—Que suena a maldita imprudencia, pero siempre tienes razón en estos temas, así que no sé.

—¿Y te atreverías a hacerlo cuando lo tengas delante?

Nicolás solo pudo ser sincero y encogerse de hombros sin decir nada. Lo cierto es que pensar en lo que hacer una vez que lo tuviera delante era una tontería. Otra cosa no, pero sus enfrentamientos destacaban por lo impredecibles que eran.

—Y ¿sobre lo que te he contado de su forma de actuar ahora mismo? —preguntó el inspector jefe.

—Pienso que tiene que haber más y no sé hasta qué punto puede ser bueno o malo —sentenció Sara.

Nicolás echó la cabeza para atrás y maldijo para sí mismo.

¿Qué narices estaba ocurriendo ahora?

33

Sábado, 11 de noviembre de 2017. 8.05 horas. Madrid
(32 horas, 55 minutos para el fin de la cuenta atrás)

La jornada amaneció mejor, meteorológicamente hablando, que los días anteriores. No es que luciera un sol de justicia, pero la amenaza inminente de lluvia parecía haber desaparecido, dejando nubes y claros sobre el cielo de Madrid.

En cierto modo no era un dato que preocupara a ninguna de las dos personas que iban a reunirse en el lugar donde lo habían estado haciendo durante unos cuantos meses.

El parque de la Quinta de la Fuente del Berro era un lugar seguro. Al menos así lo consideraba Fernando, que tenía clarísimo que en el último sitio donde lo buscarían sería uno que ya hubiera sido escenario de un crimen perpetrado por él. Siempre le gustó eso de que no hay mejor lugar donde ocultarse que aquel en el que todos esperan que estés. Además, era animal de costumbres y le gustaba que ambos se encontraran allí, dado que a esas horas no solía haber casi nadie deambulando dentro, mucho menos en la zona en la que solían verse.

—Todo bien, ¿no? —Stephano, con ese saludo tan propio de él, fue el primero en hablar, como casi siempre.

—No me puedo quejar, todo marcha. —Fernando tampoco es que fuera la alegría de la huerta.

El silencio que vino a continuación formaba parte también de sus encuentros. Muchas veces se quedaban mirando hacia delante, sin fijarse en un punto concreto, solo hacia delante.

—¿Gritó?

—No preguntes esas cosas, te lo tengo dicho —repuso irritado Fernando.

—Tampoco creo que sea tan malo que me lo cuentes.

—Lo que sí es malo es que te dejes llevar por tonterías así. Hay que estar centrado en tus objetivos.

—¿No lo estoy?

—Haciéndome preguntas de ese tipo empiezo a dudarlo.

—No sé qué ves de malo en que disfrute con esto.

—No me entiendas mal. Sé a lo que te refieres, es la sensación... el alivio... el poder...

—Pues sí, y a mí me lo da conocer si la persona sufrió o no en el acto. Cada uno es diferente. No sé por qué te asustas. Si fuéramos iguales ya nos habríamos matado.

Fernando sonrió sin dejar de mirar hacia delante. La diferencia de edad entre ambos no era tanta como para sentir que, siempre que conversaba con él, parecía que estuviera hablando con un niño pequeño lleno de dudas de todo tipo. Uno que todavía ni sabía cómo era el mundo que lo rodeaba y estaba entusiasmado al descubrirlo. Lejos de enternecerlo, le provocaba cierto desasosiego. No concebía nada más peligroso que un niño con un cuchillo afilado en sus manos.

—En lo que no paro de insistirte —dijo al fin Fernando— es en que no puedes dejar que el placer personal te aparte de tu verdadero objetivo. Veo bien que estés experimentando con personas. Genial. No te voy a decir nada de eso porque en realidad me da igual. Pero espero que estés siendo cuidadoso con esto porque un pequeño error y se te pueden echar encima. En eso tengo experiencia. Y si se echan encima de ti, no tardarán en hacerlo sobre mí. Y ya está, se acabó todo.

—Pero ¿cómo va a pasar? Si está ya casi hecho. No pueden ni olernos el culo. Vamos mil pasos por delante de ellos.

Fernando volvió a sonreír. Stephano se molestó ante ese detalle.

—¿Vas a reírte de todo lo que diga?

—No, es que me recuerdas a mí.

—¿Y es malo?

—En cierto modo sí, te acabo de decir que soy experto en lo de cometer errores. ¿Crees que yo me considero perfecto al cien por cien? Ocho años atrás, en Mors, subestimé al inspector Valdés y el resultado fueron siete años metido en ese agujero del que tanto te he hablado. Nunca puedes bajar la guardia. Además, oír la voz dentro de ti que te recuerda que en cualquier momento puedes meter la pata te lleva a ser mucho más letal en tu cometido.

—Yo no estoy subestimando a nadie. Hablo de la realidad. Mira dónde hemos llegado hasta ahora. Mira dónde andamos nosotros y mira dónde están ellos. ¿No es para creérnoslo?

Fernando negó con la cabeza.

—Pues vale, tú sigue así de negativo, que yo disfrutaré de los pequeños detalles por los dos. A mí me gusta. Eres un amargado.

—Haz lo que te dé la gana. Luego no digas que no te lo advertí.

Stephano fue ahora el que sonrió mientras miraba al frente. Aunque no le duró demasiado. El motivo de aquel encuentro era otro que no tenía nada que ver con lo que habían hablado hasta ahora. Sabía que Fernando era reticente a lo que él le pidió, pero también creía que estaba casi convencido. Le faltaba un empujón más.

—¿Lo has meditado? —soltó sin más.

El Mutilador tomó una gran cantidad de aire por la nariz, para acabar expulsándolo por el mismo lugar.

Quiso decirle que no, que a pesar de preverlo todo con la última muerte para contemplar la posibilidad sobre la que ahora le preguntaba el italiano, no iba a poner en peligro su plan por el capricho de alguien que ni siquiera sabía aún lo que quería en la vida; sin embargo, no le salía. Una parte de lo que le propuso le provocaba escalofríos placenteros que, lejos de sentarle bien, le preocupaban porque era lo mismo por lo que él le había estado riñendo hacía unos minutos. No podía dejarse llevar por lo banal. Tocaba centrarse en sus convicciones. Él no mataba por matar. Todo estaba justificado. Todo tenía un propósito. Un fin. Una causa.

¿O no?

Las dudas que lo asaltaban a traición cada dos por tres volvieron. Maldito Stephano de los cojones. ¿Quién se creía que era para sembrar dudas en él? ¿Por qué no se metía la lengua por el culo para no liarle más la cabeza? O mejor aún. ¿Por qué no se la cortaba y se la metía él mismo?

De pronto se vio a sí mismo abordándolo. Echándose encima de él. No lo esperaría, era la única persona en la que confiaba en esos momentos. No llevaba nada encima para quitarle la vida antes de que incluso se pudiera dar cuenta, pero no importaba porque con sus propias manos lo lograría. El factor sorpresa jugaría a su favor. Lo vería agonizar. Se callaría para siempre. Él disfrutaría.

No debía pensar en esas cosas.

No era propio de él. Él no era un monstruo. Tenía razones. Tenía motivos. Un fin. Una causa.

Cerró los ojos ante la estupefacción de Stephano, quien todavía esperaba una respuesta.

¿Qué le pasaba? ¿Por qué pensaba esas cosas ahora? ¿Por qué luchaba consigo mismo para contenerse ante ciertos impulsos que parecían irrefrenables? Si de algo se sentía orgulloso hasta aquel momento era de haber controlado todas las tonterías y entender que lo suyo estaba legitimado. Bajo una razón de peso. Algo que se debía hacer sí o sí. Justicia, nada más.

No era un monstruo. Era un justiciero.

—Haz lo que te dé la gana —claudicó. No tuvo claro si lo hizo porque de verdad le parecía una buena idea o porque estaba asustado ante sus ideas.

—Bien —sonrió Stephano—. ¿Puedo actuar como yo quiera entonces?

—No —contestó tajante Fernando, que pese a ser reticente había planeado cómo proceder en caso de que se le cruzaran los cables—. Lo mejor es que lo hagas así.

Durante los siguientes diez minutos le contó su plan a Stephano.

Fernando no tenía demasiado claro lo que era el miedo, solo lo había visto en los ojos de sus víctimas, pero en esos momentos supo que, en caso de haber sido capaz de sentirlo, la cara que puso el chico italiano le hubiera provocado auténtico pavor.

Ese chaval no era normal.

34

Sábado, 11 de noviembre de 2017. 10.01 horas. Madrid
(30 horas, 59 minutos para el fin de la cuenta atrás)

El inspector jefe llegó agotado al complejo de Canillas.

Condujo Alfonso y ninguno de los dos pronunció ni una sola palabra desde que salieron de la calle Gaztambide hasta que llegaron a comisaría. No era que no encontraran de qué hablar, sino que a ninguno de los dos le apetecía, porque una vez más tenían un cadáver a punto de ser sometido a una autopsia y a un Fernando que no apareció por ninguna parte después de haber montado todo ese espectáculo.

¿Cómo había logrado escapar?

¿El episodio de crisis por el que la mujer dio aviso resultó ser una farsa para llevarlos al lugar del crimen y seguir riéndose de ellos?

Sara seguía manteniendo que no. Que el psicópata ni trataba de demostrar —al menos de manera consciente, pues Fernando pensaba que sí— su superioridad frente a los investigadores, ni fingió un momento tenso en el que se gritaba a sí mismo. Aunque Nicolás ya no sabía ni qué creer. Alfonso lo apoyaba en ese escepticismo, ya que creía que Fernando, una vez más, los dirigía por el sendero que él mismo había trazado y del que no podían salir ni queriendo. Y lo peor de todo: en el que seguirían caminando hasta que a él le diera la gana.

El resto del equipo se marchó bastante antes de que lo hicieran Alfonso y el propio Nicolás. Fue a petición del inspector jefe. Les rogó encarecidamente que pasaran un rato por casa y se relajaran antes de afrontar el último tramo del caso, sin duda crucial. Los había citado al cabo de seis horas para pasar las últimas veinticuatro dándolo todo. Cuando ambos salieron del coche se preguntaron si no deberían ellos ir a casa también a dormir un rato, pero Nicolás desechó la idea de inmediato y Alfonso, arrastrado por la negativa de su amigo, también.

Mientras llegaban a la sala de reuniones, donde previsiblemente se encontrarían Aguilar, Jurado, Paolo y Alloa aún, Nicolás no pudo evitar preguntarse si Sara no tendría razón y habría algo que no entendían y que llevó a Fernando a actuar de una forma un poco más rudimentaria que en ocasiones anteriores. Veía cierta lógica en que planearlo así ya sería una jugada maestra para otro asesino, pero para ser Fernando quien estaba detrás había aspectos que desentonaban en su manera de proceder. Nicolás hasta lo imaginó coaccionando a un conductor para que a la hora exacta saliera con el vehículo y arrastrara el cuerpo delante de todos los agentes desplazados a la escena. Puede que sonara a estupidez, pero desde luego no le hubiera extrañado. Sentir la necesidad de hacerlo él mismo como fuera denotaba una cierta desesperación y, aunque era muy probable que respondiera a la ansiedad de verse acorralado por su propia personalidad principal, quizá hubiera otro detalle que lo llevó a actuar así.

Una mala sensación recorrió su columna vertebral al pasársele por la cabeza una idea.

Necesitó comprobar de inmediato que no era cierto.

Entró en la sala de reuniones. Tal como pensaba, vio a los que creía, además de al comisario Brotons, que hablaba por teléfono con cara de perro. Fue directo al monitor que mostraba la señal que enviaba el propio Fernando, con Carolina. Permanecía girado por petición expresa suya. No quería verlo cada vez que mirara hacia ese punto. Al hacerlo comprobó, aliviado, que Carolina seguía allí. Sentada. Como tantas otras veces leía un libro, aunque justo en esos momentos lo estaba dejando en el suelo para levantarse y estirar los músculos. Respiró aliviado al comprobar que no se le había ido de las manos el asunto de Carolina y que por eso actuaba así. Ella seguía bien dentro de lo que cabía y en aquellos momentos, que las víctimas y sus familiares lo perdonasen, era lo único que le importaba.

Acto seguido miró el «contador» de víctimas. La que debería aparecer tachada ya lo estaba y eso solo le trajo más preguntas a su cabeza. ¿Después de sufrir la supuesta crisis aún pudo volver a su escondrijo y poner la equis en el monigote correspondiente? ¿O acaso, de algún modo, tenía todo programado de tal forma que automáticamente, a una hora concreta, el muñeco apareciera tachado? ¿O sería Stephano, tal como decía Paolo, el que se ocupaba de aquello?

Preguntas, preguntas y más preguntas. Pero respuestas, ni una sola. Empezaba a cansarse de aquello. Estaba cada vez más harto.

Volvió a girar el monitor. Seguía con la misma idea de no verlo de no ser necesario, como ahora. Bastante nervioso le ponía la situación como para ver ahí encerrada todo el rato a Carolina. Notó que había perdido algo de aplomo y trató de recuperarlo antes de acercarse hasta Aguilar y Jurado.

—¿Cómo vais? —dijo sin más.

—Creo que bien. Lo estamos encauzando todo de una forma correcta. Es lento, pero no desistimos y ya hemos comprobado casi un veinticinco por ciento de las posibles localizaciones. De momento sin éxito, claro. Pero me apuesto el cuello a que en alguno de estos sitios tiene que estar. Será un genio asesinando a gente, pero no puede ser mejor que las guerrillas colombianas a la hora de secuestrar y ocultar a una persona, así que daré con él.

Nicolás respiró profundo. Por lo que sabía de Aguilar, no era una persona que acostumbrara a transmitir falsas esperanzas a los implicados en un secuestro. Esa era una de sus cosas buenas y malas a la vez, ya que algunos familiares se habían quejado de su crudeza. Pero Nicolás agradecía sobremanera tener a su lado a alguien así. Puede que también porque sus palabras fueran esperanzadoras y necesitara aferrarse a un clavo, aunque estuviera ardiendo, pero, fuera como fuese, logró tranquilizar una mínima parte del desasosiego que sentía.

—Creo que deberíais iros a descansar, estamos a punto de entrar en las últimas veinticuatro horas y os necesito a tope.

—Ya habrá tiempo de dormir y descansar cuando me muera, inspector jefe. No pienso moverme de aquí, seré lo que sea, pero cuando me comprometo a algo no lo dejo. Te aseguro que he pasado más noches seguidas sin dormir de las que me gustaría. Además —miró de reojo al comisario, que seguía a lo suyo, hablando por teléfono—, dispongo de medicinas mágicas que no me dejarán dormir ahora. Así que mejor aprovechar.

—Joder... —contestó Nicolás resoplando y pillando perfectamente lo que Aguilar quería decirle. Supuso que ya estaría acostumbrado a esas cosas y él mismo conocería su límite. Ojalá no llegara un nuevo problema por una tontería así.

El comisario dejó el teléfono encima de la mesa y se echó las palmas de las manos a las sienes, que masajeó con tal brutalidad que Nicolás pensó que acabaría arrancándose el cuero cabelludo.

—Supongo que nada bien... —comentó el inspector jefe para romper el hielo.

—No. Absolutamente nada. Menuda se ha montado, hostia puta. Hemos podido, de algún modo, ocultar los demás crímenes a los ojos de la gente de a pie, pero con este se ha montado un pifostio de agárrate y no te menees. Lo peor de todo es que no sé cómo coño la prensa ha señalado directamente a Fernando como el posible autor del brutal asesinato.

—¿En serio no sabe cómo? —preguntó con cierto tono irónico el inspector jefe.

—Vale, de acuerdo, pero es que ahora va a empezar a cundir el pánico a lo bestia y no lo conseguiremos parar. Su nombre comenzará a sonar de nuevo en todos los noticieros y en esos programas especiales de mierda que se sacan de la manga. Como se ponga nervioso...

—Si me permite, comisario, no creo que lo haga. Ya demostró cómo se actúa con frialdad bajo una gran presión mediática hace un año. No se va a salir de su plan. Tiene casi todo lo que quería de la forma en la que quería.

—¿Casi?

—Así es, me refiero a lo de Carlos.

—Es verdad. ¿Qué sabemos de eso?

—Poco o nada. Lo único que tenemos de nuevo es la declaración de la mujer que ha llamado a la Policía Local. He charlado con ella y su testimonio es muy convincente. Cuenta que estaba en la calle completamente desquiciado. De hecho, no ha podido completar como él quería el ritual del asesinato y eso sí que puede ser peligroso. Pienso, o quiero creer, que tratará de encauzar la situación. No se puede permitir el lujo de dar un paso atrás en un plan tan elaborado.

—Está bien, mantengamos la fe en que, pase lo que pase, no actuará hasta dentro de —miró su reloj e hizo los cálculos de forma mental— treinta horas. Debemos aprovechar cada minuto. ¿Y el resto?

—Los he mandado a descansar. No se puede rendir si están agotados y con el añadido de la presión. Espero no haber metido la pata.

El comisario lo miró y estudió la situación antes de hablar.

—Ha hecho bien, Valdés. Tiene toda la razón. —Miró a Paolo y Alloa y los señaló con la cabeza—. ¿Cómo van nuestros amigos italianos? No he querido molestarlos, parecen muy concentrados en lo suyo.

—Pues iba a preguntarles ahora. Si me disculpa...

El comisario hizo un gesto afirmativo. Nicolás se colocó al lado de su amigo romano.

—¿Qué tal? —preguntó sin más.

—Hola, Nicolás. Yo creo que bastante bien. Repasamos algunos de los crímenes sin resolver y hay algunos bastante jugosos.

—¿Cómo cuáles?

—Pues, por ejemplo... —rebuscó entre una pila de papeles—, mira este. Un joven de quince años estrangulado en el barrio de Cham... Cham...

—Chamberí.

—Eso. Me ha llamado la atención porque creo que, analizándolo, sería una muy buena forma de comenzar a dar rienda suelta a su psicopatía. No olvidemos que el estrangulamiento es símbolo de poder, como muy bien expuso tu compañera. Nadie nos dijo que tenga que ser igual que su padre en su forma de actuar y aquí experimentaría de este modo. Y, claro, tratando de explicar la muerte del muchacho, que no haya otros signos de violencia dice bastante. Ahora bien, hay otras muertes que me parecen interesantes y eso lo complica todo.

—¿Todas por estrangulamiento?

—Sí, pero me escama que están un tanto separadas entre sí. Mira, las he señalado aquí en el mapa.

Nicolás echó un vistazo a lo que Paolo le indicaba. Demasiada distancia.

—Se saldría de su zona de seguridad. Al ser un asesino en serie primerizo, la lógica nos dice que debería tener una, por lo que tocará revisar cuáles son las más cercanas entre sí, ¿no?

—Nicolás volvió a mirar el mapa de Paolo, pero ahora con ojos analíticos—. ¿Qué hay de estas dos?

El *assistente capo* comprobó lo que Nicolás le indicaba. Hojeó los papeles.

—En ellas hay un nexo, murieron prostitutas...

—¿Son las únicas que tienes anotadas?

—No. Hay dos más, pero están aquí y aquí —puntualizó Paolo, demostrando que estaban algo alejadas de las otras dos.

—Mira, pero una de ellas es en la Casa de Campo. No es tan raro encontrarnos este tipo de muerte en un lugar como ese. No es el Bronx, pero alguna que otra sucede de vez en cuando. Casi que la descartaría. Pero las de aquí están más o menos cerca entre sí, en la zona del barrio de San Blas. ¿En qué circunstancias se hallaron los cuerpos?

—A ver... la primera fue encontrada muerta en la calle Portal. La hallaron tumbada boca arriba. Su bolso apareció justo al lado. No se habían llevado nada, estaba vestida y su ropa, intacta. El informe incide en que tenía problemas con un tipo al que conocen como el Labios y que las sospechas apuntan hacia él. Pero parece ser que no hay nada concluyente. Hallaron marcas alrededor del cuello, así que quien le quitó la vida lo hizo con sus propias manos.

—¿Y la segunda?

—La segunda pone aquí que la encontraron igual, tirada boca arriba, aunque sobre un montón de cajas de cartón destrozadas. Las circunstancias de la muerte son similares, marcas alrededor del cuello, vestida... Aquí no aparece el nombre de ningún sospechoso.

Nicolás consideró lo que le acababa de contar Paolo. Necesitó de unos segundos para lanzar la siguiente pregunta:

—¿Mantuvieron relaciones sexuales?

—Son prostitutas, Nicolás.

—Compruébalo, por favor.

Paolo dejó las diligencias de la inspección ocular y tomó

los informes del forense. Por suerte para él no eran demasiado extensos, así que no le costó encontrar lo que necesitaba en ambos casos. Las dos fallecidas no habían mantenido relaciones en, al menos, las doce horas anteriores a la muerte.

—¿Cómo lo sabías? —preguntó Paolo.

—Espera. Por favor, comprueba que en las otras dos de las que dudamos no es igual.

Paolo, sin comprender todavía a su amigo, obedeció. Apenas necesitó de unos minutos para ver que en el caso de las otras dos, sí.

Nicolás ofreció la explicación que el *assistente capo* esperaba:

—Creo que de algún modo trata de encontrarse a sí mismo. Parecer ser que tiene la cabeza llena de pájaros, que lo de su padre lo dejó más tocado de lo que le gustaría y no sabe ni quién es, ni cómo debería proceder. Creo que si hay algo peor que un psicópata es, sin duda, un psicópata confundido.

—¿Intentas decirme que está, de alguna forma, forzando la máquina para encontrar su identidad? Es decir, ¿que ha impregnado las muertes de ritualismo para ofrecer lo que se debería esperar de él?

—Sí. No creo que tenga nada en contra de esas prostitutas. Creo que se está probando y que, como pasa tantas veces, ha elegido ese perfil de víctimas porque, no nos engañemos, es el más sencillo de controlar, pues puede disponer de ellas donde quiera y como quiera. No obstante, creo que al mismo tiempo ha experimentado para dar con unas en concreto. Por un lado tienen que estar dentro de su zona de confort. Necesita permanecer cerca de donde vive para sentirse seguro, pero lo suficientemente alejado como para que no se lo pueda relacionar con los crímenes.

—Eso parece. Así que lo referente a los lugares de los crímenes parece ser de manual.

—Efectivamente. Y creo que lo del ritual de elegir a prostitutas que no hayan mantenido relaciones sexuales durante la noche todavía forma parte del entrenamiento que está llevando a cabo para encontrarse a sí mismo. Piensa en que no es como encontrar una aguja en un pajar, pero sí es cierto que no es fácil hallar a una prostituta que todavía no haya trabajado esa noche. Porque como ves aquí —señaló el informe forense—, las mató durante la noche. ¿De cuánto es el período de enfriamiento?

Paolo comprobó las fechas.

—Cuatro meses y dos días.

—Dijiste que el otro era de siete meses, ¿verdad? Está reduciendo el tiempo de enfriamiento y no puede ser bueno. Cada vez su ansia es mayor y puede que la bestia ya esté desatada.

—Entonces no hay más que hablar, amigo. Voy a centrarme en la zona e investigarla a fondo. Puede que se esconda en ese barrio. Quizá hasta viva con Fernando, aunque no me imagino qué clase de película de terror podría salir si tenemos a dos asesinos en serie viviendo en la misma casa.

—Ya... pero, Paolo...

—Si me vas a decir que me vaya a descansar —lo cortó de golpe—, ¿cómo decías tú? —Lo pensó—. Ah, sí: ya te puedes ir yendo a tomar por el culo.

35

Domingo, 12 de noviembre de 2017. 2.24 horas. Madrid
(14 horas, 36 minutos para el fin de la cuenta atrás)

Nicolás entró en la casa y dejó las llaves en el cuenco de madera pintado. Cuando lo vio la primera vez no tenía ni idea de dónde salió, pero Alfonso le contó que un día Alicia llegó con él a casa y que desde entonces ahí estaba. Le dolía la cabeza horrores, probablemente a causa de la tensión, ya que sentía agarrotada toda la zona de los hombros y el cuello. Justo después de dejar las llaves se pasó las manos por ella, frotando con fuerza.

Necesitaba una ducha. Ya no por eliminar el posible olor corporal que lo acompañaba, sino para relajarse un par de minutos dejando que el agua caliente recorriera su cuerpo. Sin más. La ducha provocaba un extraño efecto —o quizá no tanto— relajante en él, pero no solo le gustaba por eso. Era como si su mente se viera despejada en ese momento en el que solo estaban él y el agua. De hecho, no fueron una ni dos las veces que consiguió establecer un vínculo entre dos indicios de un caso que creía inconexos y, gracias a ellos, el barco llegó a buen puerto. Sabía que a esto ayudaba una cosa que había descubierto hacía no demasiado. Era curioso que en sus treinta y tres años de vida nunca se hubiera dado cuenta de que ciertos olores, de ciertos jabones, lo relajaban de aquella manera. De hecho, encontró un champú en una peluquería cercana cuyos beneficios capilares le importaban bien poco: lo que le interesaba de él era la fragancia que desprendía, que le proporcionaba unos momentos de paz difíciles de conseguir con otras cosas en su vida. Con el gel corporal le pasó algo parecido.

Tras el ritual, que, para ser sinceros, no fue tan placentero y relajante como en otras ocasiones, fue directo a su habitación y se vistió. Después de asegurarse frente al espejo de que su aspecto era lo más decente posible, salió de su cuarto con la voluntad de volver cuanto antes al complejo policial. No había tiempo que perder. Supuso que Alfonso, quien había llegado un rato antes para descansar aunque fuera unos minutos en su cama y asearse, también se iría con él.

Nicolás sentía una rara sensación respecto a su amigo. Alfonso lo miraba de vez en cuando con unos ojos de querer contarle una cosa y no atreverse. Nicolás imaginaba que, como siempre —más últimamente—, sería para preguntarle si estaba bien o si pretendía echar a correr de un momento a otro. Ya le dolía la lengua de explicar que no, que no iba a huir, pero en el fondo entendía por qué se lo repetían tantas veces. Curiosamente la sensación se vio confirmada cuando él se dirigía a la cocina y Alfonso lo paró de pronto en el pasillo.

—Nicolás, por favor, necesito hablar contigo.

—Tío, ¿es muy urgente? La cabeza me va a estallar. Necesito tomarme algo y, mira, me iba ya, pero te juro que me estoy empezando a plantear el acostarme aunque sea cinco minutos.

—En realidad necesitas descansar más de cinco minutos, aunque eso es otro tema, pero sí, creo que sí que es urgente.

Nicolás sintió en su estómago la misma sensación de siempre. Esa que le indicaba que lo que iba a escuchar no era precisamente bueno. Esa que, en forma de pinchazo, hacía que todos sus sentidos estuvieran alerta y, previsiblemente, preparados para cualquier cosa. Aunque, en realidad, siempre se daba cuenta de que nunca lo estaba.

—Vamos, cuéntame. ¿Necesito sentarme? —preguntó con la clara intención de quitarle un poco de hierro al asunto.

—Me da igual, como quieras.

—Joder... —Ahora Nicolás sí comprendía que era serio. El pinchazo creció considerablemente—. Vale, vamos al comedor y me cuentas.

Nicolás tomó asiento primero, seguido de un inspector Gutiérrez que tenía cara, claramente, de tratar de encontrar las palabras adecuadas para narrarle a su amigo lo que le iba a contar.

—Venga, va, dispara sin adornarlo todo, que nos conocemos.

Alfonso sentía cómo su corazón latía más deprisa de lo habitual. Tenía claro que lo que iba a hacer era una traición clara a la confianza de Sara. Algo que, seguramente, la alejaría de él cuando, aunque no comprendía qué exactamente, comenzaba a sentir cosas extrañas por ella. Pero Nicolás necesitaba saberlo. ¿Cómo iba a seguir ocultándole a su mejor amigo que la inspectora jefe se encontraba en ese delicado estado de salud? Eso también podía considerarse una traición y, al fin al cabo, si tenía que decantarse por alguien, llegado el punto, lo haría por él.

Pero cuando lo miró a los ojos y vio tal grado de nerviosismo en ellos, sencillamente, no pudo. No le salieron las palabras. No, al menos, las que debían.

—Sara y yo nos hemos besado —soltó sin más al tiempo que se daba cuenta de que, aunque también sería un bombazo, no era el que quería contar.

Nicolás tardó unos segundos en asimilar la información. Cuando lo hizo, tan solo le salió una palabra por la boca:

—¿Qué?

Alfonso, que creyó que encontraría las palabras adecuadas una vez llegado el momento —ya que aunque quería contarle lo otro, también se planteó a menudo cómo abordar la charla que ahora había iniciado—, no supo de pronto qué decir. La cara de Nicolás era un poema y él no sabía cómo enfrentarse a ello. Quizá porque, en muchas de esas charlas ficticias, Nicolás se levantaba de pronto y le plantaba un abrazo asfixiante alegando que lo primero era la felicidad de ambos y luego la suya propia. Pero no había sido así, sino al revés: su cara fue reflejando una sorpresa inicial que fue transformándose en una incipiente molestia, pasando previamente por una incredulidad más que evidente. Seguía esperando a que su amigo le diera alguna explicación más.

—No sé qué decirte, Nicolás, pasó sin más. Yo creo que ninguno de los dos lo esperaba, pero pasó.

—¿En serio no tienes otra excusa que eso que habrás oído en mil películas?

—¿Excusa? Perdona, no es una excusa. Pero lo más importante, ¿por qué tendría yo que ponerte una excusa a ti? ¿Es que yo no puedo hacer lo que me dé la gana?

—Pues claro que puedes. Por mí como si te la tiras —dijo levantándose y dándose la vuelta.

—¡Eh, para el carro! ¿Por qué me hablas así? Y ¿por qué coño dices eso de ella?

Sin moverse del sitio Nicolás se volvió. Su rostro denotaba un gran enfado, pero el de Alfonso no se quedaba atrás.

—No lo estoy diciendo como piensas. No quiero denigrarla, no soy así.

—Pues no lo parece. ¿De qué cojones vas?

—Vale, ¿quieres que busque palabras más adecuadas, que no os ofendan? Pues por mí podéis acostaros las veces que os dé la gana. El uno con el otro. En una perfecta unión entre seres humanos.

Dicho esto comenzó a andar hacia la puerta del salón. Alfonso dio un salto de su asiento y corrió tras él. Lo agarró del hombro antes de que saliera y lo obligó a girarse.

Nicolás le dio un manotazo para quitárselo de encima. No demasiado brusco, pero sí lo bastante fuerte como para que Alfonso lo mirara estupefacto, sin creerse lo que acababa de ver.

El inspector jefe, lejos de disculparse, se volvió y lo miró directamente a los ojos, desafiante.

—¿Se puede saber qué cojones te pasa? —preguntó Alfonso.

—No, ¿qué cojones te pasa a ti?

—¿A mí? Tú eres el que se está comportando como un puto crío. ¿Qué pasa, que aquí a todos nos toca vivir a la sombra de lo que tú quieras? O, mejor dicho, ¿de lo que ya no quieras?

—¿Quién ha dicho eso?

—Me lo dice tu manera de comportarte. Te estoy soportando mil y una cosas. Idioteces y chiquillerías que nadie aguantaría, pero aquí me tienes. Te vas como un maldito cobarde, vuelves porque piensas que ha ocurrido lo peor y yo aquí, como un tonto, dejando todo eso de lado y mostrándome como el imbécil amigo fiel que siempre estará ahí para ti. He dado la cara para defenderte ante todo y ante todos a los que has hecho daño. ¿Y ahora te tengo que pedir perdón por sentir cosas por ella? ¿De verdad eres tan putamente egoísta? ¿Más aún de lo que ya sabía que eras?

—Ella y yo teníamos algo.

—¿Qué exactamente, Nicolás? La dejaste aquí tirada mientras tú escondías la cabeza como un avestruz. ¿Por qué sigues creyendo que todo gira siempre en torno a ti? ¿Todo el mundo tiene que parar hasta que tú regreses y estar pendiente de que no pase nada que te moleste y te haga desaparecer de nuevo?

—No, tío, lo que pasa es que me jode que me hayas mentido. Que me dijeras que no la soportabas... y mira. Que me dijeras que os habíais evitado... y mira. ¿En qué más me has engañado?

Alfonso vaciló. Lo último sí que le dolió de verdad porque aunque durante la discusión su amigo no tenía ni gota de razón, en eso sí. Y tanto que le ocultaba algo. Un asunto que le haría muchísimo daño, pero precisamente por eso no podía contárselo ahora. Siguió defendiéndose del ataque sin sentido de Nicolás.

—Es que era la verdad, hostia. No la soportaba. Me parecía que estaba loca. De hecho, me lo sigue pareciendo. Pero ha pasado ahora. Nos besamos ayer. Llevamos unos días raros y no sé por qué nos estamos acercando todo lo que no nos hemos acercado nunca. Quizá necesitemos el apoyo que nos brindamos.

—O sea, que también es culpa mía el no prestaros la atención suficiente y que, por eso, os hayáis liado, ¿no? Además, ¿ahora? ¿Qué coño ha cambiado ahora para que de pronto empecéis a respetaros como personas?

Alfonso sintió que un torrente de palabras le subía por el esófago. Unas palabras que se gestaban en lo más profundo de su estómago. Unas palabras que harían que Nicolás lo comprendiera, no que estuviera sintiendo algo especial por la inspectora jefe, pero sí servirían para que dejara su maldito egocentrismo de lado. Tenía claro que aquello era de todo menos pena. Entendería que a causa de esa revelación se acercaron y que, desde ese momento, ambos se miraban con otros ojos. Unos ojos que, por cierto, a Alfonso le encantaban. No obstante, contuvo el vómito de palabras. Lo volvió a tragar y lo dejó guardado. Comprendería por qué, sí, pero apenas quedaban unas horas para que todo llegara a su fin y su cabeza no hacía más que advertirle de que no era el mejor momento de sacar al inspector jefe por completo del caso. Posiblemente cambiaría de parecer una decena de veces más, como ya había hecho hasta entonces, pero ahora la razón le decía que debía ser cauto, que mejor dejar las cosas así aunque los condujera a una inútil pelea de la que seguro se reirían una vez la tormenta hubiera pasado. El problema era que dicha tormenta iba a ser larga y tediosa, pero por el momento era mejor aguantar. No supo cuánto tiempo había transcurrido desde que ambos empezaron a mantenerse la mirada como muñecos sin vida. Puede que fueran pocos segundos, puede que minutos, incluso horas. Al fin se decidió a hablar:

—No sé qué ha cambiado —mintió—, pero lo que sí sé es que ha sido un error contártelo ahora. No debería haberlo hecho aún.

Ahora fue Alfonso el que se giró y volvió al sillón donde estaba sentado antes. Nicolás no se movió de su sitio, pero no por ello permaneció en silencio.

—Perfecto. Ahora piensas que lo mejor hubiera sido seguir mintiéndome. Pues nada. Allá tú. Quédate ahí. Sé feliz con Sara y a los dos os pueden dar mucho por el culo. Haced lo que os dé la gana. Con suerte, cuando recojamos el cadáver de Carolina del suelo, ambos seréis maravillosamente felices.

Alfonso, resignado a su papel de malo de la película, no pudo más que sonreír de manera forzada. No se podía razonar con él. Eran demasiadas cosas por las que estaba pasando. Pese a ello, seguía comprendiendo que estuviera así y no se lo echaría en cara.

—Macho, eres como el puto perro ese del que nunca recuerdo el nombre —dijo el inspector Gutiérrez—. El caso es que ni comes ni dejas comer.

—Vete a tomar por el culo.

Y salió de la habitación dejando resoplando a Alfonso, que ya no sabía qué más decirle. Pensó en que no era una reacción propia de Nicolás, pero su mente insistió en que no vivía una situación especialmente favorable y quizá eso hablaba por él. Ahora solo faltaba que no le diera otra rabieta y saliera corriendo en mitad de la noche. Supo que no.

De lo que no tenían ni idea, ninguno de los dos, era de que aquella podría ser la última vez en la que el uno estuviera frente al otro.

Al menos vivo.

36

Domingo, 12 de noviembre de 2017. 7.43 horas. Madrid
(9 horas, 17 minutos para el fin de la cuenta atrás)

El inspector jefe abrió los ojos con los primeros rayos de luz que entraba por la ventana. La discusión con Alfonso le había puesto de tan mal humor que decidió mandarlo todo a paseo, aunque solo fuera por unas pocas horas. El descanso fue corto, pero efectivo. Al contrario de lo que creía, nada más tirarse encima de la cama, con ropa de calle y todo, no tardó ni cinco minutos en caer en los brazos de Morfeo y, hasta que no sonó el pitidito de su iPhone, el que tanto odiaba, ni se movió.

Antes de levantarse decidió quedarse un par de minutos más acostado. Pensó en lo mucho que le gustaría cerrar los ojos y, cuando los abriera, darse cuenta de que todo había sido un mal sueño. Que nada formaba parte de la realidad. Que ni siquiera lo de Mors sucedió. Como el ridículo final de *Los Serrano*.

Le encantaría despertarse en la academia de Ávila, pero en sus tiempos como cadete aspirante a ser agente del cuerpo. Le encantaría no tener más preocupaciones en la cabeza que superar la formación. Le encantaría estar soñando con perseguir a un asesino en serie, como casi todo aspirante ha hecho alguna vez motivado por las ficciones televisivas que poco tienen que ver con la cruda realidad. Le encantaría no haber sufrido esa pesadilla. Qué difícil era vivirla.

Decidió que allí ya no hacía nada que no fuera perder el tiempo. La punzada del estómago se volvió a intensificar al ser consciente de que ya quedaban pocas horas para que la cuenta atrás establecida por ese cabronazo llegara a su fin. Miró su teléfono móvil. El mensaje que le envió a Paolo justo antes de ser vencido por el sueño fue claro como el agua: que nadie lo llamara si no había alguna novedad importante. Deseó que lo hubieran llamado.

Pensó en lo que le gustaría ahora mismo ser ese héroe americano que se enfrentaba él solo a un grupo terrorista y conseguía salvar al mundo entero, además de llevarse a la chica. Él ni siquiera se veía capaz de poder rescatar a la chica a pesar de disponer de todo el maldito cuerpo de Policía Nacional. ¿Dónde estaba el error que acababa cometiendo siempre el malo, casi al final de la película, que conducía a los buenos a un final triunfal? ¿Cuándo llegaba?

Al levantarse consideró que se había pasado muchísimo con Alfonso unas horas antes. No se equivocaba cuando dijo que era el perro del hortelano, ya que no creía seguir sintiendo nada por Sara, ni siquiera si en algún momento ocurrió de verdad. Puede que tuviera razón y, en caso de haberlo hecho, solo por ella, no hubiera huido de todo aquello como lo hizo. Le debía una disculpa a su amigo. No sabía si lo que decía sentir por la inspectora jefe sería cierto o producto de la situación vivida, pero, fuera como fuese, él era amigo de los dos y debía apoyarlos. Dejarse de, como decía Alfonso, chiquillerías de una vez y tomar por fin el toro por los cuernos.

Quizá había llegado el momento.

Salió de la habitación y fue directo a la de su amigo con

intención de pedirle perdón. Golpeó con los nudillos. No obtuvo respuesta.

—¿Alfonso? —lo llamó.

—No está —contestó una voz desde dentro del aseo.

Era Alicia, que se estaba lavando los dientes. Había venido a descansar también un par de horas antes de afrontar el día decisivo.

—¿Ya se ha marchado a Canillas?

—Supongo que lo hará en un rato. Sabes que ahora le ha dado por dar un paseo largo cada mañana. Hoy, viendo como está el panorama, habrá decidido darlo antes. ¿Desayunamos y nos vamos juntos para allá?

—Vale —accedió sonriente.

La verdad es que le hacía gracia la nueva afición de su amigo. No por nada en particular, sino porque él siempre renegó de cualquier cosa que tuviera que ver con el ejercicio. La de veces que lo mandó a paseo cuando Nicolás lo animaba a apuntarse con él al gimnasio para ir una hora los días que se pudiera. Él siempre alegaba que era de constitución delgada y que tenía la suerte de no engordar, aunque en el último año esa tendencia pareció revertirse y le veía las orejas al lobo. Eso explicaría que ahora le hubiera dado por los paseos diarios matutinos, porque Nicolás dudaba que hubiera otros motivos ocultos detrás.

Nicolás y Alicia desayunaron rápido. Él, un café bombón y ella un café con leche acompañado de unas cuantas galletas con dibujos infantiles. Durante ese tiempo evitaron hablar de lo importante que era aquel día, para bien y para mal.

En el corto trayecto que separaba su casa del complejo tampoco hablaron de ello. Puede que por nervios, puede que por algo más, pero los dos pasaron por completo de mentar la que se les venía encima.

El trasiego al llegar allí les ubicó enseguida en una realidad que, en verdad, esperaban encontrar. La actividad dentro del edificio de Judicial era frenética. Uno de los que más se veía implicado en todo aquello era su amigo Paolo Salvano, que acudía de un puesto a otro brindando su ayuda en lo que buenamente pudiera. Con quien mejor se entendía, al parecer, era con el inspector jefe Aguilar, cuya implicación en el caso dejaba a todos estupefactos y recordaba al mejor Jesús Aguilar que había pisado el cuerpo y de cuya labor se derivó la liberación de muchísimos patriotas en países latinoamericanos. Ambos trabajaban a destajo frente al mapa gigante de Madrid, un mapa que, por cierto, cada vez tenía más cruces. Nicolás no sabía si era bueno o malo. Se acercó hasta ellos para saberlo.

—¡Es buenísimo! —afirmó efusivo y sorprendente Aguilar—. Sigo creyendo que la señorita Blanco está en Madrid y por suerte, en un tiempo récord, cada vez vamos acotando más y más una posible zona verde. No es que quiera creer que estará ahí, es que lo sé. Así que es cuestión de unas pocas horas que te pueda dar una zona más o menos fiable a la que enviar a los GEO. Te prometo que la encuentro.

Nicolás no podía más que sonreír, a pesar de la tensión del momento. Paolo quería contarle una cosa, por lo que ambos se apartaron un poco del bullicio de la gente.

—¿Qué tal estás, amigo? —le preguntó el italiano.

—Nervioso, no te lo puedo negar.

—Yo también, pero sé que lograremos encontrar a Carolina. Pero voy a ir al grano, siento no haber caído en esto antes, pero ¿te acuerdas del colega hacker que te he mencionado alguna vez?

Nicolás asintió. No recordaba su nombre, pero sí era verdad que Paolo se lo contó en alguna de sus conversaciones. Era un tipo tremendamente hábil que lo asistió en más de una ocasión cuando lo había necesitado. Él, a cambio, lo ayudaba a salir de algún que otro embrollo leve con las autoridades.

—Tío —siguió hablando el romano—, ¿cómo no se me ha ocurrido pedirle ayuda?

—¿Crees que él aportaría algo que no haya aportado ya toda la Unidad Central de Ciberdelincuencia de aquí?

Paolo no dudó en afirmar con la cabeza. De hecho, él también trabajaba junto a una gran unidad tecnológica y su amigo Java Ristaino demostró en más de una ocasión estar muy por encima de ellos. Ventajas de no necesitar justificar cada paso dado.

—Vale —sentenció Nicolás—, pero que nadie lo sepa.

—¿Tú crees que a alguien le va a importar cómo hemos logrado averiguar de dónde venía la señal? Lo importante es rescatar a Carolina.

Nicolás asintió. Sabía que tenía razón.

—Llámalo, por favor.

Paolo se alejó al tiempo que sacaba su teléfono móvil. La nueva vía abría unas cuantas posibilidades más y era algo que nunca debía despreciarse. Nicolás buscó con la mirada tratando de encontrar a su amigo Alfonso. Seguía con la idea de disculparse en cuanto tuviera la oportunidad. No soportaba haber discutido por una razón así, sobre todo después de comprender que él no tenía ningún derecho a meterse entre ellos dos.

Pero no lo vio.

¿Todavía no había llegado de su paseo? Se lo estaba tomando con demasiada calma y, para ser el día que era, era un poco raro. Sacó su teléfono móvil e intentó comunicarse con él.

Apagado.

Extrañado, miró tratando de encontrar a Sara. Puede que no estuviera paseando y que estuviera con ella. Ojalá fuera así porque, no sabía todavía muy bien por qué, se empezaba a poner más nervioso de lo que ya estaba. Sin embargo, vio a Sara allí, hablando con la inspectora Vigil.

Antes de dejarse llevar por un pánico que probablemente fuera infundado, fue preguntando, casi de uno a uno, si habían visto al inspector. Cuando llegó a Alicia, la joven comprobó que a Nicolás se lo veía más tenso de lo habitual a causa de ello, por lo que trató de calmarlo.

—Quizá haya sudado y se esté duchando en casa. No te preocupes porque aparecerá en nada por aquí, seguro.

Nicolás hizo un esfuerzo por creerla y decidió centrar su cabeza en lo que tocaba. Pero no lo consiguió: el maldito runrún seguía martilleándole el cerebro advirtiéndolo de que algo no iba bien. Tampoco quería ponerse en plan tremendista, pero el simple hecho de que el enfado hubiera sido la gota que colmaba el vaso en la paciencia de Alfonso con él, ya era suficiente como para alarmarse y creer que se fue a desconectar de todo y de todos. Nicolás, apartándose del papel de víctima y siendo justo, sabía que su amigo había soportado más de lo que cualquier ser humano podría. Quizá su mente había dicho basta.

Trató de serenarse y de convencerse de que esos pensamientos lo asaltaban debido a lo poco que quedaba ya para que se cumpliera el plazo estipulado por Fernando. Recordó tristemente la única ocasión en su vida en la que vivió una cuenta atrás y su sensación era bastante parecida, salvando las distancias, pues no conocía al desdichado edil del Partido Popular que la banda terrorista ETA secuestró y asesinó tras cumplirse el plazo dado, después de negarse las autoridades a cumplir con la exigencia de acercar los presos al País Vasco. Ese deseo de querer detener el reloj y salir corriendo aprovechando que las agujas no se movían para lograr salvar a la persona. Eso que no podía hacer.

Paolo le tocó el hombro, sacándolo de sus ensoñaciones. Cuando se giró, vio cómo su amigo italiano sonreía.

—He sacado a Java de la cama y ya está en marcha ayudándonos con la señal; te garantizo que la va a ubicar con precisión. Es un genio, créeme. Pero hay más, algo que nos puede ayudar muchísimo.

Nicolás levantó una ceja sin responder.

—Alloa —continuó hablando Paolo— ha conseguido que el juez nos haga caso y va a solicitar una orden para que la madre de Stephano nos entregue, si la tiene, alguna foto de él. Si sabemos qué cara tiene nos será más sencillo movernos por la zona que he acotado en el perfil geográfico, para preguntar a la gente y así localizarlo. Están en ello, por lo que no debería tardar en llegarnos. ¿Te imaginas? Podríamos cazar a dos pájaros de un tiro.

—Eres un maldito genio, Paolo. No sabes cuánto valoro que estés aquí.

—Bah, lo hubieras resuelto de otro modo, yo solo aporto otros puntos de vista.

Un carraspeo los interrumpió. Era Sara.

—Chicos, lamento interrumpir vuestra comida de... de boca... pero me acaban de llamar desde la UCC y me han comentado que ha habido algunas anomalías en la emisión de la señal y que no saben a qué se debe. Dicen que no es nada que todavía pueda considerarse preocupante, pero que hasta ahora no lo había hecho.

Paolo y Nicolás se miraron.

—Puede que sea tu amigo al interceder —dijo Nicolás.

—A ver, es bueno, pero para tanto...

—Por cierto, ¿dónde está Gutiérrez? —preguntó Sara—. Me gustaría comentarle una cosa.

Nicolás trató de poner su mejor cara de póquer para que no se notara que sabía lo ocurrido entre los dos. En cierto modo seguía habiendo algo que lo molestaba por dentro al pensar en su incipiente relación sentimental. Puede que fueran los celos del perro que tantas veces había salido a colación durante las últimas veinticuatro horas. Pero, pese a ello, era muy consciente de que quería que fueran felices y eso impli-

caba no ser un imbécil integral. Aunque lo llevara en su códi-
go genético.

—Ni idea —contestó al fin—. Debería haber llegado ya,
pero Alicia cree que está en uno de esos paseos matutinos que
ahora le ha dado por dar. Aunque, bueno, yo qué sé...

—¿Qué pasa, Nicolás? —A Sara no se le escapó que algo
perturbaba su mente.

—Nada —sentenció—. Estará al caer.

Pero el inspector Alfonso Gutiérrez no se presentó aquel
día. Era imposible que lo hiciera.

37

Domingo, 12 de noviembre de 2017. 13.57 horas. Madrid
(3 horas, 3 minutos para el fin de la cuenta atrás)

La excusa era que quería personarse él mismo en la UCC y, aunque estuviera justo al lado de su edificio, la realidad era que el corto trayecto le serviría para tomar un poco de aire, porque sentía que las paredes se le echaban cada vez más encima. La sensación de agobio lo dominaba todo. Tanto, que hasta notaba una fuerte presión en el pecho que, con cada segundo transcurrido, se hacía más y más intensa. Su respiración se empezaba a resentir y todo le incordiaba ya. El tiempo seguía pasando de sus deseos y no se detenía, por lo que la hora fatídica se acercaba y él, al contrario de lo que pensaba unas horas antes, seguía estando en el mismo punto del camino. Sin moverse. Sin avanzar ni un solo paso.

Lo cierto es que eso no era del todo verdad. Todos movían una o dos casillas en el tablero de vez en cuando, lo cual era positivo, ¿por qué negarlo?, pero no se acercaban tanto a la meta como Nicolás creyó que lo harían cuando Paolo le contó que ya casi estaban a punto de caer encima de los dos.

La ansiada llamada de Java Ristaino, el hacker que ahora los ayudaba a localizar la señal en *streaming* no llegaba. Nicolás había insistido muchas veces a Paolo en que lo llamara él mismo para preguntarle cómo iba, si avanzaba o no, pero este fue tajante con respecto a todas las peticiones por parte del inspector jefe:

—A Java no se le molesta cuando trabaja.

Tocaba seguir esperando.

Por su parte, el trabajo de Aguilar sirvió para que se viera un sector bastante más acotado en el mapa como posible zona verde donde Carolina quizá estuviera encerrada. Los GEO también entraron en juego pocos minutos antes para comprobar algunas probables ubicaciones. Sobre el terreno era más fácil, pero seguía empeñado en que Fernando no debía enterarse de eso para evitar que cometiera alguna locura inesperada. Nicolás sabía que no lo haría. Llevaría su plan hasta el límite y había tratado de explicarlo en más de una ocasión, pero, claro, eso era su parecer y no valía como prueba de seguridad para Carolina.

La UCC también seguía a lo suyo. Parecía mentira que, debido a lo estúpido de las leyes de la Unión Europea, ahora acabaran de demostrar algo que ya intuían, que la señal original provenía de la Comunidad de Madrid. Nicolás hizo una cruz en su mapa mental de los países que pusieron trabas en los permisos para confirmar que la señal pasaba por servidores ubicados en sus territorios, lo que hizo que se retrasara sobremanera la localización exacta de la señal. Ojalá ahora que estaban —al parecer— en terreno puramente español les costara menos. El tiempo se agotaba. Ya no quedaba apenas.

Sara, por su parte, ayudaba a Paolo en estrechar todavía más el cerco del perfil geográfico de Stephano. Nicolás creía en la corazonada de su amigo, así que, si él decía que echarse sobre ese psicópata permitiría, quizá, acabar con toda aquella locura, es que seguramente así sería. Por consiguiente, no despreciaba ninguno de los tantos frentes abiertos.

Y a todo lo anterior, que no era poco, tenía que añadirle la presión de unas familias que querían, primero, justicia y, después, saber —y con razón— los detalles que se pudieran conocer sobre por qué su ser querido fue brutalmente asesinado. Trataban de entender las razones por las que un loco desalmado les arrebató la vida de esa manera. A Nicolás le hubiera gustado decirles, con toda tranquilidad, que aquello sucedió por un error del pasado al decidir participar en una trama de compra y venta de bebés. Que, claro, no justificaba para nada que a un psicópata le hubiera dado por disfrazar sus ansias homicidas de una especie de justicia vengativa, pero al menos ya comprenderían el porqué, por muy descabellado que fuera. Pero no. Ni haría ni se centraría, injustamente para ellos, en investigar sus muertes, porque, por desgracia, nada más aportarían al caso global que ser unos meros, por desgracia, daños colaterales del verdadero plan homicida de Fernando. Y era duro pensarlo de ese modo, pero la realidad no le decía otra cosa y en verdad le dolía que así fuera. La justicia nunca llegaría para esa gente, pero de algún modo les daría una explicación sincera de lo que había ocurrido en los últimos días.

Y todo conformaba un enorme batiburrillo que debería preocuparle, pero nada más lejos de la realidad. Lo que más desasosiego le provocaba a él —y, de hecho, ya se empezaba a notar también en el resto del equipo— era que Alfonso todavía no hubiera dado señales de vida. ¿Qué estaría haciendo? ¿Le habría pasado algo? ¿Y si al caminar había tenido algún problema de salud? Su móvil estaba apagado —y era en verdad lo más raro—, así que no podía pedir ayuda a la UCC para que triangulara su señal con repetidores para conocer una ubicación aproximada.

Eso era lo que verdaderamente conseguía que las paredes se le echaran encima. Se imponía incluso, por extraño que pareciera, por encima de que Carolina siguiera en manos de ese hijo de la gran puta y que su tiempo se estuviera acabando.

Necesitaba, de algún modo, saber que estaba bien, así que envió a un par de zetas a dar unas cuantas vueltas por la zona donde supuestamente Alfonso solía caminar. Alicia se asomó por casa, pero allí no lo encontró, por lo que el amargo cosquilleo no hizo sino intensificarse.

¿Qué más podía pasar ya?

Se disponía a entrar en la parte que ocupaba la UCC cuando vio salir corriendo, por la misma puerta por la que él acababa de hacerlo, a Paolo.

—¡Nicolás! —vociferó, consiguiendo que este se detuviera en seco. El inspector jefe se giró y lo vio llegar excitado.

—Dime que te ha llamado tu amigo y sabemos desde dónde emite —le soltó Nicolás sin pensarlo.

—No, aunque no tiene que tardar para decirme una cosa u otra. Pero tengo lo otro. Me acaban de llamar desde la Direzione Centrale de la Polizia di Stato, me van a enviar un email con la fotografía que la madre les ha dado de Stephano, pero necesito un correo oficial y aquí no puedo conectarme al mío del trabajo. Dame el tuyo para que se lo dé.

Nicolás necesitó un segundo para ordenar su mente y darle lo que pedía.

—NValdes@policia.es

—Gracias, espera. —Sacó su teléfono móvil e hizo la pertinente llamada a Roma. Cuando colgó miró a Nicolás—. Ok, ya la envían. ¿Vamos a tu ordenador o esperas a que te lleve yo en brazos?

Nicolás asintió y echó a correr. Paolo lo siguió.

Entraron de nuevo en el edificio de Judicial y tomaron el ascensor.

La carrera continuó hasta el despacho común, donde estaba el ordenador que solía utilizar el inspector jefe y donde tenía configurada su cuenta de correo electrónico profesional.

Ningún correo nuevo.

—¿Puedo? —preguntó Paolo agobiado señalando el ratón.

Nicolás asintió y el italiano tomó el control del PC. En el programa que controlaba el correo electrónico, clicó sobre el comando que sincronizaba la cuenta y que comprobaba si había algo nuevo, pero no llegaba nada.

—Joder, macho —exclamó Nicolás mientras se pasaba la mano por la frente, ansioso por que llegara de una vez, como su colega italiano.

Sara, que los observaba desde la distancia y, animada por la curiosidad al verlos con ese rostro tan desesperado, se acercó hasta ellos para saber qué hacían frente al ordenador.

Nada más llegar Nicolás se lo explicó y su curiosidad se equiparó a la de ellos dos.

Paolo volvió a intentar sincronizar.

La opción «descargando correo nuevo» apareció en la parte inferior izquierda de la pantalla. El corazón de los tres comenzó a bombear con mayor intensidad. El mensaje llegó. Paolo lo abrió con velocidad.

Contenía un solo archivo con formato de extensión .jpg. Sin más lo abrió.

Paolo y Nicolás no reaccionaron del mismo modo que Sara, que no pudo evitar dar dos pasos para atrás y echarse la mano a la boca. Ellos no entendieron de inmediato por qué, pero la reacción de la inspectora jefe alentó al resto de los allí presentes a acercarse.

No todos pudieron asomarse a la pantalla del ordenador porque era humanamente imposible, pero Gràcia, que sí lo hizo, fue la que pronunció las palabras mágicas:

—¿Por qué estáis viendo una foto de Bruno, el informático de aquí?

38

Domingo, 12 de noviembre de 2017. 14.37 horas. Madrid
(2 horas, 23 minutos para el fin de la cuenta atrás)

Bruno Olmos Menárguez era el nombre que aparecía en su ficha como trabajador. La mala fortuna para ellos, buena para él, era que para acceder a casi cualquier puesto de trabajo en el complejo policial de Canillas, como era lógico, un requisito indispensable era ser miembro en activo del Cuerpo Nacional de Policía, pero para algunos puestos en concreto no hacía falta. Por ejemplo, no se requería para las personas que se encargaban de limpiar cada día las instalaciones. De eso se ocupaba una empresa externa. Tampoco, y de eso el supuesto Bruno se aprovechó, se precisaba ser policía para formar parte de los que se encargaban del mantenimiento informático.

Y lo mejor de todo es que era un tema que cada año creaba controversia entre las altas esferas cuando se discutía en qué emplear el dinero asignado en los presupuestos. En un bando estaban los que trataban de hacer ver que allí dentro trabajaban informáticos de los más cualificados y que con ellos se podía llevar a cabo el mantenimiento de los equipos sin tener que pagar a nadie de fuera. En el otro, el que se llevó el gato al agua, los que decían que esos informáticos estaban ocupados en temas tan importantes que molestarlos porque una impresora no imprimía era casi una ofensa. Así que desde hacía unos cuantos años una compañía no muy grande ganó el concurso y fue ella la que envió a Bruno para ocuparse de esos temas.

Tras una rápida revisión, ayudados por la UDEF, comprobaron que la firma sí existía, así que llegaron a la conclusión de que Bruno buscó trabajo con ellos a propósito para lograr acceder al complejo policial de Canillas. Averiguar cómo habían sido sus pasos hasta llegar definitivamente al puesto tendría que esperar. No era lo primordial ahora, aunque con el tiempo acabarían sabiendo por qué hablaba tan bien el castellano y cómo había sido ese proceso de transición de Stephano Torri a Bruno Olmos Menárguez.

Conocer la realidad les hizo percatarse también de que Bruno llevaba unos días sin aparecer por allí. No era tan raro que no se hubieran fijado en el detalle, ya que demasiado tenían encima.

¿Suerte? ¿Una jugada maestra? Ya daba igual. Ahora tocaba encontrarlo.

Con la sensación de haber sido engañados como niños, todos los allí presentes trataban de serenarse pensando que era imposible de prever y que el tal Stephano jugó muy bien sus cartas para fingir mientras permanecía junto a ellos. Casi con toda probabilidad, Fernando lo habría ayudado a orquestar todo aquello, ya que se dejaba entrever su sello en la treta. Cualquiera que viera eso desde fuera se echaría las manos a la cabeza muy asustado por el engaño, pero ellos ya estaban curados de espanto y, aunque les dolía haber sido manipulados una vez más de esa manera, eso solo era la punta del iceberg de un plan que parecía sacado de una loca novela.

Ya puestos por completo al día con el supuesto baile de identidades del muchacho, Nicolás y Paolo estaban ahora concentrados en intentar averiguar dónde residía para atraparlo. La dirección que aparecía en su ficha como empleado era tan falsa como su identidad. Aparte de no encajar con el perfil geográfico trazado por Paolo, un equipo fue enviado con la vana esperanza de encontrarlo allí. En su lugar un par de ancianos que no habían visto en toda su vida al italiano abrieron la puerta.

El *assistente capo* seguía en sus trece y mantenía que la mejor forma de dar con él era dejarse de métodos modernos y usar los de toda la vida: enviar un enorme grupo de policías vestidos de paisano, fotografía en mano, preguntando por toda la zona en la que Paolo creía que se hallaría su residencia basándose en su perímetro de actuación.

Nicolás estaba de acuerdo en que no solo iba a ser la mejor forma, sino que casi era la última bala en la recámara y no les quedaba más remedio que disparar. Así, envió a cuantos efectivos pudo con la esperanza de localizar a Stephano y que, gracias a esto, confesara y pudieran encontrar a Carolina con vida.

Carolina.

En su vaivén de emociones e ideas confusas ahora sí pensaba en ella de un modo casi enfermizo. Quizá era lo natural dadas las circunstancias, pero hasta ahora una fuerza extraña dentro de él se lo impedía. Por fin parecía reaccionar acorde con la situación.

Su sistema nervioso se hallaba al borde de la explosión y, a pesar de no creer demasiado en el efecto calmante de las infusiones, no había rechazado la tila que Sara le había ofrecido. El pinchazo en la barriga que ya casi se había convertido en algo habitual, se dejaba sentir con fuerza, aunque, a decir verdad, lo consideró como algo bueno, pues era una seña de su identidad y le demostraba que, para bien o para mal, ya era el mismo de antes de salir corriendo de allí.

Apenas aguantaba dos segundos sentado, aunque, cuando

andaba, las piernas le temblaban hasta el punto de que de verdad llegaba a temer por su estabilidad; aun así, no conseguía aguantar en la silla.

Sara lo miraba preocupada. Ella lo había visto tan nervioso solo en una ocasión y la cosa no acabó nada bien. El recuerdo de la noche en la que Fernando asesinó a su madre en el geriátrico la atacó a traición. Él terminó en el hospital tras un colapso nervioso sufrido por el devenir de los acontecimientos.

Temió que volviera a suceder lo mismo, pues los antecedentes hablaban por él, pero confió en que, de un modo u otro, el inspector jefe capeara el temporal. No llegaba a conocerlo hasta tal punto, pero vio detalles en él que le decían que era de los que aprendía de sus errores aunque necesitara equivocarse un par de veces antes.

Ojalá pudiera pensar algo parecido sobre sí misma.

Dos factores principales presidían el centro de toda su preocupación. El primero de ellos, el más evidente y lógico, era seguir con las aterradoras dudas acerca de cómo sería su futuro. A decir verdad, no había sufrido ningún otro episodio que hubiera acrecentado ese desasosiego inevitable, pero no por ello conseguía relajarse lo más mínimo y, sobre todo, dejar de martirizarse. El tiempo diría, para bien o para mal. El otro factor era la ausencia de Alfonso. Que todavía no hubiera aparecido por allí tenía que ser por algún motivo, posiblemente no demasiado bueno. Cuando miraba a Nicolás también veía en él la sensación de intuir que algo no iba bien. De ningún modo se ausentaría en un momento tan crucial de la investigación, aunque, en un alarde de positivismo que ni ella misma concebía, mantenía la esperanza de verlo aparecer en cualquier momento por la puerta.

Pero si lo hacía lo llamaría de todo en cuanto estuvieran a solas por añadir angustia a una situación tan delicada.

El teléfono de Paolo comenzó a sonar e hizo que ella saliera de sus conjeturas. Esto y el salto que dio Nicolás, que estaba en uno de esos dos minutos en los que permanecía sentado, y que no dudó en correr y acercarse a su amigo justo cuando el móvil emitió el primer pitido de aviso. El *assistente capo* se disculpó con él y se separó unos metros, sabía que si su amigo Java escuchaba una voz cerca de Paolo colgaría de inmediato. Tal era su nivel de paranoia.

Una vez estuvo a una distancia prudente contestó la llamada.

—Dime, por favor —dijo en italiano.

—Sé que la situación es complicada, amigo, así que paso de hacer las bromas de siempre. He logrado localizar la señal desde donde se emite el *streaming*.

—¡Joder, pero eso es una buenísima noticia! —exclamó Paolo.

Nicolás, desde la poca distancia que los separaba, sintió un vuelco en su corazón. Entendía poco el italiano, pero sí lo suficiente como para comprender que lo que acababa de decir su amigo era bueno.

—Sí, sí lo es —continuó hablando Java—, pero hay algo que me está dando muy mala espina.

—¿Qué pasa?

—¿Habéis notado los picos en la señal?

—¿Picos?

—Como unos altibajos. Como si perdiera y ganara fuerza de repente.

—Bueno, sí, parece que a veces pasa, pero ¿es por una razón concreta?

—Es porque la señal necesita más ancho de banda para emitir. Se está doblando.

—Java, por favor, no te entiendo.

—Vale, perdóname, pero no es fácil traducir esto al lenguaje humano. A ver, ¿cómo te lo digo? —Hizo una pequeña pausa—. No puedo perderme en explicarte por qué lo sé, pero sé que está trabajando en meter la señal de otro vídeo en el mismo *streaming*.

—Espera, espera, para... ¿otra señal? ¿Cómo es eso?

—Paolo, te cuento lo que sé y no es más de lo que te he dicho. Es que está metiendo otra señal de vídeo a la misma conexión. Como te he dicho, he localizado el lugar concreto del que procede la señal principal, pero la otra proviene de otro sitio y necesito un poco más de tiempo. Si quieres que te ponga un ejemplo, sería como si hubiera un río principal que sería la primera señal de vídeo y un afluente, que sería la segunda. Ahora me falta ver dónde nace, pero al menos tengo la del principal.

—Joder, pues es maravilloso. Pásamela de inmediato y, ya que estamos, ¿qué otra señal de vídeo está metiendo? Porque aquí no vemos nad...

Un grito ensordecedor hizo que Paolo no pudiera terminar la frase.

El italiano miró rápido a su alrededor para localizar de dónde provenía. Era Sara, que se dejó llevar y no pudo contenerse ante lo que vio.

El caos se formó tan de repente que Paolo se olvidó de que tenía a su amigo al teléfono, que reclamaba su atención a gritos. Instintivamente, buscó con la mirada a Nicolás y lo localizó enseguida frente a la pantalla en la que se podía ver la imagen de Carolina enviada por Fernando. Tenía las manos sobre la cabeza, un tono de piel blanco glacial y la sangre de sus venas, helada.

Echó a correr la corta distancia que los separaba mientras Java seguía pegando voces desde el otro lado de la línea. Amenazaba con colgar si no obtenía una respuesta, pero no lo hacía.

Paolo se colocó frente a la pantalla. En apenas un segundo se le había secado por completo la boca. Asustado, miró la imagen y de golpe comprendió lo que su amigo el hacker le trataba de explicar. La imagen que mostraba a Carolina ya no se visualizaba del mismo modo. Ahora la pantalla se veía dividida en dos y una de las mitades mostraba un detalle que ninguno esperaba, pero que, por desgracia, confirmaba que la preocupación que tanto Sara como Nicolás albergaban, no era infundada, a resultas de la tensión del momento.

Pese a la situación, que se había tornado crítica, Nicolás fue capaz de reaccionar y se giró de inmediato hacia Rossi.

—¿Cómo coño se llamaba la víctima a la que decapitaron ayer? ¡Rápido!

El inspector Rossi corrió hacia su escritorio y tomó la pila de papeles de encima. Los revisó y encontró lo que le pedía el inspector jefe.

—Se llamaba Amelia. Amelia Goytisolo.

Nicolás golpeó la mesa lleno de rabia. Casi la partió en dos debido a la fuerza desmedida con la que lo hizo. Los allí presentes no se sorprendieron ante su reacción, aunque era comprensible dadas las circunstancias. Tampoco pudo evitar ponerse a pegar gritos como un poseso.

—¡Me cago en la puta! ¡Me cago en su puta madre! ¡El muy hijo de puta nos lo decía! ¡Lo ha vuelto a hacer!

Fue Alicia la que reaccionó de inmediato frente a lo que acababa de decir el inspector jefe. Se acercó hasta él y le puso la mano encima del hombro, a pesar de que sabía que nada lo tranquilizaría.

—¿A qué te refieres?

—¡Joder! ¿No lo veis? Amelia Goytisolo. AG. Ha vuelto a utilizar las iniciales de la víctima para hablarnos.

—Sí, estoy de acuerdo, pero era imposible verlo venir porque las iniciales hacían referencia al autor de novelas, no a la próxima víctima.

—Si está volviendo a ser como en Mors, lo está haciendo con todas sus consecuencias.

Alicia lo pensó durante unos instantes. Entonces lo comprendió.

—¡Sería su quinta víctima! ¡Ha vuelto a salirse del guion en la quinta, y justo para hacerte de nuevo daño a ti! Amelia Goytisolo, Alfonso Gutiérrez.

Alicia sentía ganas de gritar para desahogarse, pero las fuerzas la abandonaron por completo. La situación ya no podía empeorar más.

El único que reaccionó como debía fue Paolo, que hizo acopio de la poca entereza que le quedaba tras presenciar una imagen tan horripilante en la pantalla y se colocó de nuevo el teléfono en la oreja. Necesitaba la dirección con urgencia. Tenían que correr todavía más que antes.

39

Domingo, 12 de noviembre de 2017. 15.16 horas. Madrid
(1 hora, 44 minutos para el fin de la cuenta atrás)

Alfonso respiraba con dificultad. Supuso que varios factores eran los culpables de que no entrara el aire que debía en sus pulmones. Uno de ellos lo atribuyó al fuerte dolor que sentía en el centro del pecho.

Probablemente el impacto con la pistola táser tenía mucho que ver. Como a casi cualquier persona —de las normales, al menos—, nunca le habían disparado con una y no previó cómo sería el después. Bien, la quemazón en la zona era lo de menos por ahora, eclipsada por la sensación de que un tipo de unos trescientos kilos de peso se hubiera sentado —por no decir que se había dejado caer de golpe— sobre su pecho.

Por si eso no fuera suficiente, el pequeñísimo orificio que quedaba libre en el cubículo en el que lo encerraron bastaba para que pudiera respirar un hámster, quizá, pero no alguien que rozaba el metro ochenta y que en el último año había añadido diez más a sus ya abundantes kilos. Por el mencionado orificio habían introducido una manguera que iba arrojando constantemente un fino hilo de agua que se iba a acumulando dentro y que ya superaba sus tobillos.

Y, claro, el agobio de verse así no es que mejorara su capacidad respiratoria, precisamente.

El agua subiendo poco a poco ya hubiera sido un grave problema que tener en cuenta en caso de permanecer en pie, pero como estaba sentado todo se agravaba, dado que llegaría mucho antes a taponar sus vías respiratorias y, por consiguiente, todo se volvería negro.

No podía estar más equivocado al pensar que levantarse era una opción para lograr, de un cabezazo, quitar la tapa que sellaba el espacio, ya que para más inri estaba atado a algo muy parecido a un palo. Este estaba en medio del depósito, porque imaginaba —a pesar de que no podía ver demasiado— que era un depósito de los que sirven para que una casa disponga de agua en caso de corte de suministro.

Dónde estaba ubicado ya era otra cosa. Ni idea. Lo que sí sabía era cómo llegó hasta allí. O al menos cómo perdió su libertad.

Su paseo de todos los días —o casi todos— transcurría sin ningún sobresalto, algo, por otra parte, normal. Puede que el que no estuviera como otras veces fuera él, ya que tras la pelea con Nicolás se quedó con un mal cuerpo que apenas le permitió descabezar un sueño en lo que quedaba de noche. Una enorme cantidad de pensamientos opuestos se cruzaban en su cabeza y no le dejaban ver las cosas con claridad. No quería que Nicolás se viera traicionado ante la situación, pero, por otro lado, ¿por qué debería creerle? Lo de Sara fue un tema pasajero para él y tenía muy claro que, a día de hoy, todo lo que en su momento llegó a sentir por ella se había esfumado. Además, añadía la sensación de verse siempre a sí mismo fastidiándose por los demás. Apartándose de cosas que le importaban para no herir a otros y ya empezaba a notarse cansado de ello. Aunque, a decir verdad, nada era comparable al dolor que experimentaba por dentro al pensar que Sara sufría psicológicamente de aquella manera frente a la incertidumbre de su enfermedad. A él le hubiera encantado abrazarla y decirle que todo acabaría saliendo bien, pero no encontraba las fuerzas necesarias para contarle semejante mentira, pues ni él mismo lo creía de verdad. Puede que estuviera negativo, pero quizá hasta le daba más miedo cómo pudiera acabar ella que su propia integridad.

Y en la vida había sentido nada parecido.

Iba tan inmerso en sus cosas que en un primer momento no lo reconoció. De hecho, cuando vio que una persona se detenía a su lado, abandonó todo el embrollo de su cabeza para mirar bien al chaval. Y fue entonces cuando se dio cuenta de quién era.

Como su memoria estaba ocupada en otras cosas un poco más importantes, no consiguió recordar si tras hablarle como lo hizo en el trabajo se había disculpado y, como no quería más conflictos en su vida de los que ya tenía, fue a ello. Pero no le dio tiempo porque el informático, sonriendo, sacó de su bolsillo un objeto que no supo identificar de primeras pero que acabó haciendo tras solo un par de segundos. Y ya fue tarde, porque, sin borrar la sonrisa de su cara, el técnico —nunca recordaba su nombre— apretó un botón e hizo que un pequeño gancho que enseguida se electrificó fuera directo a su pecho.

La descarga no fue tan brutal como para que perdiera la conciencia, pero sí para que sus piernas no pudieran sostener el peso de su cuerpo y se cayera para atrás. El golpe que se dio en la cabeza no le dejó KO, pero sí la patada que recibió después en ella. Y es que le dio fuerte, con mucha rabia.

La siguiente imagen que recordaba ya era muy parecida a la que ahora veía, aunque con bastante menos oscuridad. Dentro del depósito. Su instinto le hizo pelear contra nada en concreto y comenzar a menearse como una anguila, pero tenía los brazos atados por detrás de la espalda y al parecer engrilletados a un palo que apenas le dejaba moverse. En esos momentos, completamente desconcertado, levantó la cabeza hacia la fuente de luz y vio la abertura sin tapa de lo que parecía ser un depósito de agua. Por ella, el técnico informático lo miraba sonriente. Expectante, mejor dicho.

Alfonso no daba crédito a lo que sus ojos veían. ¿A qué se debía todo lo que estaba montando? Porque le parecía demasiado para un enfado por gritarle días atrás. Sin haber logrado pronunciar una palabra porque se sentía bastante aturdido todavía, vio cómo el muchacho cogía la tapa y a través de un agujero metía una manguera. Aun así, todavía no la colocó para sellar el habitáculo.

Ver esto le hizo recuperar el habla:

—Pero ¿qué mierda haces, chaval?

—Querido inspector, ¿qué tal tras su paseo? Lo veo como cansado. Debería realizarlos más cortos.

—¿Qué cojones te pasa a ti por la cabeza? Me cago en tu puta calavera. Suéltame porque así solo te voy a arrear dos hostias en la cara, porque como me suelte yo me parece que te mato.

El chico se echó a reír. La forma en la que lo hacía no le gustó nada a Alfonso, ya que no se vislumbraba ni un ápice de guasa en ella.

—Tranquilo, inspector, me gustaría que guardara sus fuerzas para luchar con ahínco por su vida cuando el agua le llegue a la nariz. Porque ahora voy a abrir la llave, ¿sabe?

—¿Qué estás diciendo? Mira, vale, ya nos hemos reído. La broma ha sido muy graciosa y prometo que he aprendido la lección. No volveré a gritarte ni me comportaré como un capullo. Es más, si me sacas, me olvido de las ganas que tengo ahora mismo de arrancarte los ojos y nos reímos los dos un rato.

—¿Broma? ¿De verdad cree que lo que está pasando es una broma? ¿De verdad cree que todo lo que ha pasado lo es? ¿Cree que lo que hemos hecho es una simple broma?

Alfonso necesitó pensar bien las preguntas que acababa de formular el chico. Analizó una parte concreta.

—¿Hemos? ¿De qué hablas con «hemos»?

No hubo acabado la frase y ya se respondió a sí mismo la pregunta. Cayó de inmediato. Respiró entre resignado y derrotado del todo.

—Stephano...

—Mire, ¡qué bien! No es tan tonto como creía. Ha sabido atar los cabos usted solito, así me gusta.

—Mira, niño, no te me pongas ahora en plan condescendiente, que no me gustan nada las charlitas psicópata-poli. Eso con Nicolás. ¿Me vas a decir qué coño quieres?

—¿Querer? ¿Siempre hay que querer algo? ¿Tiene que existir un motivo? Lo único que quiero es acabar lo que Fernando no tiene cojones de acabar. Todo tiene un principio y un final, y el de esta historia es este. El de su historia, más bien, es este.

—Pero vamos a ver, ¿por qué me metes a mí en medio de tus tonterías? ¿Yo qué tengo que ver con la trama de niños robados? Me extrañaría que yo fuera uno, que tengo la misma cara que mi padre. Exacta.

Stephano se echó a reír.

—¿De verdad sigue pensando que a mí me interesan las estúpidas motivaciones que mueven a Fernando? Yo solo quiero el caos, yo solo quiero ver arder el mundo. Me asombra que siempre esperen que nos justifiquemos con cualquier excusa estúpida. ¿Por qué debería ser así? ¿Usted ha visto alguna vez a un yonqui? Él no es tonto y entiende que lo que está haciendo no está bien. Quizá no lo sienta o no tenga la capacidad de sentirlo porque la droga se la anula, pero lo sabe porque tiene inteligencia. Aun así, se sigue metiendo mierda en el cuerpo. ¿Por qué? Porque la necesita. Porque siente una ansiedad que solo puede ser calmada de un modo. Una cosa así llevo sufriéndola yo desde hace mucho, inspector. Huía,

huía de eso cuando es algo que no se puede dejar atrás. No entendía por qué. No comprendía por qué quería dañar a la gente sabiendo que no está bien. No lo siento por dentro, pero lo sé. Me educaron en esas creencias, como supongo que a todos. ¿Por qué querría, inspector?

—Y yo qué puta mierda sé...

—Todo tenía una explicación. Mis malditos genes. Mi padre es uno de los peores asesinos en serie de la historia de Italia. Lo he heredado. Toda la culpa es de él. No es mía. Yo lo único que hago es estar ansioso y solo consigo calmarme cuando veo cómo una vida se escapa de un cuerpo. Esa es mi droga.

—¿Te estás escuchando, chalado de los cojones?

—Creo que no es una buena idea llamar así a la persona que tiene en sus manos el poder de quitarle la vida.

—Pues entonces, si lo tienes, no sé a qué coño esperas. ¿Para qué pones la manguerita? ¿Piensas que es una película de James Bond o qué? Luego no quieres que te llame chalado.

—Lo de la manguerita, como usted lo llama, es cosa de Fernando. Me costó convencerlo para que me dejara matarlo. Parece que tiene la situación bajo control, pero es un poquito impredecible y, sí, reconozco que me da miedo llevarle la contraria en ciertas cosas. Digamos que lo que va a pasar ahora es parte de un *quid pro quo*: él me deja quitarle la vida sin ser algo que hubiera previsto desde el momento cero y, al mismo tiempo, su amigo el guapete va a sufrir como nunca lo ha hecho en toda su vida.

Alfonso ya se sentía tenso, pero escuchar lo último hizo que esa tensión todavía subiera un grado más.

—¿Cómo que Nicolás va a sufrir?

Stephano sonrió y buscó un objeto que tenía cerca. Se lo enseñó al inspector.

—¿Ve la cámara? Pues tiene una visión nocturna bastante buena, por lo que va a retransmitir una señal perfecta de cómo el agua va subiendo y de cómo usted va a dejar de respirar en un rato. Llevo unos días realizando algunas pruebas dentro del depósito y sé que el agua taponará sus vías casi en el mismo instante en el que la cuenta atrás que ven en el *streaming* llegue a cero. La decisión que tendrá que tomar de ir a rescatar a uno, a otro o a ninguno, porque no tiene ni idea de dónde están, va a ser bonita. Dicho esto —miró su reloj—, si no enciendo ya la manguera no va a coincidir. Así que, bueno, seleccione bien cuáles quiere que sean sus pensamientos porque le garantizo que serán los últimos de su vida.

Alfonso trató de ganar un poco más de tiempo, así que insistió:

—Mira, chaval, en serio. Desátame y te prometo que sí se puede luchar contra eso. Quizá si pedimos ayuda...

—¡Que no hay ayuda posible contra la psicopatía! ¡Que no somos enfermos! La única forma de acabar con ella es mediante la muerte y, mire usted por dónde, a mí me apetece vivir. Sobre todo ahora.

—¿Cómo que ahora? ¿Qué pasa ahora?

Stephano dudó en si contárselo o no. En el fondo daba igual, iba a morir y, en caso de conseguir escapar de aquello, tampoco es que fuera a evitar lo que iba a contarle.

Cuando lo hizo, en el rostro del inspector se dibujó una mueca de absoluto horror.

—¡Eres un maldito hijo de la gran puta!

El italiano volvió a sonreír, verlo rabiar también le provocaba cierto placer. No como quitarle la vida, pero era aceptable. Lo miró una última vez. Se acabó.

—Que tenga un bonito día, inspector.

Sin más se alejó de ahí, dejando a Alfonso sin palabras y con un temblor en el cuerpo que no había sentido en toda su vida. Antes de colocar la tapa, Stephano abrió el flujo del agua hasta el punto calculado para que los plazos se cumplieran. No dijo nada más y finalmente la puso encima de la boca del depósito, por lo que la oscuridad inundó todo el campo de visión de Alfonso.

No supo el tiempo pasado tras eso, para él fue eterno.

Fuera el que fuese, ahí estaba ahora, esperando lo que parecía inevitable mientras sabía que su mejor amigo veía su imagen por medio de esa cámara con sensor nocturno.

Quiso creer que llegaría a tiempo, pero la realidad pesaba más que sus anhelos.

Moriría sin remedio.

40

*Domingo, 12 de noviembre de 2017. 15.56 horas. Madrid
(1 hora, 4 minutos para el fin de la cuenta atrás)*

Nicolás sabía muchas cosas.

Demasiadas, quizá.

Pero lo que más sabía, por encima de todo, era que pese a que la situación era para arrancarse, uno a uno, todos los pelos de la cabeza, tenía que mantener la calma, pues apenas quedaba algo más de una hora para que el plazo venciera. Y ahora todo volvía a cambiar, ya que no había que rescatar a una persona, sino a dos.

El amor de su vida y su mejor amigo.

¿Qué clase de pesadilla era esa? ¿O acaso tocaba inventar una nueva palabra que definiera una situación tan estrambótica como la que vivían?

Respecto a Carolina intentaba, aunque las circunstancias no eran del todo favorables, ser positivo, pues disponían de una dirección desde la cual, probablemente, se emitía la señal de vídeo. Antes de salir por piernas y levantar una polvareda de tan magno calibre, decidió pasársela a la UCC para que desde allí hicieran un rastreo rápido. Siendo más positivos todavía, la buena noticia era que la dirección anotada coincidía con la zona verde delimitada por Aguilar, por lo que las posibilidades de acertar con el lugar aumentaban. Al inmenso número de personas de dentro de la sala de reuniones se agregó al inspector jefe Palomar, líder de la unidad de los GEO, quien propuso enviar un dron en perfil bajo para rastrear la zona.

Nicolás aceptó, por supuesto. Todo era poco, dada la situación.

La otra mitad de su cerebro se centraba en rescatar a Alfonso. La táctica que seguir era la propuesta por Paolo, ya que no encontraron ninguna mejor con tan poco tiempo disponible. Así que se seguía preguntando en la calle, foto en mano, si alguien había visto o le sonaba el chaval que se hizo pasar por técnico informático. Lo bueno era que también tenían la zona bastante bien delimitada gracias al perfil geográfico trazado por el *assistente capo*. Como se había movilizado a un numeroso grupo de gente, albergaba la esperanza de dar tarde o temprano con una pista fiable. Por el bien de su amigo esperó que fuera la segunda opción. Entre los efectivos desplazados también se encontraban Sara, Alicia y el mismísimo Paolo, puesto que se negaron rotundamente a quedarse de brazos cruzados mientras otros se pateaban las calles.

Al inspector jefe le dolía no haber salido con ellos en busca de Alfonso, pero la razón le decía que tenía que permanecer allí y que la seguridad de su amigo no podía estar en mejores manos.

Nicolás evitaba mirar a toda costa la pantalla. Cada vez que la veía, sentía una punzada fuerte en su estómago, pero, aun así, era incapaz de no hacerlo. Alfonso de momento estaba bien, pero la agonía de ver cómo el agua caía dentro de lo que parecía ser un depósito y subía sin remedio, lograba que sintiera una angustia parecida a la de estar él ahí dentro, en lugar de su mejor amigo.

Miró una vez más su teléfono móvil. A pesar de que ya

quedaba muy poco tiempo para que el plazo venciera, sabía que era demasiado pronto como para recibir una llamada que acabara con todo ese desasosiego y le contara que todo había salido bien con Alfonso. Sin embargo, la esperaba con ansia y comprobaba cada dos por tres la cobertura del aparato.

Una vez más su subconsciente le jugó una mala pasada y se culpó por no darse cuenta antes de lo de las iniciales. Lo cierto es que no era tan evidente visto desde fuera, pero él ya conocía demasiado a su contrincante como para anticiparse al juego que se traía ahora entre manos. Más aún teniendo en cuenta que iba claramente para atrás para parecerse más al Fernando que desató el caos en Mors. La cuenta de que esta sería su quinta víctima le pasó desapercibida y no la había comparado con aquella época, cuando también se salió completamente del guion para acabar con la vida de la psiquiatra Laura Vílchez. Las pistas estaban ahí, pero él no fue capaz de verlo.

Incluso yendo un poco más allá y, aunque no tenía nada que ver con la quinta víctima —pero también tenía su lógica porque al mismo tiempo actuó de un modo distinto al de ahora—, el año anterior había matado a la madre de Sara por el mero placer de infligir un daño extra. Eso reforzaba su teoría de que siempre incluía una salida de su plan con la única intención de fastidiar un poco más. Si le añadía lo de Mors...

Pero ¿cómo podía ser tan imbécil y no haberlo previsto?

Sintió unas irrefrenables ganas de golpear la cabeza contra la pared en repetidas ocasiones, pero quizá no era el momento para ello. Aunque no descartaba hacerlo si no resolvían la situación.

Miró de nuevo su reloj al tiempo que trataba de contener la culpa en un rincón oculto de su ser.

Una hora. Una maldita hora.

Un siniestro escalofrío recorrió su espalda. Uno que le advertía de que sus deseos eran una cosa, pero que la realidad podría ser bien distinta. De hecho, pintaba que así sería. Un escalofrío que no le preparaba para perder a las, quizá, dos personas más importantes de su vida.

Inmerso en sus lamentos vio cómo el inspector jefe Pedraza, de la UCC, irrumpía en la sala como una exhalación. Aunque una llamada les hubiera revelado lo mismo unos segundos antes, él prefería que fuera cara a cara.

—¡Confirmamos que viene de la dirección que nos habéis pasado! —dijo con la lengua casi fuera—. Con esas señas nos ha sido fácil ubicarla y coincide al cien por cien con lo que me has dado. La señal original viene de ahí.

—¡Pues en marcha! —gritó Nicolás logrando que todos se pusieran en marcha de inmediato.

El inspector jefe Palomar, de los GEO, se le acercó.

—Me acaban de confirmar que el dron no detecta actividad en la zona. Esto es tan bueno como malo, ya que no sabemos qué encontraremos. El modelo que hemos enviado detecta actividad térmica, pero no hemos sacado nada en claro.

—¿Qué quiere decir? —Nicolás se detuvo en seco.

—Nada en concreto si nos atenemos a que la señorita Blanco parece estar retenida en un zulo, por lo que se ve en el vídeo. De todos modos, hasta que no lleguemos allí y examinemos mejor la zona, no debemos aventurarnos a vaticinar nada. Mejor andar con pies de plomo ante una situación tan delicada.

—Está bien. Pues vamos.

Justo cuando iba a salir de la sala, con el corazón latiendo a dos mil pulsaciones por minuto, su teléfono móvil comenzó a sonar. Lo sacó de su bolsillo y miró la pantalla. Era Paolo.

—Por favor, dime que lo habéis encontrado —dijo a modo de saludo.

—Creemos que sí. Vamos en dirección al edificio en el que nos han comentado que podría vivir. Nos lo ha dicho una panadera de la zona, pero no parecía segura del todo. La parte positiva es que dice que lo que tiene claro es que un chico con aspecto de heavy y larga perilla viene de vez en cuando a comprar el pan y que ella lo ha visto varias veces entrar en un edificio. Y no está demasiado lejos de su negocio. Algo es algo.

—Vale. Voy a pedir un grupo de GEO para que os apoyen, ¿de acuerdo?

—De acuerdo, amigo. ¿Tú en qué punto estás?

—Vamos al almacén del que sale la señal. Con suerte será donde tiene secuestrada a Carolina el hijo de puta.

—Amigo, por favor, ten cuidado. Y saca a Carolina de ese agujero.

—Haz lo mismo con Alfonso, por favor. Confío en ti. Discúlpame con él por no ir a sacarlo de ahí yo mismo, pero...

—Lo entenderá.

—Gracias.

Colgó con los ojos llenos de lágrimas. Pero no era momento de dejarse llevar por ninguna emoción. Puede que fuera el más importante, no solo de su carrera profesional como policía, sino de toda su vida. Y no pensaba fallar.

Todo o nada.

41

Domingo, 12 de noviembre de 2017. 16.42 horas. Madrid
(0 horas, 18 minutos para el fin de la cuenta atrás)

Nicolás no disponía de tiempo, pero la necesidad imperiosa de cerrar los ojos, aunque fuera un par de segundos, se apoderó de él.

Al hacerlo notó cómo todo su interior era lo más parecido al caos que uno se pudiera imaginar, pero, sobre todo, sintió que todavía continuaba vivo y que debía luchar para que otros siguieran aquí.

Las manos le temblaban. No era momento para pensar en cosas así, pero no pudo evitar acordarse de esos superpolicías que actuaban en situaciones límite y conseguían controlar hasta la cadencia de sus pestañeos. Tablas, lo llamaban. Pues él ya contaba con una carpintería completa a sus espaldas y ahora sentía que iba a vomitar debido a los nervios.

Aguilar ya había bajado del coche y, comprendiendo por lo que debía de pasar el inspector jefe, decidió dejarlo unos momentos a su aire para hablar con su homólogo de los GEO, que acababa de bajar del furgón que paró detrás de su coche. No era el único, pues otro más se detuvo alargando la hilera de vehículos. Dos zetas más se unieron a la comitiva cuyo único fin era el de sacar a la señorita Blanco de allí, con vida.

Nicolás abrió los ojos y miró su reloj. Tomó una enorme bocanada de aire por la nariz y decidió que había llegado el momento.

Salió del coche sin la seguridad de que sus piernas pudieran sostener el peso de su cuerpo. Se acercó al inspector jefe Aguilar, que hablaba con el jefe de los GEO. No lo conocía demasiado, apenas de verlo un par de veces en Canillas y, de hecho, hacía unos minutos había hablado con él por primera vez. Pero sabía de él lo suficiente como para tener la tranquilidad de que la operación estaba en buenas manos. En las mejores, de hecho.

Cuando llegó a la posición de ambos comprobó que le relataba, a toda velocidad, el plan de actuación que había ideado.

—Hemos estudiado la zona a fondo con el dron y hemos comprobado que la única vía de acceso y salida del local, al menos que se pueda ver, es la persiana enorme que tiene en la fachada. Lo más inteligente sería aproximarnos al almacén por una zona ciega. Estamos en la esquina que más nos podría favorecer para lograrlo. Después, con el escáner de pared, contemplaremos la posibilidad de usar explosivos para alternar la entrada por la pared izquierda y por la puerta del almacén. Usaríamos una carga controlada.

—¿Una entrada simultánea?

—Sin duda. Es la mejor opción. Una vez hayamos asegurado la primera zona, buscaríamos el zulo y, por ende, a la rehén.

—¿Habrá anillo de tiradores? —preguntó Aguilar, demostrando que había presenciado anteriormente más de una operación de rescate parecida.

—Así es, con ellos daremos apoyo al grupo de asalto.

Además, montaremos un cerco con varias unidades caninas, una de ellas de ataque, por si acaso. Toda precaución es poca.

Nicolás escuchaba atento, sin intervenir. En su cabeza ya había rondado varias veces una idea. Una que intentaba rechazar pero que de manera inevitable iba ganando fuerza y peso en contra de su propia voluntad. Volvió a mirar su reloj. Apenas quedaban unos cuantos minutos para que la cuenta atrás llegara a su fin y, si en algo conocía a su némesis, era en que lo haría justo cuando la manilla de los segundos llegara a su punto exacto.

Fernando era así, para lo bueno y para lo malo.

—Por favor, escuchadme —dijo con una titubeante voz que interrumpió a los otros dos policías mientras discutían su forma de proceder. Ellos lo miraron extrañados—. Quiero entrar yo solo.

En una situación normal Aguilar se hubiera echado a reír, ya que escuchó algo similar decenas de veces en boca de familiares de víctimas de secuestro, alentados por el impulso de héroe que inevitablemente afloraba en ellos. Pero ahora ni siquiera lo vio normal, pues frente a él tenía a uno de los supuestos mejores investigadores de homicidios del país. El responsable de los GEO, sin embargo, no se cortó en mostrar en su rostro un evidente gesto de reprobación que acompañó enseguida de las siguientes palabras:

—¿Estás loco? ¿Lo has dicho en serio?

Nicolás, lejos de seguir amedrentándose producto de la situación, decidió coger el toro por los cuernos y dar un paso al frente.

—Sí, sé que suena a locura, pero quiero que entendáis que tiene que ser así.

El inspector jefe Palomar se disponía a responder de nuevo, pero Aguilar levantó la mano pidiendo permiso para hablar.

—Con todos mis respetos, inspector jefe, no estuve presente en la investigación de hace un año y pico, pero creo que todos los policías que estamos hoy aquí —dijo a la vez que se giraba sobre sí mismo señalando a todos los efectivos—, tenemos constancia de cómo acabó. Y todo porque decidiste actuar tú solo. Ahora disponemos de la mejor unidad policial de élite de todo el maldito país para echarse encima de ese hijo de puta.

—¿Y crees que no los está esperando?

—No lo sé, Nicolás, lo imagino visto lo visto, pero hay que seguir los jodidos protocolos.

—Precisamente, porque los está esperando, tengo que entrar yo. Él lo quiere así. Si entran los GEO lo va a acabar todo rápido y a su manera. ¿Creéis que va a vacilar en matar a Carolina? No es de los que se esconden tras una persona y lanzan amenazas. Es de los que las ejecutan sin pestañear. No le importará morir con tal de conseguir lo que se propone.

—No puedo creer que estemos ni siquiera considerando que entre él solo. Pero ¿qué clase de locura es esta? —preguntó al aire Palomar.

Aguilar lo meditó durante unos instantes. Nicolás volvió a mirar su reloj, desesperado.

El inspector jefe de Secuestros y Extorsiones se volvió directamente hacia su compañero de la unidad especial.

—Es una puta locura, pero creo que tiene razón. Ese maldito pirado ya no tiene nada que perder y es la culminación de su plan. Al menor sonido alarmante se va a cargar a su rehén y lo que hemos peleado no servirá de una mierda. No pide nada, no exige nada, es una situación especial. Creo que el único que la puede abordar es él. Quizá pueda entretenerlo, reducirlo, o yo qué sé. No lo he vivido nunca.

El inspector jefe de los GEO quiso responder, pero no encontraba argumentos para rebatirle. Era cierto que era una situación especial, nunca vivida porque, en efecto, cuando ellos intervenían en temas así, el implicado quería que de algún modo u otro todo acabara bien. O lo menos desfavorablemente para él. Pero por lo que conocía del caso, Fernando solo pretendía que el caos reinara. Y contra esto poca solución había. Quizá la vía del inspector Valdés era la única plausible.

—Está bien —claudicó—. Más nos vale que no nos estalle en la cara. No querría ser artífice de un mal mayor. Usaremos una lanza térmica para abrirte paso. Enfriaremos los bordes de la persiana, pero por si acaso no los toques. ¿La liarás?

—Es imposible prever lo que sucederá, pero me la tengo que jugar —sentenció Nicolás.

El inspector jefe Palomar se volvió y de inmediato pidió algo a uno de sus subordinados. Enseguida se lo proporcionó.

—Entrarás, pero llevarás esto.

Le enseñó un intercomunicador que no era la primera vez que veía.

—Ya llevo uno, estoy en comunicación directa con la UCC —respondió mientras señalaba hacia su oreja derecha.

—Bueno, suerte que disponemos de varios canales de comunicación y que tienes dos orejas. Es la única forma en la que aceptaré que no entremos nosotros.

Nicolás suspiró. No le quedaba más remedio que decir que sí. Tomó el pinganillo de la mano de Palomar y se lo colocó en su oreja libre.

—Si ya llevas uno, sabrás cómo funciona. Así que probémoslo. —Apretó el botón de habla del suyo—. ¿Me escuchas? Cambio.

—Alto y claro. Cambio y corto.

—Bien, pues a partir de ahora seguirás mis órdenes directas en cuanto a acceso. Me relatarás todo lo que ves. ¿Entendido?

El inspector jefe asintió. Entonces habló Aguilar:

—Valdés, creo que ya tienes nociones avanzadas de negociación en situaciones parecidas, ¿es así?

—Sí. No a tu nivel, pero sí.

—Vale, pues no te diré nada más. Suerte ahí adentro. Sal vivo y saca a la señorita Blanco.

Nicolás volvió a asentir. Notó un escalofrío por el cuerpo al considerar en esa posibilidad.

—Está bien —dijo el jefe de los GEO—, sígueme. A partir de ahora tus pasos no deben ni sonar, aunque soy consciente de que es imposible. Haz lo que puedas.

Dicho esto dio varias órdenes a sus hombres y se encaminó a la puerta del almacén, que estaba justo a la vuelta de la esquina. Todo el equipo se puso en marcha tras él. A su lado corrían varios de sus hombres. Uno de ellos llevaba un objeto parecido a un palo flexible alargado; otro portaba una pantalla. Nicolás creyó comprender lo que pasaría ahora.

Antes de proceder, Palomar echó un vistazo a su alrededor. El anillo de tiradores le dio el OK. Pese a que seguía pensando que aquello era una auténtica locura, lo que pudiera asegurar lo haría.

El que llevaba la especie de palo lo moldeó para poder introducirlo por debajo de la puerta del almacén. El espacio disponible era muy reducido, pero a juzgar por lo fino del instrumento, sobraba para lo que querían. El agente se agachó e introdujo la cámara de visión nocturna por debajo de la persiana. La pantalla la miraban el inspector jefe y el agente que la portaba. Ambos hablaban entre ellos en un tono casi inaudible. A pesar de no encontrarse a demasiada distancia el uno del otro, Palomar optó por hacer uso de su intercomunicador.

—No se aprecia actividad humana en la parte superior. Como dicen, parece que hay una trampilla que podría descender a un sótano. Vamos a proceder a abrir una entrada. Trataremos de que sea lo más silencioso posible, dentro de lo que cabe. Cambio.

—Perfecto. Cambio y corto —contestó Nicolás.

Después, Palomar levantó su brazo derecho. De la nada surgió un policía que corría en dirección a la persiana del almacén con una lanza térmica. Nicolás nunca había visto cómo se trabajaba con una, pero desde luego, en su imaginación, funcionaba tan bien y rápido como veía ahora. Como si tuvieran ensayada la coreografía hasta la extenuación, aparecieron seguidos de él otros dos policías que portaban algo parecido a dos esponjas gigantes, Nicolás comprendió que eso era lo que le había dicho Palomar acerca de intentar enfriar el corte que acababa de hacer el otro agente con el bicho que llevaba entre las manos.

Nicolás ya sujetaba su arma preparada con una mano y con la otra sostenía una linterna que lo ayudaría a ver en la previsible negrura del interior. Se preguntó si sus compañeros no podrían haberle prestado una de esas modernas gafas de visión nocturna que se veían en las películas.

—Cuando cuente tres, procedes. ¿Preparado? Cambio.

—Así es. Cambio.

—Una... dos.... Tres...

Nicolás echó a correr a la vez que trataba de medir la intensidad con la que pisaba el suelo. El trabajo de abrir un boquete en la persiana fue impecable y no quería ser él el que la fastidiara ahora anunciando su llegada a bombo y platillo. Aunque lo raro sería que Fernando no lo tuviera todo controlado y lo estuviera esperando con alguna treta preparada. Cuando pasó por el agujero notó el calor extremo que este despedía en sus bordes. Accedió hábilmente al interior, ya que no hizo ni medio decibelio de ruido al pasar.

Con el corazón latiendo a un ritmo demencial, apuntó a un lado y otro con su arma y su linterna. La típica imagen de película de terror en la que enfocaba a un punto concreto y de repente se veía a alguien correr y pasar por la zona iluminada le vino de pronto a la mente. Aquellos pensamientos lo ponían muy nervioso, como si ya no lo estuviera bastante.

Trató de serenarse y continuó revisando cada rincón del espacioso almacén. La parte positiva era que no vio nada en él, ergo tampoco Fernando tenía posibilidades reales de esconderse en ningún lugar allí arriba, hecho que lo tranquilizó considerablemente.

Aunque poco duró la sensación. Se esfumó de inmediato en cuanto miró al suelo y vio la trampilla que daba la bienvenida al zulo.

Apretó el botón del intercomunicador de su oreja izquierda y susurró:

—Estoy dentro, todo despejado. Cambio.

—Muy bien. Ahora hay que bajar por la trampilla. Estás a tiempo de salir y dejarnos a nosotros hacer nuestro trabajo. Cambio.

—Ni hablar, lo haré yo. Cambio y corto.

Después pulsó de nuevo el botón, aunque ahora lo hizo en el otro lado.

—He entrado —anunció en el mismo tono inaudible de antes—, ¿cuál es la situación? Cambio.

—Todo sigue igual —contestó Pedraza desde la UCC—. Carolina Blanco se ha levantado a dar un paseo para estirar las piernas. No hay rastro del psicópata. Cambio y corto.

Nicolás respiró hondo. Una buena noticia, al fin. Cada vez veía más posible rescatarla con vida. Aunque sabiendo la hora que era y que Fernando no lo iba a dejar pasar así como así, le preocupó dónde se encontraría en realidad. ¿Cabría la posibilidad de que le esperara en el hueco que separaba la escalera de bajada de la habitación en la que estaba encerrada Carolina? Con ese monstruo no se descartaba ninguna posibilidad, por improbable que pudiera parecer.

Como necesitaba una mano libre para conseguir abrir la trampilla, pero no iba a renunciar ni a la pistola ni la linterna, se colocó la última dentro de la boca, dejando el arma en su mano derecha y la izquierda libre para maniobrar. No quedaba tiempo para titubeos, por lo que obvió los lamentos y comenzó a tirar de ella. Le costó levantarla mucho menos de lo que creyó en un principio. Cedió fácilmente. La alzó hasta el máximo y volvió a coger la linterna con la mano izquierda. Sin perder un segundo, enfocó con ella a un lado y a otro con el miedo de encontrarse con una trampa de Fernando, pero no fue así. Una escalerilla invitaba a bajar, pese a que el espacio era angosto y más de una persona se hubiera planteado si merecía la pena o no entrar ahí.

Antes de hacerlo se dijo a sí mismo que no entendía nada. ¿Le habría pasado algo? Si en la sala donde la tenía cautiva no estaba y por allí tampoco, sería que había dejado a Carolina abandonada a su suerte. Pero no era propio de Fernando. ¿Qué sucedía ahí?

El descenso de las escalerillas fue de todo menos seguro. Con cada peldaño bajado, la sensación de desasosiego crecía dentro de él.

—¿Todo bien? Cambio. —La voz de Palomar lo asustó y casi consiguió que se soltara para descender todo lo que le quedaba en un santiamén.

—Sí, de momento. Demasiada calma. Me temo lo peor. Cambio.

—¿Crees que puede ser una trampa? Si es así, sal de ahí. Cambio.

—En la UCC me confirman que no hay rastro de Fernando en la sala donde está la rehén. Estoy justo llegando a la puerta de entrada al zulo, por lo que confirmo yo también que Fernando Lorenzo no está aquí. Cambio.

El inspector jefe de los GEO se quedó en silencio durante unos segundos. Parecía cavilar.

—Inspector jefe, si ves cualquier cosa en la puerta que te haga sospechar, por favor, no toques nada. Me lo comunicas y que entren en acción los artificieros. Debemos ponernos en lo peor. Cambio.

—No te preocupes. Actuaré con cabeza. Cambio y corto.

Nicolás respiró profundamente, aunque el aire no es que fuera abundante. Hasta ahora no lo había considerado, pero supuso que la habitación en la que había estado tanto tiempo Carolina dispondría de un sistema de ventilación o similar. Con el aire que él tenía ahora, desde luego, era imposible sobrevivir.

Abandonó ese pensamiento y decidió acabar con el tramo que le quedaba. Bajó un poco más seguro que antes. La necesidad de acabar con aquella locura apremiaba.

Cuando puso los pies en el suelo no pudo evitar dar una vuelta sobre sí mismo. A pesar de la seguridad de saber que en ese espacio estaba él solo, necesitó comprobar que las paredes eran macizas y que no le iba a asaltar el pirado de Fernando en cualquier momento. Puede que su cabeza estuviera rozando límites muy cercanos a la locura con esa clase de ideas, pero no era culpa suya que ese psicópata lo hubiera acabado llevando por esos derroteros.

Una vez comprobó que todo era seguro, le llegó el turno a la puerta. Era mucho más maciza de lo que en un primer momento previeron. Casi como aquellas que salían en las películas que servían para salvaguardar el contenido de la cámara acorazada de un banco. Se preguntó cuándo habría construido aquello y si los obreros no hicieron ningún tipo de pregunta ante esos requerimientos. Aunque, claro, con dinero de por medio seguramente se acabarían las preguntas de inmediato. Iluminó hasta el último rincón de la puerta. Cuatro pestillos voluminosos impedían que Carolina pudiera abandonar aquella estancia sin permiso de su captor. Se centró en cada hendidura tratando de encontrar un cable que delatara aquello sobre lo que el inspector jefe Palomar le advirtió. Pero no vio nada. Tampoco era que esperase algo así. Otra sorpresa desde luego que sí, pero Fernando no era de los que pondrían fin a todo aquello con un truco tan burdo como una explosión. No era su estilo.

Valoró en pocos segundos la situación. Fernando no estaba ahí y la necesidad de gritar el nombre de la muchacha le pudo. No se cortó.

—¡Carolina! —vociferó.

No obtuvo respuesta.

—¡Carolina! ¿Estás bien? —insistió—. ¡Soy Nicolás!

El silencio continuó.

Apretó el botón que lo comunicaba con Canillas.

—Estoy llamándola desde fuera de la puerta, ¿sabéis si me oye? Cambio.

—Carolina se ha sentado otra vez, apoyando su espalda contra la pared con una almohada de por medio. No parece haberse percatado de nada. Cambio.

—Joder... sí que es gorda la puta puerta. Voy a entrar. Cambio.

—Procede. Mantenemos comunicación. Cambio.

Nicolás se armó de valor y comenzó a descorrer pestillos. Con cada uno sentía que la sangre corría a una velocidad cada vez más endiablada por sus venas.

Cuando llegó al último, se dejó de ceremonias y comenzó a abrir la puerta.

—Estoy abriendo. ¿Cómo reacciona ella? Cambio.

Desde el despacho del inspector jefe Pedraza, tanto él como Brotons seguían con atención lo que se veía en la pantalla. La presión que se vivía en la sala era palpable, al punto que ambos se molestaban oyendo respirar al otro. Brotons se moría por darle una patada a todo, salir corriendo, liberar a la chica, aplicarle un correctivo al psicópata y acabar con aquella situación cuanto antes. Muchas veces soñó con ser el héroe de las películas que lo resolvía todo él solo. Tantas como de bruces se dio con la realidad entendiendo que aquello únicamente sucedía precisamente ahí, en la ficción.

Y más aún cuando ya no tenía el corazón para trotes de ese calibre. De hecho, se llevó la mano al pecho en varias ocasiones, pues sentía que se estaba acercando a límites peligrosos para él.

Pedraza golpeaba con el dedo de manera intermitente sobre el ratón. Lo hacía con cuidado, pues ya no solo fastidiaría a su acompañante, sino también a él mismo.

Poco después Nicolás le lanzó una pregunta clara y concisa:

—Estoy abriendo. ¿Cómo reacciona ella? Cambio.

El inspector jefe de la UCC no pudo evitar echarse hacia delante como si tuviera un resorte pegado en la espalda. No es que necesitara acercarse más y ponerse a escasos cinco centímetros de la pantalla para ver mejor, es que fue su reacción natural al no observar ningún cambio en la pantalla.

¿Puede que hubiera algún tipo de retraso en el *streaming*?

¿O era algo peor?

El paso de los segundos solo vino a confirmar lo que se temía.

La voz de Pedraza taladraba su oído, pero él era incapaz de reaccionar frente a lo que se encontró al abrir la puerta del zulo. Al mismo tiempo, quizá alertado por el hecho de no obtener una respuesta de lo hallado ahí abajo, el inspector jefe Palomar le gritaba incesantemente por el otro oído. El resultado no fue otro que un batiburrillo de palabras que se solapaban unas a las otras y que resultaban incomprensibles para Nicolás.

Y aunque le hubieran hablado de uno en uno y despacio, tampoco lo hubiera logrado. El shock tenía bastante que ver.

Sin controlar su cuerpo, cayó de rodillas al suelo y se quedó un rato así, sin poder moverse.

Las palabras se seguían sucediendo, ya que las personas al

otro lado cada vez estaban más histéricas ante la falta de noticias. A Nicolás no se le ocurrió otra cosa que quitarse ambos intercomunicadores y lanzarlos con rabia contra la pared. Justo después y, siendo ya consciente de lo que vendría a continuación, tomó el objeto del centro de la estancia y se lo guardó en el bolsillo.

El inspector jefe Palomar dio la orden a su grupo de asalto para actuar. Cualquiera que hubiera visto aquella maniobra hubiera quedado con la boca abierta ante la perfecta sincronización con la que sucedió todo. Pese al hueco abierto en la persiana del almacén, procedió con su plan inicial y abrió un boquete en la pared lateral con una carga controlada, al tiempo que cuatro de sus hombres conseguían dar acceso al segundo grupo por la persiana principal.

Armados y listos para cualquier situación, los GEO entraron en el almacén.

No les costó asegurar la parte superior. Demasiado cuadrada. Demasiado sencilla. El problema fue no saber qué encontrarían abajo.

Tal como habían ensayado cientos de veces, asaltaron el sótano construido. Sin perder un segundo irrumpieron en el zulo, aprovechando que la puerta estaba abierta. La coreografía seguía siendo perfecta en cada uno de sus movimientos. Todos los miembros del grupo de élite fueron entrando uno a uno, formando una perfecta fila que se culminó con la última persona que pasó a la sala, arma en alto.

Este miró de manera inevitable al bulto que había en el suelo, justo en el centro de la sala.

El inspector jefe Valdés estaba de rodillas.

Después su mirada se fue a la esquina izquierda más alejada desde su posición. Cuando lo vio lo comprendió todo, seguramente como ya hizo Nicolás.

Una mesa sencilla, sin ostentación alguna, sostenía un equipo informático que, a pesar de no parecer ser de una calidad apabullante, cumplía a la perfección su función.

No supo por qué, pero de su boca salieron unas palabras tan obvias como innecesarias, ya que todos los presentes comprendieron perfectamente lo ocurrido.

—La señal del vídeo no era en directo. Nos ha engañado. La chica no estaba aquí.

42

Domingo, 12 de noviembre de 2017. 16.43 horas. Madrid
(0 horas, 17 minutos para el fin de la cuenta atrás)

Sara no creía en Dios.

No era algo reciente y, por supuesto, nada tenía que ver con la trágica muerte de su madre. Ni siquiera con todo lo que vivió antes de ese caos. No. Sencillamente, desde que ella recordara, nunca se tragó la historia de que existiera un ser superior y divino, capaz de hacer todo lo que le atribuían los seres humanos. No necesitó comprender que el mundo estaba jodidamente mal, una prueba irrefutable de que nadie velaba por nosotros. No era eso. Simplemente, no creía.

Pero ahora rezaba.

Rezaba sin tener demasiada idea de cómo hacerlo. Sus plegarias eran torpes y hasta notaba que la voz le temblaba en sus propios pensamientos, pero, aun así, lo necesitaba. Anhelaba que aquello acabara bien.

Se giró sobre sí misma y observó a su alrededor. El enorme operativo montado para lograr sacar con vida a Alfonso de allí impresionaba. No se paró a preguntarse si hubiera sido de la misma magnitud si el implicado no hubiera sido un policía porque ahora le importaba un pimiento. En su mente solo contemplaba el sacarlo de ahí. Si es que estaban en el lugar correcto, claro.

Aunque ellos decían que sí.

No es que desconfiara de la, al parecer, asombrosa capacidad del inspector jefe italiano a la hora de trazar perfiles geográficos válidos: ella se dedicaba a eso y su sorpresa al ver que ya logró uno, al parecer correcto, tan rápido, fue mayúscula. Tampoco desconfió de que la UCC hubiera conseguido ubicar la segunda señal del vídeo en el edificio. Quizá le escamara un poco que lo último también hubiera sucedido tan rápido, ya que con la señal de Carolina llevaban varios días y apenas acababan de ubicarla. No era nada de eso. Era que, sencillamente, no estaba especialmente positiva.

Y lo peor es que parecía ser por una tontería, ya que le importaba más que le hubiera pasado delante de él a que hubiera vivido ese episodio de falta de lucidez que ella consideraba preocupante.

¿O lo que le afectaba no era eso sino el beso que ambos se habían dado?

Dadas las especiales circunstancias del caso, ni siquiera tuvieron un momento para hablar acerca de lo que pasó, aunque, ¿qué decirse? Ni siquiera ella podía afirmar si aquello fue real o producto del desasosiego por la situación vivida y, sobre todo, por la incertidumbre acerca de qué sería de ella a partir de ahora. Además, ¿en serio? ¿Gutiérrez?

De todas las personas habidas y por haber en el mundo mundial, ¿él?

La parte que sí tenía clara era que la imagen que él le mostró a ella los últimos días tuvo mucho que ver. No fue el imbécil integral que siempre se enfrentaba al mundo con unas gracietas fáciles de cuñado el día de Nochebuena. Al contrario. Y, lo mejor, era que ella sabía que la cara de los últimos días era la que se ocultaba bajo la careta que enseñaba al resto.

Aunque no lograba afirmarlo porque también podría ser lo que ella quería creer.

Fuera como fuese, la angustia que sentía en aquellos momentos, que casi rozaba la completa desesperación, no era la que sentiría si cualquier otro de sus compañeros estuviera en la misma situación. Ahí, a la fuerza, se escondía algo más.

Dejó eso de lado y se centró en Paolo. El *assistente capo* hablaba con el inspector del grupo de asalto de los GEO que se encargaría del rescate de Alfonso.

De forma inevitable pensó en Nicolás. ¿Cómo le iría a él? Para no contaminar ambas operaciones, se acordó que las comunicaciones entre los dos grupos de asalto serían inexistentes. Hasta que no llegaran a Canillas no sabría si habían logrado rescatar con vida a Carolina Blanco o no. Ya no por el valor de una vida humana, sino por la felicidad del inspector jefe, que estaba empeñado en negar que la seguía amando por encima de todo, deseó que todo hubiera acabado de forma satisfactoria.

Vio cómo el inspector de los GEO daba las órdenes precisas a la unidad de tiradores que se apostarían en el edificio de enfrente. No tenía ni idea de cómo entrarían en él ni de en qué lugar se colocarían, pero apenas le importaba porque si algo sabía de los GEO era que no existía en el país nadie más capacitado para llevar a buen término una misión así.

Tras un asentimiento por parte de cada inspector y, después de disponer unidades caninas en todas las posibles vías de escape, tanto el italiano como el inspector de la unidad especial se acercaron a ella.

Paolo se colocó un chaleco antibalas y un casco que le acababan de proporcionar. Uno de los agentes le proporcionó, asimismo, un arma enorme con luz incorporada.

—Inspectora... —El italiano no recordaba su nombre y su rostro lo delataba.

—Garmendia. Pero llámame Sara.

—Sí, perdona, Sara, soy muy malo para recordar nombres tan rápido. Sara, vamos a entrar. Tengo formación táctica y militar y voy a entrar con ellos. Me confirman desde la unidad tecnológica que la señal sigue emitiendo en directo y que todavía disponemos de unos minutos hasta que el agua llegue a obstruir las vías del inspector. Necesitamos dos agentes de apoyo a la cola. ¿Querría ser uno?

Sara no dudó. Asintió. Le agradó la idea de que ese hombre la hubiera elegido a ella y no a cualquiera de los fornidos agentes que la rodeaban.

—Está bien. Colóquese el chaleco y lleve su propia arma. No necesitamos que haga nada. Déjenos a nosotros abrir el paso, usted nos ayudará en caso de necesitarla en su especialidad. ¿Está lista?

Sara volvió a asentir mientras se ponía el chaleco. Desenfundó su arma y se envolvió de todo el valor que fue capaz de encontrar en un momento así.

El inspector de los GEO dio las órdenes precisas para el que el grupo de asalto se dividiera en dos. Era necesario rodear la manzana completa en la maniobra de aproximación. Sara se unió al grupo que lideraba el mismo inspector. Paolo se encargó del otro.

Cuando la cuenta atrás que fue marcando con los dedos de una mano llegó a su fin, todos empezaron a correr veloces como liebres. Sara se oía respirar a sí misma mientras lo hacía, a la cola de su grupo. Solía salir a correr con regularidad, pero las últimas semanas, tras las sospechas de lo que ahora sabía que le sucedía, no lo hizo y le estaba pasando factura. A pesar de ello no se quedó atrás.

No supo decir si la distancia recorrida fue larga o corta, pero lo cierto fue que a ella se le antojó lo segundo. Quizá porque no pensaba en otra cosa que en plantarse dentro del edificio y acabar con ello cuanto antes.

El plan trazado por el inspector de los GEO, ayudado por

Paolo, consistía en mantener separados los dos grupos. El primero de ellos, el de Paolo, entraría en la vivienda del tercero B, donde comprobaron que vivía de alquiler Stephano, alias Bruno. El segundo, en el que se encontraba Sara, subiría hasta la azotea donde creían que estaría el depósito de agua en el que Alfonso iba a ahogarse. Dos anillos de tiradores cuidarían de que se llevaran una sorpresa desagradable de última hora gracias al pequeño aprendiz de psicópata.

Sin mediar una palabra y nada más llegar a la puerta, con un ariete voluminoso de color negro que llevaban entre dos agentes, la abrieron de un golpetazo que seguro pondría sobre aviso al resto de vecinos. No esperaron para comenzar a subir las escaleras a toda velocidad. El edificio contaba con siete plantas con dos viviendas cada una, por lo que el tramo de escaleras no era moco de pavo.

Al llegar a la tercera, el grupo de Paolo, que subía tras el comandado por el inspector, que seguía ascendiendo, se detuvo y repitió la operación del ariete en la puerta de madera. Esta les costó un poco más abrirla. Pero tras tres intentos y varias patadas añadidas por los agentes, la puerta cedió y accedieron al interior de la casa. Una a una, ayudados por la luz que proporcionaban las linternas de sus armas, fueron rastreando cada una de las habitaciones y, al mismo tiempo, comprobando que no había nadie dentro. Paolo sintió una pequeña decepción porque, aunque no esperaba que fuera tan inútil como para aguardarlos allí sabiendo que acabarían echándosele encima, aún tenía ese pequeño halo de esperanza de que así hubiera sido.

La casa estaba perfecta en cuanto a limpieza y orden. Algo en cierto modo extraño para un chico menor de treinta años que supuestamente vivía solo. Echó un vistazo en la cocina. Sobre un escurridor vio platos que no hacía demasiado que los habían fregado, a juzgar por la humedad que todavía presentaban. Era como si Stephano esperara a que de un momento a otro llegaran, pero que, pese a ello, no quisiera que encontraran la casa hecha un desastre. Paolo se lamentó porque gestos como aquel no auguraban nada bueno en una mente que se las prometía bastante puñetera.

Antes de subir para prestar apoyo al otro grupo decidió observar el salón. Quizá con la esperanza de encontrar cualquier cosa en él que lo ayudara a conocer mejor al nuevo adversario. No obstante, tras una pequeña vuelta en él bajo la atenta mirada de los GEO que lo acompañaban, no encontró nada digno de mención, nada especial. Algunos libros de informática cuyos títulos ya le resultaron incomprensibles —eso sí, ordenados en sus estantes— y poco más.

La decepción al no hallar nada digno de un psicópata de la talla que se le suponía era latente. Pero quizá no era momento para andarse con tonterías. El otro equipo se la estaba jugando y quizá necesitaran de su ayuda. Así que hizo dos señas pertinentes con la mano y el resto de los agentes lo siguió.

El equipo capitaneado por el inspector de los GEO no necesitó valerse de la fuerza para abrir la puerta de entrada a la azotea con el depósito de agua. Estaba abierta. Puede que hubiera sido el propio Stephano el que lo hubiera dejado así, puede que no, pero no era algo que les importara lo más mínimo, dado que venían preparados para enfrentarse a casi cualquier situación. Que el depósito se encontraba allí arriba no era un dato que hubieran supuesto, ni mucho menos. Pedir los planos originales del edificio al Ayuntamiento de Madrid era siempre una vía necesaria para la unidad de los GEO y que les era relativamente fácil de conseguir fruto de colaboraciones pasadas. Gracias a estos pudieron comprobar cómo era la azotea en sí, cosa que les permitió trazar un plan de actuación y ubicar exactamente el depósito de agua. Así que antes de abrir la puerta ya tenían muy claro dónde y cómo moverse. Fue el propio inspector el que dio el paso para dar acceso a los suyos, que con una serie de movimientos perfectamente coordinados accedieron a esa parte del edificio. Como siempre, antes había que asegurarse de que la zona estaba libre de peligros, así que fue lo primero que hicieron. Como ya se sabían la lección de memoria, apenas tardaron una decena de segundos en conseguirlo.

Acto seguido localizaron el depósito y corrieron hacia él. Permanecía, como suponían, cerrado casi a cal y canto con una tapa de plástico gigante, en cuyo orificio central Stephano metió la manguera para que el agua lo fuera llenando de nuevo. Una vez lo rodearon, tres agentes sujetaron la tapa con sus dedos y, tras una rápida cuenta de tres, comenzaron a levantarla.

Al destaparla comprobaron que algo no andaba bien. El agua no se encontraba en el nivel que esperaban ni mucho menos: ya cubría los ojos del inspector, y todas las vías respiratorias quedaban bajo el líquido. Sara, que palideció cuando vio la imagen, corrió a socorrerlo y tratar de sacarle la cabeza del agua, cosa que no consiguió debido a que Alfonso estaba fuertemente atado a un palo que había sido colocado, todavía no se sabía de qué forma, en el centro del depósito.

Sara no oía nada. Tampoco atendía a razones, ya que ella seguía insistiendo en sacarlo de allí a toda costa. Él, sin embargo, no reaccionaba. No se movía. No parecía respirar.

Tampoco oyó al equipo de Paolo entrar corriendo y acercarse a toda prisa a donde ella estaba. Los gritos que emitía el inspector pidiendo hachas a toda velocidad para romper el depósito y que el agua saliera pasaron desapercibidos para ella. Solo trataba de sacarlo de allí, pero ni el cuerpo cedía ni él hacía ningún esfuerzo por moverse.

¿Por qué no se movía?

¿Por qué no respiraba?

Lo que sí notó fueron los brazos fuertes y enormes de uno de los agentes que la agarraban y apartaban de allí. Aturdida todavía, como si todo a su alrededor sucediera a cámara lenta, vio cómo varios agentes se acercaban al depósito, hachas en mano, y comenzaban a golpear con fuerza en una zona concreta con el único ánimo de sacar el agua lo más rápido posible. La suerte estuvo de su parte y abrieron un boquete considerable, aunque no se conformaron con eso y siguieron golpeando con ahínco alrededor del agujero. En apenas unos segundos lograron que su tamaño casi se doblase y una ingente cantidad de agua comenzara a salir por él. Fue tanta el agua que salía que apenas tuvieron que esperar unos instantes para que dos agentes pudieran meterse a toda velocidad por encima del depósito y comenzaran con la labor de liberar al inspector de sus ataduras.

Todo funcionaba a la perfección, tanto que consiguieron levantar el cuerpo de Alfonso rápido y sacarlo del depósito. Lo tumbaron en el suelo y uno de ellos se tiró junto a él y colocó la cabeza encima de su pecho. A continuación, mezcló dos movimientos, uno con la cabeza indicando que su corazón no latía, acompañado de otro inmediato que decía que iniciaba una maniobra RCP. Con cada insuflación de aire, Sara sentía que se le partía más y más el alma, pues no lograban de manera alguna devolverlo al mundo de los vivos. Los ocupantes de la ambulancia del SAMUR que esperaban abajo, preparados por si se encontraban una situación como aquella, irrumpieron en la azotea veloces como balas. Se hicieron cargo de la situación para reanimar a Alfonso al tiempo que el inspector de los GEO se comunicaba con la UCC para que le confirmaran que les habían tomado el pelo retrasando un poco la señal del vídeo, ya que en su pantalla el agua apenas comenzaba a rozar la nariz del inspector Gutiérrez.

Sara miraba con los ojos anegados en lágrimas cómo Alfonso seguía sin responder al tiempo que la cara de los médicos reflejaba la impotencia de ver que no podían hacer nada.

Quizá le movió la angustia del momento, pero necesitaba contarle urgentemente a Nicolás lo sucedido, así que extrajo su teléfono y marcó su número.

La respuesta no tardó en llegar, pero no del modo que ella esperaba, pues la voz de una mujer le indicaba que el móvil de Nicolás estaba apagado o fuera de cobertura.

Ella dejó caer el aparato al suelo al tiempo que miraba cómo los médicos intentaban lo que parecía imposible. Alfonso yacía inerte en el suelo.

43

Domingo, 12 de noviembre de 2017. 20.00 horas.
Autovía Madrid-Alicante

Odiaba el cambio de hora.

No solo el que retrasaba la aguja pequeña un número atrás, sino que también odiaba la otra, la que la adelantaba. La razón quizá no fuera de peso, pero al fin y al cabo era su razón: cuando ya se acostumbraba a unas horas de sol, ¡zas!, de un día para otro todo era distinto. Y luego vuelta a lo mismo.

Quizá el pensamiento fuera estúpido y el problema era menor, pero conducir a casi 200 kilómetros por hora por la autovía y fijarse en lo oscuro que se veía todo no le traía otra clase de reflexiones.

Eso o que no quería considerar una realidad que ni siquiera lograba definir como desastrosa o caótica, porque en verdad era mucho más.

Su copiloto tampoco era la alegría de la huerta en aquellos momentos. De hecho, no abrió la boca desde que salieron de Madrid.

Ambos no eran la compañía ideal para nadie en ese preciso instante.

Como amigo tampoco estaba siendo el mejor. Lo venía

demostrando con una constancia asombrosa. Tanto, que lo raro hubiera sido actuar bien en ese terreno, mucho más que otra cagada. Ya lo hizo un año y pico atrás, lo repitió la noche anterior, volvió a hacerlo al tomar la decisión de ir a salvarla a ella y ahora estaba de nuevo con ello.

¿Obraba mal por cumplir las órdenes de Fernando y no dejarlo todo para centrarse en el rescate de su amigo Alfonso?

Lo único que sabía de esa parte, algo de lo que se pudo enterar durante el trayecto de vuelta a Canillas, era que Paolo y el resto todavía no habían logrado nada. Justo cuando se montaba en su coche tratando de salir lo más rápido posible de allí e intentando que el menor número de personas se diera cuenta de su marcha, logró oír que hubo un cambio significativo en el operativo. Ojalá fuera que encontraron a Alfonso y que lo lograron rescatar con vida.

Era una mierda de amigo por no sacarlo él mismo de donde estuviese. Aunque sabía que si él le hubiera podido dar un consejo, le hubiera pedido que hiciera lo que hacía. Ahora sí. Al fin y al cabo, no huía. Al contrario. Se iba a enfrentar directamente a la raíz del problema.

Miró el hueco que había debajo del cuadro de mandos de su Peugeot 407. Ahí vio el objeto que encontró justo en el centro de la sala y que, sin duda, dejó Fernando enviando un mensaje claro de adónde debía dirigirse a continuación. Y, sobre todo, quién debía acompañarlo.

Aunque en realidad a esto le ayudó el pósit que llevaba pegado con una frase tan simple como clara:

QUE ELLA VENGA CONTIGO.

Ella no podía ser otra que la que ahora era su acompañante.

Alicia también miraba el objeto de vez en cuando. Nicolás se sintió tentado en más de una ocasión en preguntarle si estaba segura de lo que representaba que le estuviera acompañando. Ya no era el tema de saltarse el protocolo, la cadena de mandos y hasta la madre que parió a todos. Significaba que, pese a tener la certeza de adónde iban, nadie les aseguraba que no les hubiera tendido una trampa y que fueran a perder su vida allí mismo. Aquella misma noche.

Nicolás no quiso hablarlo con ella, porque el rostro de la muchacha mostraba una seguridad que él no había visto en nadie más. Nunca. Era consciente de lo que hacía y lo que quería. No le importaba poner en riesgo no solo su trabajo, sino también su vida. Tenía claro, tanto como él o quizá más, que de un modo u otro aquella pesadilla iba a acabar esa misma noche. Para bien o para mal.

«*Alea jacta est*», pensó.

Alicia se inclinó y tomó de nuevo la pieza de ajedrez con su mano derecha. La observó —aunque más bien parecía analizarla— otra vez con detenimiento. La torre blanca los enviaba directamente a Mors, al lugar en el que, prácticamente, comenzó todo. Fernando los esperaría junto a Carolina en la casa de su padre. Tan retorcido. Tan perfecto. Tan de Fernando.

El cartel que daba la bienvenida a la Comunidad Valenciana ya había quedado atrás y, a pesar de ello, Alicia no se sentía como alguien que regresaba a casa. Al contrario. Cuanto más se acercaban al pueblo, mayores eran las ganas de pedirle a Nicolás que parara el coche y que, por favor, diera la vuelta.

Pero entendía que debía de ir. No solo porque Fernando se lo hubiera exigido a Nicolás —a su manera—, sino porque sabía que era la única forma de cerrar lo que comenzó aquel día. Recordó que fue mientras limpiaba la barra del bar de su tía. Un tipo estirado de Madrid entró y se presentó como Carlos, un abogado que acababa de llegar para hacerse cargo del cuerpo de su padre tras su suicidio.

El tipo parecía completamente perdido. Como queriendo y no queriendo, a la vez, estar allí para aguantar todo aquello.

¿Cómo la situación había virado hasta tal punto que ahora ese día le parecía que hubiera sucedido en otra vida?

Ella no era la misma persona que por aquel entonces. La excusa de la edad no le valía, era otra cosa. Y si miraba a su izquierda y observaba a quien iba conduciendo, era como comparar a la noche y al día con aquel poli nervioso que llegó un día a Mors porque le endosaron un caso que creían menor.

Los siguientes minutos, los que transcurrieron desde que recorrieron la distancia que faltaba hasta ver el típico y característico cartel que daba la bienvenida al pueblo, los pasaron como la otra parte del viaje: sin hablar. Cada uno metido en sus historias. Cada uno luchando contra sus miedos.

Nicolás trataba de convencerse a sí mismo de que aquella situación no se parecía en nada a la que vivió cuando la cagó tanto, decidiendo actuar solo en la casa del magistrado. Las palabras «ahora es distinto» se repetían una y otra vez en su mente hasta el punto de que parecía un disco rayado. Cuando salió de Madrid, unas tres horas más o menos antes, ni siquiera pensaba en eso porque sabía que aquel era el final de la historia. Lo malo era que se fue deshinchando según llegaba a su destino y se maldijo por no poner en aviso al resto del equipo. Ahora mismo tendría a los GEO preparados para un asalto controlado a la casa que acabaría con aquel reinado del terror impuesto por Fernando. Porque ahora no dudaba de que sí estaba ahí.

Quizá la esperanza de salvar a Carolina era la que lo motivó a tomar aquella decisión. Fernando era muchas cosas, casi todas ellas horribles, pero puede que la dejara vivir si se presentaba allí justo como él lo había pedido. Aquel pensamiento era el que de verdad le empujaba para seguir adelante.

Alicia se sentía cada vez más nerviosa. Hacía dos años que no pisaba el pueblo y no era que hubiera cambiado demasiado en ese tiempo. Ni mucho menos. Era que no imaginaba volver en semejante situación. Las manos le sudaban cada vez más. Restregaba las palmas contra su pantalón vaquero cada pocos segundos.

Nicolás, en un torpe intento de disminuir la tensión justo cuando enfilaban la avenida de la Libertad, la que recibía a los vehículos en ese extremo del pueblo, encendió la radio tras llevarla todo el viaje apagada. No recordaba lo que escuchaba la última vez, pero la potente voz de Leo Jiménez le devolvió el recuerdo enseguida. Se trataba la balada *Bella Julieta*, del primer disco que grabó con el grupo 037.

Alicia entendió lo que Nicolás trataba de hacer y lo miró sonriendo. Fingía, claro, y Nicolás lo sabía, pero sirvió para que ambos respiraran profundo y consiguieran rebajar un cero coma cinco por ciento su angustia.

Nicolás ya conocía el pueblo bastante bien, por lo que al llegar a la pequeña rotonda que construyeron al inicio de lo que se conocía como la calle Mayor, la tomó y torció a la izquierda. Pocos metros después, justo al dejar a su derecha un centro de estética, giró otra vez igual. Ya solo tuvo que seguir recto —realizando primero una extraña y pequeña curva justo enfrente de donde el Pancetas tenía la carnicería— para llegar al lugar que conseguía que se les pusiera el vello de punta. La casa de Fernando Lorenzo padre. Donde todo comenzó. Donde se quitó la vida. Donde Carlos estuvo durmiendo sin tener ni idea de que era él mismo el que provocaba el caos que lograba que la gente de Mors escapara del pueblo. Lo hacían aterrados ante el terrible rastro de muerte que dejó.

Nicolás aparcó cerca. El factor sorpresa no valía para nada en esa ocasión. Los chalecos antibalas que tenían ambos en el asiento trasero del vehículo, tampoco, por lo que decidieron, sin decir nada, no ponérselos.

Salieron del coche y lo primero que sintieron fue la característica humedad del pueblo. El clima era inusualmente suave para la fecha del año en la que se encontraban. Incluso Alicia, oriunda de allí, lo pensó así.

Cerraron las puertas tras asegurarse por enésima vez de que sus armas disponían de suficiente munición.

Nicolás miró a Alicia. La necesidad de sobreprotegerla que siempre sentía con ella se esfumó de un plumazo al ver la entereza con la que caminaba con el arma en la mano. No tenía miedo a que ella se dejara llevar por sus instintos y se liara a balazos con Fernando en cuanto se le presentara la oportunidad. Tenía la seguridad de que su cabeza estaba mucho mejor amueblada de lo que ella misma creía.

El inspector jefe asintió y los dos comenzaron a caminar en dirección a la puerta. Nicolás miraba a un lado y otro pendiente de que nadie los viera enarbolando las armas y entrara en pánico. No tenía ni idea de lo que iba a suceder a continuación, pero no quería que las cosas se complicaran antes de lo previsto.

Llegaron hasta la puerta. Tal como Nicolás la vio hacía un año y pico en su última visita al pueblo, el polvo y la dejadez se dejaban ver en su cristal verde opaco. Alicia señaló con su mirada la cerradura. Había una llave metida en ella. Fernando quería ponerles las cosas fáciles.

Nicolás dudó unos instantes antes de proceder. Ni siquiera sabía qué quería decirle, pero no pudo evitar hablar.

—Alicia...

—Vamos, por favor —lo cortó ella.

El inspector jefe comprendió que no era momento de titubeos. Buscó el valor y el aplomo que otros decían que tenía. No supo a ciencia cierta si los encontró o se sugestionó para ello, pero una nueva fuerza lo llevó a tomar la llave y girarla hacia su izquierda.

El pestillo no estaba puesto, por lo que enseguida la puerta se abrió.

La casa olía a polvo y a humedad. El paso del tiempo y el abandono eran más que evidentes en lo poco que se podía ver. Una tenue luz se apreciaba algo más adelante, a la izquierda.

Tanto Nicolás como Alicia conocían a la perfección la casa como para saber que provenía del dormitorio principal, donde apareció Fernando Lorenzo padre ahorcado. Desde fuera no la habían podido ver porque las persianas estaban bajadas al completo.

Nicolás no esperó más e hizo una señal con la cabeza. Comenzó a andar él primero, con el arma preparada y cruzando las piernas para dar los pasos tratando de abarcar el máximo rango visual a la vez que se desplazaba. Alicia lo imitaba. A su cabeza vino la de veces que practicó un ejercicio parecido durante su estancia en la academia de Ávila. Aquello, sin embargo, no era ni mucho menos un ejercicio.

La distancia, pese a lo corta que era, se les antojó eterna. Nicolás asomó la cabeza para ver si veía a Fernando dentro. Para su sorpresa, sí. Sentado encima de la cama. Parecía distraído. Imbuido en sus propios pensamientos.

Nicolás miró a Alicia y asintió. Cuando se giró para proceder a entrar sintió que su corazón le daba un vuelco al encontrar la cara de Fernando justo enfrente de la suya. La veía a través del resquicio de la puerta, mirándolo fijamente a los ojos y sonriendo. Se sintió paralizado, pero comprendió que era ahora o nunca, así que no vaciló y empujó fuerte la hoja. Fernando parecía esperar esa reacción, por lo que ya se había separado lo suficiente de ella para que no lo golpease.

Nicolás y Alicia entraron apuntándolo directamente con su arma. Su reacción no fue la de una persona que se rendía, pero tampoco la de alguien dispuesto a presentar batalla. Sin más, comenzó a andar y tomó asiento de nuevo en la cama.

¿Qué narices acababa de ocurrir?

¿Estaría también el psicópata italiano que lo ayudaba?

—No vais a encontrar aquí a Stephano —anunció Fernando, que parecía leer el pensamiento del inspector jefe—. Estamos solos los tres.

La habitación permanecía tal como ambos policías la recordaban, pero vieron dos detalles que les llamaron poderosamente la atención.

Uno: Carolina no estaba. Puede que la tuviera retenida en otra parte de la casa.

Dos: una soga colgaba justo en el mismo lugar donde el padre de Fernando se ahorcó.

Nicolás necesitó preguntar para comprender de qué iba aquello.

—¿Qué hace esa soga ahí? —Su tono era más firme y seco de lo que imaginó que sería.

Fernando agachó la cabeza apenas unos segundos; cuando la levantó, en un primer momento no mostró expresión alguna, pero como ya era habitual en él dibujó una medio sonrisa bastante siniestra antes de hablar.

—¡Qué manía con correr! ¿Por qué os empeñáis en que todo tenga que suceder deprisa? ¿Para qué queréis saberlo ya? ¿No habéis ido ya con la lengua suficientemente fuera los últimos días? ¡Daos un respiro!

Los dos policías lo miraron con la rabia inyectada en sus ojos. El inspector jefe sintió que en su interior le crecía una agobiante necesidad de desparramar el cerebro de aquel monstruo allí mismo, sin tener que cruzar una sola palabra más con él. Pero no podía. Todavía tenía que localizar a Carolina y garantizar su seguridad, así que de momento Fernando tenía la sartén por el mango. No quiso mirar a Alicia, pero mantuvo la esperanza de que ella también fuera capaz de contener lo que seguro sentía por dentro.

Que no lo hubiera acribillado a tiros por el momento ya era una buena señal.

—Fernando —Nicolás trató de utilizar su tono más cordial, sabía que con él no serviría, pero aun así no quería dejar de intentarlo—, nos conocemos y está claro que tu juego todavía no ha acabado. Tienes razón, han sido días frenéticos, así que comprenderás que ahora mismo no estemos para más vueltas. Estamos cansados y queremos que termine, de un modo u otro, así que hazme el favor de contarnos qué narices hacemos aquí.

El psicópata no se movió del sitio, pero varió un poco su posición para mirar directamente a la soga. Su contoneo oscilante era leve pero siniestro. Como un péndulo que contaba los segundos de manera lenta y que anunciaba el final de una cuenta atrás angustiosa.

—¿No es obvio? —contestó al fin—. El círculo tiene que cerrarse.

Nicolás cerró los ojos y se armó de paciencia. Antes de encontrarse con el monstruo tenía claro que allí dentro vivirían un nuevo tira y afloja de los suyos, por lo que trató de concienciarse. Pero una vez lo estaba viviendo la cosa cambiaba bastante. Puede que fuera el hastío de los últimos días, quizá hasta se podría decir que del último año y pico. Fuera lo que fuese, ahora no era momento de flaquear y dejar que ganara él esa batalla dialéctica que tanto le gustaba generar.

—No sé a qué te refieres, Fernando. Y créeme cuando te digo que me gusta mucho ese cruce de frases que tenemos tú y yo a veces, pero no está el horno para bollos. Aquí veo un tremendo problema y me estoy empezando a cansar. Así que te pido que no me des motivos para levantarte la tapa de los sesos. No lo hagas, por favor, porque no me gustaría que este fuera el final. No me lo pongas fácil.

Fernando dejó de mirar la cuerda para volver a mirarlo a él, directamente a los ojos. La media sonrisa se amplió y se tornó macabra, algo que ya no pillaba por sorpresa al inspector jefe, ya que las veces que lo había tenido delante con esta personalidad siempre la mostraba. En cambio, Alicia sí sintió cómo le flaqueaban algo las piernas al verla, pero, aun así, trató de que no se le notase, pues su hermano podría aprovecharlo en su contra.

—Puedes reventarme la cabeza, sí, es una opción tan válida como otra. De hecho, estoy sorprendido de que todavía no lo hayas hecho después de todo lo que te he hecho pasar. Qué cabroncete soy, ¿eh? Pues eso, que no te culparía, ¿sabes? Pese a tu espantada, tu aguante frente a las vicisitudes está muy por encima de la media de cualquier ser humano. Yo aprecio esas cosas, ya me conoces.

—Fernando...

—Sí, sí, te prometo que lo pienso así. Lo aprecio muchísimo. Tanto, que me fastidiaría sobremanera que acabaras con todo por un arrebato. Eso significaría que todo lo que has pasado para rescatar con vida al amor de tu vida habría sido en vano. ¿Quién te iba a contar dónde está si no soy yo?

—Estamos detrás de Stephano, tu queridísimo, ¿cómo llamarlo? ¿Discípulo?

La sonrisa que ahora esbozó Fernando era muy diferente a la otra. A Nicolás no se le escapó el detalle.

—Dudo muchísimo de que atrapéis al chaval. Tengo que reconocer que me ha sorprendido y no sé si decir que de forma grata o no, pero lo ha hecho.

—¿Puedo preguntar por qué? —Alicia intervino por primera vez. Su tono de voz sorprendió al inspector jefe, pues era calmado y sosegado. No era momento de sentir orgullo por ella, pero no lo pudo remediar.

—Vaya, hermanita, creía que te había comido la lengua el gato... Solo por dignarte a hablar, te contestaré: Stephano es lo más cercano a la definición de un caballo desbocado que he visto jamás. El chaval tiene potencial, no lo niego, pero ha descubierto que le gusta demasiado arrebatar vidas, sin motivo alguno, y me temo que eso escapa a mi modo de ver todo esto.

—¿Tu modo de ver todo esto? —preguntó con mucha ironía Nicolás.

—Sí, lo sé. Pensad lo que os dé la gana, pero sé qué me motiva a hacer lo que hago. Yo no mato por el mero hecho de sentir placer sexual, si es que intentáis meterme en ese saco. Tampoco por sentirme poderoso. Estáis muy equivocados.

—Venga, no me jodas. —Nicolás ya no soportaba más la pantomima—. ¿Vas a seguirte engañando con esa puta mierda? ¿No te das cuenta de que no eres el primer ni el único jodido psicópata que disfraza su ansia por matar con motivaciones que se saca de los bajos? ¿De verdad te lo crees tú mismo o nos estás tomando el pelo?

—Piensa lo que quieras. Aunque tengo que reconocer que este último acto sí lo voy a disfrutar. Os voy advirtiendo que, de tres personas que somos en la habitación, solo una saldrá con vida si queréis saber dónde está la chica.

Ahora sí que ambos se quedaron helados. ¿A qué se refería? ¿A que ellos dos morirían o que sería uno de ellos y Fernando?

—Mira que nos conocemos los tres ya hace varios años... —continuó hablando—, ¿y aún os sorprende lo que os acabo de decir? ¿Es que no os lo esperabais nada más entrar? ¿Pensabais que os iba a citar aquí para nada? No sé si sentir decepción o alegría por ver que todavía tengo esa capacidad en vosotros dos. Pero bueno, si eso os ha sorprendido, cuando os cuente lo que tengo pensado...

Nicolás tomó aire. Que sucediera lo que tuviera que suceder.

—Dilo ya.

—La soga de ahí arriba, igualita a la que mi padre utilizó para suicidarse, es para uno de vosotros dos. Elegid para quién.

Nicolás y Alicia se miraron. No podía decirlo en serio. ¿De verdad les acababa de pedir una cosa así o todo formaba parte de una macabra broma?

—¿Hola? —insistió—. ¿No me habéis oído? Si queréis nos ahorramos palabrerías inútiles y os cuento lo de que si uno de los dos no muere ahí arriba, Carolina Blanco no aparecerá viva nunca. Vosotros decidís. Ah, y antes de nada, dejad vuestras armas aquí, a mi lado.

—¡Y una puta mierda que te comas! —gritó Alicia mientras apuntaba con más rabia que nunca a su hermano, que ni siquiera pestañeaba mientras la miraba fijamente a los ojos sin borrar la sonrisa de su cara.

Las manos de la agente temblaban, pero por una ira que hacía que sus ganas de apretar el gatillo y acabar con todo aquello cuanto antes fueran ya casi irrefrenables. Suerte que en el momento en el que iba a hacerlo vio cómo Nicolás se ponía en medio de los dos, porque si no hubiera sido él el que se hubiera llevado el balazo.

—Tranquila, Alicia. Baja el arma por favor —trató de sosegarla.

—¡Quítate de en medio! ¡No se ríe más de nosotros porque no me sale del coño!

—Alicia, por favor, te lo repito. Baja el arma. Hay que salvar a Carolina.

—¡La encontraremos como sea! ¿No ves que el hijo de puta nos la va a volver a jugar? ¿Te piensas que esto va a acabar aquí, sin más?

—¿Hijo de puta? —preguntó el psicópata divertido—. No es normal que insultes a tu propia madre, cariño.

Alicia se hizo para un lado para tener ángulo de tiro, pero Nicolás estuvo hábil y consiguió ponerse otra vez en medio de los dos.

—Alicia, hazme caso. —La miró a los ojos sin pestañear—. Este cabronazo no vacila cuando habla. Si dice que Carolina no aparecerá viva es que será así. No puedo permitir eso.

—Nicolás, ¿te estás escuchando? ¡Que no puedes dejar que gane!

—Por eso mismo no lo puedes matar así, sin más. Porque ganaría. Él tiene claro que va a morir, así que sea cual sea el resultado será el que él quiere. Pero los dos sabemos que hay uno en el que se pierde menos.

Ella lo miró con los ojos muy abiertos. No fue consciente de lo rápido que respiraba y del ritmo al que su corazón latía hasta que paró esos instantes para considerar lo que Nicolás intentaba decirle.

—¿Qué me estás contando? —acertó a decir la agente.

—Alicia...

—No, ni Alicia ni pollas. Ni se te ocurra, ¿eh?

—Escúchame, por favor, considera las opciones que tenemos: si lo matamos, no sé cómo lo tiene pensado, pero está claro que Carolina morirá. Por lo que tendremos dos muertos; si —tragó saliva—, le damos lo que quiere, moriré yo y después, cuando te cuente dónde está Carolina le revientas la cabeza. Dos muertos también, pero uno de ellos no será Carolina.

—No te voy a hacer ni puto caso, pero suponiendo que esto último fuera así, ¿cómo estás tan seguro de que me diría dónde está ella?

—¿Puedo intervenir?

—Tú cállate la boca... —le ordenó Nicolás.

—No, de verdad que me gustaría intervenir —insistió Fernando—. Yo os doy mi palabra de que así será. Pero la buena, la de *boy scout*.

—¿Es que no lo ves? —repuso Alicia—. Nos está tomando el puto pelo. Este no se ríe más de mí porque no me sale del coño.

Volvió a hacerse para un lado para apuntar hacia él.

Fernando la miraba sin pestañear. Expectante por lo que pudiera hacer la muchacha.

En esa ocasión Nicolás no se puso enfrente, acto que sorprendió a la chica.

Ella vaciló. Su dedo índice temblaba más de la cuenta. Por su cabeza pasaron mil pensamientos sin sentido en apenas unas décimas de segundo. Los únicos que fue capaz de identificar y clasificar le pedían que se dejara de tonterías y apretara ese gatillo de una vez. Pero no podía.

¿Por qué no podía?

—Alicia... —le habló tranquilo Nicolás—. No lo matas porque sabes que tengo razón. El resultado será igual si lo haces. No podrás cargar con la muerte de Carolina en tu conciencia. Yo tampoco puedo. Ni quiero.

—¿Y con la tuya sí que puedo? ¿Por qué coño tenemos que hacer las cosas como tú dices? ¿Por qué no puedo meter yo el cuello en el lazo de esa cuerda?

—¿Cuántas razones quieres? —preguntó él a su vez, a modo de respuesta—. Te podría dar mil, pero la más importante es que no puedo permitirlo por puro egoísmo. ¿No es la cantinela que más se escucha últimamente? ¿No me muevo solo por egoísmo según dicen muchos?

—¿Qué estás hablando tú ahora de egoísmo, Nicolás?

—Sí, Alicia, es tal cual. Es el egoísmo de que no podría seguir viviendo sabiendo que tú has dado tu vida para que yo gane. Es el egoísmo de vivir toda mi vida con tu muerte cargando sobre mis espaldas. Es el egoísmo de que no podría dormir por las noches. Es el egoísmo de que no podría mirar a Carolina y no ver a otra persona que no fueras tú colgando de esa soga.

—Hostia, Nicolás, te juro que el tiro te lo metía a ti ahora...

—Porque sabes que tengo razón.

—¿Y yo sí puedo vivir con eso? ¿Yo no puedo ser egoísta?

—Tú...

—Chicos —los interrumpió Fernando—, que no es que no esté disfrutando con vuestros lamentos, pero que el tiempo corre en contra de la chica bonita y me temo que el que quede en pie no va a llegar a tiempo.

Nicolás lo miró lleno de ira. Ahora fue él quien apretó los dientes con fuerza y apuntó a la frente del psicópata.

Este último, lejos de amedrentarse, lo miró divertido. Lo siguiente que hizo fue levantarse y dirigirse hacia el inspector jefe, que dio un paso atrás sin dejar de apuntar enrabiado hacia Fernando.

Alicia también apuntaba hacia su hermano, preparada para cualquier cosa.

De manera sorprendente, Fernando se colocó justo enfrente de Nicolás, que no fue capaz de retroceder. Sostenía el arma con fuerza. Los músculos de su brazo estaban al borde de la rotura de la tensión a la que los sometía. El rechinar de sus dientes se podía oír claramente.

El psicópata colocó la frente en el cañón del arma del policía.

—Para que no falles —dijo sin más.

De pronto los recuerdos de lo sucedido en Francia volvieron a la mente de Nicolás. Tan a traición como le venían últimamente. La imagen de Henry con la pistola dentro de la boca y él con el dedo a punto de apretar el gatillo lo copaba todo. Por suerte apenas duró un par de segundos y pudo recuperar el control sobre su conciencia de inmediato. Allí no estaba Henry, allí tenía justo a la persona a la que anhelaba tener enfrente, justo en esa situación.

Alicia lo miraba atenta a lo que pudiera pasar a continuación. Evidentemente no quería animarlo a que apretara el gatillo a pesar de esa rabia que sentía en su interior en contra de ese malnacido. Mucho menos después de la charla que ambos mantuvieron acerca de lo que vivió Nicolás en el país galo. No quería, pero había una parte de ella que le hubiera gustado controlar el dedo índice de Nicolás y ejercer la presión necesaria sobre el gatillo para que aquella pesadilla acabara cuanto antes. De hecho, sentía una necesidad creciente de decirle al inspector que acabarían encontrando, de un modo u otro, a Carolina. El problema era que ni ella misma lo creía del todo.

—No sé a qué estás esperando. —Fernando ya no mostraba esa sonrisa—. No quiero que pienses que voy a hacer un movimiento de esos inesperados y te voy a quitar el arma de pronto para que cambien las tornas. No. —Levantó los brazos y los extendió—. No voy a hacerlo. Lo que sí que quiero que hagas tú es que consideres las consecuencias de tus actos. Ahora no se trata de montarte en el coche y largarte a meter la cabeza en un agujero del suelo, Nicolás, ahora toca apechugar con lo que uno hace. ¿Tú me matas? Pues ya sabes qué trae eso. Pero si vas a hacerlo, hazlo ya. No merece la pena que estemos toda la noche y el tiempo sigue corriendo en tu contra.

Nicolás no podía amortiguar la rabia que lo consumía por dentro. Los dientes ya le dolían de tanto como los apretaba y hasta veía oscilante su campo de visión de la tensión que acumulaba.

Sin más dejó de apuntar al psicópata y se dio la vuelta.

Alicia no podía creer lo que veía.

—¿Qué haces? —preguntó la agente.

—Dejar el arma sobre la cama como ha pedido —contestó sin darse la vuelta.

—Se te ha ido la puta olla, Nicolás...

—¡Hazlo! —ordenó al tiempo que se daba la vuelta y arrojaba la suya al lugar donde le había dicho Fernando.

Este último volvió a mostrar esa característica sonrisa y regresó el lugar que ocupaba en la cama. Se sentó despacio y agarró el arma del inspector jefe para colocarla frente a sí.

—¿Veis? —dijo a continuación—. Yo no quiero la pistola para hacer ningún truco. Es solo para evitar que se interrumpa este momento que vamos a vivir. Después, hermanita —se dirigió a Alicia—, puedes volver a coger tu pistola y matarme si quieres. Te prometo que te habré dicho antes dónde está la muchacha.

—Tus putas promesas no valen nada para mí, ¿es que no lo entiendes?

—Mira, yo ya no puedo hacer más. Haz lo que quieras —replicó Fernando.

Alicia parecía considerar la situación. Miró a Fernando, él

también la miraba. Los dos mantuvieron ese desafío mutuo durante unos segundos. Acto seguido la muchacha volvió su cabeza hacia la izquierda. Nicolás parecía tranquilo.

¿Cómo podía haberse resignado a acatar esa disparatada solución sin más?

¿Se guardaba un as en la manga o de verdad aceptaba que esa era la única forma de que todo acabara medianamente bien?

Porque eso último debía de creerlo él, ya que ella no veía ningún tipo de lado positivo a todo aquello.

Dejó que una gran cantidad de aire pasara por su nariz en dirección a los pulmones.

«A la mierda todo», pensó.

Con cautela y sin tratar de mostrar emoción alguna en el rostro se aproximó a su hermano. Lo miró durante un par de segundos más a los ojos y dejó el arma al lado de la de Nicolás. Sin vacilar se acercó hasta su cara. Sentir su aliento tan cerca hubiera hecho que se cerraran todos los poros de su piel y que se le erizaran todos los pelos del cuerpo, pero extrañamente no sentía nada.

—Ojalá te pudras en el infierno, porque es donde te voy a mandar.

—En caso de que exista eso, allí te veré pasado un tiempo, hermanita.

Tras estas palabras de Fernando, Alicia se alejó unos pasos atrás.

Ella no fue consciente, pero una lágrima caía por su rostro.

Quería actuar de manera sensata, pero ¿qué era eso frente a una situación como la que estaba viviendo? Trataba de no sentir nada en su interior para que lo que estaba a punto de suceder fuera menos duro, pero por suerte su parte humana seguía imperando y fue esta la que habló:

—Nicolás, por favor, esto no tiene que acabar así... Estoy segura de que podemos rescatar a Carolina.

—Ya os digo yo que no... —intervino su hermano.

—¿Te puedes callar la puta boca?

Fernando levantó los brazos y cerró la boca.

—Nicolás —insistió.

Él miró la horca y pensó durante unos segundos. En una situación como aquella era imposible hacerlo con cierta lucidez, pero aun así no podía dejar de intentarlo. Consideró por enésima vez sus opciones y no tardó demasiado en llegar a la conclusión de que aquello era lo que tenía que hacer.

—Lo siento mucho, Alicia. No hay más solución que esta. Tenemos que ser responsables de nuestros actos y esto a mí se me ha ido de las manos. No hay más. Esta vez no iba a huir, pasara lo que pasase. Tampoco tenía pensado quitarme la vida, eso está claro. Quería seguir adelante, pero hay cosas que no pueden ser y parecía que mi destino era este. Quizá así pueda pagar parte del daño que he hecho por no pensar con la cabeza a veces. Solo espero que hayan rescatado a Alfonso para que le digas que me perdone por lo de anoche. Y que se deje de tonterías y que haga feliz a Sara. Y si llegaras a ver a Carolina, porque sé que él cumplirá, dile que siempre será el amor de mi vida. Que nunca la olvidé y que de haber seguido vivo, siempre la hubiera seguido queriendo.

Las piernas de Alicia ya no eran capaces de sostener su cuerpo. De sus ojos brotaban lágrimas tan amargas que, aun sin entrar por su boca, sentía su sabor. Su cerebro ya se había dado por vencido y no lograba conectar dos pensamientos coherentes entre sí. Estaba paralizada en todos los sentidos. Quería actuar para evitar la situación, pero todo parecía indicar que nada se podía hacer ya. El inspector jefe no aceptaría jamás que ella se intercambiara con él, eso lo sabía y era por eso por lo que no insistía como sería lo lógico frente a algo así.

—Nicolás —acertó a decir entre sollozos.

Él la miró y la besó en la frente. Acto seguido la apartó para acercarse hasta la soga.

Miró para arriba. Era consciente de que este final no era el obligado, de que podría girarse de golpe y echarse encima de Fernando. No tenía por qué morir, pero tampoco vivir sin saber que no hizo lo suficiente para lograr que Carolina siguiera con vida y pudiera ser libre. Porque seguía viva. De eso no albergaba ninguna duda.

La soga continuaba con el siniestro contoneo. Ni siquiera se dio cuenta de que la silla que, cuidadosamente, había colocado ahí Fernando era la misma que la que Fernando Lorenzo padre utilizó para el mismo cometido. Dejó de mirarla y decidió que había llegado el momento. Quizá lo mejor era acabar con aquello cuanto antes.

Le costó subirse a la silla. Su cuerpo le pesaba más de lo habitual. Como si la desgana ante la perspectiva de la muerte se hubiera apoderado de él. Una vez arriba sintió un vértigo que nunca antes había experimentado. Miró a Fernando. Estaba excitado a juzgar por su cara. Disfrutaba de aquella situación como solo un pirado como él lo haría.

Agarró la soga. Era áspera al tacto, justo como esperaba.

Alicia lo miraba con los ojos temblorosos. Le pedía con la mirada que no lo hiciera, pero intentaba respetarlo al no ponérselo más difícil con lamentos y peticiones que resultarían vanas para que se bajara de ahí. No dudó más.

Se colocó el lazo alrededor del cuello. Ojalá con el impulso que tomaría para tirar la silla al suelo se partiera el cuello y la agonía no durase demasiado.

Aunque antes de eso jugaría su última carta. No perdía nada por intentarlo.

—Perdóname, hijo mío —dijo sin más.

Alicia no oyó bien lo que dijo, por lo que no se sorprendió tanto como Fernando al escuchar esas palabras. Nicolás no es que esperara una reacción desmesurada por su parte, pero alguna sí; de hecho, llegó.

—¿Qué dices? —preguntó modificando visiblemente la expresión de su rostro.

—Que hice lo que pude, hijo mío, pero quiero que entiendas que tuve que venir a Mors porque de algún modo tenía que enmendar mi error pasado.

Ahora Alicia sí lo había oído con total claridad y, aunque en parte entendía lo que estaba haciendo el inspector jefe, no podía creer que esa fuera la táctica que quería emplear.

Al ver que Fernando no decía nada, Nicolás siguió con su juego:

—Quiero que sepas que yo quería a tu madre, a tu madre biológica, quiero decir. Yo estaba enamorado de ella y la verdadera mentira la vivía en Madrid. Aquí, junto a ella, era yo mismo. No sé qué te contó de mí, pero nunca he querido a una mujer como la quise a ella.

Alicia abrió los ojos como platos. Lo hizo en el momento en que miró a Fernando y lo comenzó a notar algo nervioso. Como si no entendiera lo que sucedía.

—Hice cosas horribles, hijo mío, y aunque esta horca no enmiende mis pecados, quiero que sepas que de algún modo es la forma con la que pienso pagar.

Nicolás dejó de mirar a Fernando. Por una parte formaba parte del plan hacerlo así, pero, por otra, reconocía que sentía cierta desilusión porque aquello estaba funcionando, pero no del modo que él creía, no del que dijo Sara que podría hacerlo.

Así que era tontería alargarlo más. Lo había intentado y había fracasado.

Su intención fue la de no volver a mirarlo una última vez. No quería ver si había salido de ese momento inducido por sus palabras y vuelto a recuperar su cara de sádico habitual. No quería, pero quizá, alimentado por la situación, no mandaba sobre sus actos y no lo pudo evitar.

Miró.

Cuando lo hizo se encontró con algo que no esperaba.

Fernando se había echado las manos sobre la cabeza y parecía luchar consigo mismo. Como si estuviera retorciéndose por un dolor insoportable. Alicia, al no quitar ojo del inspector jefe, no se había percatado de ese detalle. En sus últimos enfrentamientos Nicolás había pecado de no saber reaccionar ni a tiempo ni correctamente, así que ahora no pensó dejar que eso sucediese y se armó de todo su saber hacer para quitarse en un rápido movimiento la soga del cuello. Acto seguido bajó de un salto de la silla.

El problema es que la situación del Fernando desquiciado solo duró hasta el instante en que Nicolás se quitó la soga, ya que también reaccionó rápido. Así, se levantó veloz de donde estaba y miró a su alrededor. Cuando el inspector jefe se bajó de la silla, él ya tenía una de las dos pistolas que había encima de la cama en la mano.

Dio dos pasos para atrás y apuntó hacia ellos, resguardándose en una de las esquinas de la habitación.

Nicolás comprendió que lo más sensato era no hacer ningún tipo de movimiento brusco, aunque si su adversario así lo decidía, tanto daba lo que él hiciera porque le dispararía sin contemplaciones.

Estudió el rostro de Fernando para intentar conocer su estado. Lo extraño de aquello es que había variado por completo. Ya no quedaba ni un ápice de esa sonrisa burlona que siempre mostraba para dejar claro que él era quien movía los hilos. No, ahora parecía tener dibujado en su cara un miedo atroz que nunca antes había visto. Ni siquiera tenía claro que fuera capaz de sentirlo.

Cerró los ojos y aspiró aire. No quería emocionarse, pero lo que aparentaba ser un plan sin sentido parecía haber dado resultado por completo. Solo le quedaba comprobarlo con una sencilla pregunta.

—¿Carlos? —dijo el inspector jefe.

Alicia miró muy sorprendida a Nicolás. Cuando vio a su compañero comenzar a hablar con la soga al cuello como si fuera Fernando Lorenzo padre, creyó que lo hacía con el simple fin de confundirlo, pero ahora comprendía que lo que Nicolás intentaba con eso era traer de vuelta a la personalidad que parecía haberse asomado tímidamente durante los últimos días. Una jugada tan absurda como genial.

—¿Qué está pasando? ¿Dónde estamos? —Su voz titubeaba tanto como su expresión facial.

—Carlos —insistió el inspector—, tranquilo. ¿Te das cuenta de que estás empuñando un arma? Quiero que te relajes y que la bajes, por favor.

—¿Quiénes sois vosotros? —preguntó complemente ido sin dejar de mover la pistola para un lado y para otro.

—Carlos, ¿no nos conoces? Por favor, cálmate un poco y míranos bien.

Alicia lo observaba sin poder creerse todavía lo que estaba sucediendo. ¿Aquello era real o su hermano estaba fingiendo para tenderles una trampa? El caso era que, por la forma en la que movía el pecho, que parecía incluso que de un momento a otro iba a estallar lanzando el corazón fuera, era Carlos a quien tenía delante y no a Fernando. El problema es que Carlos estaba tan asustado que no parecía atender a razones. Sobre todo, parecía desorientado.

El inspector jefe levantó las manos en señal de rendición y miró a Alicia para que hiciera lo mismo. Esto provocó que, pasados unos segundos, Carlos perdiera algo de intensidad en sus emociones y fuera capaz de analizarlos detenidamente.

Entonces su rostro cambió.

—¿Inspector? ¿Alicia? —Su voz todavía temblaba demasiado, pero al menos los había reconocido.

—Sí, Carlos, somos nosotros —contestó el inspector.

Ella sintió ganas de llorar otra vez, pero en esta ocasión de alegría. Por un lado, nunca creyó que volvería a hablar con él; por otro, no lograba creer que la situación hubiera virado de tal modo, tanto que ahora albergó una esperanza clara de que todo aquello acabara bien.

—Carlos, escúchame —ahora era ella la que tomó la voz cantante—, necesito que me entregues el arma, ¿vale?

Él la miró desconcertado. A pesar de estar apuntándolos con la pistola, ni siquiera era consciente de hacerlo. ¿Qué le sucedía?

—Esto es por el monstruo, ¿verdad? —dijo sin moverse de su posición.

Nicolás y Alicia se miraron desconcertados. ¿No se suponía que él no conocía la existencia de la otra personalidad?

—He tenido pesadillas últimamente —continuó—, pero tengo una extraña sensación, como si todo aquello sucediera de verdad. —Miró a su alrededor—. ¿Por qué estoy en la habitación de mi padre? —Miró sus manos—. ¿Por qué tengo esta pistola en las manos?

—Carlos —intervino Nicolás dando un pequeño paso hacia delante, pero sobre todo con la cautela que creía necesaria para no ponerlo más nervioso todavía—, es una historia larga de contar. Demasiado. Pero ahora necesito que confíes en mí y me cuentes qué veías en esos sueños. Necesito que me lo cuentes rápido y, sobre todo, que me des el arma.

Carlos lo pensó.

—¡No, el arma no te la doy hasta que no comprenda bien lo que está pasando!

—Vale, vale, de acuerdo, tranquilo. No me des el arma y cuéntame.

Carlos tomó aire y lo hizo.

—Soñaba con esto, que estaba aquí, que quería que te colgaras de esa soga, como lo hizo mi padre... yo... Luego me ha hablado él... ¿cómo me va a hablar él? ¡Él se mató aquí mismo! ¡Yo lo he visto en el tanatorio sin ojos! ¿Quién se ha llevado sus ojos?

—Carlos... —El inspector jefe dio un paso más hacia delante, pero el hombre se asustó mucho y apuntó con más firmeza hacia ellos.

—¡No te acerques! ¡Quiero que me cuentes si todo lo que he soñado es verdad! ¡Dímelo porque también he soñado que mataba a personas! ¿Las he matado yo? He sido yo el que ha matado al carnicero y toda esa gente, ¿verdad? ¿Soy un monstruo?

Nicolás trató de medir bien sus palabras. A pesar de que pretendía que esa personalidad saliera a la luz, no lo estaba haciendo de la forma que él había imaginado. Vale que Sara le había advertido que podía ser impredecible, pero no esperaba que lo fuera hasta ese punto. No tenía ni idea sobre cómo afrontar una situación como aquella y se reflejaba ahora mismo en su cara. ¿Todo lo que le estaba contando era verdad? ¿Había estado presente, de algún modo, en todas las locuras de Fernando como un espectador que no podía hacer más que verlo todo y ya está? En caso de ser así, ¿qué clase de sentimientos tendría ahora mismo dentro de él? Aquello parecía ser una bomba con la mecha demasiado corta y él tenía que apagarla de alguna forma. Porque iba a explotar. Y lo iba a hacer en breve.

—Tu silencio habla por ti, inspector. ¿Cómo ha sido posible? ¿Yo hice daño de verdad a esa gente?

—No has sido tú, Carlos... hay otra persona dentro de ti que actuaba y hacía todo lo malo. No eras tú mismo —le contó Alicia.

—¡Era mi mano la que mataba! ¿Qué otra persona? ¡Era mi maldita mano!

—Ya, pero no eras tú... —insistió el inspector jefe.

De pronto, la trayectoria del cañón del arma giró noventa grados hacia arriba y Carlos se lo colocó justo debajo de la mandíbula.

Alicia y Nicolás, de manera inevitable, dieron otro paso hacia delante, pero se detuvieron en seco para no ponerle —todavía— más nervioso y que se volara él mismo la cabeza.

—Por favor, no lo hagas, Carlos. Te podemos ayudar. Te ayudaremos. He sido yo el que ha provocado ahora que vuelvas de alguna manera y no puedo permitir que esto acabe así, ¿me entiendes?

—¿Ayuda? ¿Creéis que tiene solución alguna? No sé qué coño pasa dentro de mí, pero sé que no quiero que vuelva a pasar. No quiero que el monstruo vuelva a salir.

—Te insisto, por favor, haremos lo posible para que no salga, déjanos ayudarte. Te esposaré para que no puedas cometer ninguna locura más. Esa persona que vive dentro de ti es un monstruo, pero no podrá soltarse si está bien amarrada. La pesadilla acabará.

Carlos comenzó a negar con la cabeza.

—No hay nada más que podáis hacer por mí. ¿Cuánto tiempo llevo haciendo este daño?

—Da igual el tiempo, Carlos. Lo importante es que si tú quieres, puede parar.

—Y eso es lo que pienso hacer...

Apretó más el arma contra su mandíbula. Nicolás extendió los brazos dando otro paso más hacia delante.

—Carlos, te lo pido por favor. No lo hagas.

—Va a volver a salir, inspector...

Nicolás echó las manos a su espalda despacio y extrajo unos grilletes.

—Mira... —Se los mostró agitándolos suavemente—. Si lo hacemos rápido no pasará nada.

Carlos lo miraba sin saber qué hacer. De vez en cuando apretaba fuerte la boca por la rabia que sentía dentro. Miró la horca y en cierto modo relajó algo la mano. Le dolía de la tensión que acumulaba al agarrar la pistola tan fuerte.

El inspector jefe y la agente lo miraban, aunque por una milésima de segundo, como si se hubieran puesto de acuerdo, los dos se miraron fugazmente. Carlos dudaba, pero no parecía decidirse a quitarse el arma de ahí, por lo que tendrían que ser ellos los que actuaran con rapidez para poder apresarlo.

Nicolás albergaba en su interior una vaga esperanza de

que, si había asistido como espectador a todo el macabro show de su *alter ego*, Carlos tuviera idea de dónde se encontraba Carolina. Quizá todavía quedara esperanza y no pensaba desaprovechar la oportunidad.

Carlos los miraba con ojos de cordero a punto de ser degollado. No había apartado el cañón de su mandíbula, pero parecía que de un momento a otro lo haría.

De pronto sus ojos se llenaron de lágrimas.

—Yo... lo siento.

Apretó el gatillo.

Tras la detonación, Alicia se echó encima del pecho del inspector jefe, que no conseguía apartar la mirada de la cabeza reventada de Carlos. Era como si la pesadilla no hubiera acabado todavía, pese a que ahora todo estuviera lleno de astillas de hueso y materia gris. Seguía sin lograr discernir si aquello que acababa de ocurrir formaba parte de la realidad o de un extraño sueño. Porque «extraño» era la única palabra que le venía a la mente tras presenciar ese acto tan surrealista.

Alicia tardó en separarse de él. Cuando lo hizo, su cara era un mar de lágrimas. Tenía los ojos cerrados y no quería mirar hacia su hermano para comprobar cómo había acabado tras el disparo. Por un lado, estaba deseando ver a Fernando en la situación en la que se encontraba, pero no podía quitarse de la cabeza que el que se había pegado el tiro era Carlos, el que ella sí consideraba como su verdadero hermano.

Nicolás tampoco conseguía reaccionar de una forma sensata. Sentía que sus rodillas no eran capaces de soportar el peso de su cuerpo. De todas las situaciones posibles que barajó antes de poner en marcha su plan, aquella ni se le había llegado a pasar por la cabeza. No podía creer que ocho años de infierno puro y duro hubieran acabado de esa forma. Ni siquiera un buen pellizco le hubiera demostrado que lo vivido era real y que no formaba parte de un sueño. O de una pesadilla, ya no era capaz ni de diferenciar una cosa de la otra.

Miró a Alicia y la vio con los ojos cerrados. Comprendía que no quisiera mirar hacia la figura inerte que yacía en el suelo. No tenía nada que ver con el dantesco espectáculo que se había montado allí tras la detonación, era que aquel no era un «simple» cadáver más.

Entendiendo esto, la ayudó a salir de la habitación. La acompañó hasta el desvencijado sillón del salón y la dejó ahí un momento tras asegurarse previamente de que ahora no iba a ser ella la que hiciera una tontería.

Después de eso entró de nuevo en el cuarto.

Aquello no era como esas películas en las que el bueno volvía y de repente el cuerpo del malo, inexplicablemente, ya no estaba.

No.

Fernando, o Carlos, seguía tirado en el mismo lugar sin vida.

Se acercó lo que pudo al cuerpo y se agachó. No quería verlo más de cerca, ni siquiera supo por qué lo hizo, realmente, pero se agachó junto a él y le cerró los ojos.

No podía creer que el final de aquella macabra historia hubiera sido ese. Se suponía que él era el bueno y que debería haber sido el que con su mano hubiera puesto fin, de la manera que fuera, a toda aquella locura. Pero no. Una vez más pensó en las películas. La vida real no funcionaba así. Casi nunca sucedía nada como uno quería y aquello no era una excepción.

Puede que muchos pensaran de él que era un egoísta, que lo que más le dolería de todo aquello era que ese hombre hubiera muerto sin revelarle el paradero de Carolina, pero lo que de verdad le hacía daño es que Carlos, ese maniático abogado que llegó a Mors solo con la intención de enterrar a un padre con el que no se hablaba desde hacía años, hubiera acabado de esa forma sin, de algún modo, tener culpa alguna.

Maldijo la situación.

Maldijo la vida, en general.

Se incorporó y salió de la habitación.

Alicia seguía en el sillón. Lloraba. Lloraba como él nunca la había visto llorar.

Entendía por qué. Él también tenía ganas de llorar, pero, por algún extraño motivo, no podía hacerlo. Puede que fuera el shock por lo vivido. Uno que ni le dejaba ser del todo consciente de que Fernando ya no estaba, que aún sin ser él mismo se había volado la tapa de los sesos y todo aquello se había acabado para siempre.

Aunque no tuviera ni idea de dónde estaba Carolina. Aunque, aferrándose fuerte a las palabras de Alicia, pensó en que de algún modo la encontraría. Vaya si lo haría.

Ahora lo importante era dar parte de lo sucedido en aquel rinconcito de Mors. Donde todo comenzó y todo había acabado. Puede que le cayera una grande por su forma de proceder, aunque en realidad no lo creía así. Las cosas habían salido muy distintas respecto a hacía un año, donde la única persona muerta era, precisamente, la que menos gente lloraría.

Miró a Alicia y se sintió mal por tener ese pensamiento.

Sacó su teléfono móvil y lo encendió. Sabía que varias llamadas perdidas aparecerían a modo de mensaje en la pantalla. No era tan raro considerando cómo se había marchado de Madrid sin decir nada a nadie. El problema vino cuando la mayoría de ellas pertenecían a una misma persona: Sara.

Un pinchazo en el estómago hizo acto de presencia al tiempo que marcaba su número de teléfono.

Sara contestó llorando.

44

Miércoles, 15 de noviembre de 2017. 11.00 horas.
Madrid

Si algo tenían las ceremonias que se celebraban en el complejo policial de Canillas era que siempre empezaban puntuales. Muchos de los que allí trabajaban defendían que era así porque a casi todas solían acudir altos cargos del Gobierno y no se les podía hacer perder el tiempo, no fuera a ser que llegaran tarde a alguna comida con un importante banquero.

A aquella no es que acudieran los peces más gordos, pero sí lo hicieron importantes autoridades que parecían estar ahí más obligadas que otra cosa. Hacía cinco minutos que habían bajado de su coche oficial y ahora encabezaban la comitiva que despediría a un gran policía.

El día había amanecido gris.

Un color acorde con el funeral que iba a dar comienzo.

La bandera de España cubría el féretro que descansaba encima de dos apoyos.

El himno *Tesón de hierro*, recientemente compuesto y establecido como el oficial para la Policía Nacional, ya había sonado.

En uno de los laterales, Nicolás lo miraba sin creerse que

estuviera presenciando aquello. Vestía su uniforme de gala, el cual odiaba ponerse, pero entendía que no quedaba otro remedio en un día tan triste como aquel. Todo en su memoria.

Alicia, que no estaba obligada a llevarlo, vestía unos pantalones vaqueros negros y un jersey del mismo color. La chaqueta que se había puesto encima no desentonaba con el conjunto.

Nicolás la miró. No había dejado de sentirse triste desde hacía tres días, cuando sucedió todo. Era normal. No podía haber tenido un peor arranque en la Unidad de Homicidios y Desaparecidos, aunque algunos de los que siempre miran el lado positivo a todo le dirían que la experiencia ganada en unos días pesaba más que la de diez años en servicio. Nicolás le puso la mano encima del hombro una vez más. Lo repetía de cuando en cuando para recordarle que ahí estaba, que ahí estaría para lo que le hiciera falta. Aunque no conocía a persona más fuerte que ella, por lo que al final se acabaría reponiendo de todo.

Sobre dónde estaría Carolina seguía sin noticia alguna. Ni esperaba recibirla a corto o medio plazo. Las conclusiones que todos sacaron tras los acontecimientos fueron que Stephano, a saber cómo, se largó con la muchacha y ahora ambos se encontraban en paradero desconocido. Esa suposición no fue elaborada a la ligera, claro, ya que Paolo, empeñado en que en la vivienda del psicópata encontrarían algo jugoso, decidió que debían realizar una inspección ocular minuciosa. Así fue como hallaron varios cabellos con raíz, que, una vez analizado su ADN, determinaron que pertenecían a la joven.

Estuvo ahí.

Por lo tanto, era probable que los dos, de algún modo, estuvieran juntos.

Ahora tocaba averiguar de qué manera y por qué.

Paolo había prometido encargarse de seguirle la pista

aprovechando la euroorden. Mejor dejar descansar a Nicolás ahora, mucho más teniendo en cuenta todo lo sucedido.

Sara se encontraba al lado de este. Vestía también su traje de gala y unas enormes gafas de sol negras que cubrían casi todo su rostro. Llamaban poderosamente la atención porque el sol estaba cubierto por unas nubes grises y amenazantes, pero a ella no le importaba: sabía que las llevaba porque no quería que nadie le viera los ojos.

Unos ojos que habían llorado durante varios días con muy poco consuelo.

Nicolás tenía el presentimiento de que algo le sucedía aparte de todo lo vivido, pero aún seguía cerrada en banda y no le había contado nada de su enfermedad. Él no quería presionarla para que se abriera a él, así que se limitaba a realizar comentarios de vez en cuando.

—No puedo creer que hoy lo estemos enterrando.

—Ni yo.

—Ahora entiendo a los guionistas de una película cuando siempre recurren a la manida frase, pero es que es verdad lo de que siempre se van los mejores.

—Todavía le quedaba mucho que decir en el cuerpo.

—Sin duda. Lo echaremos de menos.

Ella asintió.

—Si yo hubiera muerto al final, ¿haríais los mismos comentarios inútiles? Parecéis esos dos tipos que se encuentran en el ascensor y se ponen a hablar acerca del tiempo.

Nicolás sonrió. No era apropiado hacerlo en un momento así, pero no lo pudo evitar. Alfonso siempre lograba sacarle una sonrisa.

Desde hacía tres días, cuando casi lo perdió para siempre, cualquier estupidez que contara le provocaba una sonrisa. Recordó la llamada a Sara, en cómo ella lloraba y él se temió lo peor. El motivo de su llanto no era triste, sino todo lo contrario. Tras casi veinticinco minutos de reanimación, cuando ya creían que nada podrían hacer por él, Alfonso reaccionó y volvió al mundo de los vivos. Sara, que ya creía que lo había perdido, solo pudo llorar y llorar durante toda la noche después del disgusto que se llevó.

Estuvo todo el lunes ingresado en el hospital, hasta que el martes por la mañana pidió el alta voluntaria pues, según él, se encontraba estupendamente.

Nicolás, después del gran susto, se prometió a sí mismo no volver a discutir con alguien que le importaba en la vida. Lo peor de la idea de perderle no era el hecho en sí, que ya era bastante, sino que hubiera pasado tras una discusión tan tonta. Lo suyo con Sara fue algo pasajero y con unos sentimientos hacia Carolina camuflados en una ilusión que, al parecer, en verdad no sentía por la inspectora jefe. Luego actuó como el perro del hortelano, lo que no era justo para ellos dos si se gustaban. De hecho, miró a su izquierda y comprobó que ambos llevaban ya un buen rato jugando con sus manos de forma disimulada. O no tanto.

Miró de nuevo al frente. La viuda lloraba desconsolada. No era de extrañar, el palo debía de haber sido muy gordo para ella. Si bien era cierto que Brotons padecía del corazón, nadie sospechaba que de un momento a otro fuera a caer fulminado durante el transcurso de la misión. Su músculo cardíaco no pudo más y, mientras Nicolás y Alicia estaban con Fernando en Mors, dejó de latir haciendo que él se desplomara en el suelo en el despacho del inspector jefe Pedraza, en la UCC.

Al contrario que con Alfonso, a él no consiguieron reanimarlo. Nicolás no supo si era apropiado creer que todo aquello encerraba algo que se podía interpretar como curioso, pero no lograba no pensar que era así el hecho de que muriera justo en el momento en el que recibió una comunicación por parte de la inspectora jefe Garmendia dando la noticia de que el inspector Gutiérrez seguía con vida. Parecía que necesitaba oírlo antes de marcharse al otro barrio. Nicolás tampoco conseguía evitar que una parte de él creyera que tuvo bastante que ver el largarse a Mors con Alicia, con el teléfono móvil apagado, y que nadie tuviera ni idea de dónde se había metido en un momento tan crítico de la operación. No podía, no, pero una parte muy egoísta de su ser mandaba ahora sobre el resto y no hacía más que repetirle que la pesadilla que les hizo vivir Fernando Lorenzo durante nada más y nada menos que ocho años había llegado a su fin.

Aunque seguía quedando la espina de saber dónde narices estaba Carolina.

Los medios de comunicación acreditados disparaban decenas de fotos sin parar a una distancia prudencial. Habitualmente eran muy pocos los que tenían el privilegio —por llamarlo de algún modo— de presenciar un funeral de esas características, pero el Ministerio del Interior llegó a la conclusión de que lo mejor era mostrar trasparencia en la medida de lo posible, tras el caos sembrado por Fernando —y aunque pareciera increíble, los medios lo triplicaron llegando incluso a hablar de ritos ancestrales y hasta especular acerca de la posibilidad de que el psicópata estuviera poseído por un demonio. De hecho, cuando acabara todo aquello, el nuevo comisario de la Policía Judicial, un tipo que todavía no habían tenido el placer de conocer, pues viajaba en esos momentos con retraso en avión desde Cádiz, daría una rueda de prensa en la que, con el máximo respeto del mundo a los familiares y las propias víctimas, se hablaría con detalle de todo el marco de la operación y de los sucesos acontecidos durante tan largo período de tiempo. Todo con tal que los medios dejaran de especular e inventar, cosa harto difícil.

El sacerdote terminó su sermón y dio paso al delegado del Gobierno en la Comunidad de Madrid, que dedicó unas palabras manidas y estereotipadas que valdrían para cualquiera, pero que en verdad definían con justicia la carrera policial del comisario jefe Félix Brotons. El nuevo tendría que hacerlo excepcionalmente bien para no permanecer siempre a la sombra de ese hombre, pensó el inspector jefe mientras escuchaba lo que decían del finado.

Nada más acabar, estalló un largo aplauso. Duró varios minutos. Acto seguido sonó el himno *La muerte no es final*, que si bien se solía utilizar en actos militares, desde hacía unos años se había implantado también en los funerales de policías nacionales. Después, unos cuantos policías entre los que se encontraban Nicolás, Sara, el inspector jefe Aguilar y el inspector jefe Pedraza, tomaron el féretro a hombros y lo llevaron al coche fúnebre, en medio de una nueva explosión de aplausos. Sonaba el himno de España.

A continuación, mientras el coche salía de las dependencias camino del tanatorio en el que comenzaría el verdadero funeral, el familiar, y donde más tarde sería incinerado el cuerpo, comenzó un momento que Nicolás odiaba y del que sin duda trató de escaparse: los apretones de mano y los saludos entre los altos cargos de la Policía Nacional. Alfonso y Sara se percataron y siguieron al inspector jefe, que ya se estaba quitando el gorro y los guantes de color blanco.

—No pensarás irte a tomar algo sin nosotros, ¿no? —preguntó Alfonso, que parecía no haber vivido nada anormal en los últimos tiempos, pero al que todavía se lo veía muy afectado físicamente tras la larga parada cardiorrespiratoria.

—En realidad iba a irme a casa. No soporto...

—Ya, no te gustan las lamidas de polla que vienen a continuación.

—No mucho.

—Vale, a mí tampoco, de verdad. Pero déjate de leches y vamos donde la Paqui a tomar algo. Los tres.

Nicolás miró a Sara. Hacía un rato había notado esa cosa que le sucedía pero que se seguía guardando para sí misma, pero ahora, en cambio, miraba a Alfonso con una sonrisa que le hizo sonreír a él mismo. Una sonrisa que le hizo olvidarse de los celos sin fundamento que le llevaron a discutir con su mejor amigo, producto de no sabía muy bien qué. Sobre todo deseaba la felicidad de esas dos personas. Lo merecían. Lo anhelaba muy por encima de la suya propia.

Esto le hizo darse cuenta de que algo había cambiado en él. ¿Pensaba en Carolina? Sí, por supuesto. ¿Le desesperaba no tener ni idea de su paradero y, principalmente, no tener constancia de en qué condiciones se encontraba? Claro, por supuesto también. ¿Seguiría adelante con la calma que se le requería desde fuera porque poco o nada más podía hacer por el momento? Sí. Rotundamente sí.

Lo haría porque sentía que de nada serviría perder los nervios hasta cruzar los umbrales que tantas veces atravesó. Porque no estar arrancándose los pelos de la cabeza no significaba que dejaría de buscarla, ni mucho menos, pero era consciente de que era mejor tomarse las cosas con la calma necesaria para lograr afrontar una situación así, con una nueva perspectiva. Nada de huir. Nada de lamentarse. Nada de gritar en silencio.

Solo ser él.

Llegaría hasta ella.

Tarde o temprano lo haría.

Ahora tocaba seguir con su día a día, trabajando por y para la gente. Porque los casos no lo esperarían. Porque mañana sería otro día.

De nuevo resonó la canción *Náufrago*, de Sôber en su cabeza. Había algo en la letra que le recordaba a ella y que a su vez le servía como promesa:

> *Te seguiré esperando,*
> *Un año, un siglo o la eternidad,*
> *Mantendré encendido el fuego,*
> *Por si piensas venir.*

Agradecimientos

Hola, querido lector. Siempre digo que me cuesta mucho esta parte, aunque nunca fue tan verdad como ahora. La cosa se me ha ido de madre por muchos motivos; uno de ellos es la cantidad ingente de personas que he conocido durante el proceso de creación de esta trilogía y que he pensado en no nombrar.

¿Por qué?

Porque me dejaría algunos nombres sin darme cuenta y no es justo. Así que voy a intentar hacerlo por «colectivos», por llamarlo de algún modo, y estoy seguro de que esos que saben que tienen que estar ahí lo están. Eso sí, hay personas que debo nombrar sí o sí de forma individual.

Mi Mari y mi Leo. ¡Qué fácil es decir que siempre me habéis apoyado! Es un topicazo, ¿cómo no me vais a apoyar vosotros? Pero es que lo vuestro ha ido más allá. Han sido seis años de soportar muchas cosas: de verme como una moto, de verme destrozado, de verme contentísimo, de verme irritado… Sin embargo, nunca me habéis echado nada en cara. Siempre ahí. Siempre conmigo. Sois los mejores compañeros para el resto de mi vida. Os quiero tres mil.

A mi familia. A toda.

A Pablo Álvarez de Editabundo, mi agente, y a todo su

equipo. Porque me protegéis y me cuidáis como nadie. Pablo, gracias por hacerme mucho más profesional en lo mío. A toda la gente de Penguin Random House, por la confianza ciega. En especial a Carmen Romero, por creer en mí desde el momento cero. No puedo dejarme fuera a Clara Rasero ni a Raffaella Coia Radich y, mucho menos, a Nuria Alonso. Ellas me aguantan como nadie. Sois las mejores.

A todos los escritores que se han convertido en amigos y compañeros de penurias. Algunos de ellos de golferías... (¡no señalo a nadie!). Muy en especial a los del club ese al que muy pocos pueden tener acceso, La Ostra Azul.

A toda la gente que he conocido estos años en redes sociales por medio de mis libros y que se han convertido en amigos. Es que sois muchísimos, de ahí que no os nombre. No obstante, estáis todos aquí, incluso los que dobláis a Batman, los que os hacéis un porrón de kilómetros para vernos solo un rato o los que sois mi alma gemela.

A todos los profesionales del Cuerpo Nacional de Policía que me han asesorado en su rama específica, que son de Homicidios, de Científica, de los GEO, de la SAC y de la UCC. Sin vosotros este libro no sería nada.

Aquí una mención especial a Sergio. ¡Lo que me ha aguantado el pobre!

También al periodista Manu Marlasca, que me ayudó a llegar a personas a las que yo nunca hubiera podido acceder.

A todos los forenses que me han asesorado, muy en especial a Álvaro. Tío, eres un personaje.

A las personas que me han asesorado sobre temas psicológico-criminales. Muy en especial a Paz Velasco y a Enrique Soto. Os adoro.

Y, en definitiva, a cualquier persona con la que me haya cruzado de alguna forma en estos años; aquí incluyo tanto a las que me han ayudado como a las que han ejercido el papel de lectores. Ha sido un honor por mi parte.

Si te das cuenta, lector, lo he dejado aquí porque me he agobiado ya, porque seguro que me estoy dejando a gente en el tintero y no me gusta. Así que mejor aparcar la moto.

Gracias, de corazón, gracias por haberme dejado llegar hasta ti. Prometo que no tardarás en tener noticias mías. De momento, cuéntame lo que quieras en cualquiera de mis redes sociales.

Yo me despido con pena: esta trilogía ha significado mucho para mí.

Agradecimiento especial *No morirás*

Te preguntarás qué es esto. Es fácil, un día propuse algo muy loco y la gente respondió. Pedí a todos los que habían dejado un comentario o reseña en internet que me la hicieran llegar y yo los incluiría en un apartado especial de este libro. Y aquí está el resultado (pido perdón si me he dejado a alguien, como comprenderás esto ha sido harto complicado):

José Ramón Padrós, Isa Abella, Silvia de la Vega, @macagontusmulas, Sara Puerto, Elu Vílchez, Óscar G., Belén García González, María José Ojeda, Ruth Puentedura, Bea Pereda, Elena Portilla, Pilar Moya, Natalia Álvarez, Julia García Asensio, Joaquín Benito, Javier Arce, Romina M., Nuria Guimerans, Javier García, M.ª Carmen Rafael, Héctor Moreno, Teresa Bueno, Elena Serra, Antonio J. Estrada, Lucía Martínez Robles, Raquel Cantera, Javi Araujo, Gloria García, Elisa González, Lilian, Pilar Álvarez, Ana Garrido, Isabel López Blázquez, M.ª del Mar Ortuño, Iris Martín, Jesús E. Dorda, Isabel Cruje, Cris Esteban, Vicente Vila, Sory Madridista, Aurorita (Boreal) Estacio, Víctor Mengual, Marta Gallego, Francisco Javier Mota, Luis Rodríguez, @Tres EnUnBurro, Jon Sánchez, Ana Millán, Teresa G., María Vílchez, Juan Carlos Ramírez, Sandra Nieto, Daniela García, Yolanda Barroso, Juaki Donoso, Paula (marro75), Ana Isabel

Jiménez, José Tamames, Efraín Hernández, María Laura Olivera, Ana Alegre, Alba Fons, José Crespo, Raquel López Nieto (la más mejor del mundo mundial), Ignacio Fernández, Merche Torres, Jorge Tello, David Cantizano, Luis M. L., Ramón Bassons, Mónica López, Lucía Járrega, Belén Maestro, Iosiv Zulov, Ana García, Eva Salguero, Shima, Lorena Lago, Beatriz González, Saoia Conde, Laila Tapia, Patricia Alonso, Ángel Domínguez, Enrique Fernández-Arroyo, Alicia López, Asier Fernández, Yeyi, Shiara Gerardo, Crivicris, Sonia Sánchez, Fernando Martín Coll, Julián Moro, Fernando Llordén, Jon Gisasola, Margarita Agudo, Raquel Valenzuela, Javier Royo, Carmen Ávila, Olga Castelo, Vicente J. Soriano, Pachi Anta, José Manuel Fernández Sayans, Ana Calasanz, Jessica Llopis, Begoña Docobo, Laura González, Rubén Lara, Lorena Iglesias, Marichu Baños, José Ángel y Oihane (los chiflados de Pamplona) y Clara Portela.